JN102813

中古

源氏物語《げんじものがたり》

紫式部《むらさきしきぶ》作。

十一世紀初め成立。

⇩ p.28

いづれの御時《おほんとき》にか、女御《にょうご》・更衣《かうい》あまたさぶらひ給《たま》ひけるなかに、いと、やんごとなき際《きは》にはあらぬが、すぐれて時めき給ふありけり。

訳　いつの御代《みよ》のことであったか、女御更衣《にょうごこうい》たちが数多く御所にあがっていられる中に、さして高貴な身分というではなくて、帝《みかど》の御寵愛《ちょうあい》を一身に鍾《あつ》めているひとがあった。

（円地文子《えんちふみこ》訳『源氏《げんじ》物語』）

大鏡《おおかがみ》

作者未詳。

十一世紀末までに成立。

⇩ p.30

さいつころ雲林院《うりんゐん》の菩提講《ぼだいかう》にまうでて侍《はべ》りしかば、例人《れいひと》よりはこよなうとしおひ、うたてげなるおきな二人、おうなといきあひて、おなじところにゐぬめり。

訳　先だって雲林院《うりんいん》の菩提講聴問《ぼだいこうちょうもん》に参詣しましたところ、普通の老人とは段違いに年老いた、異様な感じのおじいさんが二人、おばあさんと偶然会って、同座しています。

土佐日記《とさにっき》

紀貫之《きのつらゆき》作。

九三五年（承平《しょうへい》五）ごろ成立。

⇩ p.34

をとこもすなるにきといふものを、をむなもしてみむとてするなり。

訳　男も書くと聞く日記というものを、女の私もしてみようと思って書くのだ。

蜻蛉日記《かげろうにっき》

藤原道綱母《ふじわらのみちつなのはは》作。

九七四年（天延《てんえん》二）以後成立。

⇩ p.34

かくありしときすぎて、世の中にいとものはかなく、とにもかくにもつかでよにふる人ありけり。

訳　このように若かりし日も過ぎて、世の中にたいへんた

中世

よどみに浮ぶうたかたは、かつ消えかつ結びて、久しくとどまりたるためしなし。

訳　流れゆく川の流れは絶えることがなくて、しかも、その水はもとと同じ水ではない。よどみに浮かぶ水のあわは、一方では消えたと思うと一方では生じ、いつまでも残っているためしがない。

徒然草《つれづれくさ》

兼好法師《けんこうほうし》作。

一三三〇年（元徳《げんとく》二）ごろ成立。

⇩ p.49

つれづれなるままに、日暮らし、硯《すずり》に向かひて、心にうつりゆくよしなしごとを、そこはかとなく書きつくれば、あやしうこそものぐるほしけれ。

訳　所在のないのにまかせて、一日中、硯に向かって、心に映っては消えてゆくわけもないことを、とりとめもなく書きつけていくと、妙にもの狂おしい気持ちがする。

近世

奥《おく》の細道《ほそみち》

松尾芭蕉《まつおばしょう》作。

一七〇二年（元禄《げんろく》一五）刊。

⇩ p.54

月日は百代《はくたい》の過客《くわかく》にして、行《ゆき》かふ年も又旅人なり。舟の上に生涯を浮かべ、馬の口とらへて老《おい》をむかふる物は、日々旅にして旅を栖《すみか》とす。

訳　月日は永遠の旅人であり、来ては去り、去っては来る年も、また旅人である。舟の上に一生を送り、馬をひいて老いゆく者は、日々が旅であって旅そのものが終《つい》のすみかとなってしまう。

好色一代男《こうしょくいちだいおとこ》

井原西鶴《いはらさいかく》作。

一六八二年（天和《てんな》二）刊。

⇩ p.58

桜もちるに嘆き、月はかぎりありて入佐山《いるさやま》。

訳　桜とか名月とかいっても、花はすぐに散り、月はやがて山のうしろに入佐山で、あっけないことである。

（吉行淳之介《よしゆきじゅんのすけ》訳『好色一代男《こうしょくいちだいおとこ》』）

はしがき

本書は、日本文学史の重要事項を、短時間で確実に身につけることをねらいとして編集した教材である。諸君は本書の**解説**を読み、**設問**を解くことによって、独力で日本文学の歴史を把握できるばかりでなく、大学入試にも十分対応することができる。知識が自分のものとなるまで、繰り返し利用されることを望む。

【本書の特色】

一 短時間で最大の学習効果を上げられるよう、**徹底的に内容・分量を精選**した。

二 時代区分は、**上代**《じょうだい》(大和《やまと》~奈良《なら》)、**中古**《ちゅうこ》(平安《へいあん》)、**中世**《ちゅうせい》(鎌倉《かまくら》~安土《あづち》桃山《ももやま》)、**近世**《きんせい》(江戸《えど》)、**近現代**《きんげんだい》(明治《めいじ》~平成《へいせい》)の五つの区分に従った。なお、近現代は学習範囲が広いため、明治と大正《たいしょう》以降とに分け、学習に飽きが生じないように配慮した。

三 各時代の本文一ページ目「**時代概説**」では、その時代の文学史の全体的な流れをまとめ、主要作家・作品・事項等を見渡せるようにした。また、その時代について効率的に学習するための指針を「**学習のポイント**」に示した。

四 本文は、上段・中段・下段に分けた。

上段―ジャンルごとに文学史の流れを簡潔に説明した。また、知識の整理や要点の確認を行うためのコーナーとして、「**クローズアップ**」を設けた。**大学入試に頻出する最重要事項を厳選**し、実際の出題傾向に従って、他の時代やジャンルにまたがった整理項目も設けてある。

中段―上段のジャンルの主要人物・作品について、ポイントをおさえた知識の習得ができるよう、**短文を列記する形で解説**した。

下段―各ジャンルの人物・作品などの情報を**一覧表・展開図・比較表**など、知識の整理に役立つ形で示したり、上・中段に関連する内容を補足したりした。また、上・中段に見られる**文学史上の用語について解説**した。

五 「**問題演習**」では、本文の内容に沿った、**代表的な設問形式の創作問題**を用意した。さまざまな設問形式に触れながら、本文の主要な内容を実戦的に習得することができる。また、「**確認しよう**」では、主要人物・作品などを暗記するための**一問一答式の設問**を用意した。正解することができたらチェック欄(□)に印をつけよう。

六 実戦力を養えるよう、実際の**入試問題**の中から、**出題頻度の高い内容・形式のものを厳選**して採録した。

七 **系統図**などの文学史全体にかかわる資料は、「**資料編**」として、参照しやすい巻頭に**カラー**でまとめた。

八 学習への興味づけをはかるため、各時代の冒頭に**カラー**の口絵を設け、**写真資料を豊富に掲載**した。また、本文にも写真をできるだけ多く掲載した。

九 自学自習の便をはかるため、書名・人名・文芸用語・事項などには繰り返し**ふりがな**を施した。

十 見返しには「**主要作品冒頭文**」を用意した。

十一 付録として、暗記や反復学習に便利な**チェックシート**を用意した。本書の紙面をチェックシートで覆うと、赤字で示した重要事項や、設問の正解が消えるようになっている。

目次

古典文学の流れ（散文）

系統図

上代	中古
七九四	八〇〇・九〇〇・一〇〇〇・一一〇〇・一一九二・一二〇〇

- **神話・伝説・説話**
  - **地誌**　風土記
  - **歴史書**　古事記　日本書紀　続日本紀
  - **祝詞**
  - **宣命**
- **説話**　日本霊異記　三宝絵詞　江談抄　今昔物語集　打聞集　古本説話集　宝物集　発心集
- **作り物語**　竹取物語　宇津保物語　落窪物語
- **物語**　源氏物語　浜松中納言物語　夜半の寝覚　堤中納言物語　狭衣物語　とりかへばや物語
- **擬古物語**　松浦宮物語
- **歌物語**　伊勢物語　大和物語　平中物語
- **歴史物語**　栄花物語　大鏡　今鏡　水鏡（四鏡）
- **軍記物語**　将門記　陸奥話記　保元物語　平治物語
- **日記**　土佐日記　蜻蛉日記　和泉式部日記　紫式部日記　更級日記　成尋阿闍梨母集　讃岐典侍日記　源家長日記　たまきはる
- **随筆**　枕草子　方丈記

▼中宮定子《ちゅうぐうていし》（佐多芳郎《さたよしろう》筆）

◀紀貫之《きのつらゆき》邸跡

作品・解説

作品	解説
歴史書	
古事記《こじき》	七一二年成立。稗田阿礼《ひえだのあれ》が記憶していた伝承を口述し、太安万侶《おおのやすまろ》が筆録。神話・伝説などが多い。
日本書紀《にほんしょき》	七二〇年成立。舎人親王《とねりしんのう》らが編集。史実に重点を置く。
説話	
今昔物語集《こんじゃくものがたりしゅう》	千編あまりの仏教説話と世俗説話を集大成した説話集。
古本説話集《こほんせつわしゅう》	和歌説話と仏教説話とを集成。
宇治拾遺物語《うじしゅういものがたり》	世俗説話が多く、仏教的色彩は薄い。
物語	
竹取《たけとり》物語	最初の作り物語。現存する日本最古の物語。かぐや姫が主人公。
伊勢《いせ》物語	最初の歌物語。在原業平《ありわらのなりひら》の一代記的構成。「みやび」の美。
大和《やまと》物語	歌物語。説話的。
平中《へいちゅう》物語	歌物語。平中《へいちゅう》（平貞文《たいらのさだふん》）の恋を描く。
宇津保《うつほ》物語	作り物語。日本最初の長編物語。琴の秘曲伝授と求婚の話。
落窪《おちくぼ》物語	作り物語。継子《ままこ》いじめを主題とする。
源氏《げんじ》物語	古典文学の最高傑作。十一世紀初め成立。作者紫式部《むらさきしきぶ》。五十四巻。光源氏《ひかるげんじ》の一生と、息子薫《かおる》の恋物語。「もののあはれ」の美。
浜松中納言物語《はままつちゅうなごんものがたり》	浜松中納言《はままつちゅうなごん》のとげられぬ恋を舞台を唐まで広げて神秘的に描く。
夜半《よわ》の寝覚《ねざめ》	波瀾《はらん》に富んだ悲恋の物語。女性心理を精細克明に描く。
堤中納言物語《つつみちゅうなごんものがたり》	鋭い感覚と理知のひらめきを持つ十編の短編物語集。
狭衣《さごろも》物語	狭衣大将《さごろものたいしょう》の悲恋の嘆きを退廃的・超現実的に描く。
とりかへばや物語	兄が女、妹が男として育てられ、混乱を経たのち幸福になるという奇抜な筋。退廃的。
栄花《えいが》物語	最初の歴史物語。藤原道長《ふじわらのみちなが》を賛美する内容。編年体。
大《おお》鏡《かがみ》	歴史物語の傑作。藤原道長《ふじわらのみちなが》の権勢とその由来を批判を交えて描く。紀伝体。戯曲的構成。

草薙《くさなぎ》の剣《つるぎ》（安田靫彦《やすだゆきひこ》筆）▼
『古事記《こじき》』の登場人物倭建命《やまとたけるのみこと》。

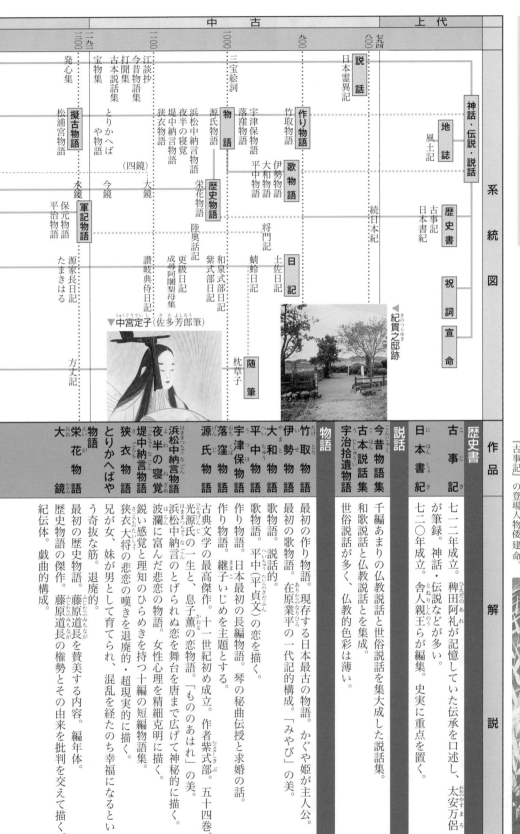

中世

一三〇〇　一四〇〇　一五〇〇　一六〇〇

- 閑居友　宇治拾遺物語　撰集抄　十訓抄　古今著聞集　沙石集　雑談集　吉野拾遺
- 海人の刈藻　住吉物語　石清水物語
- **御伽草子**
- 平家物語　増鏡　太平記　曾我物語　義経記
- **史論書**　愚管抄　神皇正統記
- 明月記　弁内侍日記　中務内侍日記　とはずがたり　宗長日記
- **紀行**　海道記　東関紀行　十六夜日記
- 徒然草

▲物くさ太郎

▼榎《え》の木《き》の僧正《そうじょう》（『徒然草画帖《つれづれぐさがちょう》』）

近世

一六〇三　一七〇〇　一八〇〇　一八六七

- **仮名草子**
- **草双紙**　赤本　黒本　青本
- **黄表紙**　金々先生栄華夢　江戸生艶気樺焼
- **合巻**　修紫田舎源氏
- **浮世草子**　好色一代男　日本永代蔵
- **読本**　雨月物語　椿説弓張月　南総里見八犬伝
- **洒落本**　遊子方言　通言総籬
- **人情本**　春色梅児誉美
- **滑稽本**　東海道中膝栗毛　浮世風呂　浮世床
- 嵯峨日記
- **国学**　万葉考　古事記伝　源氏物語玉の小櫛
- 野ざらし紀行　鹿島紀行　更科紀行　笈の小文　奥の細道
- 幻住庵記　折たく柴の記　駿台雑話　玉勝間　うけらが花　花月草紙

▲『金々先生栄華夢』

芳流閣《ほうりゅうかく》の戦い（月岡芳年《つきおかよしとし》筆）『南総里見八犬伝』第四輯《しゅう》の場面が描かれている。上が信乃《しの》、下が現八《げんぱち》。▼

平家《へいけ》物語	軍記物語。源平の争乱と平氏の滅亡を仏教的無常観によって描く。和漢混交文。琵琶法師《びわほうし》によって「平曲《へいきょく》」として広められた。
太平記《たいへいき》	軍記物語。南北朝の争乱を描く。和漢混交文。太平記読み。

小説

好色一代男《こうしょくいちだいおとこ》	浮世草子《うきよぞうし》（好色物《こうしょくもの》）。作者井原西鶴《いはらさいかく》。世之介《よのすけ》の遊蕩《ゆうとう》生活一代記。
日本永代蔵《にっぽんえいたいぐら》	浮世草子《うきよぞうし》（町人物《ちょうにんもの》）。作者井原西鶴《いはらさいかく》。金持ちになった町人の明暗。
雨月物語《うげつ》	読本《よみほん》。作者上田秋成《うえだあきなり》。中国の小説や日本の怪談を題材とする。
南総里見八犬伝《なんそうさとみはっけんでん》	読本《よみほん》。作者滝沢馬琴《たきざわばきん》。儒教的な勧善懲悪《かんぜんちょうあく》の思想。
金々先生栄華夢《きんきんせんせいえいがのゆめ》	黄表紙《きびょうし》。作者恋川春町《こいかわはるまち》。すぐれた風俗描写。
修紫田舎源氏《にせむらさきいなかげんじ》	合巻《ごうかん》。作者柳亭種彦《りゅうていたねひこ》。室町幕府を舞台に、将軍家のお家騒動を『源氏物語』に似せて描く。江戸の大奥生活を風刺したとされる。
春色梅児誉美《しゅんしょくうめごよみ》	人情本《にんじょうぼん》。作者為永春水《ためながしゅんすい》。恋の葛藤《かっとう》や義理人情を描く。
東海道中膝栗毛《とうかいどうちゅうひざくりげ》	滑稽本《こっけいぼん》。作者十返舎一九《じっぺんしゃいっく》。江戸の町人、弥次《やじ》喜多《きた》の旅行記。
浮世風呂《うきよぶろ》	滑稽本《こっけいぼん》。作者式亭三馬《しきていさんば》。銭湯を舞台に当時の世相を描く。

日記・随筆・紀行

土佐《とさ》日記	作者紀貫之《きのつらゆき》。仮名《かな》で書かれた最初の日記文学。女性に仮託《かたく》。
蜻蛉《かげろう》日記	作者藤原道綱母《ふじわらのみちつなのはは》。結婚生活の内面を回想した自伝的日記。
和泉式部《いずみしきぶ》日記	和泉式部《いずみしきぶ》の恋愛を、三人称で歌物語的に記した日記。
紫式部《むらさきしきぶ》日記	作者紫式部《むらさきしきぶ》。中宮彰子《ちゅうぐうしょうし》に仕えていたときの記録と、女房評。
更級《さらしな》日記	作者菅原孝標女《すがわらのたかすえのむすめ》。物語にあこがれた少女時代からの半生を描く。
枕草子《まくらのそうし》	日本最初の随筆。作者清少納言《せいしょうなごん》。一〇〇〇年ごろ成立。約三百段。類集《るいじゅう》的章段・日記的章段・随想的章段に分類。「をかし」の美。
方丈記《ほうじょうき》	随筆。一二一二年成立。作者鴨長明《かものちょうめい》。無常観。和漢混交文。
徒然草《つれづれぐさ》	一三三〇年ごろ成立。作者兼好法師《けんこうほうし》。自然・人生・趣味など、さまざまな題材。無常観。和文《わぶん》または和漢混交文。
とはずがたり	日記。作者後深草院二条《ごふかくさいんのにじょう》。自伝的回想記。紀行の要素が強い。
奥《おく》の細道《ほそみち》	俳文による紀行文。作者松尾芭蕉《まつおばしょう》。一七〇二年刊。門人河合曾良《かわいそら》と奥州北陸を行脚した模様を、簡潔な俳文によってまとめた傑作。
折《おり》たく柴《しば》の記	作者新井白石《あらいはくせき》。政治的生涯を回想した自伝的随筆。
玉勝間《たまかつま》	作者本居宣長《もとおりのりなが》。学問的な随筆の傑作。古道・文学など多彩な内容。

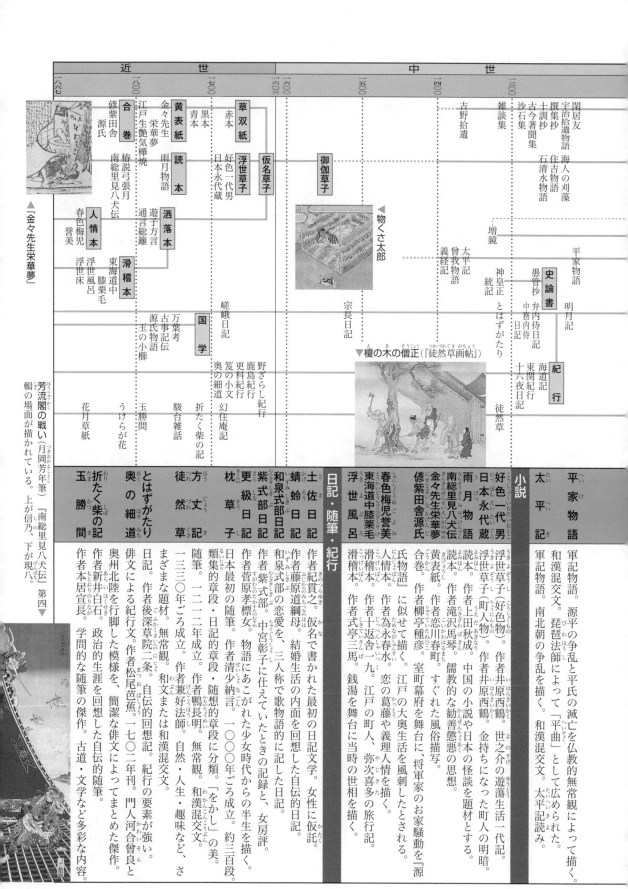

古典文学の流れ（韻文・劇文学）

系統図

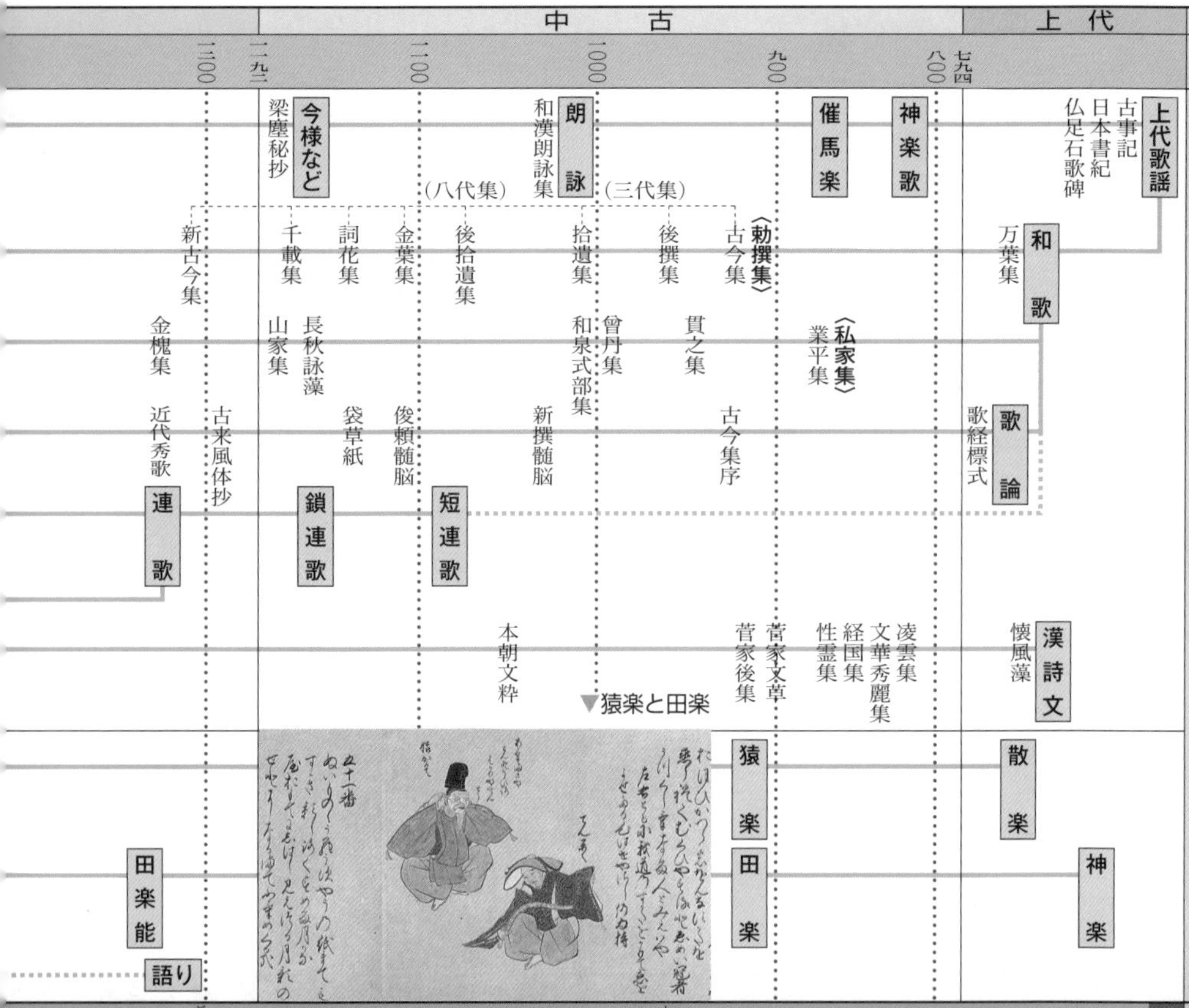

作品・解説

和歌

万葉《まんよう》集
奈良時代末期、七五九年以後に成立。編者大伴家持《おおとものやかもち》か。二十巻。約四千五百首。部立《ぶだて》は雑歌《ぞうか》・相聞《そうもん》・挽歌《ばんか》など。歌体は長歌・短歌・旋頭《せどう》歌など。素朴な感情を率直に表現。雄大・荘重。「ますらをぶり」。歌人に、第一期…舒明《じょめい》天皇・有間皇子《ありまのみこ》・額田王《ぬかたのおおきみ》ら、第二期…柿本人麻呂《かきのもとのひとまろ》・高市黒人《たけちのくろひと》ら、第三期…山部赤人《やまべのあかひと》・山上憶良《やまのうえのおくら》・大伴旅人《おおとものたびと》・高橋虫麻呂《たかはしのむしまろ》ら、第四期…大伴家持《おおとものやかもち》ら。東歌《あずまうた》・防人歌《さきもりうた》がある。

古今《こきん》和歌集
最初の勅撰《ちょくせん》和歌集。九〇五年、醍醐《だいご》天皇の勅命により撰進《せんしん》。撰《せん》者紀貫之《きのつらゆき》・紀友則《きのとものり》・凡河内躬恒《おおしこうちのみつね》・壬生忠岑《みぶのただみね》。二十巻。約千百首。紀貫之《きのつらゆき》の「仮名序《かなじょ》」を持つ。「たをやめぶり」。

後撰《ごせん》和歌集
勅撰和歌集。九五一年、村上天皇の勅命により梨壺《なしつぼ》の五人（源《みなもとの》順《したごう》・大中臣能宣《おおなかとみのよしのぶ》・清原元輔《きよはらのもとすけ》・紀時文《きのときふみ》・坂上望城《さかのうえのもちき》）が撰進《せんしん》。『古今《こきん》集』からもれた歌や、『古今《こきん》集』以後の歌を集める。

拾遺《しゅうい》和歌集
勅撰和歌集。十一世紀初めに成立。『古今《こきん》集』『後撰《ごせん》集』からもれた歌を拾う。中古文学最盛期の歌集で、歌は落ち着いていて優雅。

曾丹《そたん》集
曾禰好忠《そねのよしただ》の私家《しか》集。自由で清新な歌が多い。

和泉式部《いずみしきぶ》集
和泉式部《いずみしきぶ》の私家集。情熱的で哀感をたたえた歌が多い。

長秋詠藻《ちょうしゅうえいそう》
藤原俊成《ふじわらのとしなり》の私家集。余情豊かな「幽玄《ゆうげん》」体。

山家《さんか》集
西行《さいぎょう》の私家集。自然や人間への愛を淡々と詠んだ歌が多い。

新古今《しんこきん》和歌集
勅撰和歌集。一二〇五年に成立。撰者 源通具《みなもとのみちとも》・藤原有家《ふじわらのありいえ》・藤《ふじ》原定家《わらのさだいえ》・藤原家隆《ふじわらのいえたか》・藤原雅経《ふじわらのまさつね》・寂蓮《じゃくれん》。二十巻。約二千首。後鳥《ごと》羽《ば》院の院宣《いんぜん》により成立。幽玄《ゆうげん》。

金槐《きんかい》和歌集
源実朝《みなもとのさねとも》の私家集。万葉調の強い歌風。「ますらをぶり」。

建礼門院右京大夫《けんれいもんいんのうきょうのだいぶ》集
藤原伊行女《ふじわらのこれゆきのむすめ》の私家集。詞書が長く、日記のような趣を持つ。建礼門院の思い出を中心に、平家没落のあわれさを描く。

玉葉《ぎょくよう》和歌集
勅撰和歌集の中で最大の歌集。一三一二年に成立。撰者京極為兼《きょうごくためかね》。二十巻。約二千八百首。新古今時代の歌を中心とするが、

飛鳥《あすか》の里の額田王《ぬかたのおおきみ》（安田靫彦《やすだゆきひこ》筆）▼

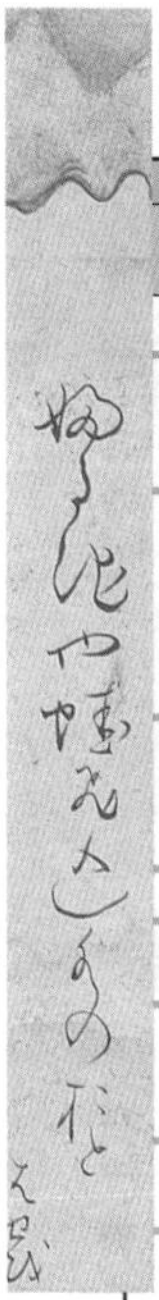

◀松尾芭蕉短冊《まつおばしょうたんざく》「ふる池《いけ》や蛙飛込水《かはづとびこむみづ》のおと」

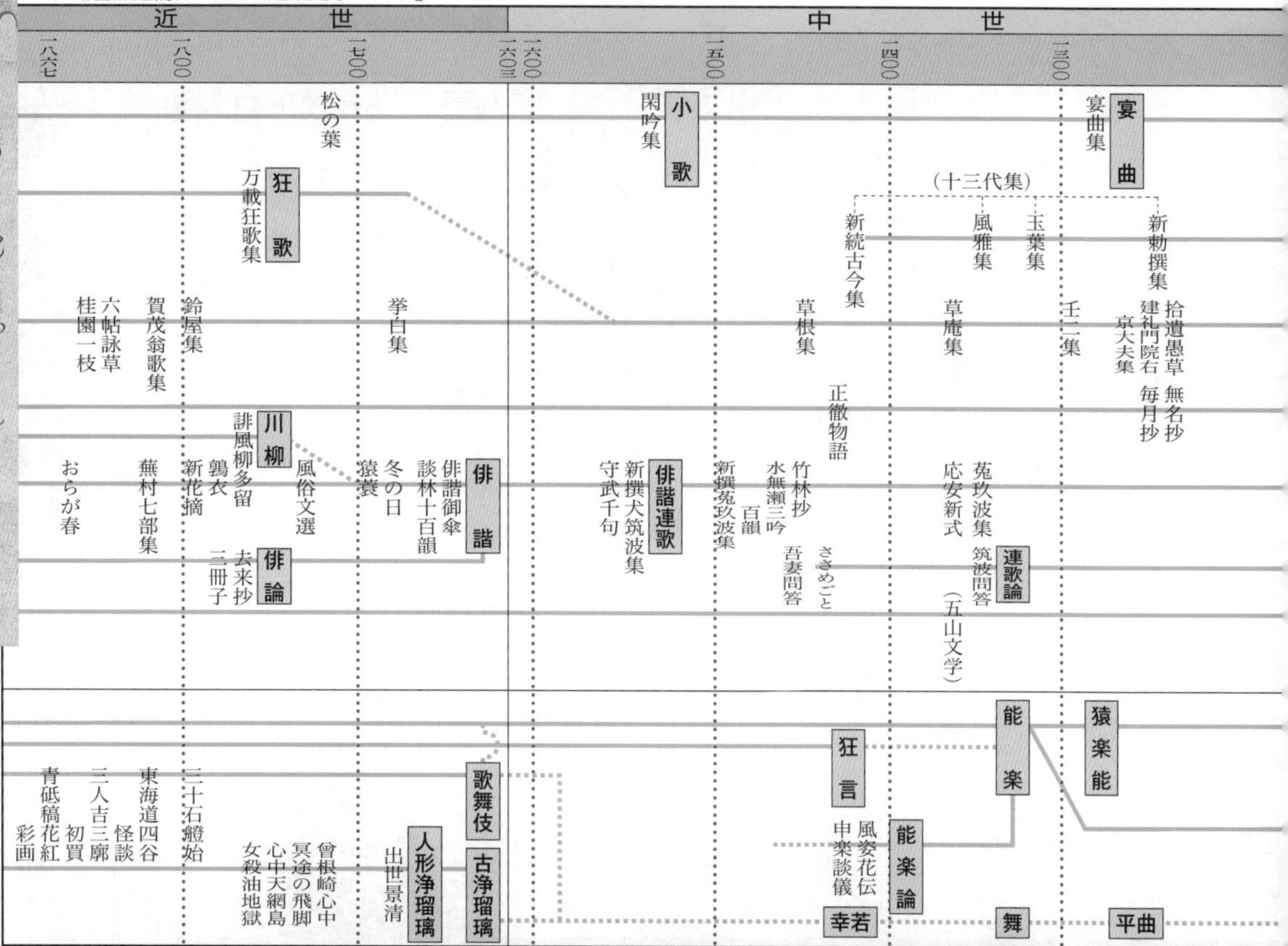

風雅和歌集《ふうがわかしゅう》
『万葉集』の歌も多い。清新で叙情的な歌風。勅撰和歌集。一三四九年ごろ成立。撰者光厳院《こうごんいん》。二十巻。約二千二百首。十三代集の中で最も清新な歌風。

連歌

菟玖波集《つくばしゅう》
準勅撰集。一三五六年に成立。撰者二条良基《にじょうよしもと》・救済《ぐさい》。二十巻。真名序《まなじょ》・仮名序《かなじょ》がある。これにより連歌が和歌と対等の地位を得る。

水無瀬三吟百韻《みなせさんぎんひゃくいん》
一四八八年に成立。作者飯尾宗祇《いいおそうぎ》・肖柏《しょうはく》・宗長《そうちょう》。連歌最高の規範とされる。水無瀬《みなせ》の後鳥羽院御廟《ごとばいんごびょう》に奉納したもの。

新撰菟玖波集《しんせんつくばしゅう》
準勅撰集。一四九五年に成立。撰者飯尾宗祇《いいおそうぎ》。天皇から庶民まで約二百五十人、約二千句を収めた、連歌の集大成。

新撰犬筑波集《しんせんいぬつくばしゅう》
俳諧《はいかい》連歌集。撰者山崎宗鑑《やまざきそうかん》。滑稽《こっけい》な連歌を集める。

俳諧

俳諧御傘《はいかいごさん》
一六五一年刊。筆者松永貞徳《まつながていとく》(貞門《ていもん》)。俳諧の方式を定める。

談林十百韻《だんりんとっぴゃくいん》
談林《だんりん》派の俳諧集。一六七五年刊。巻頭の発句は西山宗因《にしやまそういん》。

冬の日《ふゆのひ》
蕉門《しょうもん》の撰集。作者松尾芭蕉《まつおばしょう》ら。一六八四年刊。蕉風を確立。「俳諧七部集《はいかいしちぶしゅう》」の一つ。

猿蓑《さるみの》
蕉門の撰集。作者松尾芭蕉《まつおばしょう》ら。一六九一年刊。蕉風を完成。「さび」「しをり」「ほそみ」の理念を樹立。「俳諧七部集《はいかいしちぶしゅう》」の一つ。

新花摘《しんはなつみ》
俳文集。一七七七年成立。作者与謝蕪村《よさぶそん》。亡き母追善《ついぜん》の発句。

おらが春《はる》
俳文集。一八一九年成立。作者小林一茶《こばやしいっさ》。元旦《がんたん》から歳末までの一年間の真情を記す。

劇文学

風姿花伝《ふうしかでん》
一四〇二年ごろ成立。筆者世阿弥《ぜあみ》。能《のう》の芸術論を展開。「花《はな》」の種々相を詳述。『花伝書《かでんしょ》』ともいう。

出世景清《しゅっせかげきよ》
人形浄瑠璃《にんぎょうじょうるり》(時代物《じだいもの》)。一六八五年初演。作者近松門左衛門《ちかまつもんざえもん》。平家の遺臣悪七兵衛景清《あくしちびょうえかげきよ》が主家の仇《あだ》を報じようとする。

曾根崎心中《そねざきしんじゅう》
人形浄瑠璃《にんぎょうじょうるり》(世話物《せわもの》)。一七〇三年初演。作者近松門左衛門《ちかまつもんざえもん》。手代の徳兵衛《とくべえ》と遊女お初《はつ》が、悲恋の結果、曾根崎《そねざき》天神の森で心中する。

東海道四谷怪談《とうかいどうよつやかいだん》
歌舞伎《かぶき》(生世話物《きぜわもの》)。一八二五年初演。作者鶴屋南北《つるやなんぼく》。民谷伊右衛門《たみやいえもん》が妻お岩《いわ》を殺し、その亡霊に悩まされて自滅する。

幽霊(円山応挙《まるやまおうきょ》筆)▼

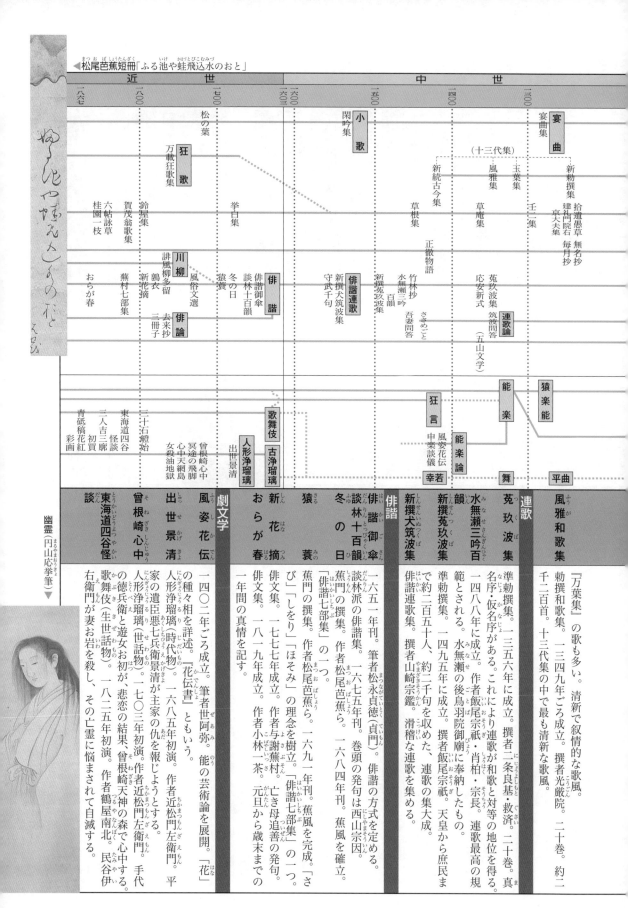

近現代文学の流れ（小説・評論）

系統図

明治元（一八六八）　10（一八七七）　20（一八八七）　30（一八九七）　40（一九〇七）　45　大正元（一九一二）

戯作文学
仮名垣魯文「安愚楽鍋」

翻訳小説
丹羽純一郎「花柳春話」

政治小説
矢野龍渓「経国美談」
東海散士「佳人之奇遇」

写実主義
坪内逍遙「小説神髄」
二葉亭四迷「浮雲」

擬古典主義
〈硯友社〉
尾崎紅葉「二人比丘尼 色懺悔」
幸田露伴「風流仏」

観念小説
川上眉山「うらおもて」

深刻小説
広津柳浪「黒蜥蜴」
樋口一葉「たけくらべ」

浪漫主義
〈文学界〉
北村透谷「内部生命論」
森鷗外「舞姫」
徳冨蘆花「不如帰」
国木田独歩「武蔵野」
泉鏡花「高野聖」

自然主義
小杉天外「はやり唄」
永井荷風「地獄の花」
島崎藤村「破戒」
田山花袋「蒲団」
正宗白鳥「何処へ」
徳田秋声「新世帯」

反自然主義

高踏派・余裕派
森鷗外「青年」
夏目漱石「門」

白樺派
武者小路実篤「お目出たき人」
志賀直哉「網走まで」
有島武郎「或る女」

耽美派
永井荷風「すみだ川」
谷崎潤一郎「刺青」

新現実主義

奇蹟派

▲「不如帰《ほととぎす》」口絵原画（黒田清輝《くろだせいき》）

思潮・解説

思潮		解説
啓《けい》蒙《もう》期《き》	戯《げ》作《さく》文学	江戸後期文芸の流れを継ぐ。新時代の表層を描くにとどまった。
	翻《ほん》訳《やく》小説	西欧の社会や政治、思想、風俗などを紹介したもので、知識人に多くの読者を得た。
	政《せい》治《じ》小説	自由民権運動《じゆうみんけんうんどう》を背景に政治の理想を物語の形で述べた。
写《しゃ》実《じつ》主《しゅ》義《ぎ》		社会の実情や人間心理をありのままに写す文学的立場・方法。
擬《ぎ》古《こ》典《てん》主義	硯《けん》友《ゆう》社《しゃ》	尾崎紅葉《おざきこうよう》・山田美妙《やまだびみょう》らによって創立された日本最初の文学結社。西欧化への反動から、古典回帰の傾向を持ち、井原西鶴《いはらさいかく》などの写実性を取り入れた。機関誌「我楽多文庫《がらくたぶんこ》」。
	幸《こう》田《だ》露《ろ》伴《はん》	漢学や仏教・儒教の精神を基底に、理想的・男性的・意志的な世界を中心に描き、尾崎紅葉《おざきこうよう》と並んで「紅露《こうろ》」時代を画した。
	樋《ひ》口《ぐち》一《いち》葉《よう》	独自の写実的描写を用い、ひっそりと息づく世界を叙情性豊かな作品として著した。
浪《ろう》漫《まん》主義		前近代的な因習や倫理を否定し、内面の真実を重んじて理想や恋愛に自我を解放しようとした。
自《し》然《ぜん》主義		フランス自然《しぜん》主義の影響の下に、人間や社会の実相を科学的態度で客観的に描こうと出発した。のちに作者自身の身辺を描く「私小説《わたくししょうせつ》」「心境小説《しんきょうしょうせつ》」が出てくるもととなった。
反《はん》自《し》然《ぜん》主義	高《こう》踏《とう》派 余《よ》裕《ゆう》派	創造性を重視して主として知識人や近代の問題を描いた。高踏《こうとう》派として森鷗外《もりおうがい》、余裕《よゆう》派として夏目漱石《なつめそうせき》をさすことが多い。
	耽《たん》美《び》派	自然《しぜん》主義のもつ日常性の閉塞《へいそく》的で陰鬱《いんうつ》な描写を否定し、美の世界を重視した。しだいに官能的・享楽《きょうらく》的な傾向を強めた。
	白《しら》樺《かば》派	理想主義的な人道主義を掲げ、個の尊厳を主張し、芸術全般に影響を与えた。同人誌「白樺《しらかば》」。

小杉天外《こすぎてんがい》「魔風恋風《まかぜこいかぜ》」口絵▼

昭和	10	16	昭和元	10	20	30	40
西暦	一九二一	一九二六		一九三五	一九四五	一九五五	一九六五

私小説

新思潮派
芥川龍之介「羅生門」
菊地寛「恩讐の彼方に」

広津和郎「神経病時代」
葛西善蔵「子をつれて」

プロレタリア文学

文戦派
葉山嘉樹「海に生くる人々」

戦旗派
小林多喜二「蟹工船」
徳永直「太陽のない街」

芸術派

新感覚派
川端康成「伊豆の踊子」
横光利一「日輪」

新心理主義
堀辰雄「聖家族」
伊藤整「鳴海仙吉」

新興芸術派
井伏鱒二「屋根の上のサワン」
梶井基次郎「檸檬」

既成作家
谷崎潤一郎「春琴抄」
島崎藤村「夜明け前」
志賀直哉「暗夜行路」
永井荷風「濹東綺譚」

転向文学
中野重治「村の家」
島木健作「生活の探求」

文学界
小林秀雄「無常といふ事」

日本浪曼派
亀井勝一郎「大和古寺風物誌」
中島敦「山月記」

戦争文学・国策文学

太宰治「富嶽百景」

新日本文学会
宮本百合子「播州平野」
中野重治「五勺の酒」
徳永直「妻よねむれ」

戦後派文学
野間宏「真空地帯」
大岡昇平「野火」
三島由紀夫「金閣寺」
安部公房「壁」

無頼派
太宰治「斜陽」
坂口安吾「白痴」

谷崎潤一郎「細雪」
永井荷風「踊子」
川端康成「山の音」

▶「新日本文学」

第三の新人
吉行淳之介「驟雨」
小島信夫「アメリカン・スクール」
安岡章太郎「海辺の光景」
遠藤周作「海と毒薬」

戦後の世代
石原慎太郎「太陽の季節」
大江健三郎「死者の奢り」
開高健「裸の王様」

内向の世代
吉井由吉「杳子」
阿部昭「司令の休暇」
小川国夫「アポロンの島」

▲大江健三郎(ノーベル賞授賞式)

新現実主義《しんげんじつ》：新思潮《しんしちょう》派	新現実主義：奇《き》蹟《せき》派	プロレタリア文学	芸《げい》術《じゅつ》派：新感覚《しんかんかく》派	芸術派：新興芸術《しんこうげいじゅつ》派	芸術派：新心理《しんしんり》主義	転《てん》向《こう》文学	日《に》本《ほん》浪《ろう》曼《まん》派	戦後文学：無《ぶ》頼《らい》派	戦後文学：戦《せん》後《ご》派	戦後文学：新日本文《しんにほんぶん》学会《がくかい》	第《だい》三《さん》の新《しん》人《じん》	内《ない》向《こう》の世《せ》代《だい》
同人誌第三、四次「新思潮《しんしちょう》」によった人々。現実を理知的にとらえ、技巧的な表現によって、大正期を代表した。	日常生活の考察に徹し、かつての自然《しぜん》主義につながる伝統的な側面を持つ。新早稲田《しんわせだ》派ともいう。同人誌「奇蹟《きせき》」。	ロシア革命の世界的影響の下で、大正時代に起こった共産主義的・社会主義的な革命文学運動。	自然主義的な写実の手法を批判し、感覚的表現の斬新《ざんしん》な方法を用いて、新しいイメージの文学を創造。同人誌「文芸時代」。	反プロレタリア文学の立場に立ち、奇抜な発想で一時注目を浴びた。しかし、主流よりも傍流の作家に優れた作品がみられる。	新感覚《しんかんかく》派の流れを受け継ぎながら、ジョイスら西洋の作家の影響を受けて、人物の深層心理を芸術的に表現しようとした。	プロレタリア文学運動の作家たちが転向《てんこう》後、その苦悩などを作品に描いたもの。	古典美の復興、古代への回帰を志向したが、しだいに日本中心主義になっていった。	既成の文学観や道徳観、また安易に時勢の権威に追随する世相を批判し、自己の生活そのものに倫理の基盤を据えた作品を書いた。	同人誌「近代文学《きんだいぶんがく》」の創刊をきっかけに、戦争を体験した作家たちが新しい主体的な文学の確立をめざして活動した。	かつてのプロレタリア文学の担い手たちが中心となって「新日《しんに》本文学《ほんぶんがく》」を発刊し、戦後民主主義文学を形成した。	戦後《せんご》派の思想性や観念性とは異なり、日常の生活に潜む個人的な不安や危機意識などを描き出した。	文学の大衆化に距離を置き、家族や人間の関係における自己の存在の不安や手ごたえを、追憶・幻想・非現実などの心理的イメージを用いながら追求した。

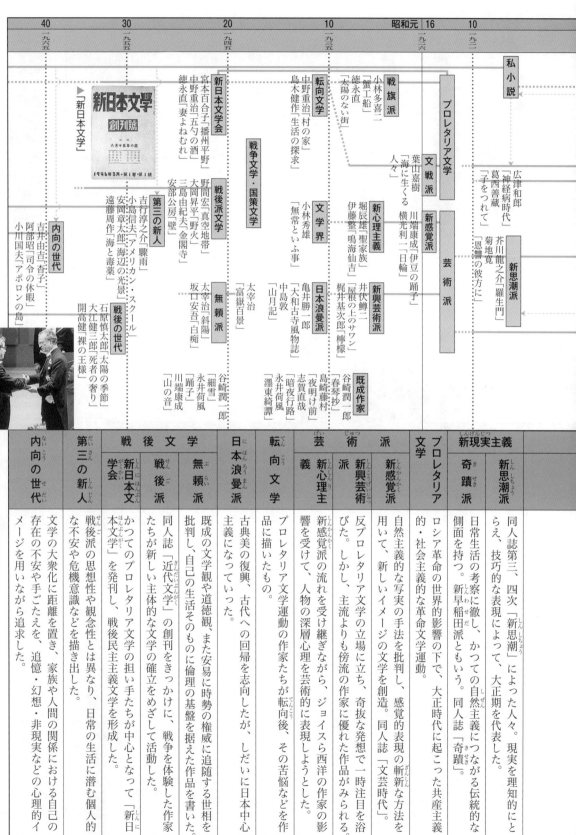

近現代文学の流れ（詩歌・演劇）

系統図

明治元（一八六八）　10（一八七七）　20（一八八七）　30（一八九七）　40（一九〇七）　45　大正元（一九一二）

詩歌

詩
- 新体詩：外山正一ら「新体詩抄」
- 浪漫詩：森鷗外「於母影」　北村透谷「楚囚之詩」
- 島崎藤村「若菜集」　土井晩翠「天地有情」
- 象徴詩：上田敏「海潮音」　薄田泣菫「白羊宮」　蒲原有明「春鳥集」
- 耽美派：北原白秋「邪宗門」　三木露風「廃園」
- 口語自由詩：川路柳虹「路傍の花」
- 理想主義の詩：高村光太郎「道程」

短歌
- （御歌所派）
- 浅香社：落合直文
- 明星派：与謝野鉄幹　与謝野晶子「みだれ髪」
- 耽美派：北原白秋「桐の花」
- 生活派：石川啄木「一握の砂」
- 竹柏会：佐佐木信綱
- 根岸短歌会：正岡子規　〈馬酔木〉伊藤左千夫　長塚節
- アララギ派：斎藤茂吉「赤光」　中村憲吉「林泉集」

俳句
- 月並調
- 日本派：正岡子規「獺祭書屋俳話」
- 〈ホトトギス〉：高浜虚子　水原秋桜子　阿波野青畝　山口誓子　高野素十
- 新傾向俳句：河東碧梧桐
- 自由律俳句：荻原井泉水　中塚一碧楼　尾崎放哉　種田山頭火

戯曲
- （歌舞伎）
- （散切物）（活歴物）
- 新派：（壮士芝居）（書生芝居）川上音次郎
- 新劇：〈文芸協会〉坪内逍遥
- 自由劇場：小山内薫　市川左団次
- 芸術座：島村抱月　松井須磨子

◀文芸協会舞台《ぶんげいきょうかい》

思潮・解説（詩）

思潮	解説
新体詩《しんたいし》	西洋詩の影響を受け、漢詩とは異なる新体《しんたい》の詩を作ろうとした。
浪漫詩《ろうまんし》	森鷗外《もりおうがい》らによるヨーロッパ浪漫《ろうまん》主義詩の訳詩や、その影響を受けた「文学界《ぶんがくかい》」同人による詩が中心。近代詩の実質的な幕開け。
象徴詩《しょうちょうし》	フランス象徴《しょうちょう》詩の影響を受け、詩の言葉を意味伝達よりも寓意《ぐうい》的・暗示的なイメージを表すためのものとして用いた。
口語自由詩《こうごじゆうし》	自然《しぜん》主義文学運動の影響下で、自由律・平明な口語によって生活の情感を表現した。
耽美派《たんびは》	「スバル」を中心に、反自然《はんしぜん》主義の立場から唯美的な作風を競った。
理想主義《りそうしゅぎ》	白樺《しらかば》派の影響を受け、肯定的な人間観を基に人道主義の詩を作った。
民衆派《みんしゅうは》	自由・友愛・平等の理想を掲げ、民衆の生活を平易な言葉でうたった。
口語自由詩の完成と昭和詩への潮流	大正期、萩原朔太郎《はぎわらさくたろう》らによって口語自由詩の芸術的完成を見た。その後、未来《みらい》派の平戸廉吉《ひらとれんきち》、ダダイズムの高橋新吉《たかはししんきち》、アナーキズムの萩原恭次郎《はぎわらきょうじろう》、芸術的前衛詩運動の安西冬衛《あんざいふゆえ》らが現れた。
プロレタリア詩	労働者解放の革命運動の一翼を担ったもので、生活遊離の叙情性・浪漫《ろうまん》性を否定して、労働者の生活を基底に据えた詩作をした。
詩《し》と詩《し》論《ろん》	詩の感傷性やプロレタリア詩の観念性を否定し、イメージ重視の主知的・超現実的な詩を作った。
四季《しき》派	「四季《しき》」を中心に、失われつつある伝統的な叙情性を詩にうたった。
歴程《れきてい》派	「歴程《れきてい》」によった人々の活動であるが、詩人個々がそれぞれの主張に基づいて個性的な詩風を発揮した。
戦後の詩	詩人の社会性を問う戦後直後の動きから出発し、その後多くの詩誌が創刊・復刊され、さまざまな活動が見られている。

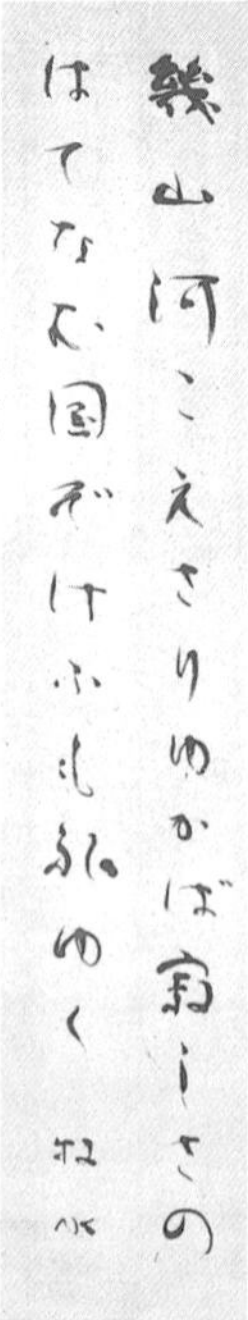

▶若山牧水《わかやまぼくすい》短冊「幾山河《いくやまかは》こえさりゆかば寂しさのはてなむ国ぞけふも旅ゆく」

昭和元	16	10
一九二六		一九二一

40	30	20	10
一九六五	一九五五	一九四五	一九三五

民衆派
白鳥省吾「大地の愛」

口語自由詩の完成
萩原朔太郎「月に吠える」

プロレタリア詩
中野重治

詩と詩論
三好達治「測量船」
西脇順三郎「Ambarvalia」

四季派
中原中也「山羊の歌」
伊東静雄「わがひとに与ふる哀歌」
立原道造「萱草に寄す」

歴程派
草野心平「蛙」
金子光晴「鮫」

戦後の詩
鮎川信夫
田村隆一〈荒地〉
黒田三郎
谷川俊太郎〈櫂〉
大岡信
清岡卓行
飯島耕一〈鰐〉

反アララギ派
〈日光〉
北原白秋
前田夕暮
木下利玄
釈迢空
古泉千樫
石原純

〈多磨〉
北原白秋
木俣修
宮柊二

島木赤彦「太虚集」
石原純「靉日」
土屋文明「ふゆくさ」
近藤芳美
岡井隆
寺山修司

川端茅舎
中村汀女

反ホトトギス
〈新興俳句〉
水原秋桜子
山口誓子
日野草城

〈人間探求派〉
加藤楸邨
石田波郷
中村草田男

西東三鬼
金子兜太

▶「四季《しき》」

◀「多磨《たま》」

◀「夕鶴《ゆうづる》」舞台（園部澄《そのべきよし》撮影）

築地小劇場
小山内薫

プロレタリア派

新築地劇団
土方与志

芸術派

前進座
河原崎長十郎

築地座
岸田国士「紙風船」
田中千禾夫「おふくろ」

新協劇団
村山知義「暴力団記」
久保栄「火山灰地」

文学座
杉村春子
中村伸郎

俳優座

民芸
宇野重吉
滝沢修

木下順二「夕鶴」
福田恆存「キティ颱風」
三好十郎「炎の人」

ぶどうの会
山本安英

短歌

短歌の革新	和歌改良運動《わかかいりょううんどう》の落合直文《おちあいなおぶみ》（浅香社《あさか》）や「写生《しゃせい》」を主張した正岡子規《まさおかしき》（根岸短歌会《ねぎしたんかかい》）らによった。直文《なおぶみ》の門下に与謝野鉄幹《よさのてっかん》がいた。
明《みょう》星《じょう》派	与謝野鉄幹《よさのてっかん》の主宰する「明星《みょうじょう》」を中心とした活動。個性的・芸術至上主義的な浪漫《ろうまん》主義短歌の時代を生み出した。
生《せい》活《かつ》派	日常生活や自己を見つめながら、社会的関心につながった石川啄《いしかわたく》木《ぼく》らがいる。
耽《たん》美《び》派	パンの会や雑誌「スバル」によった北原白秋《きたはらはくしゅう》らを中心とする退嬰《たいえい》的官能的短歌。
アララギ派	子規《しき》門下による「アララギ」は、「写生」と『万葉集《まんよう》』尊重の精神をふまえた多くの歌人の輩出によって、歌壇で圧倒的勢力を誇った。
反アララギ派	大正末に反アララギの歌人が雑誌「日光《にっこう》」に集まった。
昭和期	新興短歌運動《しんこうたんかうんどう》やプロレタリア短歌もあったが、主流はアララギ派だった。
戦後	大家の活動、リアリズムの台頭、前衛的活動、女性や若手の活動など、諸相を呈している。

俳句

日《に》本《ほん》派	正岡子規《まさおかしき》は、新聞「日本《にほん》」、雑誌「ホトトギス」を通じて旧派の句を月並調《つきなみちょう》として厳しく批判し、「写生」による句作を提唱した。
新《しん》傾《けい》向《こう》俳句	河東碧梧桐《かわひがしへきごとう》は自由な形式の句を提唱した。
自《じ》由《ゆう》律《りつ》俳句	新傾向《しんけいこう》俳句の挫折《ざせつ》打開のために提唱され、季題無用《きだいむよう》論と関係づけられたこともある。
ホトトギス	高浜虚子《たかはまきょし》が中心。子規《しき》の写生説を発展させ、花鳥諷詠《かちょうふうえい》を唱えた。
反ホトトギス	水原秋桜子《みずはらしゅうおうし》（「馬酔木《あしび》」）・山口誓子《やまぐちせいし》らはホトトギスに飽きたらず、俳句を近代化しようとした。秋桜子《しゅうおうし》の門下から加藤楸邨《かとうしゅうそん》・石田波郷《いしだはきょう》・中村草田男《なかむらくさたお》が出、「人間探求派《にんげんたんきゅう》」と呼ばれた。
戦後	桑原武夫《くわばらたけお》の第二芸術論《だいにげいじゅつ》を機に、俳句のあり方が模索され、社会性や思想性を探求する傾向、前衛的な傾向などが展開されている。

河東碧梧桐短冊
「春寒し水田の上の根なし雲」▼

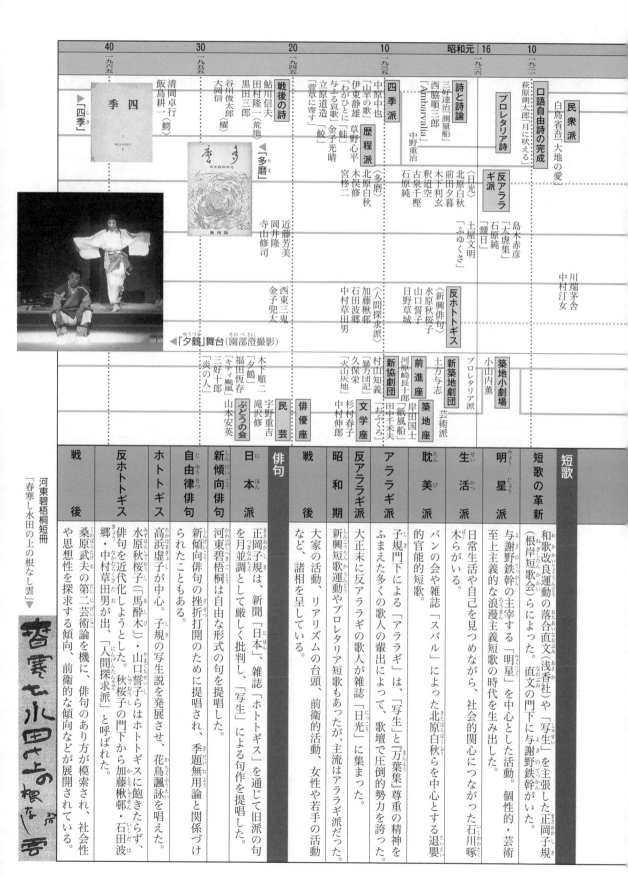

古典文学の理念一覧

時代	理念	内容
上代	まこと	「記紀歌謡《ききかよう》」や『万葉集《まんよう》』に見られる。感動を率直に述べる素朴《そぼく》な精神。『続日本紀《しょくにほんぎ》』の宣命《せんみょう》に「明《あか》き浄《きよ》き直《なお》き誠《まこと》の心」とある。
上代	ますらをぶり	男性的で力強く、伸び伸びとした歌風。近世の国学者賀茂真淵《かものまぶち》が『万葉集《まんよう》』をたたえて提唱し、理想とした。
中古	たをやめぶり	優美・繊細で技巧的な歌風。賀茂真淵《かものまぶち》が『古今《こきん》和歌集』に名づけた。
中古	あはれ もののあはれ	「あはれ」は、自然・人事などにふれて起こる、親愛・悲哀《ひあい》・賛嘆などの内面的感動。「もののあはれ」は、それと対象との結合が生む情趣。「もののあはれ」の代表的文学は『源氏物語《げんじものがたり》』。近世の国学者本居宣長《もとおりのりなが》が、『源氏物語玉《げんじものがたりたま》の小櫛《おぐし》』で提唱した。
中古	をかし	知性に訴える明るい情趣。「あはれ」が内面的なのに対して、「をかし」は外界を知的感覚で客観的にとらえる傾向がある。「をかし」の代表的な文学は『枕草子《まくらのそうし》』。
中世	幽玄《ゆうげん》	優艶静寂《ゆうえんせいじゃく》を基調とした、余情の美。「もののあはれ」が発展した理念で、中古末から中世初めに活躍した歌人、藤原俊成《ふじわらのとしなり》が和歌において提唱、連歌《れんが》にも伝わった。能楽《のうがく》では、世阿弥《ぜあみ》が理想の美とし、近世には、俳諧《はいかい》に「さび」として継承された。
中世	花《はな》	世阿弥《ぜあみ》が「幽玄《ゆうげん》」とともに能《のう》の中心に置いた理念。観客を魅了する「おもしろさ」を、季節とともに変化する自然の花のおもしろさにたとえたもの。若さが放つ一時的な美を「時分《じぶん》の花《はな》」、年齢を重ね、努力して得る美を「真《まこと》の花《はな》」と呼ぶ。
中世	有《う》心《しん》 無《む》心《しん》	「有心《うしん》」は、対象を深く理解することにより、しみじみとした余情の中に妖艶《ようえん》さが現れるという美意識。藤原定家《ふじわらのさだいえ》が父俊成《としなり》の「幽玄《ゆうげん》」を深化させた。また、連歌《れんが》では、和歌の伝統を重んじた正統な連歌《れんが》についていう。「有心《うしん》」に対し、和歌・連歌《れんが》で卑俗・滑稽《こっけい》な内容を洒落《しゃれ》や機知などで表したものを「無心《むしん》」という。

時代	理念	内容
近世	わび	閑寂《かんじゃく》・枯淡《こたん》な境地。「幽玄《ゆうげん》」から発展した。
近世	さび	蕉風俳諧《しょうふうはいかい》の最も基本となる理念。作者の閑寂《かんじゃく》・枯淡《こたん》を慕う心が、句の上に自然ににじみ出たもの。
近世	しをり	蕉風俳諧《しょうふうはいかい》の理念の一つ。作者の対象のとらえ方や、そこから発した詠嘆が、句の余情として自然に現れたもの。
近世	ほそみ	蕉風俳諧《しょうふうはいかい》の理念の一つ。繊細な感情によって対象をとらえたところに生ずる句境で、内的な深みに食い入った状態。
近世	軽《かる》み	芭蕉《ばしょう》が晩年に達した理念。主に人事に取材し、平俗なことを高次で詩的な美へと昇華させる句風。
近世	にほひ	蕉風俳諧《しょうふうはいかい》の理念の一つで、付合《つけあい》の理想とした。連句において、前句《まえく》の余情を重んじて付句《つけく》をつけることを「匂付《においづけ》」という。
近世	虚実皮膜論《きょじつひにくろん》	浄瑠璃《じょうるり》作者近松門左衛門《ちかまつもんざえもん》の芸術観。事実の描写だけでは芸は成り立たず、虚構(誇張・美化)が加味されなければならないとする考え方。穂積以貫《ほづみいかん》著『難波土産《なにわみやげ》』によって伝えられている。
近世	粋《すい》	物分かりがよく、姿・趣味・言動があかぬけていること。前期(主に元禄期《げんろくき》)に上方《かみがた》で発達した美意識で、遊客《ゆうかく》の理想像とされた。浮世草子《うきよぞうし》や浄瑠璃《じょうるり》に見られる。反対は「野暮《やぼ》」。
近世	通《つう》 意《い》気《き》	「通《つう》」は、遊里の事情や人情に通じ、失敗しないこと。後期に江戸で発達した美意識で、黄表紙《きびょうし》や洒落本《しゃれぼん》に見られる。外面のみまねる者は「半可通《はんかつう》」として軽蔑《けいべつ》された。「意気《いき》」は、心や態度がさっぱりしていていやみがなく、洗練されていることで、後期に江戸の遊里で確立された美意識。
近世	義《ぎ》理《り》 人《にん》情《じょう》	「義理《ぎり》」は、他人の体面を重んずることで、社会的規制として働く。「人情《にんじょう》」は、人間本来の自然な感情。これらの相剋《そうこく》が、近松《ちかまつ》門左衛門《もんざえもん》以来、近世の演劇の基本的なテーマになった。
近世	勧善懲悪《かんぜんちょうあく》	善を勧め、悪を懲《こ》らしめようという、文学上の主題。後期の読《よみ》本《ほん》・人情本《にんじょうぼん》・合巻《ごうかん》・歌舞伎《かぶき》脚本などに見られる。
近世	うがち	隠された特殊《とくしゅ》な事実や人情の機微を、ことさらに暴露すること。後期の川柳《せんりゅう》・黄表紙《きびょうし》に見られる。

上代の文学

▲高松塚古墳《たかまつづかこふん》壁画「女子群像」

大和時代

五七　倭奴国王《わのなのこくおう》、後漢《ごかん》に朝貢

（口承文学《こうしょうぶんがく》の時代）

五三八　仏教伝来

五九三　聖徳太子《しょうとくたいし》、摂政《せっしょう》

（記載文学《きさいぶんがく》の時代）

飛鳥文化《あすかぶんか》このころ繁栄

六〇四　聖徳太子《しょうとくたいし》、憲法十七条制定

六〇七　遣隋使《けんずいし》派遣

六三〇　遣唐使《けんとうし》開始

六四六　大化改新《たいかのかいしん》の詔《みことのり》

六六七　近江大津宮《おうみおおつのみや》に遷都

六七二　壬申《じんしん》の乱《らん》

六七三　飛鳥浄御原宮《あすかきよみはらのみや》に遷都

白鳳文化《はくほうぶんか》このころ繁栄

六九四　藤原京《ふじわらきょう》に遷都

七〇一　大宝律令《たいほうりつりょう》

奈良時代

七一〇　平城京《へいじょうきょう》に遷都

古事記《こじき》（太安万侶《おおのやすまろ》・七一二）

風土記《ふどき》編集の詔《みことのり》（七一三）

日本書紀《にほんしょき》（舎人親王《とねりしんのう》ら・七二〇）

出雲国風土記《いずものくにふどき》（七三三）

天平文化《てんぴょうぶんか》このころ繁栄

懐風藻《かいふうそう》（七五一）

万葉集《まんようしゅう》（大伴家持《おおとものやかもち》ら・七五九以後）

歌経標式《かきょうひょうしき》（藤原浜成《ふじわらのはまなり》・七七二）

七八四　長岡京《ながおかきょう》に遷都

高橋氏文《たかはしうじぶみ》（七八九か）

七九四　平安京《へいあんきょう》に遷都

◀平城京朱雀門《へいじょうきょうすざくもん》（復元）

▲金印《きんいん》

万葉集にみる上代の暮らし

衣

筑波嶺《つくはね》の新桑繭《にいぐはまよ》のきぬはあれど君が御《み》衣《けし》しあやに着ほしも（巻十四・東歌）

▲錦半臂《にしきのはんぴ》（奈良時代の絹の衣服）

庭に立つ麻手刈り干し布さらす東女《あづまおみな》を忘れたまふな（巻四・常陸娘子《ひたちのおとめ》）

▲布衫《ぬののさん》（奈良時代の麻の衣服）　麻も絹も税の一つ（庸《よう》）であり、貴族の衣服や儀式の衣服などに用いられた。上の写真は楽舞の伴奏者である鼓打ちが着用したもので、下着にあたる。

紅《くれなゐ》の濃染《こぞ》めの衣《きぬ》を下に着ば人の見らくににほひ出でむかも（巻十一）

紫は灰《はひ》さす物ぞ海石榴市《つばいち》の八十《やそ》のちまたに逢へる子やたれ（巻十二）

紅花染め▶

◀紫草《むらさき》染め（上）と紅花染め（下）

これらのほか、天然染料として藍やクチナシなども用いられた。

◀天平《てんぴょう》時代の装束（復元）

食

醤酢《ひしほす》に蒜《ひる》搗《つ》きかてて鯛《たひ》願ふ我にな見えそ水葱《なぎ》の羹《あつもの》（巻十六・長意吉麻呂《ながのおきまろ》）

「醤」「酢」「蒜」「鯛」は当時の高級食材。「水葱」はミズアオイという野草で、茎を食用にしていたとされる。

▲奈良時代の貴族の食事（再現）

年のはに鮎《あゆ》し走らば辟田川《さきたかは》鵜《う》八つ潜《かづ》けて川瀬尋ねむ（巻十九・大伴家持《おおとものやかもち》）

▶鵜形埴輪《うがたはにわ》（群馬県保渡田八幡塚古墳《ほとだはちまんづか》）　鵜飼《うかい》の様子を模した埴輪。首には縄がかけられている。

石麿《いしまろ》にわれ物申す夏痩《なつやせ》によしといふものぞむなぎ捕《と》り食《め》せ

痩す痩すも生けらばあらむをはたやはたむなぎを捕《と》ると河に流るな（巻十六・大伴家持《おおとものやかもち》）

この当時からウナギが滋養によいと考えられていたことがわかる。料理法は白蒸しが主で、現代でいう蒲焼が登場するのは江戸時代以降。

酒の名を聖《ひじり》と負《おほ》せし古《いにしへ》の大き聖の言のよろしき（巻三・大伴旅人《おおとものたびと》）

造酒司《みきのつかさ》という役所で、大陸から伝わった酒造法による酒造りが行われた。

▲奈良時代の酒器（須恵器）

住

あをによし奈良の山なる黒木もちつくれる室《むろ》は座《ま》せど飽《あ》かぬかも（巻八・聖《しょう》武《む》天皇）

長屋王《ながやおう》の佐保《さほ》宅にて新築の祝いに詠まれた歌。貴族の邸宅は、唐をまねた木造のものが作られるようになった。

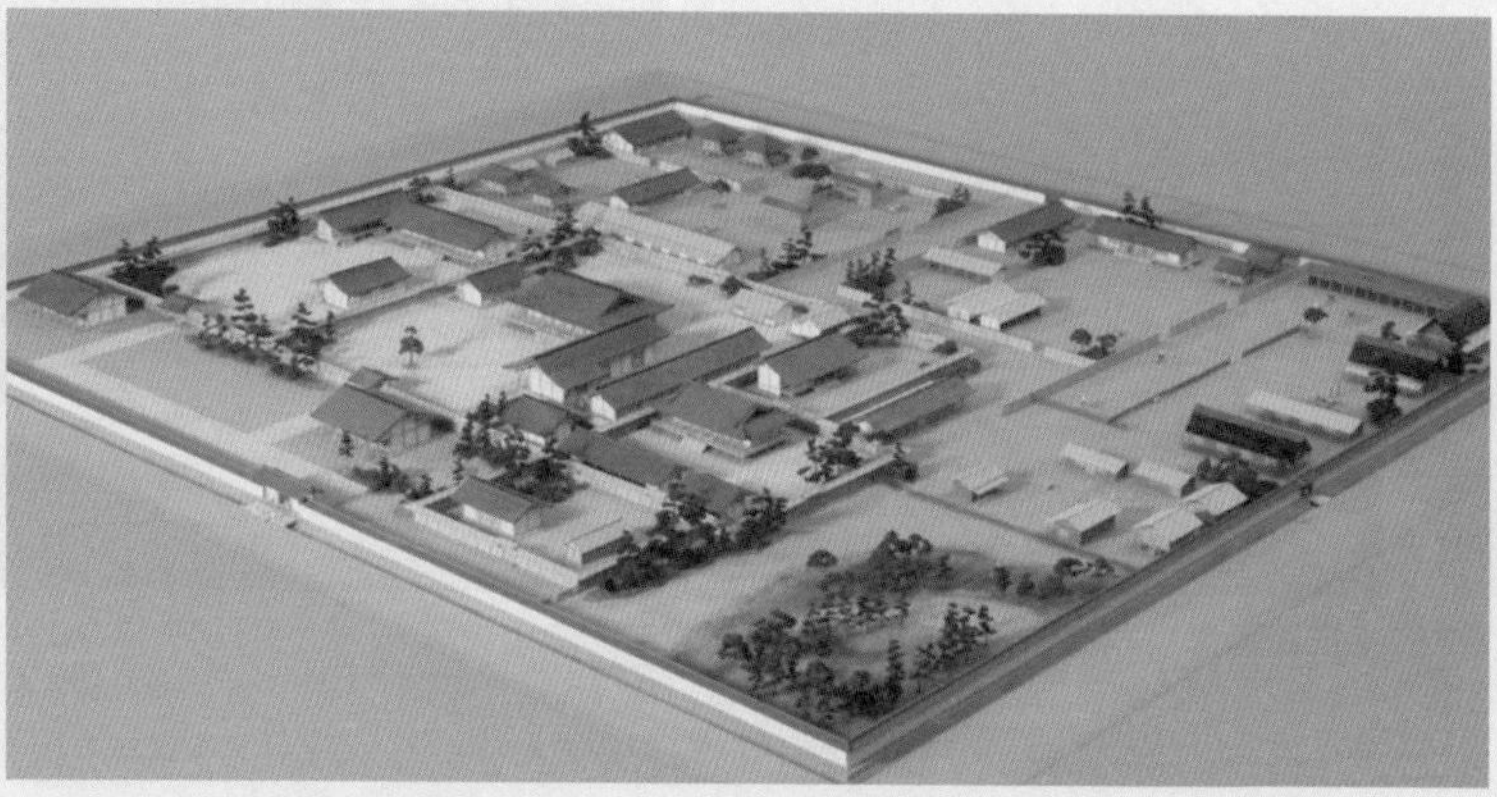

▶長屋王邸宅復元模型

新室《にひむろ》の壁草刈りにいましたまはね草のごと依り合ふをとめは君がまにまに（巻十一）

壁草とは、土壁の中に下地として塗り込める草のこと。

▲烽家《とぶひや》（復元）　平安時代初期に作られたのろしを上げるための施設。土壁のある竪穴住居は縄文時代からあったが、庶民の家は依然土壁のないものが主流だった。

わが園に梅の花散るひさかたの天より雪の流れ来るかも（巻十九）

このころには観賞用の庭作りが行われており、万葉集では橘《たちばな》、李《すもも》、桃なども庭木として歌によまれている。

▲平城京左京三条二坊庭園《へいじょうきょうさきょうさんじょうにぼう》　奈良時代の庭園の遺構を復元したもの。

年中行事

漢人《からひと》も筏《いかだ》浮かべて遊ぶといふ今日ぞ我が背子花かづらせな（巻十九・大伴家持《おおとものやかもち》）

三月三日の上巳《じょうし》の節句の曲水の宴をよんだ歌。曲水は中国から伝わった行事で、川辺で宴を張り、水に浮かべた杯《さかずき》が自分の前を通り過ぎる前に詩歌を作る。

▲蘭亭曲水図《らんていきょくすいず》（狩野山雪《かのうさんせつ》筆）　中国東晋《とうしん》の時代に王羲之《おうぎし》が行ったという曲水の宴を描いたもの。

あかねさす紫野ゆき標野《しめの》ゆき野守《のもり》は見ずや君が袖ふる（巻一・額田王《ぬかたのおおきみ》）

五月五日の端午《たんご》の節句の薬猟《くすりがり》をよんだ歌。端午の節句には、菖蒲やヨモギなどの薬草を摘みに行く習慣があった。

牽牛《ひこぼし》の念《おも》ひますらむ情《こころ》より見るわれ苦し夜のふけゆけば

織女《たなばた》の袖つぐよひのあかときは河瀬のたづは鳴かずともよし（巻八・湯原王《ゆはらのおおきみ》）

七月七日の七夕《たなばた》の節句（乞巧奠《きこうでん》）をよんだ歌。牽牛《けんぎゅう》、織女《しょくじょ》の二星を祭り、織物、裁縫、恋愛、書道などの上達を祈る。

▶七夕の供え物　平安時代の乞巧奠《きこうでん》の祭壇を再現したもの。

▲菖蒲《しょうぶ》

▲ヨモギ

神話と伝説

▲斐伊川《ひいかわ》(島根県《しまね》)　須佐之男命《すさのおのみこと》が八つの首を持つ八俣《やまた》の大蛇《おろち》を退治したとき、川の水が血となって流れたという。

▲白兎海岸《はくとかいがん》(鳥取県《とっとり》)　大国主命《おおくにぬしのみこと》はこの「気多《けた》の岬《みさき》」を通りかかり、ワニ(＝サメ)に皮をはがれて苦しんでいたウサギを救う。

▲伊吹山《いぶきやま》(滋賀県《しが》・岐阜県《ぎふ》)　倭建命《やまとたけるのみこと》は東国征《とうごくせい》伐《ばつ》の帰途、伊吹山《いぶきやま》の神を討《う》とうとするが、白い猪《いのしし》をその化身と見破れずに敗れてしまう。

◀高千穂峰《たかちほのみね》(宮崎県《みやざき》・鹿児島県《かごしま》)　天孫降臨《てんそんこうりん》の伝承地の一つ。天照大御神《あまてらすおおみかみ》の孫邇邇芸命《ににぎのみこと》が地上を治めるために天から降り立った場所。

▶黄泉比良坂《よもつひらさか》(島根県《しまね》)　死者の国「黄泉国《よみのくに》」と現世の境。妻伊邪那美命《いざなみのみこと》を黄泉国《よみのくに》に訪ねた伊邪那岐命《いざなきのみこと》は、妻の変貌《へんぼう》に驚き逃走する。

▶絵島《えしま》(兵庫県《ひょうご》)　伊邪那岐命《いざなきのみこと》と伊邪那美命《いざなみのみこと》が国生みのために降り立った場所。

神話・伝説伝承地

『古事記《こじき》』『日本書紀《にほんしょき》』から主要な神話《しんわ》・伝説《でんせつ》を精選し、それらの伝承地《でんしょうち》を地図に示した(原則として『古事記』の内容に従い、地名の表記はより一般的なものに改めた)。なお、一つの同じ伝承について複数の伝承地がある場合には、便宜上《べんぎじょう》、特に有名な伝承地に限定した。

上代文学概説

口承文学から記載文学の時代へ

多くの小国家が分かれて存在していた一世紀ごろから、七九四年の平《へい》安京遷都《あんきょうせんと》までを**上代**《じょうだい》という。それまで長い間語り継がれ、歌い継がれてきた**口承文学**《こうしょうぶんがく》は、四、五世紀のころ大陸から漢字が伝わって以後、書き記される**記載文学**《きさいぶんがく》へとしだいに移っていった。

皇室を中心にした国家体制が完成されると、記載文学の第一として、**神話**《しんわ》や**伝説**《でんせつ》を集めた歴史書**『古事記』**《こじき》が編纂《へんさん》された。**稗田阿礼**《ひえだのあれ》が記憶していた伝承を口述し、**太安万侶**《おおのやすまろ》がそれを筆録して、七一二年（和銅《わどう》五）に成立した。七二〇年（養老《ようろう》四）には、いわゆる**六国史**《りっこくし》の初めである**『日本《にほん》書紀《しょき》』**が成立した。**編年体**《へんねんたい》の歴史書で、編者は**舎人親王**《とねりしんのう》とされている。この両者が宮廷《きゅうてい》内で編纂《へんさん》されたのに対して、七一三年（和銅《わどう》六）に元明天《げんめいてん》皇《のう》の命がくだり、各地方でその地誌や伝承をまとめたものが**『風土記』**《ふどき》である。

祭りや労働、**歌垣**《うたがき》（未婚の男女が山や海辺に集まり、かけ合いで歌をうたう行事）といった集団生活の中から、祈りや感謝の表現として**上代歌**《じょうだいか》**謡**《よう》が生まれた。これらのうち、『古事記《こじき》』『日本書紀《にほんしょき》』に収められた約百九十首を特に**「記紀歌謡」**《ききかよう》と呼ぶ。また、七五三年（天平勝宝《てんぴょうしょうほう》五）、釈《しゃ》迦《か》の足跡《あしあと》を刻んだ仏足石《ぶっそくせき》とそれをたたえる仏足跡《ぶっそくせき》（石）歌碑《かひ》が造られた。この仏足跡《ぶっそくせき》（石）歌碑《かひ》に刻まれている二十一首の歌謡を**「仏足石歌」**《ぶっそくせきか》という。

上代歌謡《じょうだいかよう》を母体として生じたものが和歌であり、当時の和歌を集大成したものが**『万葉集』**《まんようしゅう》である。編者の中心人物は**大伴家持**《おおとものやかもち》といわれ、七五九年（天平宝字《てんぴょうほうじ》三）以後に成立した。現存する最古の歌集《かしゅう》である。二十巻、約四千五百首から成り、**雑歌**《ぞうか》・**相聞**《そうもん》・**挽歌**《ばんか》の三大部立《さんだいぶだて》が認められる。歌体は**短歌**《たんか》・**長歌**《ちょうか》・**旋頭歌**《せどうか》のほか**仏足石歌体**《ぶっそくせきかたい》などに分類される。伝承時代も含めると、数百年にわたる作歌年代を数え、作者も天皇から庶民《しょみん》まであらゆる階層に及ぶ。歌風は**素朴**《そぼく》・**雄大**《ゆうだい》である。代表的歌人に、**額田**《ぬかたの》**王**《おおきみ》・**柿本人麻呂**《かきのもとのひとまろ》・**山部赤人**《やまべのあかひと》・**山上憶良**《やまのうえのおくら》・**高橋虫麻呂**《たかはしのむしまろ》・**大伴家持**《おおとものやかもち》らがいる。民衆の歌としては、東国民謡的な**東歌**《あずまうた》、九州防備のため東国から徴兵された人々による**防人歌**《さきもりうた》などがある。和歌の『万葉集《まんようしゅう》』に対して、日本最初の漢詩集**『懐風藻』**《かいふうそう》がある。また、藤原浜成《ふじわらのはまなり》は日本最古の歌論書**『歌《か》経標式《きょうひょうしき》』**を漢文で著し、漢詩の理論を和歌にあてはめようとした。

このほか、**祝詞**《のりと》（神に捧げる祈りの言葉）と**宣命**《せんみょう》（天皇が臣下にくだす言葉）がある。祝詞《のりと》、宣命《せんみょう》で現存するものはごくわずかである。また、わが国最古の説話集**『日本霊異記』**《にほんりょういき》（成立は平安時代初期）、氏族関係の伝承**『高橋氏文』**《たかはしうじぶみ》**『古語拾遺』**《こごしゅうい》がある。

学習のポイント

- 『万葉集《まんようしゅう》』について、次の点をおさえよう。
  ①部立《ぶだて》・歌体《かたい》　②代表的歌人　③歌風
- 『古事記《こじき》』『日本書紀《にほんしょき》』について、次の点をおさえよう。
  ①編者　②形式　③特色　④六国史《りっこくし》

詩歌

◇上代歌謡《じょうだいかよう》

信仰行事や労働生活における集団社会全体の祈りや感謝の表現として生まれたのが、**上代歌謡《じょうだいかよう》**である。そのうち、**『古事記《こじき》』『日本書紀《にほんしょき》』**に載っている、約百九十首の上代歌謡《じょうだいかよう》を総称して**記紀歌謡《ききかよう》**という。

◇万葉集《まんようしゅう》

上代歌謡《じょうだいかよう》は集団生活を基盤としていたが、個人としての意識が芽生えてくるにつれ、自己の感情を表現した個性的な歌がつくられるようになった。また、*歌体《かたい》も五音・七音を中心とした定型が確立されるようになり、文字に記して、読んで楽しむという**和歌《わか》**に変わってきた。『万葉集《まんようしゅう》』以前に存在していた**『古歌集《こかしゅう》』『柿本朝臣人麻呂歌集《かきのもとのあそみひとまろかしゅう》』『笠朝臣金村歌集《かさのあそみかなむらかしゅう》』『高橋連虫麻呂歌集《たかはしのむらじむしまろかしゅう》』**などの先行の歌集から広く歌を集めて、八世紀後半に**『万葉集《まんようしゅう》』**が成立した。長期間にわたって幾人もの手を経てまとめられていき、最終的に**大伴家持《おおとものやかもち》**が現在の形に編集したといわれている。

記紀歌謡《ききかよう》——『古事記《こじき》』『日本書紀《にほんしょき》』に載っている歌謡の総称

内容 戦い・狩り・恋愛・祭り・酒宴・哀《かな》しみなど、古代の人々の生活全般。

ポイント ①明るく素朴《そぼく》な歌風。②対句《ついく》・繰り返し・***枕詞《まくらことば》**・***序詞《じょことば》**などの表現が使われている。③**片歌《かたうた》・旋頭歌《せどうか》・長歌《ちょうか》・短歌《たんか》**などの歌体《かたい》が見られる。

▲大伴家持

万葉集《まんようしゅう》——現存する最古の歌集

編者 **大伴家持《おおとものやかもち》**(七一八?〜七八五)が中心か。

成立 **七五九年**(天平宝字《てんぴょうほうじ》三)以後。

内容・構成 全二十巻、**約四千五百首**。*部立《ぶだて》は、**雑歌《ぞうか》・相聞《そうもん》・挽歌《ばんか》**の三部が主である。表記は**「*万葉仮名《まんようがな》」**が用いられている。歌の作者は、天皇から官吏《かんり》・僧侶《そうりょ》・農民までの幅広い階層にわたり、地域も大和《やまと》を中心に東国から九州まで広がっている。

ポイント ①**現存する最古の歌集**。②歌風は**素朴《そぼく》・雄大《ゆうだい》**・率直《そっちょく》・力強く荘重《そうちょう》で、**「*ますらをぶり」**と呼ばれる。③歌体《かたい》は**短歌《たんか》**が多く、ほかに**長歌《ちょうか》・旋頭歌《せどうか》・仏足石歌《ぶっそくせきか》**などがある。④**「*まこと」**の文芸の一つである。⑤五七調、二句切れ、四句切れの歌が多い。⑥中世の**源 実朝《みなもとのさねとも》**(↓p.39)・近世の**賀茂真淵《かものまぶち》**(↓p.56)、近代の**正岡子規《まさおかしき》**(↓p.81・83)・**斎藤茂吉《さいとうもきち》**(↓p.82)らに大きな影響を与えた。

●『万葉集《まんようしゅう》』の歌風の変遷と代表的歌人

第一期(発生期) 壬申《じんしん》の乱《らん》(六七二年)まで。集団的・口誦《こうしょう》的歌謡から個性的・定型的な和歌へ。

①**舒明天皇《じょめいてんのう》**(歌風)平明《へいめい》素朴《そぼく》な叙景歌《じょけいか》に佳作《かさく》がある。

②**有間皇子《ありまのみこ》**(歌風)心情を率直に表現している。

③**額田王《ぬかたのおおきみ》**(歌風)**『万葉集』中随一の女流歌人**。情熱的で、力強く華麗な歌風。

●上代歌謡《じょうだいかよう》の歌体《かたい》

片歌《かたうた》	五七七。二つに分かれて唱和する歌謡の一方。最短の歌。
旋頭歌《せどうか》	五七七、五七七。片歌《かたうた》二首を重ねた形式。唱和、口誦《こうしょう》的。
長歌《ちょうか》	五七、五七、五七、……五七七。短歌《たんか》・旋頭歌《せどうか》などの短形式に対するもの。
短歌《たんか》	五七五七七。日本の詩歌の代表的な歌体《かたい》。長歌《ちょうか》の末の反歌《はんか》が独立してできたものともいわれる。
仏足石歌《ぶっそくせきか》	原則として五七五七七七。一字一音の万葉仮名《がな》で記したもの。内容は単純で、声調は流麗《りゅうれい》。

●三大部立《さんだいぶだて》

雑歌《ぞうか》	相聞《そうもん》・挽歌《ばんか》以外の歌で、行幸・羇旅《きりょ》・宴会などの歌が多い。
相聞《そうもん》	広く、親子・兄弟などの間の贈答の歌を含むが、恋愛の歌が最も多い。
挽歌《ばんか》	「柩《ひつぎ》(棺)を挽《ひ》くときの歌」の意で、人の死を悲しむ歌をさす。

ている。

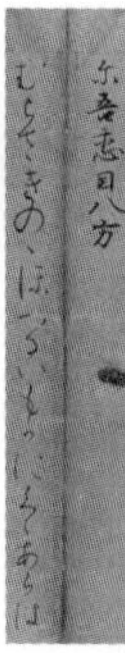
▶『万葉集』巻一

クローズアップ

●『万葉集《まんようしゅう》』の代表歌人を覚えよう。

第一期――**舒明天皇《じょめいてんのう》・有間皇子《ありまのみこ》・額田王《ぬかたのおおきみ》**
第二期――**柿本人麻呂《かきのもとのひとまろ》・高市黒人《たけちのくろひと》**
第三期――**山部赤人《やまべのあかひと》・山上憶良《やまのうえのおくら》・大伴旅人《おおとものたびと》・高橋虫麻呂《たかはしのむしまろ》**
第四期――**大伴家持《おおとものやかもち》**

●『万葉集《まんようしゅう》』の歌体を覚えよう。

・**旋頭歌《せどうか》**＝五七七、五七七。
・**長歌《ちょうか》**＝五七、五七、五七、…五七七。
・**短歌《たんか》**＝五七五七七。
・**仏足石歌《ぶっそくせきか》**＝五七五七七、七。

第二期（確立期）　壬申《じんしん》の乱《らん》後～平城京遷都《へいじょうきょう》（七一〇年）。表現形式の整備。題材の拡大。荘重雄大《そうちょうゆうだい》な歌の出現。長歌《ちょうか》の完成。

①**柿本人麻呂《かきのもとのひとまろ》**　（歌風）公的な皇室賛歌や挽歌《ばんか》を多く作った。また、妻との別離をうたった私的な長歌も作り、**長歌《ちょうか》の完成者**といわれている。歌は雄大《ゆうだい》な構想と荘重《そうちょう》な調べを持ち、枕詞《まくらことば》・序詞《じょことば》などの修辞技巧にもすぐれている。

②**高市黒人《たけちのくろひと》**　（歌風）客観的態度と細やかな感受性をもって自然に接し、**旅情をうたった歌がすぐれている。**

第三期（隆盛期）　平城京《へいじょうきょう》遷都後～七三三年（天平《てんぴょう》五）。内容の深化・洗練された個性的歌人の輩出。

①**山部赤人《やまべのあかひと》**　（歌風）清澄《せいちょう》で印象的な歌風の**「自然歌人《しぜんかじん》」**。叙景歌《じょけいか》がすぐれている。

②**山上憶良《やまのうえのおくら》**　（歌風）『万葉集《まんようしゅう》』中唯一《ゆいいつ》の思想的**「人生歌人《じんせいかじん》」**。下層の人々や家族への思いやりが強く、漢文学の素養が豊かである。

③**大伴旅人《おおとものたびと》**　（歌風）短歌《たんか》にすぐれ、技巧を用いない情感あふれる歌風。

④**高橋虫麻呂《たかはしのむしまろ》**　（歌風）**「伝説歌人《でんせつかじん》」**として異色な存在。伝説《でんせつ》に出てくる人物・事件を具体的に生き生きと描写した。

第四期（衰退期）　七三四年（天平《てんぴょう》六）～七五九年（天平宝字《てんぴょうほうじ》三）。歌の類型化。感傷的で繊細《せんさい》な歌風。

①**大伴家持《おおとものやかもち》**　（歌風）平安時代《へいあんじだい》の和歌《わか》につながる、繊細《せんさい》・優美《ゆうび》な歌風。載せられた歌は集中最多の四百七十九首に及ぶ。

●**東歌《あずまうた》**　巻十四に見える**東歌《あずまうた》**（約二百四十首）は、東国民衆の生活の中から生まれた民謡ふうの歌で、素朴《そぼく》で純真な感じを持っている。

●**防人歌《さきもりうた》**　**防人歌《さきもりうた》**は巻二十などにある。三年交代で九州沿岸の防備についた東国の庶民《しょみん》やその家族たちの歌で、別れの悲しみが素朴《そぼく》にうたわれている。

用語解説

＊**歌体《かたい》**　和歌の形態。
＊**枕詞《まくらことば》**　下に、特定の言葉を導き出す技巧で、声調を整えたり、余韻《よいん》を添えたりする。普通、五音（一句）からなる。
＊**序詞《じょことば》**　下に、ある言葉を導き出す技巧で、具体的イメージや叙情《じょじょう》的気分を添える。二句以上からなり、音数に制限がない。
＊**部立《ぶだて》**　部類あるいは部門に分けること。
＊**万葉仮名《まんようがな》**　日本語の音韻《おんいん》を漢字の音訓《おんくん》を借りて表記した文字。特に『万葉集《まんようしゅう》』に多く用いられるので、この称がある。
＊**ますらをぶり**　「ますらを」とは、「勇ましい男」の意。男性的で力強く、伸び伸びした歌風のことで、賀茂真淵《かものまぶち》（↓p.56）が名づけた。
＊**まこと**　感動を率直《そっちょく》に述べる素《そ》朴《ぼく》な精神。

◆仏足石歌《ぶっそくせきか》

奈良《なら》の薬師寺《やくしじ》にある、釈迦《しゃか》の足跡《あしあと》を刻んだ仏足石《ぶっそくせき》をたたえる**仏足跡《ぶっそくせき》(石)歌碑《かひ》**に刻まれている二十一首の歌謡《かよう》を**仏足石歌《ぶっそくせきか》**という。歌体《かたい》は、**五七五七七七**で、**仏足石歌体《ぶっそくせきかたい》**と呼ばれている。なお、仏足石歌体《ぶっそくせきかたい》の歌は『古事記《こじき》』『万葉集《まんようしゅう》』『播磨国風土記《はりまのくにふどき》』にも見られる。

◆漢詩文

天智天皇《てんじてんのう》の勧めもあって、近江朝《おうみちょう》（六六七年〜六七二年）のころから、貴族の公的な教養として漢詩文が盛んになり、漢詩文の流行を背景に『懐風藻《かいふうそう》』などの漢詩集がつくられた。また、中国の詩研究の影響をうけて歌論書『**歌経標式《かきょうひょうしき》**』も作られた。

主な作品

①『**懐風藻《かいふうそう》**』

②『**歌経標式《かきょうひょうしき》**』

仏足石歌《ぶっそくせきか》 ― 釈迦《しゃか》の徳をたたえた歌

作者 文室真人智努《ふんやのまひとのちぬ》(?〜七七〇)か。 **成立** 七五三年(天平勝宝《てんぴょうしょうほう》五)。

ポイント ①奈良薬師寺《ならやくしじ》の**仏足跡《ぶっそくせき》(石)歌碑《かひ》**に刻まれている二十一首の上代歌謡《じょうだいかよう》。②歌体《かたい》は**仏足石歌体《ぶっそくせきかたい》(五七五七七七)**ともいう。

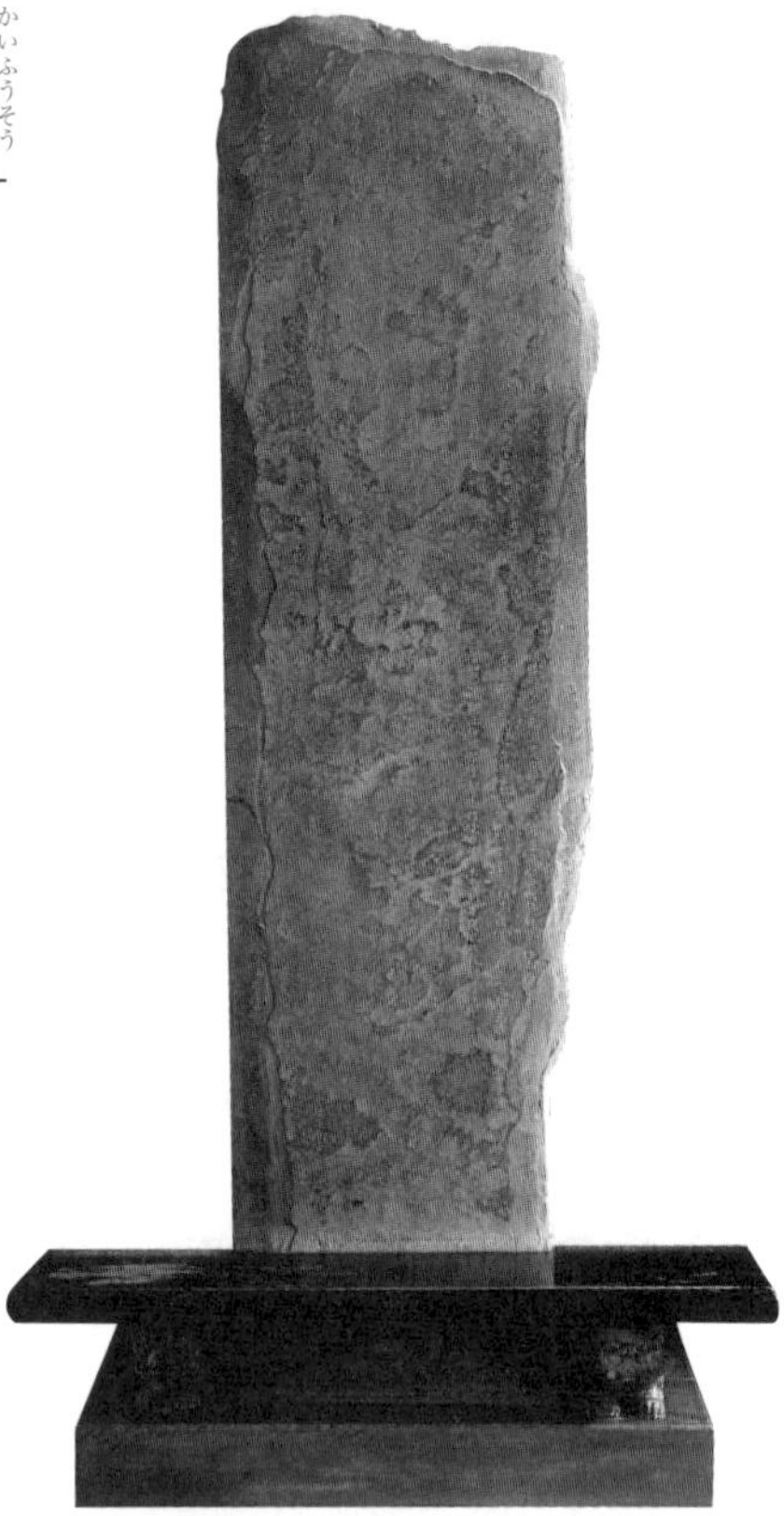

▲仏足跡(石)歌碑

懐風藻《かいふうそう》 ― 現存する日本最古の漢詩集

撰者 淡海三船《おうみのみふね》(七二二〜七八五)か。 **成立** 七五一年(天平勝宝《てんぴょうしょうほう》三)。

構成・内容 全一巻。奈良《なら》時代までの六十四人の漢詩百二十編。

ポイント ①**現存する日本最古の漢詩集。**②大部分が五言詩《ごごんし》で、宴会や遊覧のときの作が多い。

歌経標式《かきょうひょうしき》 ― 漢文で書かれた日本最古の歌論書

作者 藤原浜成《ふじわらのはまなり》(七二四〜七九〇)。 **成立** 七七二年(宝亀《ほうき》三)。

構成・内容 全一巻。漢詩の理論を和歌にあてはめ、和歌の起源・意義・歌病《かへい》(歌の欠点)・歌体を述べる。

ポイント ①**漢文で書かれた日本最古の歌論書。**②『浜成式《はまなりしき》』ともいう。③『喜《き》撰式《せんしき》』『孫姫式《ひこひめしき》』『石見女式《いわみのじょしき》』をあわせて、和歌四式という。

▲仏足石

▲薬師寺

神話・伝説・説話

◇歴史書

中央集権的な体制が整備されていくと、国家的な歴史書の編《へん》纂《さん》が行われるようになる。神々にまつわる**神話**《しんわ》や歴史を述べた**伝説**《でんせつ》、そして**歌謡**《かよう》はこの中へ取り入れられていった。

主な作品

①『**古事記**《こじき》』（太安万侶《おおのやすまろ》ら）
②『**日本書紀**《にほんしょき》』（舎人親王《とねりしんのう》ら）

クローズアップ

●『古事記《こじき》』と『日本書紀《にほんしょき》』比較して覚えよう。

『**古事記**《こじき》』	⟷	『**日本書紀**《にほんしょき》』
七一二年成立。**太安万侶**《おおのやすまろ》ら編纂《へんさん》。神話《しんわ》などの文学的要素。**変則漢文体**《へんそくかんぶんたい》。		**七二〇年**成立。**舎人親王**《とねりしんのう》ら編纂《へんさん》。史実中心。純粋な漢文体《かんぶんたい》。『六国史《りっこくし》』の第一。

古事記《こじき》　現存する日本最古の書物

編者　**太安万侶**《おおのやすまろ》（?～七二三）ら。**稗田阿礼**《ひえだのあれ》（生没年未詳）が記憶していた伝承を口述し、太安万侶が筆録。

成立　**七一二年**（和銅《わどう》五）。

内容・構成　上・中・下の全三巻。上巻は天地の創造や天照大御神《あまてらすおおみかみ》、中巻は倭建命《やまとたけるのみこと》などの**神話**《しんわ》や**伝説**《でんせつ》を中心とし、下巻は皇族の歴史を描いている。また、百首以上の歌謡《かよう》も収められている。

ポイント　①**天武天皇**《てんむ》の国家統一の意志を受け継いだ**元明天皇**《げんめい》の勅命により、国内の各氏族《うじぞく》に天皇統治の正当性を主張する目的で編纂《へんさん》された。②**神話**《しんわ》や**伝説**《でんせつ》には古代の人々の、素朴《そぼく》で生き生きとした生活的心情が見られ、文学的要素が強い。③序文は**漢文体**《かんぶんたい》、本文は**変則漢文体**《へんそくかんぶんたい》（漢字の音《おん》と訓《くん》とを交《まじ》えた文体）、歌謡《かよう》は**一字一音の漢字（*万葉仮名**《まんようがな》**）**で表記されている。

日本書紀《にほんしょき》　『古事記《こじき》』とあわせて「記紀《きき》」と呼ばれる歴史書

編者　**舎人親王**《とねりしんのう》（六七六～七三五）ら。

成立　**七二〇年**（養老《ようろう》四）。

内容・構成　全三十巻。巻一・巻二は神代《かみよ》、巻三以降は皇族をはじめとした諸家、および壬申《じんしん》の乱《らん》などの記録が中心に述べられている。『**古事記**《こじき》』と同様に百首以上の歌謡《かよう》が収められている。（ただしそのうち四十余首は『古事記《こじき》』と重複している。）

ポイント　①**元正天皇**《げんしょうてんのう》の勅命により、他国へ日本の国威を示そうとする意図により編纂《へんさん》された。②中国の史書にならい、***編年体**《へんねんたい》という形式で書かれている。③純粋な**漢文体**《かんぶんたい》で表記されている。ただし、歌謡《かよう》は『**古事記**《こじき》』と同様に、**一字一音の漢字（万葉仮名**《まんようがな》**）**で表記されている。④*『**六国史**《りっこくし》』の第一とされ、**正史**《せいし》としてのちの歴史書のモデルとなる。

▲太安万侶

●「**六国史**《りっこくし》」**一覧**

（ ）内は成立年・編者。

①『**日本書紀**《にほんしょき》』（七二〇年・舎人親王《とねりしんのう》ら）
②『**続日本紀**《しょくにほんぎ》』（七九七年・菅野真道《すがののまみち》ら）
③『**日本後紀**《にほんこうき》』（八四〇年・藤原緒嗣《ふじわらのおつぐ》ら）
④『**続日本後紀**《しょくにほんこうき》』（八六九年・藤原良房《ふじわらのよしふさ》ら）
⑤『**日本文徳天皇実録**《にほんもんとくてんのうじつろく》』（八七九年・藤原基経《ふじわらのもとつね》ら）
⑥『**日本三代実録**《にほんさんだいじつろく》』（九〇一年・藤原時平《ふじわらのときひら》ら）

用語解説

***万葉仮名**《まんようがな》　p.15参照。

***編年体**《へんねんたい》　歴史書を編集する際の形式の一つで、年代を追って記事を述べる形式。

***「六国史**《りっこくし》**」**　『日本書紀《にほんしょき》』の後、平《へい》安時代《あんじだい》にかけて、国家事業として五編の歴史書が編纂《へんさん》された。これを『日本書紀《にほんしょき》』も含めて「六《りっ》国史《こくし》」と呼んでいる。いずれも正史《せいし》とされ、編年体《へんねんたい》・漢文で書かれている。

◇地誌

地方の役所で編纂された「風《ふ》土記《どき》」は、『古事記《こじき》』や『日本書紀《にほんしょき》』とは異なり、地方色豊かな内容となっている。

◇祝詞《のりと》・宣命《せんみょう》

上代の日本人は、言葉に神秘的な霊魂が宿っていると信じ、美しくて良い言葉を使うと幸い《さいわ》い、悪い言葉を使うと災い《わざわ》が訪れるという*言霊信仰《ことだましんこう》を持っていた。この言霊信仰《ことだましんこう》があったために、人間が神を祭って祈りの言葉を捧げる際には厳粛《げんしゅく》で美しい表現が工夫され、それらは文学的要素を帯びるようになった。これが「祝詞《のりと》」である。この「祝詞《のりと》」に対し、天皇が臣下に自分の意思を告げ知らせる言葉を「宣命《せんみょう》」という。

クローズアップ

● 「風土記《ふどき》」について、次の点を押さえよう。

> 完全に現存するのは、『出《いず》雲国風土記《ものくにふどき》』のみ。

風土記《ふどき》 ― **地方色豊かな上代《じょうだい》の地誌**

編者 『出雲国風土記《いずものくにふどき》』は出雲広嶋《いずものひろしま》監修、神宅全太理《みやけのまたたり》撰《せん》。他は未詳。

成立 **七一三年**（和銅《わどう》六）、元明天皇《げんめいてんのう》より諸国へ命令がくだる。

内容・構成 諸国の産物・環境・**説話《せつわ》**や地名の由来などを報告した文書。多くは散逸《さんいつ》し五つの国のもののみが現存している。

ポイント ①現存する五つの国の「**風土記《ふどき》**」を「**五風土記《ごふどき》**」と呼ぶが、完全に現存しているのは『**出雲国風土記《いずものくにふどき》**』（島根《しまね》県）のみ。常陸《ひたち》（茨城《いばらき》県）、播磨《はりま》（兵庫《ひょうご》県）、肥前《ひぜん》（佐賀《さが》・長崎《ながさき》県）、豊後《ぶんご》（大分《おおいた》県）のものは一部が欠けている。②各国独自の文化の特色や神話《しんわ》・伝説《でんせつ》が見られ、当時の地方の人々の暮らしを知ることができる。③後代の諸書に引用されて断片的に残っているもの（**風土記逸文《ふどきいつぶん》**）もある。

祝詞《のりと》 ― **神に捧げる祈りの言葉**

作者・成立 未詳。上代《じょうだい》の人々の、神を祭る儀式の折の祈りの言葉が工夫され、朝廷へ伝えられた。

内容・構成 祭りの場で国家の安泰《あんたい》や繁栄を祈り、神に語られる言葉。対句《ついく》・反復《はんぷく》・韻律《いんりつ》を多用する。

ポイント ①**祝詞《のりと》**は当時の**言霊信仰《ことだましんこう》**によって、神を祭るためのより美しい表現が工夫され、文学的要素が強くなったものである。②現存する**祝詞《のりと》**は『***延喜式《えんぎしき》**』の中の二十七編と、『***台記《たいき》**』の中の一編の計二十八編。

宣命《せんみょう》 ― **天皇から臣下《しんか》への言葉**

作者 未詳。

成立 現存する最古のものは六九七年（文武天皇《もんむてんのう》元）。

内容・構成 天皇が重要な儀式のときに臣下《しんか》へくだす言葉。

ポイント ①現存する最古の**宣命《せんみょう》**は『***続日本紀《しょくにほんぎ》**』中の六十二編。②**祝詞《のりと》**とともに「***宣命書き《せんみょうがき》**」という独特の表記法を用いる。

用語解説

***言霊信仰《ことだましんこう》** 古代の人々は、言葉に霊魂（言霊《ことだま》）が宿っていると考え、たとえば幸福になるためには美しい言葉を発するように、と信じていた。これが「言霊信仰《ことだましんこう》」であり、万葉時代から強く意識されていった。

***『延喜式《えんぎしき》』** 藤原時平《ふじわらのときひら》らが編纂《へんさん》した律令制度《りつりょうせいど》の法令書。九二七年（延長《えんちょう》五）成立。

***『台記《たいき》』** 藤原頼長《ふじわらのよりなが》の日記。一一五六年（保元《ほうげん》元）成立。祝詞《のりと》はその「別記《べっき》」に収められている。

***『続日本紀《しょくにほんぎ》』** 「六国史《りっこくし》」の一つで、第二番目に位置づけられる。七九七年（延暦《えんりゃく》一六）成立。

***宣命書き《せんみょうがき》** 祝詞《のりと》や宣命《せんみょう》に用いられた独特の表記法。すべて漢字で書かれるが、用言《ようげん》の活用語尾《かつようごび》や助動詞《じょどうし》・助詞《じょし》にあたる部分を万葉仮名《まんようがな》で小さく表記する。のちの漢字仮名交じり文《かんじかなまじりぶん》の原形。

◇説話《せつわ》・その他

一般に**説話**《せつわ》は神話《しんわ》や伝説《でんせつ》をも含むが、厳密には神話《しんわ》の神聖さや伝説《でんせつ》の歴史性がない、おもしろみと教訓性を持った短い話のことをいう。この点から、上代《じょうだい》は厳密な意味での説話《せつわ》が成立した時期であると言えよう。説話《せつわ》集《しゅう》としては『日本霊異記《にほんりょういき》』が最古であり、のちの『今昔物語集《こんじゃくものがたりしゅう》』などにつながる系統のものである。

また、民族の伝承を集めた『**高**《たか》**橋氏文**《はしうじぶみ》』や『**古語拾遺**《こごしゅうい》』がある。

主な作品
『日本霊異記《にほんりょういき》』(景戒《きょうかい》)

クローズアップ

●神話《しんわ》・伝説《でんせつ》から説話《せつわ》への流れを確認しよう。
・神話《しんわ》・伝説《でんせつ》を有する作品
『**古事記**《こじき》』『**日本書紀**《にほんしょき》』「**風**《ふ》**土記**《どき》」『**万葉集**《まんようしゅう》』『**高橋氏**《たかはしうじ》**文**《ぶみ》』(先祖の伝説《でんせつ》)『**古語拾**《こごしゅう》**遺**《い》』(祖神の活躍する神話《しんわ》)
←
・最古の(仏教《ぶっきょう》)説話集《せつわしゅう》
『日本霊異記《にほんりょういき》』

日本霊異記《にほんりょういき》 ― 日本最古の仏教説話集《ぶっきょうせつわしゅう》

編者 **景戒**《きょうかい》(生没年未詳)。

成立 八二三年(弘仁《こうにん》一四)ごろ。

内容・構成 全三巻。百十六編の説話《せつわ》を収める。仏教伝来後生じた**仏教説話**《ぶっきょうせつわ》を集めたもの。成立は平安時代《へいあんじだい》だが上代《じょうだい》の話が多く、主に*因果応報《いんがおうほう》を説いている。

ポイント ①**仏教説話集**《ぶっきょうせつわしゅう》**としては日本最古のもの**であり、正しくは『**日本国現**《にほんこくげん》**報善悪霊異記**《ほうぜんあくりょういき》』という。②編者**景戒**《きょうかい》は薬師寺《やくしじ》の僧である。③上代《じょうだい》の人々の多様で生き生きとした生活が描かれている。④のちの『今昔物語集《こんじゃくものがたりしゅう》』(↓p.31)、『宇治拾《うじしゅう》遺物語《いものがたり》』(↓p.46)などの説話《せつわ》文学に影響を与えた。

▲薬師寺東塔《やくしじとうとう》

高橋氏文《たかはしうじぶみ》 ― 高橋氏《たかはし》一族の伝承

編者 未詳。

成立 七八九年(延暦《えんりゃく》八)か。

内容・構成 完全な形では現存していない。高橋氏《たかはし》が神事に奉仕する立場の上下を他の氏族と争った際、正統性を主張して朝廷へ提出したもの。

ポイント 高橋氏《たかはし》の伝説《でんせつ》を記し、先祖の業績や自氏の威信を示している。

古語拾遺《こごしゅうい》 ― 斎部氏《いんべ》一族の伝承

編者 斎部広成《いんべのひろなり》(生没年未詳)。

成立 八〇七年(大同《だいどう》二)。

内容・構成 成立は平安《へいあん》時代だが、内容は上代《じょうだい》のもの。対立する他の民族との対等を主張して、朝廷へ提出した。

ポイント ①『高橋氏文《たかはしうじぶみ》』と同様に斎部《いんべ》氏の古伝承から威信を示している。②「記紀《きき》」にはない**神話**《しんわ》も見られる。

●『**古事記**《こじき》』や『**風土記**《ふどき》』に見られる代表的な**神話**《しんわ》**・伝説**《でんせつ》

古《こ》事《じ》記《き》	風土記《ふどき》
・伊邪那岐《いざなき》・伊邪那美《いざなみ》の二神による国生《くにう》みの話。 ・天照大御神《あまてらすおおみかみ》の天岩戸《あめのいわと》の話。 ・須佐之男命《すさのおのみこと》の八俣《やまた》の大蛇《おろち》退治の話。 ・大国主命《おおくにぬしのみこと》と因幡《いなば》の白兎《しろうさぎ》の話。 ・天孫《てんそん》(邇邇芸命《ににぎのみこと》)の天降《あまくだ》りの話。 ・火照《ほでり》・火遠理《ほおり》の兄弟神による海幸山幸《うみさちやまさち》の話。 ・倭建命《やまとたけるのみこと》の話(熊襲《くまそ》平定・草那芸剣《くさなぎのつるぎ》など)。	・浦島伝説《うらしまでんせつ》(『万葉集《まんようしゅう》』にも見られる)・羽衣伝説《はごろもでんせつ》・国《くに》引伝説《びきでんせつ》など。

用語解説
***因果応報**《いんがおうほう》 行いの善悪に応じて必ず報いが現れるという、仏教上の考え。

問題演習

1 次の空欄に入る人名・作品名などを答えよ。

現存する最古の歌集である『A(万葉集《まんようしゅう》)』は、七五九年(天平宝字《てんぴょうほうじ》三)以後に成立した。作品は歌風の変遷によって四期に分けることができ、第一期では随一の女性歌人である B(額田王《ぬかたのおおきみ》)が、第二期では長歌の完成者とされる C(柿本人麻呂《かきのもとのひとまろ》)が、第三期では自然歌人といわれる D(山部赤人《やまべのあかひと》)や人生歌人といわれる E(山上憶良《やまのうえのおくら》)が、そして第四期においては編者の中心といわれる F(大伴家持《おおとものやかもち》)がそれぞれ活躍している。力強く伸び伸びとした歌風は、G(ますらをぶり)という言葉で表されている。

⇩p.14〜15

2 次の空欄に入る語をあとから選び、記号で答えよ。

『万葉集』の歌は、恋愛の歌が中心の A(オ)、人の死を悲しむ B(ウ)、それ以外の歌である C(イ)の三大部立に分類できる。また、東国の民衆の生活の中から生まれた D(ア)や、九州沿岸の防備についた庶民やその家族の心情を詠んだ E(エ)などがある。

ア 東歌　イ 雑歌　ウ 挽歌
エ 防人歌　オ 相聞

⇩p.14〜15

3 次の上代歌謡の歌体をあとから選び、記号で答えよ。

A 片歌(ウ)
B 旋頭歌(イ)
C 仏足石歌(ア)

ア 五七五七七、七　イ 五七七、五七七
ウ 五七七

⇩p.14〜16

4 次の空欄に入る人名・作品名を答えよ。

七一二年(和銅五)に成立した、現存する日本最古の歴史書である『A(古事記《こじき》)』は、B(稗田阿礼《ひえだのあれ》)が記憶していた伝承を C(太安万侶《おおのやすまろ》)が筆録したものとされている。また、七二〇年(養老四)に成立した『D(日本書紀《にほんしょき》)』は、E(舎人親王《とねりしんのう》)らが編纂《へんさん》したものとされ、「F(六国史《りっこくし》)」の第一とされている。また、地方色豊かな地誌として、朝廷からの命令で編纂された『G(風土記《ふどき》)』がある。

⇩p.17〜18

5 次の空欄に入る人名・作品名をあとから選び、記号で答えよ。

九世紀前半に、編者 A(ウ)によって成立した『B(オ)』は最古の仏教説話集であり、のちの『C(イ)』などにつながる系統のものである。またこれより前に、先祖の伝説を記した『D(エ)』や、斎部《いんべ》氏の祖神の活躍する神話を収めた『E(ア)』などの作品もある。

ア 古語拾遺　イ 今昔物語集　ウ 景戒
エ 高橋氏文　オ 日本霊異記

⇩p.19

6 次の作品(記号)を成立年代順に並べよ。

ア 日本後紀
イ 日本三代実録
ウ 続日本紀
エ 日本文徳天皇実録
オ 続日本後紀
カ 日本書紀

(カ→ウ→ア→オ→エ→イ)

⇩p.17

確認しよう

- ①『万葉集』を編集した中心人物は誰か。 答 大伴家持《おおとものやかもち》
- ②『万葉集』第二期の歌人で、旅情を詠んだ歌がすぐれているのは誰か。 答 高市黒人《たけちのくろひと》
- ③『万葉集』第三期の歌人で、「伝説歌人」として異色の存在なのは誰か。 答 高橋虫麻呂《たかはしのむしまろ》
- ④現存する日本最古の漢詩集は何か。 答 懐風藻《かいふうそう》
- ⑤漢文で書かれた日本最古の歌論書は何か。 答 歌経標式《かきょうひょうしき》
- ⑥太安万侶が筆録した日本最古の歴史書は何か。 答 古事記《こじき》
- ⑦舎人親王らが編纂《へんさん》した歴史書は何か。 答 日本書紀《にほんしょき》
- ⑧神に捧げる祈りの言葉は何か。 答 祝詞《のりと》
- ⑨天皇が儀式で臣下へ下す言葉は何か。 答 宣命《せんみょう》
- ⑩日本最古の仏教説話集は何か。 答 日本霊異記《にほんりょういき》

中古の文学

▲源氏物語絵巻《げんじものがたりえまき》　夕霧《ゆうぎり》

平安時代

七九四　平安京《へいあんきょう》に遷都

日本霊異記《にほんりょういき》（景戒《きょうかい》・八二三ごろ）

凌雲集《りょううんしゅう》（小野岑守《おののみねもり》ら・八一四）

文華秀麗集《ぶんかしゅうれいしゅう》（藤原冬嗣《ふじわらのふゆつぐ》ら・八一八）

経国集《けいこくしゅう》（良岑安世《よしみねのやすよ》ら・八二七）

八六六　藤原良房《ふじわらのよしふさ》、摂政《せっしょう》

このころ六歌仙《ろっかせん》時代

八八七　藤原基経《ふじわらのもとつね》、関白《かんぱく》

このころ歌合《うたあわせ》おこる

八九四　遣唐使《けんとうし》廃止

竹取物語《たけとりものがたり》このころ

古今和歌集《こきんわかしゅう》（紀貫之《きのつらゆき》ら・九〇五以後）

伊勢物語《いせものがたり》このころ

土佐日記《とさにっき》（紀貫之《きのつらゆき》・九三五ごろ）

後撰和歌集《ごせんわかしゅう》（源順《みなもとのしたごう》ら・九五一以後）

大和物語《やまとものがたり》（九五一ごろ）

平中物語《へいちゅうものがたり》（九六五以前）

蜻蛉日記《かげろうにっき》（藤原道綱母《ふじわらのみちつなのはは》・九七四以後）

宇津保物語《うつほものがたり》（九七〇〜九九九）

落窪物語《おちくぼものがたり》このころ

三宝絵詞《さんぼうえことば》（源為憲《みなもとのためのり》・九八四）

枕草子《まくらのそうし》（清少納言《せいしょうなごん》・一〇〇〇ごろ）

拾遺和歌集《しゅういわかしゅう》（花山院《かざんいん》か・一〇〇五〜一〇〇七ごろ）

源氏物語《げんじものがたり》（紫式部《むらさきしきぶ》・一〇〇〇ごろ）

和泉式部日記《いずみしきぶにっき》（和泉式部《いずみしきぶ》か・一〇〇八ごろ）

紫式部日記《むらさきしきぶにっき》（紫式部《むらさきしきぶ》・一〇一〇ごろ）

和漢朗詠集《わかんろうえいしゅう》（藤原公任《ふじわらのきんとう》・一〇一三ごろ）

一〇一六　藤原道長《ふじわらのみちなが》、摂政《せっしょう》

栄花物語《えいがものがたり》正編（一〇三〇ごろ）

堤中納言物語《つつみちゅうなごんものがたり》（一〇五五ごろ）

更級日記《さらしなにっき》（菅原孝標女《すがわらのたかすえのむすめ》・一〇六〇ごろ）

狭衣物語《さごろもものがたり》このころ（源頼国女《みなもとのよりくにのむすめ》か）

後拾遺和歌集《ごしゅういわかしゅう》（藤原通俊《ふじわらのみちとし》・一〇八六）

▲平清盛像《たいらのきよもりぞう》

▲平安京羅城門復元模型《へいあんきょうらじょうもんふくげんもけい》

平安時代

一〇八六　院政《いんせい》始まる

栄花物語《えいがものがたり》続編（一〇九二以後）

大鏡《おおかがみ》このころ

今昔物語集《こんじゃくものがたりしゅう》（一一二〇ごろ）

金葉和歌集《きんようわかしゅう》（源俊頼《みなもとのとしより》・一一二六〜一一二七）

詞花和歌集《しかわかしゅう》（藤原顕輔《ふじわらのあきすけ》・一一五一ごろ）

一一五六　保元《ほうげん》の乱《らん》

一一五九　平治《へいじ》の乱《らん》

一一六七　平清盛《たいらのきよもり》、太政大臣《だじょうだいじん》

梁塵秘抄《りょうじんひしょう》（後白河法皇《ごしらかわほうおう》・一一六九ごろ）

今鏡《いまかがみ》（寂超《じゃくちょう》か・一一七〇）

一一八五　平氏《へいし》滅亡

千載和歌集《せんざいわかしゅう》（藤原俊成《ふじわらのとしなり》・一一八七）

山家集《さんかしゅう》このころ（西行《さいぎょう》）

一一九二　源頼朝《みなもとのよりとも》、征夷大将軍《せいいたいしょうぐん》

◀遣唐使船《けんとうしせん》（『東征伝絵巻《とうせいでんえまき》』）

写真で見る文学史

■ 物語・説話
■ 詩歌
■ 日記・随筆

794年

800年

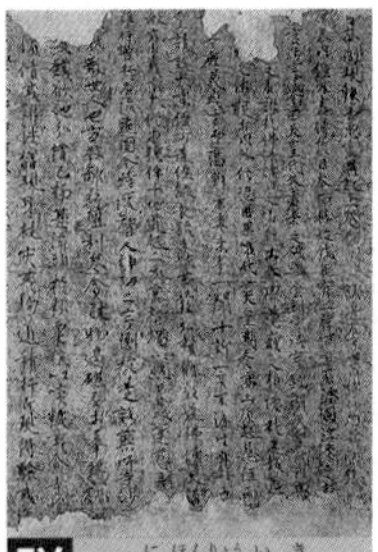

説 『日本霊異記《にほんりょういき》』

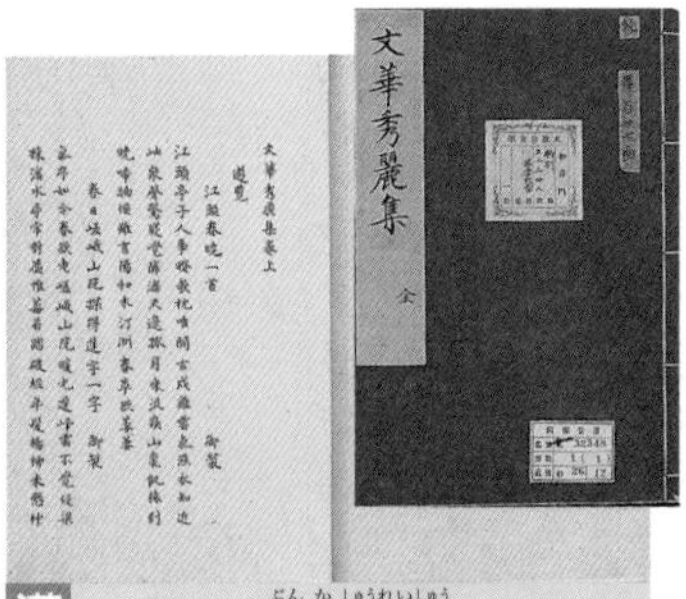

漢 『文華秀麗集《ぶんかしゅうれいしゅう》』

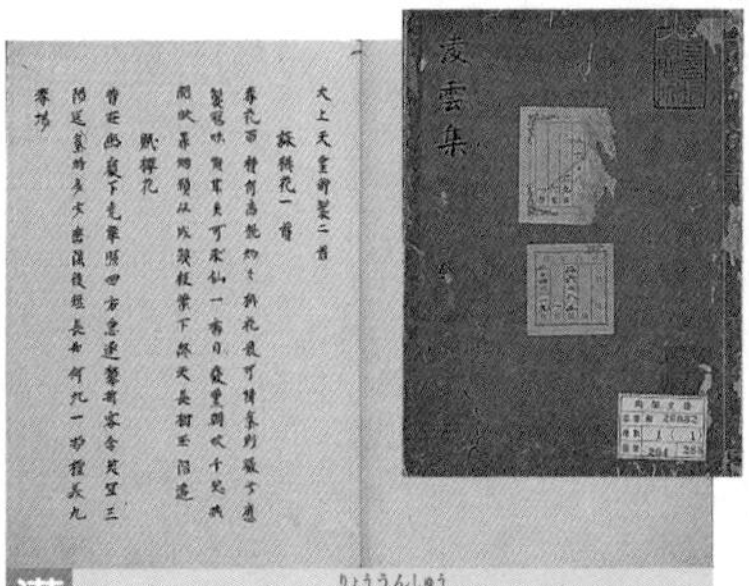

漢 『凌雲集《りょううんしゅう》』

900年

▶筒井筒《つついづつ》(佐多芳郎《さたよしろう》筆)『伊勢《いせ》物語《ものがたり》』第二十三段の話。

歌 『伊勢物語《いせものがたり》』

▲かぐや姫の昇天(『竹取物語絵巻《たけとりものがたりえまき》』)

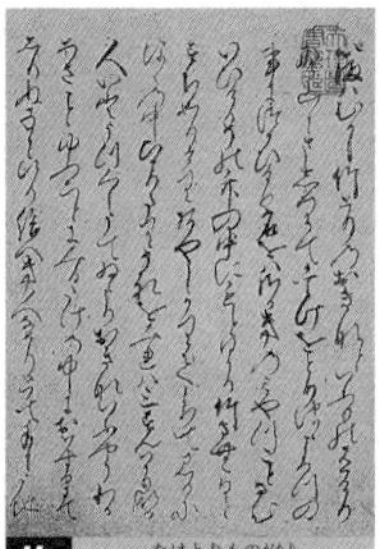

作 『竹取物語《たけとりものがたり》』

▲六歌仙《ろっかせん》(菱田春草《ひしだしゅんそう》筆) 左より小町《こまち》・黒主《くろぬし》・業平《なりひら》・康秀《やすひで》・遍昭《へんじょう》・喜撰《きせん》。

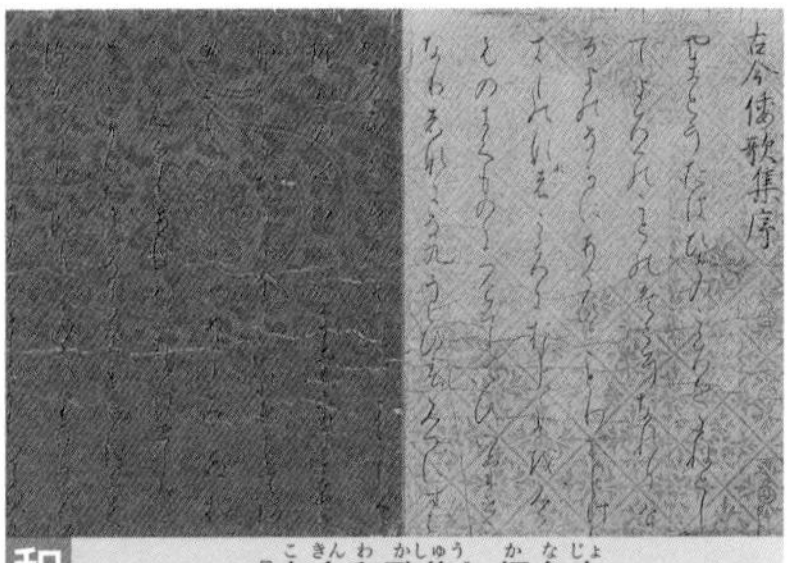

和 『古今和歌集《こきんわかしゅう》』仮名序《かなじょ》

日 『蜻蛉日記《かげろうにっき》』

歌 『平中物語《へいちゅうものがたり》』

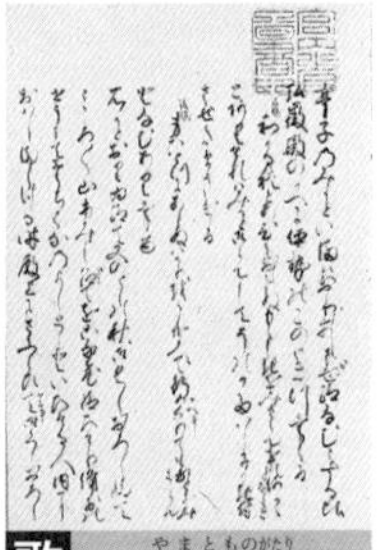

歌 『大和物語《やまとものがたり》』

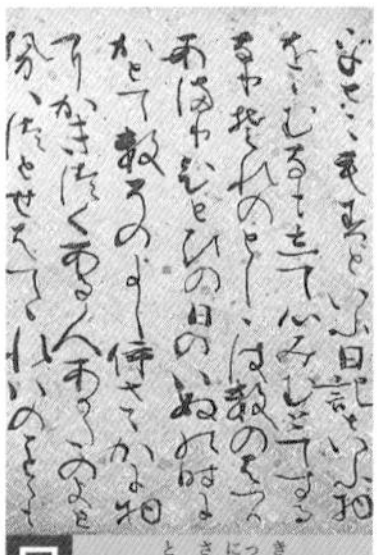

日 『土佐日記《とさにっき》』

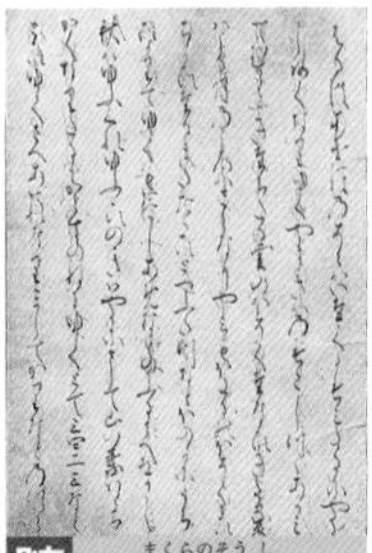

随 『枕草子《まくらのそうし》』

作 『落窪物語《おちくぼものがたり》』

▲奈良絵本《ならえほん》『うつほ物語』

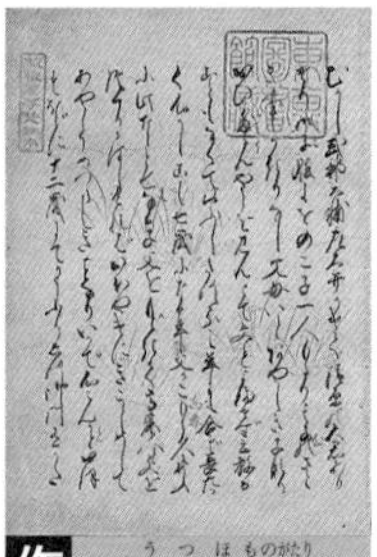

作 『宇津保物語《うつほものがたり》』

1000年

▼和泉式部伝説《いずみしきぶでんせつ》（『誓願《せいがん》寺縁起《じえんぎ》』）　和泉式部《いずみしきぶ》には娘の小式部内侍《こしきぶのないし》を亡くしたのち、仏門に入ったという言い伝えもある。

1000年

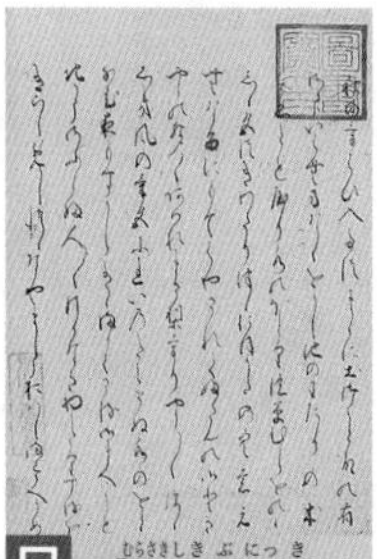

日 『紫式部日記《むらさきしきぶにっき》』

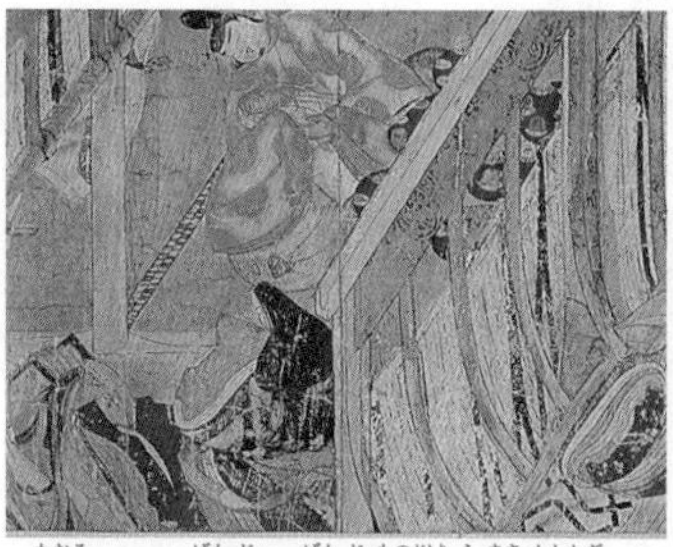

▲薫《かおる》を抱く源氏《げんじ》（『源氏物語絵巻《げんじものがたりえまき》』柏木《かしわぎ》）

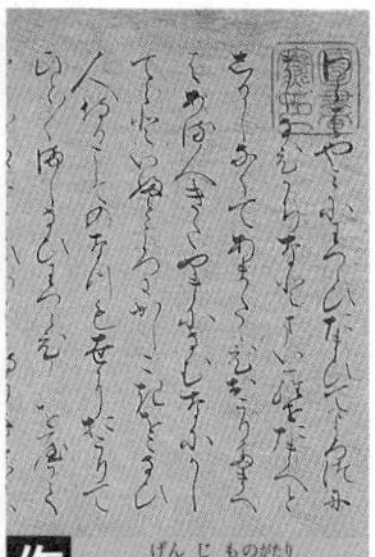

作 『源氏物語《げんじものがたり》』

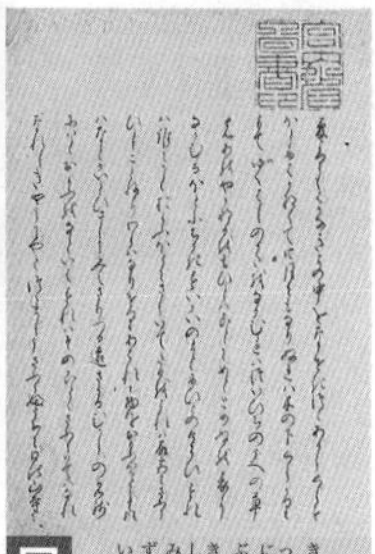

日 『和泉式部日記《いずみしきぶにっき》』

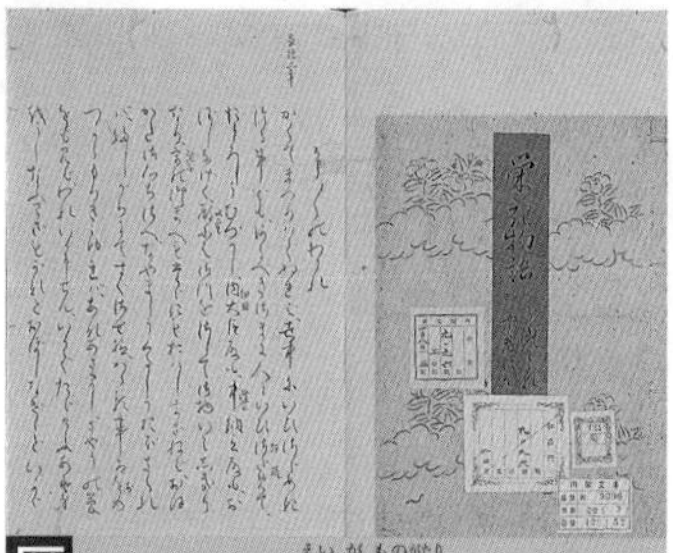

歴 『栄花物語《えいがものがたり》』

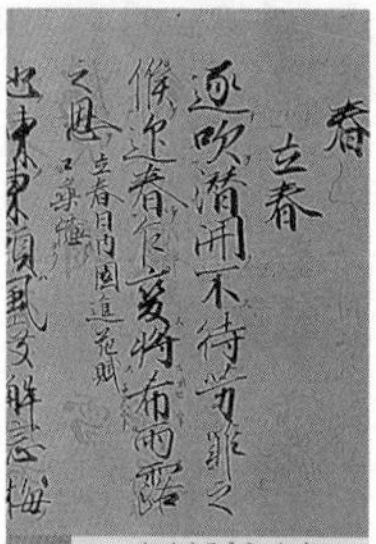

謡 『和漢朗詠集《わかんろうえいしゅう》』

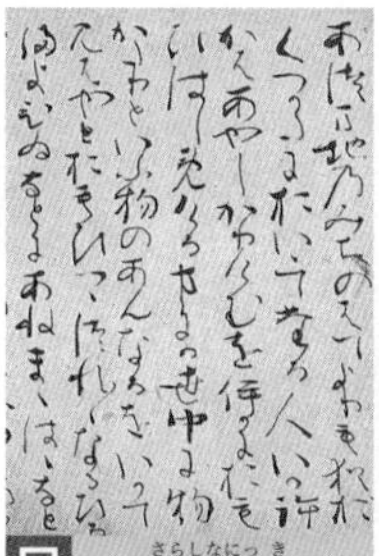

日 『更級日記《さらしなにっき》』

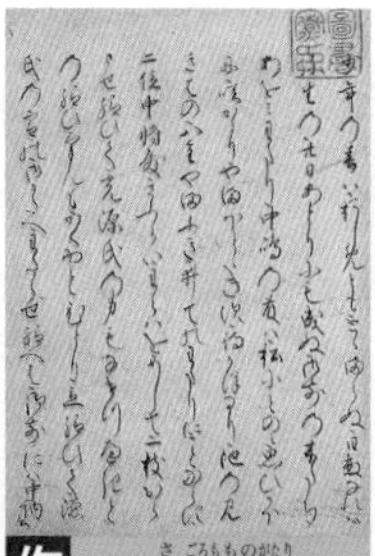

作 『狭衣物語《さごろもものがたり》』

作 『堤中納言物語《つつみちゅうなごんものがたり》』

作 『夜半《よわ》の寝覚《ねざめ》』

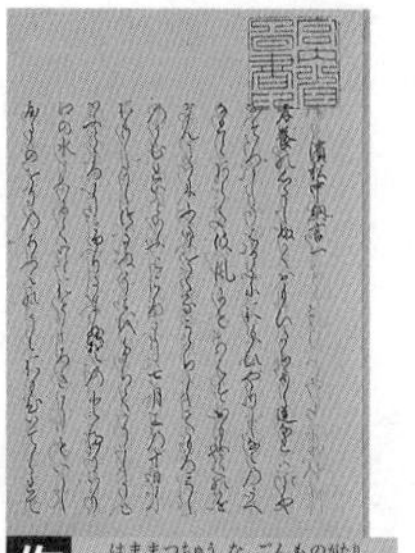

作 『浜松中納言物語《はままつちゅうなごんものがたり》』

1100年

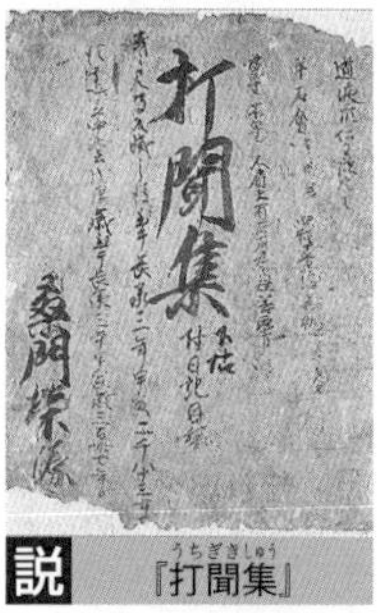

説 『打聞集《うちぎきしゅう》』

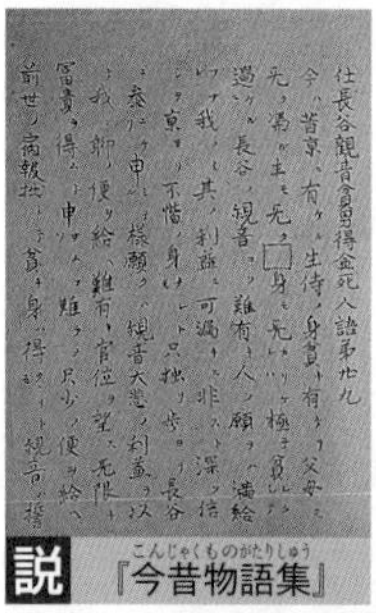

説 『今昔物語集《こんじゃくものがたりしゅう》』

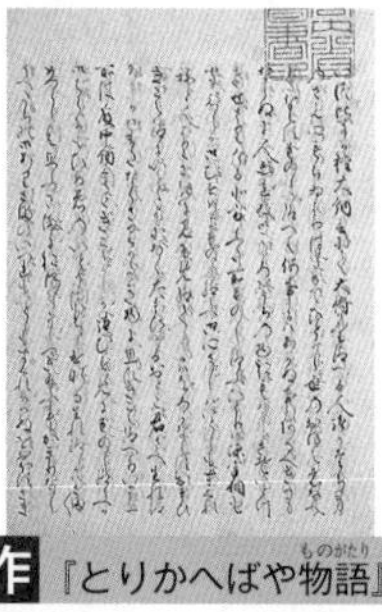

作 『とりかへばや物語《ものがたり》』

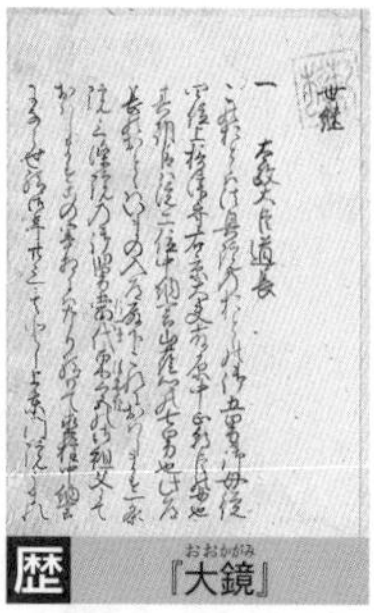

歴 『大鏡《おおかがみ》』

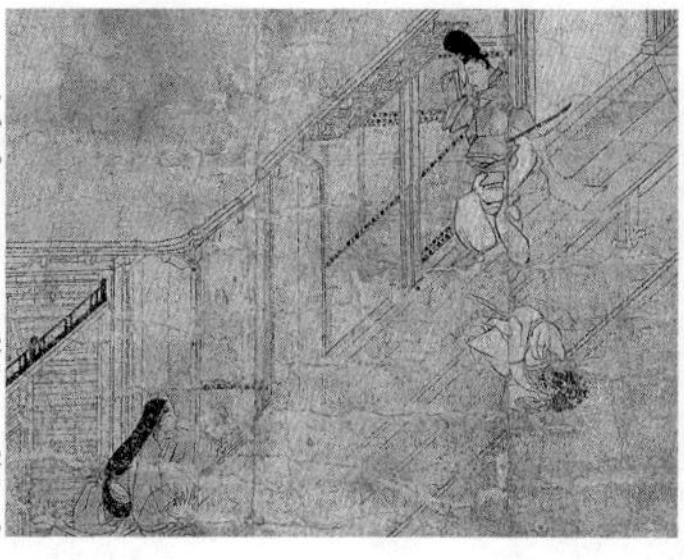

▶『山家集《さんかしゅう》』の作者西行《さいぎょう》（『西行物語絵詞《さいぎょうものがたりえことば》』）佐藤義清《さとうのりきよ》が出家して西行《さいぎょう》となる場面。

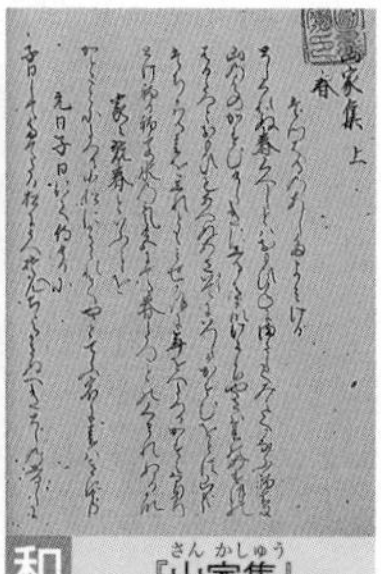

和 『山家集《さんかしゅう》』

▲雲林院《うりんいん》の菩提講《ぼだいこう》（『大《おお》かゞみ絵詞《えことば》』）

1192年

読み継がれる古典文学

口語訳・現代語訳

▶与謝野晶子《よさのあきこ》訳『新釈源氏物語《しんしゃくげんじものがたり》』

▶円地文子《えんちふみこ》訳『源氏物語《げんじものがたり》』

▶橋本治《はしもとおさむ》『桃尻語訳《ももじりごやく》　枕草子《まくらのそうし》』『枕草子』を、現代の若者言葉に訳した作品。

▶谷崎潤一郎《たにざきじゅんいちろう》訳『源氏物語《げんじものがたり》』

▶川端康成《かわばたやすなり》訳『竹取物語《たけとりものがたり》』

▶福永武彦《ふくながたけひこ》訳『今昔物語《こんじゃくものがたり》』

外国語訳

▶中国語訳『源氏物語《げんじものがたり》』

▶英語訳『源氏物語《げんじものがたり》』

▶英語訳『枕草子《まくらのそうし》』

翻案

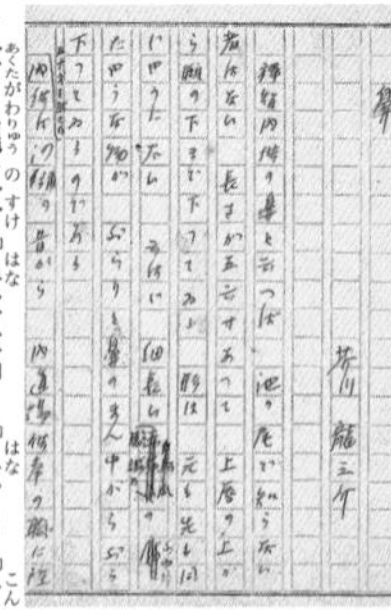

▶芥川龍之介《あくたがわりゅうのすけ》『鼻《はな》』草稿　『鼻《はな》』は『今昔《こん》物語集《じゃくものがたりしゅう》』の翻案小説《ほんあんしょうせつ》。

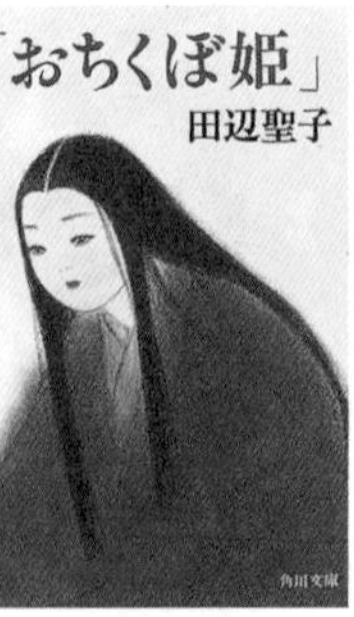

▶田辺聖子《たなべせいこ》『おちくぼ姫《ひめ》』『落窪物《おちくぼもの》語《がたり》』の翻案小説《ほんあんしょうせつ》。

▶白土三平《しらとさんぺい》『忍法秘話参《にんぽうひわさん》』『今昔物《こんじゃくもの》語集《がたりしゅう》』を劇画に取り入れている。

▶堀辰雄《ほりたつお》『かげろふの日記《にっき》』『蜻蛉《かげろう》日記《にっき》』の翻案小説《ほんあんしょうせつ》。

▶氷室冴子《ひむろさえこ》『ざ・ちぇんじ!』「とりかへばや物語」の翻案小説《ほんあんしょうせつ》。

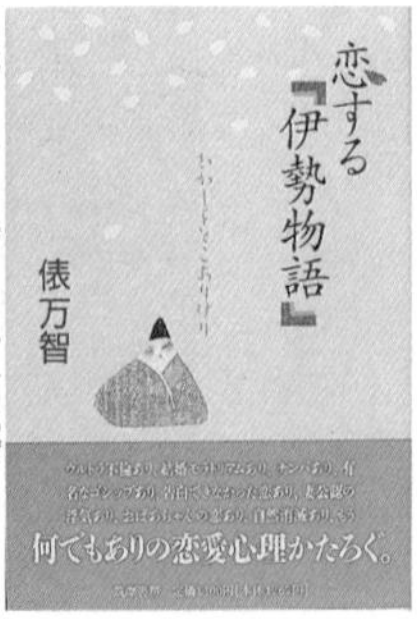

▶俵万智《たわらまち》『恋《こい》する伊勢物語《いせものがたり》』筆者による本歌取りの和歌を収録。

▶大和和紀《やまとわき》『あさきゆめみし』『源《げん》氏物語《じものがたり》』の漫画化。

中古文学概説

王朝文学の時代

七九四年の平安京遷都《へいあんきょうせんと》から、一一九二年の鎌倉幕府《かまくらばくふ》の成立までの約四百年間を**中古《ちゅうこ》**（平安《へいあん》時代）という。

上代《じょうだい》以来の律令政治《りつりょうせいじ》を背景として、中古になっても唐風《とうふう》文化が尊重された。九世紀初めには漢詩文が全盛期を迎え、勅撰《ちょくせん》漢詩集『**凌雲集《りょううんしゅう》**』『**文華秀麗集《ぶんかしゅうれいしゅう》**』『**経国集《けいこくしゅう》**』があいついで編集された。また、私撰《しせん》の漢詩文集として**空海《くうかい》**の『**性霊集《しょうりょうしゅう》**』、**菅原道真《すがわらのみちざね》**の『**菅家文草《かんけぶんそう》**』などが編集された。

九世紀末には、唐風文化《とうふうぶんか》にかわって、国風文化《こくふうぶんか》が生まれた。特に仮名《かな》の発明、普及によって日本語を表記することが容易になり、文学に大きな発展がもたらされた。和歌《わか》も再び開花し、十世紀初め、最初の勅撰和歌集《ちょくせんわかしゅう》『**古今和歌集《こきんわかしゅう》**』が**紀貫之《きのつらゆき》**らによって撰集《せんしゅう》された。その後、『**後撰和歌集《ごせんわかしゅう》**』などが成立し、中世の『**新古今和歌集《しんこきんわかしゅう》**』に至る「**八代集《はちだいしゅう》**」が撰《せん》せられた。散文でも、『**竹取物語《たけとりものがたり》**』『**伊勢物語《いせものがたり》**』、紀貫之《きのつらゆき》の『**土佐日記《とさにっき》**』が成立し、それぞれ、**作《つく》り物語《ものがたり》・歌物語《うたものがたり》・日記文学《にっきぶんがく》**という新しい道を切り開いた。

十世紀末から十一世紀にかけて、宮廷《きゅうてい》・後宮《こうきゅう》を中心に、多くの才女が現れ、女流文学の黄金時代が現出した。歌物語《うたものがたり》と作《つく》り物語《ものがたり》の性質を受け継ぎ、壮麗《そうれい》な虚構の世界を築きあげたのが、**紫式部《むらさきしきぶ》**の『**源氏物語《げんじものがたり》**』である。『源氏物語《げんじものがたり》』以後、『**夜半《よわ》の寝覚《ねざめ》**』『**堤中納言物語《つつみちゅうなごんものがたり》**』などさまざまな物語が作られた。日記文学では、『**蜻蛉日記《かげろうにっき》**』（作者**藤原道綱母《ふじわらのみちつなのはは》**）、『**和泉式部日記《いずみしきぶにっき》**』『**紫式部日記《むらさきしきぶにっき》**』が成立した。**清少納言《せいしょうなごん》**の『**枕草子《まくらのそうし》**』は、日本最初の随筆文学で、作者の鋭利《えいり》・繊細《せんさい》な感覚が自照性《じしょうせい》を保ちながら発揮されている。

十一世紀後半以後、貴族階級の没落につれて、物語文学をはじめとして貴族文学は生気を失っていった。そのような中で、過去の栄光回顧という歴史認識から歴史物語が生まれた。日本最初の歴史物語は、**編年体《へんねんたい》**で書かれた『**栄花物語《えいがものがたり》**』である。その後、『**大鏡《おおかがみ》**』が**紀伝体《きでんたい》**で記された。これに継ぐ『**今鏡《いまかがみ》**』、中世の『**水鏡《みずかがみ》**』『**増鏡《ますかがみ》**』とをあわせて「**四鏡《しきょう》**」という。日記文学では、浪漫《ろうまん》的な『**更級日記《さらしなにっき》**』が、**菅原孝標女《すがわらのたかすえのむすめ》**によって書かれた。一方、新時代の胎動《たいどう》を示す説話の集大成『**今昔物語集《こんじゃくものがたりしゅう》**』が成立した。和歌では、**藤原俊成《ふじわらのとしなり》**の『**長秋詠藻《ちょうしゅうえいそう》**』、**西行《さいぎょう》**の『**山家集《さんかしゅう》**』などの**私家集《しかしゅう》**が編《あ》まれた。また、**後白河法皇《ごしらかわほうおう》**は庶民《しょみん》の間で歌われた**今様《いまよう》**などの歌謡を集め、『**梁塵秘抄《りょうじんひしょう》**』を編んだ。

学習のポイント

- 和歌は『古今和歌集《こきんわかしゅう》』について次の点をおさえよう。
  ①撰者《せんじゃ》と六歌仙《ろっかせん》　②歌風　③八代集《はちだいしゅう》とその関係人物
- 物語は『源氏物語《げんじものがたり》』を中心に前後の物語を覚えよう。
- 説話《せつわ》は『今昔物語集《こんじゃくものがたりしゅう》』を中心に作品名を覚えよう。
- 日記の作品名と作者をおさえておこう。
- 随筆は『枕草子《まくらのそうし》』について次の点をおさえよう。
  ①作者　②内容　③「をかし」
- 歴史物語《れきしものがたり》は「四鏡《しきょう》」を覚えよう。

詩歌

◇古今和歌集《こきんわかしゅう》・八代集《はちだいしゅう》

平安遷都《へいあんせんと》から一世紀ほどして遣唐使《けんとうし》が廃止されるころには、大陸文化の模倣《もほう》から脱して国風《こくふう》文化《ぶんか》が起こってくる。そして**平**《ひら》**仮名**《がな》の成立とともに、私的生活の面で詠《よ》まれ続けてきた**和歌**《わか》への関心が高まり、十世紀に入ると最初の**勅撰和歌集**《ちょくせんわかしゅう》である『**古今和歌集**《こきんわかしゅう》』が生まれた。この和歌の伝統は連綿と受け継がれ、平安時代《へいあんじだい》に七つの**勅撰和歌集**《ちょくせんわかしゅう》が撰集《せんしゅう》された。これらに、次代の『**新古今和歌集**《しんこきんわかしゅう》』を加えて「**八代集**《はちだいしゅう》」という。また、「八代集《はちだいしゅう》」のうち、『**古今和歌集**《こきんわかしゅう》』『**後撰和歌集**《ごせんわかしゅう》』『**拾遺和歌集**《しゅういわかしゅう》』の三つを「**三**《さん》**代集**《だいしゅう》」という。

◇私家集《しかしゅう》

和歌は王朝文化の「**みやび**」*の象徴として貴族社会に重んじられ、中古後期になると、勅撰《ちょくせん》和歌集《わかしゅう》以外に、個人の歌集である**私家集**《しかしゅう》も多く編《あ》まれた。

◇歌論《かろん》

歌論は、**紀貫之**《きのつらゆき》の「『**古今和歌**《こきんわか》**集**《しゅう》』**仮名序**《かなじょ》」が最初のまとまっ

古今和歌集《こきんわかしゅう》　最初の勅撰和歌集《ちょくせんわかしゅう》

撰者　**紀貫之**《きのつらゆき》（八七〇？～九四五）・紀友則《きのとものり》（生没年未詳）・凡河内躬恒《おおしこうちのみつね》（生没年未詳）・**壬生忠岑**《みぶのただみね》（生没年未詳）。

成立　**九〇五年**（延喜《えんぎ》五）、勅命《ちょくめい》がくだる。

内容・構成　全二十巻、約千百首。冒頭に**紀貫**《きのつら》**之**《ゆき》の**仮名序**《かなじょ》、末尾に紀淑望《きのよしもち》の**真名序**《まなじょ》を置き、春・夏・秋・冬・賀《が》・離別・羇旅《きりょ》・物名《もののな》・恋・哀傷《あいしょう》・雑《ぞう》など十三の部立《ぶだて》に分類・配列されている。

▲紀貫之

ポイント　①**醍醐天皇**《だいごてんのう》の勅命《ちょくめい》による**最初の勅撰和歌集**《ちょくせんわかしゅう》。②歌風は**優美繊細**《ゆうびせんさい》な「**たをやめぶり**」*。③**七五調**、三句切れの歌が多い。④**仮名**《かな》で書かれた**仮名序**《かなじょ》（**紀貫之**《きのつらゆき》）と漢文で書かれた**真名序**《まなじょ》（紀淑望《きのよしもち》）を備える。

●『古今和歌集《こきんわかしゅう》』の歌風の変遷と代表的歌人

第一期（よみ人知らずの時代）　～八四九年（嘉祥《かしょう》二）ごろまで。

〔歌風〕『**万葉集**《まんようしゅう》』の素朴《そぼく》さや五七調を残している。

第二期（**六歌仙**《ろっかせん》の時代）　八五〇年（嘉祥《かしょう》三）～八九〇年（寛平《かんぴょう》二）。

〔歌風〕**七五調**が優勢となり、縁語《えんご》*・掛詞《かけことば》*などの表現技巧が発達。

〔代表的歌人〕**六歌仙**《ろっかせん》（**在原業平**《ありわらのなりひら》・**僧正遍昭**《そうじょうへんじょう》・**小野小**《おののこ》**町**《まち》・**大友黒主**《おおとものくろぬし》・**文屋康秀**《ふんやのやすひで》・**喜撰法師**《きせんほうし》）。

①**在原業平**《ありわらのなりひら》　大胆で情熱的。余情《よじょう》豊か。伊勢物語（→p.27）の主人公のモデルとみられる。

②**僧正遍昭**《そうじょうへんじょう》　軽妙でしゃれた歌。技巧に富む。

③**小野小町**《おののこまち》　美女として名高い。秘めた情熱を余《よ》韻《いん》深くうたう。

▲僧正遍昭

●古今和歌集《こきんわかしゅう》以後の主な歌人と歌風

▲壬生忠岑

歌人	歌風
藤原公任《ふじわらのきんとう》 九六六～一〇四一	古今調《こきんちょう》。平易流麗《へいいりゅうれい》。歌壇《かだん》の権威者。
和泉式部《いずみしきぶ》 生没年未詳	奔放《ほんぽう》で哀切《あいせつ》な歌。情熱の女流歌人。
曾禰好忠《そねのよしただ》 生没年未詳	清新《せいしん》で奔放《ほんぽう》。特異な歌人。
源経信《みなもとのつねのぶ》 一〇一六～一〇九七	平明《へいめい》で清新《せいしん》。公任《きんとう》と並び称せられる。
源俊頼《みなもとのとしより》 一〇五五？～一一二九？	父経信《つねのぶ》の後をうけ、和歌革新を図る。
藤原俊成《ふじわらのとしなり》 一一一四～一二〇四	優艶静寂《ゆうえんせいじゃく》で余情《よじょう》深い「**幽玄**《ゆうげん》」*の歌。中古末第一の歌人。
西行《さいぎょう》 一一一八～一一九〇	平明清澄《へいめいせいちょう》。自然歌人。俊成《としなり》と並び称せられた。

たもので、和歌・**歌合**《うたあわせ》*が盛んになるにつれて、本格的な歌論が書かれるようになった。

主な作品

①『**山家集**《さんかしゅう》』(西行《さいぎょう》)
②『**長秋詠藻**《ちょうしゅうえいそう》』(藤原俊成《ふじわらのとしなり》)
③『**新撰髄脳**《しんせんずいのう》』(藤原公任《ふじわらのきんとう》)
④『**俊頼髄脳**《としよりずいのう》』(源 俊頼《みなもとのとしより》)
⑤『**袋草紙**《ふくろぞうし》』(藤原清輔《ふじわらのきよすけ》)
⑥『**古来風体抄**《こらいふうていしょう》』(藤原俊成《ふじわらのとしなり》)

クローズアップ

●「八代集《はちだいしゅう》」を覚えよう。

	歌集名	撰者
中古	①**古今集**《こきんしゅう》	**紀貫之**《きのつらゆき》ら
中古	②**後撰集**《ごせんしゅう》	***梨壺の五人**《なしつぼのごにん》
中古	③**拾遺集**《しゅういしゅう》	花山院《かざんいん》か
中古	④**後拾遺集**《ごしゅういしゅう》	藤原通俊《ふじわらのみちとし》
中古	⑤**金葉集**《きんようしゅう》	源 俊頼《みなもとのとしより》
中古	⑥**詞花集**《しかしゅう》	藤原顕輔《ふじわらのあきすけ》
中古	⑦**千載集**《せんざいしゅう》	**藤原俊成**《ふじわらのとしなり》
中世	⑧**新古今集**《しんこきんしゅう》	**藤原定家**《ふじわらのさだいえ》

●六歌仙《ろっかせん》を覚えよう。

①**在原業平**《ありわらのなりひら》　②**僧正遍昭**《そうじょうへんじょう》
③**小野小町**《おののこまち》　④**大友黒主**《おおとものくろぬし》
⑤**文屋康秀**《ふんやのやすひで》　⑥**喜撰法師**《きせんほうし》

第三期(撰者《せんじゃ》の時代)　八九一年(寛平三《かんぴょう》)以後。

〔歌風〕**優美**《ゆうび》・**繊細**《せんさい》な歌風。対象を**理知的**《りち》に詠《よ》み、**技巧的**で複雑な表現をしている。比喩《ひゆ》・**縁語**《えんご》・**掛詞**《かけことば》などの修辞を駆使し、疑問・反語・推量表現を多用。

〔代表的歌人〕撰者《せんじゃ》(**紀貫之**《きのつらゆき》・紀友則《きのとものり》・凡河内躬恒《おおしこうちのみつね》・壬生忠岑《みぶのただみね》)・伊勢《いせ》・藤原敏行《ふじわらのとしゆき》。

①**紀貫之**《きのつらゆき》　**古今調**《こきんちょう》の完成者で、**優美**《ゆうび》な感情を**理知的**《りち》に詠《よ》む。
②**紀友則**《きのとものり》　貫之《つらゆき》のいとこ。流麗《りゅうれい》。典雅《てんが》。
③**凡河内躬恒**《おおしこうちのみつね》　温和《おんわ》で平明《へいめい》。即興歌《そっきょうか》にすぐれる。
④**伊勢**《いせ》　女流歌人。優美《ゆうび》でイメージ豊かな歌。
⑤**藤原敏行**《ふじわらのとしゆき》　主知的・技巧的。

▲紀友則

●主な私家集《しかしゅう》

作品名	作者	成立
①**曾丹集**《そたん》	曾禰好忠《そねのよしただ》	平安時代末期までに成立。
②**紫式部集**《むらさきしきぶしゅう》	紫 式部《むらさきしきぶ》	長和《ちょうわ》年間(一〇一二年～一〇一七年)に自撰《じせん》。
③**和泉式部集**《いずみしきぶしゅう》	和泉式部《いずみしきぶ》	平安時代後期～鎌倉《かまくら》時代前期。
④**散木奇歌集**《さんぼくきかしゅう》	源 俊頼《みなもとのとしより》	一一二七年ごろ。
⑤**長秋詠藻**《ちょうしゅうえいそう》	藤原俊成《ふじわらのとしなり》	一一七八年。
⑥**山家集**《さんかしゅう》	西行《さいぎょう》	未詳。

●主な歌論書

作品名	作者	成立	内容
①**新撰髄脳**《しんせんずいのう》	藤原公任《ふじわらのきんとう》	未詳。	歌の本質・作法・短歌論より成る。
②**俊頼髄脳**《としよりずいのう》	源 俊頼《みなもとのとしより》	一一一五ごろ。	歌体《かたい》・歌病《かへい》・歌の理想・歌の解説。
③**袋草紙**《ふくろぞうし》	藤原清輔《ふじわらのきよすけ》	一一五七～一一五八ごろ。	歌合《うたあわせ》・勅撰集《ちょくせんしゅう》編集の考証。
④**古来風体抄**《こらいふうていしょう》	藤原俊成《ふじわらのとしなり》	一一九七以後。	上代から中古に至る歌風の変遷。

用語解説

***みやび**　p.27参照。
***歌合**《うたあわせ》　歌人が一堂に集まって左右に分かれ、定められた題のもとに詠《よ》んだ歌を比較して優劣を決め、それらを総合して左右各群の勝負を争う集団文学遊戯《ゆうぎ》。
***たをやめぶり**　素朴《そぼく》で力強い『万葉集《まんようしゅう》』の歌風「ますらをぶり」に対して、優美《ゆうび》・繊細《せんさい》な『古今《こきん》和歌集《わかしゅう》』の歌風をいう。江戸時代の国学者賀茂真淵《かものまぶち》(↓p.56)が名づけた。
***縁語**《えんご》　ある語と意味のつながりの深い語をことさらに用いて余《よ》情《じょう》を出す技巧。
***掛詞**《かけことば》　一語に同音を利用して二つの意味を持たせ、内容を豊かにする技巧。
***幽玄**《ゆうげん》　優艶《ゆうえん》・静寂《せいじゃく》を基調とし、言外に余情《よじょう》のある美。
***梨壺の五人**《なしつぼのごにん》　『後撰和歌集《ごせんわかしゅう》』の撰《せん》者《じゃ》である、源 順《みなもとのしたごう》・大中臣能宣《おおなかとみのよしのぶ》・紀時文《きのときふみ》・清原元輔《きよはらのもとすけ》・坂上望城《さかのうえのもちき》の五人のこと。

◆歌謡《かよう》

中古初期には、*神楽歌《かぐらうた》・*東遊歌《あずまあそびうた》・*催馬楽《さいばら》・*風俗歌《ふぞくうた》などが歌謡《かよう》として謡《うた》われ、続いて*朗詠《ろうえい》や*和讃《わさん》などが流行した。末期になると、今様《いまよう》などの歌謡が大流行した。

主な作品

①『和漢朗詠集《わかんろうえいしゅう》』(藤原公任《ふじわらのきんとう》)
②『梁塵秘抄《りょうじんひしょう》』(後白河法皇《ごしらかわほうおう》)

◆漢詩文

中古初期は唐風文化《とうふうぶんか》を取り入れようとした宮廷社会の意向を反映して、漢詩文が盛んに作られた。九世紀前半には**勅撰漢詩集《ちょくせんかんししゅう》**があいついで編集された。

主な作品(勅撰三集《ちょくせんさんしゅう》)

①『凌雲集《りょううんしゅう》』(小野岑守《おののみねもり》ら)
②『文華秀麗集《ぶんかしゅうれいしゅう》』(藤原冬嗣《ふじわらのふゆつぐ》ら)
③『経国集《けいこくしゅう》』(良岑安世《よしみねのやすよ》ら)

クローズアップ

●歌謡集《かようしゅう》の成立時期を覚えよう。
朗詠《ろうえい》『和漢朗詠集《わかんろうえいしゅう》』—一〇一三ごろ
今様《いまよう》『梁塵秘抄《りょうじんひしょう》』—一一六九ごろ

和漢朗詠集《わかんろうえいしゅう》 —藤原公任撰《ふじわらのきんとうせん》の歌謡集《かようしゅう》

撰者 藤原公任《ふじわらのきんとう》(九六六〜一〇四一)。
成立 一〇一二年(寛弘《かんこう》九)ごろ。
内容・構成 全二巻。朗詠《ろうえい》に適した有名な漢詩や和歌を集めたもの。計八百首余りを収める。
ポイント ①*白居易《はくきょい》(白楽天《はくらくてん》)の漢詩や紀貫之《きのつらゆき》の和歌を含む。②後世の文学や芸能にしばしば引用され、大きな影響を与えた。

▲藤原公任

梁塵秘抄《りょうじんひしょう》 —今様《いまよう》などの歌謡《かよう》の集大成

撰者 後白河法皇《ごしらかわほうおう》(一一二七〜一一九二)。
成立 一一六九年(嘉応《かおう》元)ごろ。
内容・構成 全二十巻。
ポイント 「今様《いまよう》」は中古末期に大流行した、七五調・四句を基調にした歌謡《かよう》で、「当世ふうの歌謡」の意。遊女や白拍子《しらびょうし》の間でうたわれた。

▲後白河法皇

勅撰三集《ちょくせんさんしゅう》 —天皇の命で作られた三つの漢詩集

作品名	編者	勅命した天皇	成立	構成
①凌雲集《りょううんしゅう》	小野岑守《おののみねもり》ら	嵯峨天皇《さがてんのう》	八一四年(弘仁《こうにん》五)	一巻
②文華秀麗集《ぶんかしゅうれいしゅう》	藤原冬嗣《ふじわらのふゆつぐ》ら	嵯峨天皇《さがてんのう》	八一八年(弘仁《こうにん》九)	三巻
③経国集《けいこくしゅう》	良岑安世《よしみねのやすよ》ら	淳和天皇《じゅんなてんのう》	八二七年(天長《てんちょう》四)	二十巻

ポイント ①いずれも漢詩文が全盛となった九世紀前半に成立した。②『凌雲集《りょううんしゅう》』は**日本最初の勅撰漢詩集《ちょくせんかんししゅう》**である。③主な作者に唐に渡って密教を学び、真言宗の開祖となった**空海**がいる。④九世紀末になると**菅原道真《すがわらのみちざね》**が登場し、漢詩文の隆盛は頂点に達した。

●私撰漢詩文集《しせんかんしぶんしゅう》・詩論書一覧

①『性霊集《しょうりょうしゅう》』(空海《くうかい》)
②『文鏡秘府論《ぶんきょうひふろん》』(空海《くうかい》)
③『菅家文草《かんけぶんそう》』(菅原道真《すがわらのみちざね》)
④『菅家後集《かんけこうしゅう》』(菅原道真《すがわらのみちざね》)
⑤『都氏文集《としぶんしゅう》』(都良香《みやこのよしか》)
⑥『本朝文粋《ほんちょうもんずい》』(藤原明衡《ふじわらのあきひら》)
※②は詩論書。

用語解説

*神楽歌《かぐらうた》 宮廷の儀式・神社の祭礼で奏される神楽《かぐら》の歌詞。
*東遊歌《あずまあそびうた》 もと東国地方の民謡だが、中古になって神前歌舞《しんぜんかぶ》に用いられた。
*催馬楽《さいばら》 もと近畿《きんき》地方の民謡だが、貴族の遊宴歌謡《ゆうえんかよう》として流行した。
*風俗歌《ふぞくうた》 もと東国地方の民謡だが、貴族の遊宴歌謡《ゆうえんかよう》となった。
*朗詠《ろうえい》 歌謡《かよう》の一つで、漢詩や和歌に曲をつけ、楽器で伴奏してうたうもの。
*和讃《わさん》 和語を用いて三宝《さんぼう》(仏・法・僧)をほめたたえる讃歌《さんか》で、庶民教化《きょうげ》の目的でつくられる。
*白居易《はくきょい》 七七二—八四六。中唐の詩人。字《あざな》は楽天《らくてん》。平明な作風が特徴。

問題演習

1 次の空欄に入る人名をあとから選び、記号で答えよ。

『古今和歌集』は最初の勅撰和歌集で、A（ ウ ）の勅命によって成立した。撰者はB（ イ ）、C（ オ ）、紀友則、壬生忠岑の四人である。B（ イ ）の仮名序と紀淑望の真名序を備えている。歌風の変遷は三期に分けられ、第二期は六歌仙の時代といわれる。六歌仙とは、D（ ア ）、僧正遍昭、大友黒主、文屋康秀、喜撰法師、女性のE（ エ ）の六人の歌人である。

ア 在原業平　イ 紀貫之　ウ 醍醐天皇
エ 小野小町　オ 凡河内躬恒

⇩ p.22～23

2 八代集(A～H)の撰者をア～クから選べ。また、A～Hを成立順に並べよ。

A 後撰集（ カ ）　B 金葉集（ キ ）
C 新古今集（ ア ）　D 詞花集（ イ ）
E 古今集（ ク ）　F 拾遺集（ ウ ）
G 後拾遺集（ オ ）　H 千載集（ エ ）

ア 藤原定家　イ 藤原顕輔　ウ 花山院(?)
エ 藤原俊成　オ 藤原通俊　カ 梨壺の五人
キ 源俊頼　ク 紀貫之ら

成立順（E→A→F→G→B→D→H→C）

⇩ p.23

3 次の空欄に入る人名・作品名を答えよ。

中古後期になると、勅撰和歌集以外にも、個人の歌集である私家集が多く編まれた。曾禰好忠の『曾丹集』、源俊頼の『散木奇歌集』、A（藤原俊成《ふじわらのとしなり》）の『長秋詠藻』、西行の『B（山家集《さんかしゅう》）』などが代表的である。歌論は、『古今和歌集』の序にみられたが、中期から和歌の流行につれて盛んになり、藤原公任の『C（新撰髄脳《しんせんずいのう》）』、源俊頼の『D（俊頼髄脳《としよりずいのう》）』、A（藤原俊成《ふじわらのとしなり》）の『E（古来風体抄《こらいふうていしょう》）』などがある。

中古初期には、神楽歌・催馬楽などが流行し、続いて朗詠や和讃などの歌謡が流行した。朗詠を集めたものに藤原公任撰の『F（和漢朗詠集《わかんろうえいしゅう》）』がある。中古末期に流行した今様などの歌謡を集大成したものに後白河法皇撰の『G（梁塵秘抄《りょうじんひしょう》）』がある。

⇩ p.23～24

4 次の空欄に入る作品名をあとから選び、記号で答えよ。

九世紀前半は漢詩文の隆盛期で、『A（ エ ）』『文華秀麗集』『B（ イ ）』という順番で勅撰三集が成立した。また、私撰の漢詩文集には、空海の『C（ ウ ）』や菅原道真の『D（ オ ）』『菅家後集』などがある。漢詩文は、和歌が隆盛になると衰えたが、十一世紀半ばに中古初期以来の漢詩文を文体別に集録した藤原明衡撰の『E（ ア ）』が成立した。

ア 本朝文粋　イ 経国集　ウ 性霊集
エ 凌雲集　オ 菅家文草

⇩ p.24

5 次の作品のうち、成立が中古(平安時代)でないものを記号で答えよ。

ア 和漢朗詠集
イ 金葉集
ウ 梁塵秘抄
エ 長秋詠藻
オ 建礼門院右京大夫集

（ オ ）

⇩ p.22～24

確認しよう

☐①『万葉集』の「ますらをぶり」に対する『古今和歌集』の歌風は何か。
答 たをやめぶり

☐②藤原俊成の(ア)勅撰和歌集、(イ)歌論書、(ウ)私家集はそれぞれ何か。
答 (ア)千載和歌集《せんざいわかしゅう》 (イ)古来風体抄《こらいふうていしょう》 (ウ)長秋詠藻《ちょうしゅうえいそう》

☐③嵯峨天皇の勅命で小野岑守らが編集した、日本最初の勅撰漢詩集は何か。
答 凌雲集《りょううんしゅう》

☐④醍醐天皇の勅命で紀貫之らが編集した最初の勅撰和歌集は何か。
答 古今和歌集《こきんわかしゅう》

☐⑤六歌仙とは誰か。
答 在原業平《ありわらのなりひら》・僧正遍昭《そうじょうへんじょう》・小野小町《おののこまち》・大友黒主《おおとものくろぬし》・文屋康秀《ふんやのやすひで》・喜撰法師《きせんほうし》

☐⑥西行の私家集は何か。
答 山家集《さんかしゅう》

☐⑦「三代集」とは何か。
答 古今和歌集《こきんわかしゅう》・後撰和歌集《ごせんわかしゅう》・拾遺和歌集《しゅういわかしゅう》

物語・説話

◇**物語《ものがたり》**

中古初期に仮名文字《かなもじ》が発明され、普及すると、日常用いている言葉で、考えていることをそのまま表現できるようになった。古くからの伝承や現実の社会の出来事を題材にしながら、それを想像力によってふくらませて、多くの物語《ものがたり》が書かれた。

◇**作《つく》り物語《ものがたり》**

架空《かくう》の人物や事件を題材にとり、虚構の世界で筋を展開させていく、**空想性・伝奇性《でんきせい》の強い**物語を作《つく》り物語《ものがたり》という。

主な作品（十世紀）

①『竹取物語《たけとりものがたり》』

②『宇津保物語《うつほものがたり》』

③『落窪物語《おちくぼものがたり》』

▲かぐや姫（英一蝶《はなぶさいっちょう》筆）

竹取物語《たけとりものがたり》――日本最古の物語（作《つく》り物語《ものがたり》）

作者 未詳。

成立 **十世紀初め～中ごろか。**

内容・構成 全二巻。竹取《たけとり》の翁《おきな》に見いだされ、美しく成長した**かぐや姫**が、五人の貴族や帝《みかど》の熱心な求婚を退《しりぞ》け、月の世界へ昇天するという内容。

ポイント ①**現存する日本最古の物語。**②**「物語の出《い》で来《き》はじめの祖《おや》」**と『源氏物語《げんじものがたり》』に書かれている。③**かぐや姫**の物語。④民間に伝わった説話《せつわ》や中国の小説などを材料にし、虚構と現実とを巧みに統一して創作された。⑤全体的に**伝奇的《でんきてき》**であるが、求婚の場面は、貴族社会の現実を風刺《ふうし》をまじえて**写実的《しゃじつてき》**に表現している。

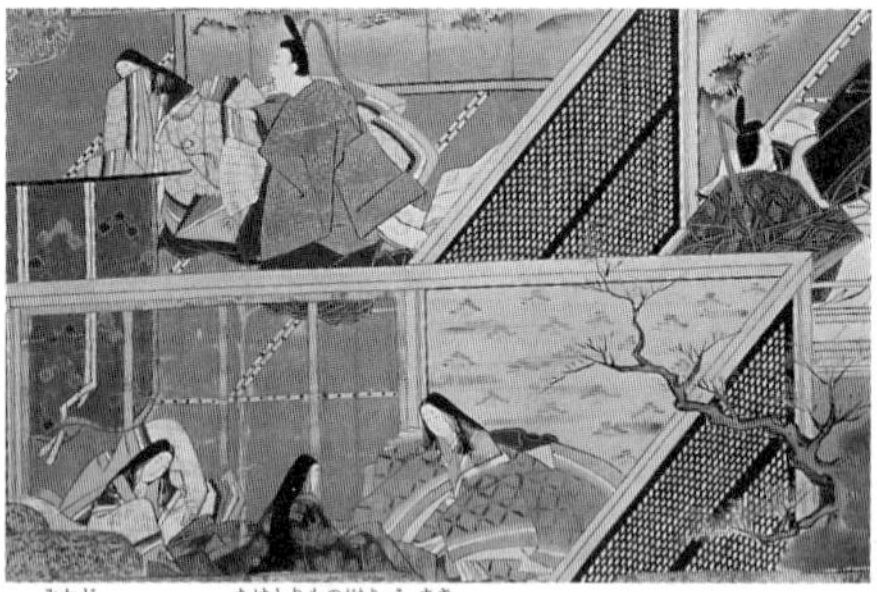

▲帝《みかど》の求婚（『竹取物語絵巻《たけとりものがたりえまき》』）

宇津保物語《うつほものがたり》――日本最初の長編物語（作《つく》り物語《ものがたり》）

作者 未詳。

成立 **十世紀後半。**

内容・構成 全二十巻。琴《こと》の秘曲伝授と求婚の話。

ポイント ①**日本最初の長編物語。**②**前半**は、藤原仲忠《ふじわらのなかただ》をめぐる琴の物語で**伝奇性《でんきせい》が強い。後半**は、貴宮《あてみや》をめぐる求婚物語と政権争いを描いていて、**写実的《しゃじつてき》**である。

落窪物語《おちくぼものがたり》――**継子《ままこ》いじめの物語**（作《つく》り物語《ものがたり》）

作者 未詳。

成立 **十世紀後半。**

内容・構成 全四巻。落窪《おちくぼ》の君《きみ》は、継母《ままはは》に虐待《ぎゃくたい》されるが、のちに左近少将《さこんのしょうしょう》という夫を得て幸福になり、少将が継母《ままはは》に仕返しをするという**継子《ままこ》いじめの物語**。

ポイント ①**継子《ままこ》いじめの物語。**②『**宇津保物語《うつほものがたり》**』よりややあとに成立した作品であり、より**写実的《しゃじつてき》**になっている。

▶かぐや姫のおいたち（『竹取物語并《たけとりものがたりならびに》かぐや姫絵巻物《ひめえまきもの》』）

◇歌物語《うたものがたり》

歌物語《うたものがたり》は、*歌語《うたがた》りや詞書《ことばがき》をもとにして書かれた、和歌の成立事情を語る短い物語である。中古初期に成立し、和歌を中心にして話が展開され、叙情《じょじょう》的である。

主な作品

①『伊勢物語《いせものがたり》』

②『大和物語《やまとものがたり》』

③『平中物語《へいちゅうものがたり》』

クローズアップ

●『源氏物語《げんじものがたり》』に至る物語の系譜《けいふ》を覚えよう。

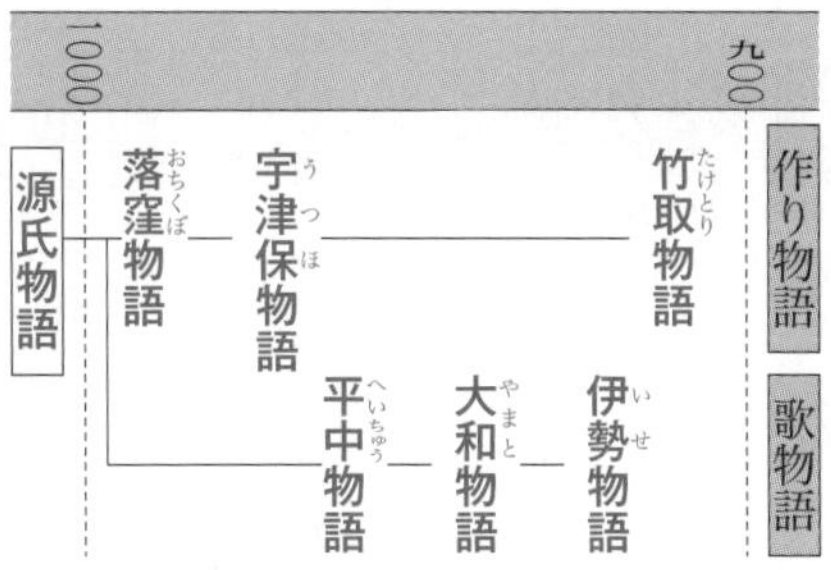

伊勢物語《いせものがたり》――日本最古の歌物語《うたものがたり》

作者 未詳。

成立 **十世紀中ごろ。**

内容・構成 全一巻。約百二十五段からなる。**在原業平《ありわらのなりひら》**と思われる主人公の一生をつづった一代記ふうの物語。

ポイント ①**日本最古の歌《うた》物語《ものがたり》**。②**「みやび」***の世界が描かれている。**色好《いろごの》みの在原業平《ありわらのなりひら》**の一代記のような構成で、各段の中心をなす和歌のほとんどが業平の作。③別名**『在五《ざいご》が物語《ものがたり》』『在《ざい》五中将《ごのちゅうじょう》の日記《にっき》』**ともいう。④主人公のみやびやかで、ひたむきな恋の姿が、叙情《じょじょう》的に美しく描かれている。⑤登場人物は、「男」「女」と単純に書かれ、心情や心情の表出である行動が、極度に単純化された文章で書かれている。

▲「業平東下り図《なりひらあずまくだりず》」(『尾形光琳《おがたこうりん》筆』)

大和物語《やまとものがたり》――民間伝承による歌物語《うたものがたり》

作者 未詳。

成立 **十世紀中ごろ。**

内容・構成 全一巻。全百七十三段。前半は**『後撰和歌集《ごせんわかしゅう》』**時代の歌人の贈答歌《ぞうとうか》を中心とする**歌物語《うたものがたり》**が集められ、後半は伝承に取材した**歌物語《うたものがたり》**が集められている。

ポイント ①歌に関する物語が集められていて、説話《せつわ》的要素が強く、**一貫性に欠ける。**②**『伊勢物語《いせものがたり》』**より叙情性《じょじょうせい》に劣る。

平中物語《へいちゅうものがたり》――平中《へいちゅう》の恋を描く歌物語《うたものがたり》

作者 未詳。

成立 **十世紀中ごろ。**

内容・構成 全一巻。全三十九段。色好《いろごの》みの**平中《へいちゅう》(平貞文《たいらのさだふん》)**を統一的主人公とした恋物語が大部分を占める。

ポイント 主人公の**平中《へいちゅう》**は**在原業平《ありわらのなりひら》**と同じように色好《いろごの》みで有名な歌人である。

●「竹取物語《たけとりものがたり》」と「伊勢物語《いせものがたり》」の比較

	竹取物語《たけとりものがたり》	伊勢物語《いせものがたり》
成立	十世紀初め～中ごろ	**十世紀中ごろ**
作者	未詳	未詳
内容	かぐや姫の物語	**在原業平《ありわらのなりひら》**の一代記ふう
形態	**作《つく》り物語《ものがたり》**	**歌物語《うたものがたり》**
特徴	**伝奇《でんき》的** 浪漫的《ろうまんてき》	叙情《じょじょう》的 **みやび**
文体	漢文訓読《かんぶんくんどく》的	和文《わぶん》的

用語解説

***歌語《うたがた》り** 歌に関する話。古歌《こか》や有名な歌人の歌について、その詠《よ》まれた事情などを語り伝える伝承・説話《せつわ》。

***みやび** 「宮《みや》び・都《みや》び」で、宮廷・都会ふうに洗練《せんれん》された、上《じょう》品《ひん》・優雅《ゆうが》な美。

◇源氏物語《げんじものがたり》

十世紀までの作《つく》り物語《ものがたり》の伝奇《でんき》性《せい》と歌物語《うたものがたり》の叙情性《じょじょうせい》を受け継ぎ、さらに日記文学の持つ心理描写の視点をも取り入れ、これらを融合《ゆうごう》・集大成したのが、十一世紀初めに成立した、**紫式部《むらさきしきぶ》**作の『**源氏物語《げんじものがたり》**』である。『源氏物語《げんじものがたり》』は膨大《ぼうだい》な長編で、文章・内容ともに高い芸術性をもって完成され、古典物語文学の頂点に立つ傑作《けっさく》である。

クローズアップ

●『源氏物語《げんじものがたり》』の重要事項を覚えよう。
①作者＝**紫式部《むらさきしきぶ》**
②成立＝**十一世紀初め**
③巻数＝**五十四巻**
④理念＝**もののあはれ**

●紫式部《むらさきしきぶ》と同時代の作者と作品名を覚えよう。
『**蜻蛉日記《かげろうにっき》**』（藤原道綱母《ふじわらのみちつなのはは》）
『**枕草子《まくらのそうし》**』（清少納言《せいしょうなごん》）
『**和泉式部日記《いずみしきぶにっき》**』（和泉式部《いずみしきぶ》）
『**和漢朗詠集《わかんろうえいしゅう》**』（藤原公任《ふじわらのきんとう》）

源氏物語《げんじものがたり》 ― 古典物語文学の最高傑作

作者 **紫式部《むらさきしきぶ》**（九七〇？～一〇一九？）。

成立 十一世紀初め（一〇〇八年ごろ）。

内容・構成 **全五十四巻（帖《じょう》）**。最後の十巻を「**宇治十帖《うじじゅうじょう》**」という。主人公**光源氏《ひかるげんじ》**の恋愛・栄華から晩年に至る一生を描く正編とその没後の子供たちの世代を描く続編から成り、普通全体を**三部**に分ける。

●**第一部** 「**桐壺《きりつぼ》**」から「**藤裏葉《ふじのうらば》**」までの三十三巻。光源氏《ひかるげんじ》が誕生してから須磨《すま》退居の不遇を乗り越えて栄華《えいが》を極めるまでの約四十年間が描かれている。美貌《びぼう》と才能に恵まれた光源氏《ひかるげんじ》は、亡き母桐壺《きりつぼ》に生き写しの義母藤壺《ふじつぼ》、その姪紫《めいむらさき》の上《うえ》などの多くの女性と出会い、交渉を持つ。理想の女性紫《むらさき》の上《うえ》は光源氏《ひかるげんじ》最愛の妻となる。

●**第二部** 「**若菜上《わかな》**」から「**幻《まぼろし》**」までの八巻。第一部とは変わって内面描写《ないめんびょうしゃ》が深まり、晩年の光源氏《ひかるげんじ》の、内面の苦悩や寂しさが描かれている。光源氏《ひかるげんじ》は朱雀帝《すざくてい》の娘女三《おんなさん》の宮《みや》を新しい妻として迎えるが、女三《おんなさん》の宮《みや》は柏木《かしわぎ》と不義をはたらき、息子薫《かおる》を生む。紫《むらさき》の上《うえ》に先立たれた光源氏《ひかるげんじ》は出家を決意する。

●**第三部** 「**匂宮《におうみや》**」から「**夢浮橋《ゆめのうきはし》**」までの十三巻。光源氏《ひかるげんじ》の死後の世界が宇治《うじ》を舞台に**薫《かおる》**を主人公として描かれている。薫《かおる》は、宇治《うじ》の姫君《ひめぎみ》との満たされぬ恋に悩む。内面描写《ないめんびょうしゃ》にいっそう深みが加わり、仏教思想による憂愁《ゆうしゅう》が全編をおおってくる。物語という虚構の世界を通して、貴族社会に生きる人々の愛と悩み、理想と現実を描き、人間の真実を追求しようとしている。

ポイント ①作《つく》り物語《ものがたり》の伝奇性《でんきせい》・歌物語《うたものがたり》の叙情性《じょじょうせい》、女流日記文学の内面凝視《ないめんぎょうし》の目を受け継ぎ、総合完成させた、**日本古典文学の最高傑作**。②**流麗《りゅうれい》・繊細《せんさい》な和文体《わぶんたい》**。③江戸《えど》時代の国学者**本居宣長《もとおりのりなが》**（↓p.56）は『**源氏物語玉の小櫛《げんじものがたりたまのおぐし》**』で『源氏物語《げんじものがたり》』の本質を「**もののあはれ***」ととらえ、評価した。④後世の文化に大きな影響を与えた。⑤作者紫式部《むらさきしきぶ》は一条《いちじょう》天皇の中宮《ちゅうぐうしょうし》**彰子**（藤原道長《ふじわらのみちなが》の娘）に仕える女房だった。

▲紫式部《むらさきしきぶ》（土佐光起《とさみつおき》筆）

▲紫《むらさき》の上《うえ》の臨終（『源氏物語絵巻《げんじものがたりえまき》』御法《みのり》）

●「**雲隠《くもがくれ》**」
『源氏物語《げんじものがたり》』には、巻名だけで文章が残っていない巻がある。「雲《くも》隠《がくれ》」がそれである。この巻で光源《ひかるげん》氏《じ》は出家し、死んだことになる。

用語解説
***もののあはれ** 対象の本質に深く没入したときに得られる、心の底からわきおこるようなしめやかでしみじみとした情趣。

上代
中古
中世
近世
入試問題
明治
大正以降
入試問題

◆『源氏物語《げんじものがたり》』以後の物語《ものがたり》

多くの物語《ものがたり》が書かれたが、いずれも模倣《もほう》にとどまった。『源氏物語《げんじものがたり》』の影響を受けて多くの物語が書かれたが、いずれも模倣にとどまった。物語文学は、それを支える貴族社会が衰えるにしたがって衰退していく。

主な作品

①『浜松中納言物語《はままつちゅうなごんものがたり》』
②『夜半《よわ》の寝覚《ねざめ》』
③『堤中納言物語《つつみちゅうなごんものがたり》』
④『狭衣物語《さごろもものがたり》』
⑤『とりかへばや物語《ものがたり》』

クローズアップ

●『源氏物語《げんじものがたり》』以後の物語を覚えよう。
○源氏《げんじ》物語—十一世紀初め
①浜松中納言物語《はままつちゅうなごん》
②夜半《よわ》の寝覚《ねざめ》　｝十一世紀中ごろ
③堤中納言物語《つつみちゅうなごん》
④狭衣物語《さごろも》—十一世紀後半
⑤とりかへばや物語—十二世紀後半

堤中納言物語《つつみちゅうなごんものがたり》　多彩な内容の最初の短編物語集

編者 未詳。
成立 十一世紀中ごろ。
内容・構成 十編からなる短編物語集。一編一編の内容・形式が異なり、多彩な内容。
ポイント ①十編からなる短編物語集。②現実を直視し、人生の断片を鋭くとらえる。機知・笑いに富んだ特異な作品。③「虫愛《むしめ》づる姫君《ひめぎみ》」「はいずみ」等が有名。④「逢坂越《おうさかこ》えぬ権中納言《ごんちゅうなごん》」についてのみ、作者が小式部《こしきぶ》という女房《にょうぼう》で、一〇五五年(天喜《てんぎ》三)の成立だとわかっている。

●その他の『源氏物語《げんじものがたり》』以後の物語一覧

作品名	作者	成立	内容
①浜松中納言物語《はままつちゅうなごんものがたり》	菅原孝《すがわらたか》標女《すえのむすめ》か	十一世紀中ごろ	浜松中納言《はままつちゅうなごん》の悲恋を、舞台を唐《とう》まで広げて描く。夢・転生が用いられ、神秘的《しんぴてき》。
②夜半《よわ》の寝覚《ねざめ》	菅原孝《すがわらたか》標女《すえのむすめ》か	十一世紀中ごろ	寝覚《ねざめ》の上《うえ》を中心にした波乱に富む悲恋物語。夢幻的で、心理描写は精細《せいさい》・克明《こくめい》。『夜《よる》の寝覚《ねざめ》』とも。
③狭衣物語《さごろもものがたり》	源頼国《みなもとのよりくに》女《むすめ》か	十一世紀後半	狭衣大将《さごろものたいしょう》が源氏宮《げんじのみや》に対する許されぬ恋に煩悶《はんもん》するさまを描く。退廃的《たいはい》で悲哀美も見られる。
④とりかへばや物《もの》語《がたり》	未詳	十二世紀後半	男女逆の姿で育てられた兄妹《きょうだい》の物語。退廃的《たいはい》。

●物語文学の流れ

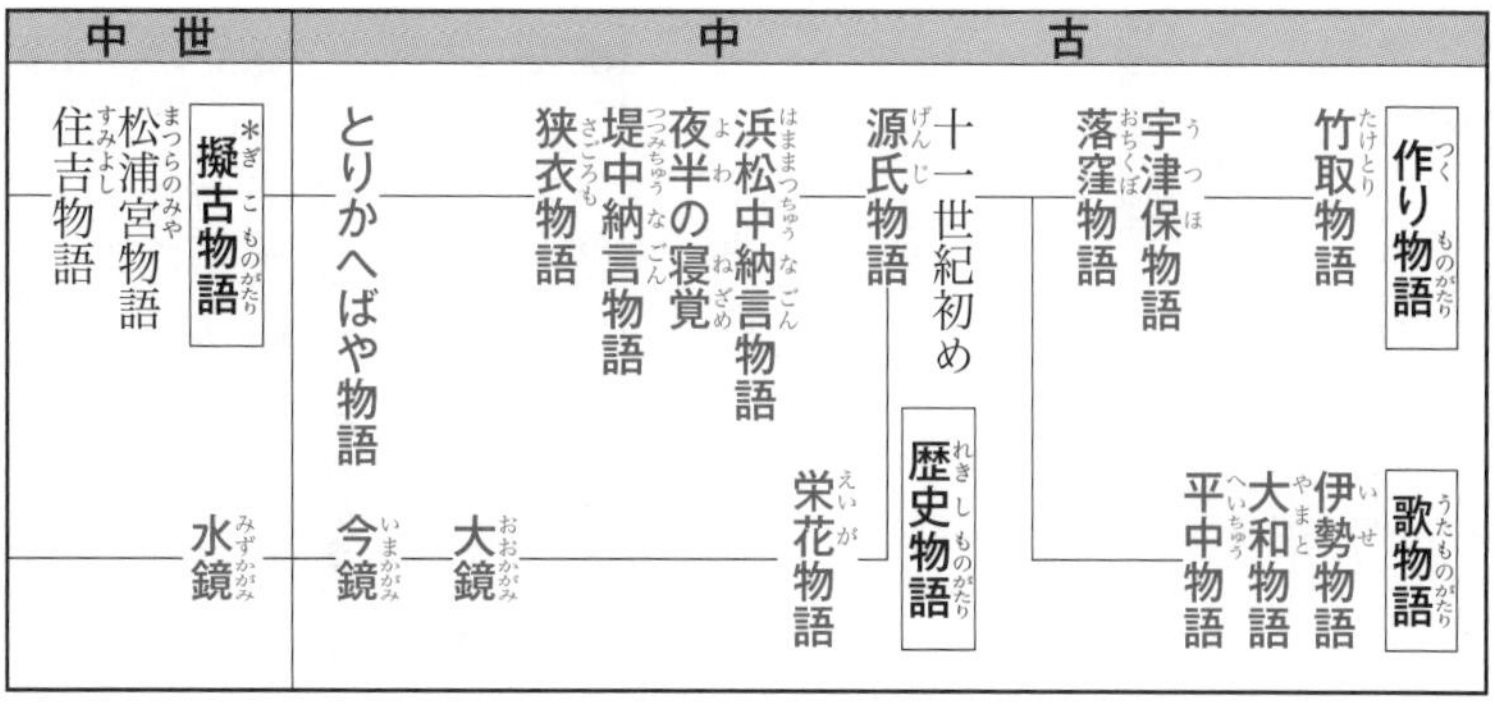

用語解説
＊**擬古物語** p.43参照。

◇歴史物語《れきしものがたり》

貴族たちは、中古後期になって権力を失ってくると、現在の衰えを嘆き、過去の栄華《えいが》を懐古《かいこ》し始めた。文学の世界でも、物語文学のゆきづまりを打開するため、文学の題材を歴史的事実に求めるようになった。こういう情勢を背景として、**歴史物語《れきしものがたり》**(仮名《かな》で書かれた物語ふうの歴史書)が誕生した。

主な作品

①『栄花物語《えいがものがたり》』 ②『大鏡《おおかがみ》』
③『今鏡《いまかがみ》』

クローズアップ

●歴史物語《れきしものがたり》を成立順に覚えよう。

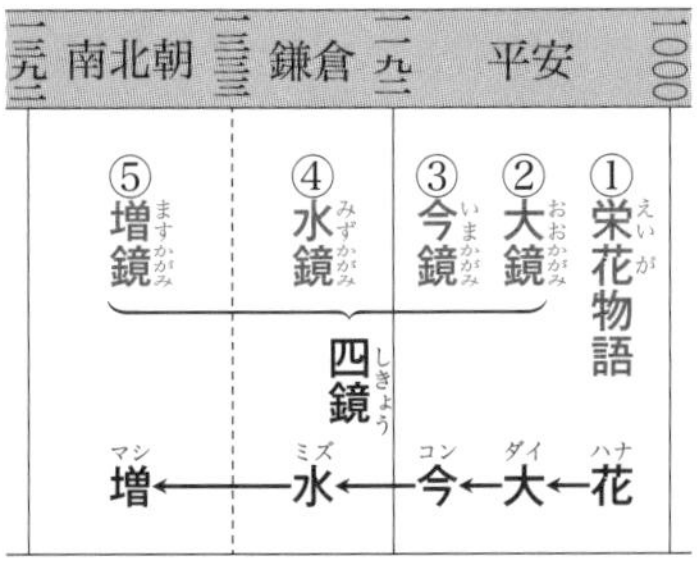

栄花物語《えいがものがたり》――最初の歴史物語《れきしものがたり》

作者 未詳。正編は**赤染衛門《あかぞめえもん》**(生没年未詳)か。

成立 **一〇二九年**(長元《ちょうげん》二)ごろ(正編)。

内容・構成 全四十巻(正編三十巻、続編十巻)。**藤原道長《ふじわらのみちなが》**の栄華《えいが》を中心に、貴族社会の歴史を編年体《へんねんたい》*で書いた物語。

ポイント ①**最初の歴史物語《れきしものがたり》**。②**編年体《へんねんたい》**で記述。③**藤原道長《ふじわらのみちなが》賛美**を中心とし、史実に対する批判精神は乏《とぼ》しい。

大鏡《おおかがみ》――歴史物語《れきしものがたり》の最高傑作

作者 未詳。

成立 **十一世紀末までに成立**か。

内容・構成 全八巻。**藤原道長《ふじわらのみちなが》**の権勢とその由来を、批判をまじえながら、紀*《き》伝体《でんたい》で書いている。

▲藤原道長《ふじわらのみちなが》(『紫式部日記絵巻《むらさきしきぶにっきえまき》』)

ポイント ①**歴史物語《れきしものがたり》の最高傑作**。②**紀伝体《きでんたい》**で記述。③**「四鏡《しきょう》」**の第一作。④百九十歳の**大宅世継《おおやけのよつぎ》**と百八十歳の**夏山繁樹《なつやまのしげき》**という二老人が語る形式。⑤**藤原道長《ふじわらのみちなが》**を中心に描くが、**道長《みちなが》賛美に終わらない鋭い批判精神**がある。⑥**「鏡物《かがみもの》」***の代表作。

今鏡《いまかがみ》――「大鏡《おおかがみ》」の後をうけた歴史物語

作者 藤原為経《ふじわらのためつね》(寂超《じゃくちょう》。一一一四?~一一八〇?)か。

成立 **一一七〇年**(嘉応《かおう》二)。

内容・構成 全十巻。『**大鏡《おおかがみ》**』の後を引き継いだ歴史物語《れきしものがたり》で、紀伝体《きでんたい》形式。大宅《おおやけの》世継《よつぎ》の孫娘が語る形式。平安中期から後期の貴族のみやびな生活(詩歌・管弦《かんげん》の遊び)等を中心に描く。

ポイント ①『**大鏡《おおかがみ》**』の後をうけた、**「四鏡《しきょう》」**の第二作。②**紀伝体《きでんたい》**で記述。

●『栄花物語《えいがものがたり》』と『大鏡《おおかがみ》』の比較

	作者	記載年代	内容	構成
栄花物語《えいがものがたり》	正編は赤染《あかぞめ》衛門《えもん》説が有力。	宇多《うだ》天皇から堀河《ほりかわ》天皇までの約二百年間。	**藤原道長《ふじわらのみちなが》の栄華《えいが》を一面《いちめん》的《てき》に賛美。**感傷的な傾向が強い。	編年体《へんねんたい》
大鏡《おおかがみ》	未詳。	文徳《もんとく》天皇から後一条《ごいちじょう》天皇までの約百七十年間。	道長《みちなが》賛美に終わらず、**批判精神をまじえて歴史の表裏を描いている。**	紀伝体《きでんたい》

用語解説

*編年体《へんねんたい》 p.17参照。

*紀伝体《きでんたい》 人物の伝記を中心にして歴史を叙述する形式。

*鏡物《かがみもの》 鏡は世の中の姿を映す意から、歴史物語《れきしものがたり》をさす。

◇説話《せつわ》

説話は、上代から**仏教説話《ぶっきょうせつわ》**を中心に記録されていた。中古後期になると、庶民《しょみん》の生活意識の高まりにつれて、当時の世相や庶民《しょみん》生活を写した**世俗説話《せぞくせつわ》**が発達した。

主な作品

① 『**三宝絵詞《さんぼうえことば》**』（源 為憲《みなもとのためのり》）
② 『**今昔物語集《こんじゃくものがたりしゅう》**』
③ 『**打聞集《うちぎきしゅう》**』
④ 『**古本説話集《こほんせつわしゅう》**』

クローズアップ

●主な説話集《せつわしゅう》を覚えよう。

中古
①**日本霊異記《にほんりょういき》** ―**九世紀前半**
②**三宝絵詞《さんぼうえことば》** ―源 為憲《みなもとのためのり》編
③**今昔物語集《こんじゃくものがたりしゅう》** ―**十二世紀前半**

中世
④**発心集《ほっしんしゅう》**―**鴨長明《かものちょうめい》**作
⑤**宇治拾遺物語《うじしゅういものがたり》**
―**十三世紀前半**
⑥**十訓抄《じっきんしょう》**
⑦**古今著聞集《ここんちょもんじゅう》** ―橘 成季《たちばなのなりすえ》編
⑧**沙石集《しゃせきしゅう》** ―**無住道暁《むじゅうどうぎょう》**作

今昔物語集《こんじゃくものがたりしゅう》 ―一千余りの説話《せつわ》の集大成

編者 未詳。

成立 **平安時代後期（十二世紀前半）**。

内容・構成 全三十一巻。**天竺《てんじく》**（インド）・**震旦《しんたん》**（中国）・**本朝《ほんちょう》**（日本）の三部に大別され、本朝《ほんちょう》はさらに**仏教説話《ぶっきょうせつわ》**と**世俗説話《せぞくせつわ》**とに分けられる。

ポイント ①**仏教説話《ぶっきょうせつわ》と世俗説話《せぞくせつわ》を一千余りも集めた説話《せつわ》文学の代表作。**②平安時代《へいあんじだい》の庶民《しょみん》生活が生き生きと描かれている。③文体は、**和*漢混交文《わかんこんこうぶん》**のさきがけをなすもの。表記は宣命書*きの形式がとられている。④各説話《せつわ》が**「今は昔《いまはむかし》」**で書き始められている。⑤近代の**芥川龍之介《あくたがわりゅうのすけ》**（→p.86）・**谷崎潤一郎《たにざきじゅんいちろう》**（→p.75）らに創作の素材や主題を与えた。

▲『百鬼夜行絵巻《ひゃっきやこうえまき》』

●その他の説話集《せつわしゅう》

作品名	編者	成立	内容
①**三宝絵詞《さんぼうえことば》**（仏教説話《ぶっきょうせつわ》）	源 為憲《みなもとのためのり》	九八四年	仮名書《かなが》きの最初の仏教説話《ぶっきょうせつわ》集。仏《ぶっ》・法《ぽう》・僧《そう》の三宝《さんぼう》の尊さを絵入りで説く。
②**打聞集《うちぎきしゅう》**（仏教説話《ぶっきょうせつわ》）	未詳	平安後期	僧侶《そうりょ》が説教の材料とするため、聞くままに記録した仏教説話集《ぶっきょうせつわしゅう》。
③**古本説話集《こほんせつわしゅう》**	未詳	平安末期から鎌倉《かまくら》初期	前半は和歌説話《わかせつわ》、後半は仏教説話《ぶっきょうせつわ》と二分される。

●説話文学の流れ

中古	中世
仏教説話《ぶっきょうせつわ》：日本霊異記《にほんりょういき》（平安初期成立）―三宝絵詞《さんぼうえことば》―（平安後期成立）今昔物語集《こんじゃくものがたりしゅう》―打聞集《うちぎきしゅう》	―宝物集《ほうぶつしゅう》―発心集《ほっしんしゅう》―閑居友《かんきょのとも》―撰集抄《せんじゅうしょう》―沙石集《しゃせきしゅう》―雑談集《ぞうたんしゅう》
世俗説話《せぞくせつわ》：江談抄《ごうだんしょう》―今昔物語集《こんじゃくものがたりしゅう》	―古事談《こじだん》―（鎌倉《かまくら》初期成立）宇治拾遺物語《うじしゅういものがたり》―十訓抄《じっきんしょう》―古今著聞集《ここんちょもんじゅう》……（室町《むろまち》成立）吉野拾遺《よしのしゅうい》

用語解説

＊**和漢混交文《わかんこんこうぶん》** 優雅《ゆうが》な和文体《わぶんたい》と力強い漢文体《かんぶんたい》とを融合した文体。中古後期以後、物語・説話《せつわ》などで広く用いられた。

＊**宣命書《せんみょうが》き** p.18参照。

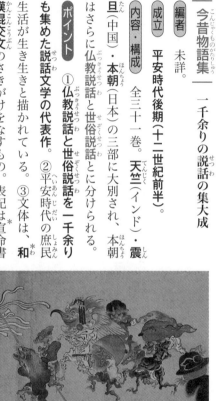

問題演習

1 **次の空欄に入る作品名を答えよ。**

現存する最も古い作り物語は『A（竹取物語《たけとりものがたり》）』、歌物語は『B（伊勢物語《いせものがたり》）』である。歌物語はその後『C（大和物語《やまとものがたり》）』『平中物語』と続く。作り物語は、琴の名手藤原仲忠を主人公とする『D（宇津保物語《うつほものがたり》）』、継子いじめの物語である『E（落窪物語《おちくぼものがたり》）』と続く。以上の作品を融合し、集大成したのが、紫式部の『F（源氏物語《げんじものがたり》）』である。

⇨p.26〜28

2 **次の空欄に入る言葉を答えよ。**

『源氏物語』は、物語という虚構性を通して貴族社会に生きる人々の愛と悩み、理想と現実を描き、人間の真実を追求しようとしている。A（五十四）帖から成り、最後の十帖を特にB（宇治十帖《うじじゅうじょう》）という。全体を三部に分けることができる。第一部はC（桐壺《きりつぼ》）の巻から始まり、D（光源氏《ひかるげんじ》）の誕生と女性遍歴、彼が須磨退居の不遇を乗り越えて、栄華の頂点に至るまでが描かれている。第二部は、晩年のD（光源氏《ひかるげんじ》）の内面の苦悩や寂しさが描かれている。第三部は、E（宇治《うじ》）を舞台にD（光源氏《ひかるげんじ》）の子F（薫《かおる》）の満たされぬ愛が描かれている。『源氏物語』の情趣美の世界を、江戸時代の国学者G（本居宣長《もとおりのりなが》）はその著『源氏物語玉の小櫛』の中で「H（もののあはれ）」ととらえ、評価した。

⇨p.28

3 **次の作品（記号）を成立年代順に並べよ。**

ア 源氏物語　イ 竹取物語　ウ 堤中納言物語
エ 宇津保物語　オ 落窪物語

（イ→エ→オ→ア→ウ） ⇨p.26〜29

4 **次の空欄に入る作品名をあとから選び、記号で答えよ。**

『源氏物語』ののち、物語がおびただしく作られた。『浜松中納言物語』『夜半の寝覚』『A（エ）』『B（イ）』と続き、さらに男女反対に育てられた兄妹の話『C（オ）』がある。ここで注目されるのは『A（エ）』で、十編の短編物語集である。しかし、物語は、それを支える貴族社会の衰退とともに衰えていった。中古後期になると、歴史物語が盛んになり、編年体で書かれた『D（ウ）』や紀伝体で書かれた『E（ア）』が誕生した。『E（ア）』は歴史物語の最高傑作といわれている。

ア 大鏡　イ 狭衣物語　ウ 栄花物語
エ 堤中納言物語　オ とりかへばや物語

⇨p.29〜30

5 **次の空欄に入る作品名をあとから選び、記号で答えよ。**

仏教説話集には、平安中期の『A（ア）』や平安後期の『B（エ）』がある。十二世紀前半には、民衆の中に広まっていた世俗説話や仏教説話を集大成した『C（イ）』が成立し、説話の文学としての地位が確立した。その後平安末期から鎌倉初期にかけて『D（ウ）』が成立した。

ア 三宝絵詞　イ 今昔物語集　ウ 古本説話集
エ 打聞集

⇨p.31

6 **『源氏物語』と同じジャンルに属する作品をあとから選び、記号で答えよ。**

ア 栄花物語　イ 今昔物語集　ウ 三宝絵詞
エ 夜半の寝覚　オ 大鏡

（エ） ⇨p.29

確認しよう

- ①「物語の出で来はじめの祖」と呼ばれる作品は何か。　答 竹取物語《たけとりものがたり》
- ②『伊勢物語』の主人公といわれているのは誰か。　答 在原業平《ありわらのなりひら》
- ③琴の秘曲伝授と求婚の話を中心とした日本最初の長編物語は何か。　答 宇津保物語《うつほものがたり》
- ④『源氏物語』の文学理念は何か。　答 もののあはれ
- ⑤『源氏物語』以後の作品で十編の短編で構成されている物語は何か。　答 堤中納言物語《つつみちゅうなごんものがたり》
- ⑥『源氏物語』の作者は誰か。　答 紫式部《むらさきしきぶ》
- ⑦最初の歴史物語は何か。　答 栄花物語《えいがものがたり》
- ⑧「四鏡」を年代順に答えよ。　答 大鏡《おおかがみ》・今鏡《いまかがみ》・水鏡《みずかがみ》・増鏡《ますかがみ》
- ⑨平安後期に仏教説話と世俗説話を集大成した作品は何か。　答 今昔物語集《こんじゃくものがたりしゅう》

随筆・日記

◇随筆《ずいひつ》

随筆《ずいひつ》は、作者の見聞・体験・感想などを、形式にとらわれずに自由に表現したもので、*自照《じしょう》性・批評性が強い。日本において随筆という新しい文学形態を開いた作品は、**清少納言《せいしょうなごん》**の**『枕草子《まくらのそうし》』**である。

主な作品　『枕草子《まくらのそうし》』（清少納言《せいしょうなごん》）

クローズアップ

●古典随筆の作品・作者名と成立順を覚えよう。

中古	中世	近世
古典三大随筆：枕草子《まくらのそうし》―清少納言《せいしょうなごん》	古典三大随筆：方丈記《ほうじょうき》―鴨長明《かものちょうめい》 徒然草《つれづれぐさ》―兼好法師《けんこうほうし》	折《お》たく柴《しば》の記《き》―新井白石《あらいはくせき》 玉勝間《たまかつま》―本居宣長《もとおりのりなが》 花月草紙《かげつそうし》―松平定信《まつだいらさだのぶ》

枕草子《まくらのそうし》―日本最初の随筆

作者　清少納言《せいしょうなごん》（九六六？〜一〇二〇？）。

成立　**一〇〇〇年**（長保《ちょうほう》二）ごろ。

内容・構成　全約三百段。内容によって、**類集的章段《るいじゅうてきしょうだん》・日記的章段《にっきてきしょうだん》・随想的章段《ずいそうてきしょうだん》**の三つに分類される。

類集的章段《るいじゅうてきしょうだん》は、**「ものづくし」**とも呼ばれ、「山は」「鳥は」などの形で始まるものと、「うつくしきもの」などの形で始まるものがある。

日記的章段《にっきてきしょうだん》は、はなやかな宮廷生活を回想したもので、**中宮定子《ちゅうぐうていし》**の賛美《さんび》に中心が置かれており、また、作者自身の機知に富んだ言動が所々に記されている。

随想的章段《ずいそうてきしょうだん》は、折《おり》に触れての自然や人事についての感想を述べたものである。作者固有の観察力、対象におぼれない客観性、豊かな教養などによって自然や人間の断面が的確にとらえられている。

▲中宮定子《ちゅうぐうていし》とその家族（『枕草子絵巻《まくらのそうしえまき》』松岡映丘《まつおかえいきゅう》模写）

ポイント　①**日本最初の随筆文学**。②**類集的章段《るいじゅうてきしょうだん》・日記的章段《にっきてきしょうだん》・随想的章段《ずいそうてきしょうだん》**より成る。③『方丈記《ほうじょうき》』『徒然草《つれづれぐさ》』（↓p.49）とともに**「古典三大随筆《こてんさんだいずいひつ》」**の一つ。④『**源氏物語《げんじものがたり》**』の**「もののあはれ」**（↓p.28）に対して、明るく知的な**「をかし」***の美が表現されている。⑤作者は梨壺《なしつぼ》の五人《ごにん》の一人清原元輔《きよはらのもとすけ》の娘（**清原元輔女《きよはらのもとすけのむすめ》**）。一条天皇《いちじょうてんのう》の中宮**定子《ちゅうぐうていし》**（藤原道隆《ふじわらのみちたか》の娘）に仕えた。

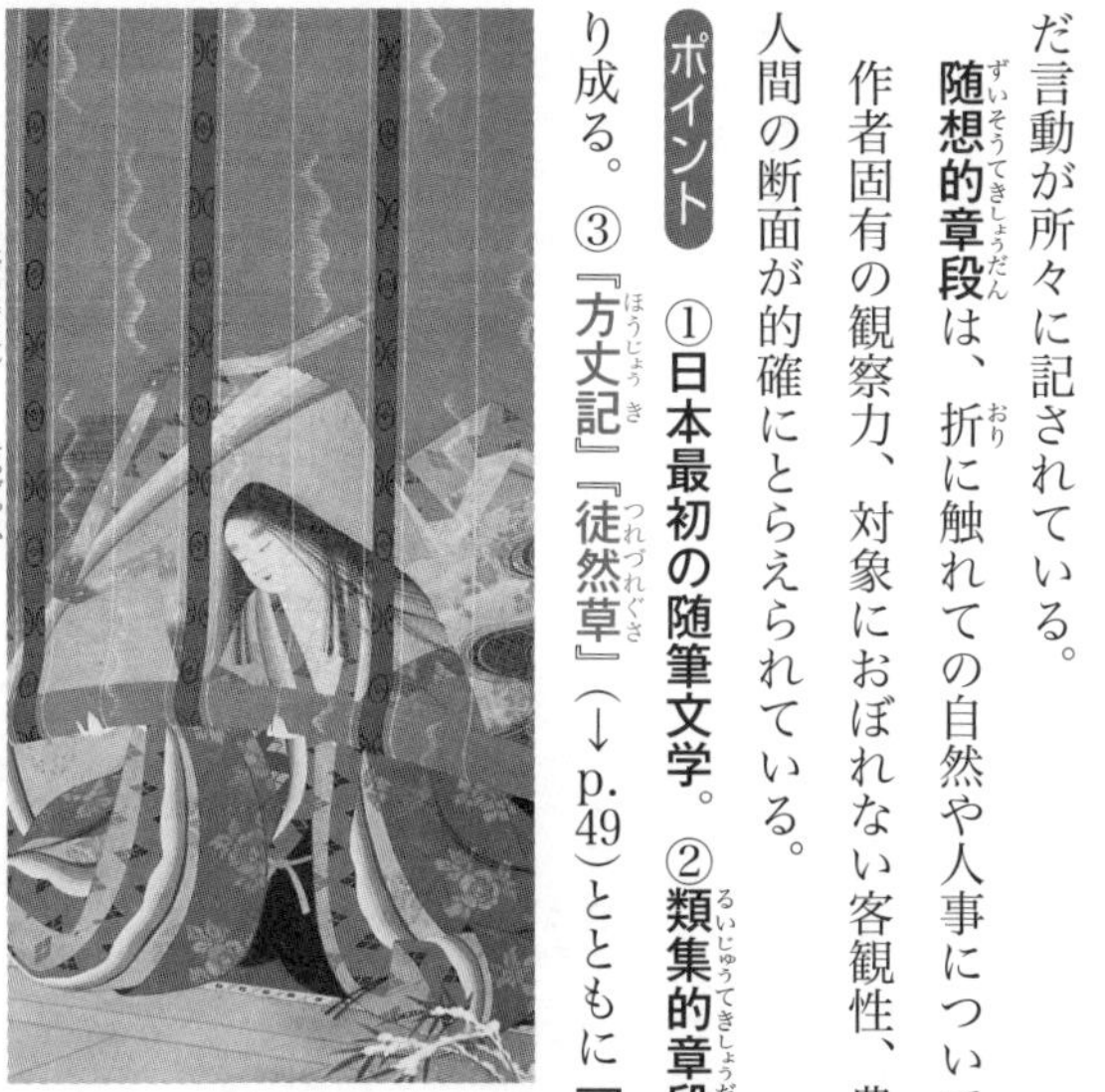

▶清少納言（上村松園《うえむらしょうえん》筆「雪月花《せつげっか》」）

●『枕草子《まくらのそうし》』と『源氏物語《げんじものがたり》』

	作者	成立	形態	構成	理念	作者の身分
枕草子《まくらのそうし》	清少納言《せいしょうなごん》	1000ごろ	随筆	約三百段	をかし	藤原道隆《ふじわらのみちたか》の娘の中宮定子《ちゅうぐうていし》に仕える女房。
源氏物語《げんじものがたり》	紫式部《むらさきしきぶ》	1008ごろ	物語	五十四帖《じょう》	もののあはれ	藤原道長《ふじわらのみちなが》の娘の中宮彰子《ちゅうぐうしょうし》に仕える女房。

▲五月ばかり月もなう暗きに…（『枕草子絵巻《まくらのそうしえまき》』）

用語解説

***自照性《じしょうせい》**　p.35参照。

***をかし**　明るく、知的な情趣。気のきいたもの、鮮やかなものに対するほめことば。

◇日記《にっき》

日記《にっき》は、元来、貴族の男性が備忘《びぼう》のために、公《おおやけ》の行事などを日を追って記録したものである。漢文で書かれていて、実用性が強く、文学性には乏《とぼ》しかった。

文学としての日記は、**紀貫之**《きのつらゆき》が女性をよそおって**仮名**《かな》で書いた『**土佐日記**《とさにっき》』によって成立した。女性の手になる最初の仮名《かな》の日記文学は、**藤原道綱母**《ふじわらのみちつなのはは》の『**蜻蛉日記**《かげろうにっき》』で、自伝《じでん》的な日記である。以後、叙情《じょじょう》的な『**和泉式部日記**《いずみしきぶにっき》』、内省《ないせい》的な『**紫式部日記**《むらさきしきぶにっき》』、浪漫《ろうまん》的な『**更級日記**《さらしなにっき》』などが現れた。これらは、自己を徹底的に凝視《ぎょうし》し内省《ないせい》する**自照性**《*じしょうせい》を持っている。

主な作品

①『土佐日記《とさにっき》』(紀貫之《きのつらゆき》)
②『蜻蛉日記《かげろうにっき》』(藤原道綱母《ふじわらのみちつなのはは》)
③『和泉式部日記《いずみしきぶにっき》』(和泉式部《いずみしきぶ》)
④『紫式部日記《むらさきしきぶにっき》』(紫式部《むらさきしきぶ》)
⑤『更級日記《さらしなにっき》』(菅原孝標女《すがわらのたかすえのむすめ》)
⑥『讃岐典侍日記《さぬきのすけにっき》』(讃岐典侍《さぬきのすけ》)

土佐日記《とさにっき》――仮名《かな》で書かれた最初の日記

作者 **紀貫之**《きのつらゆき》(?〜九四五?)。

成立 **九三五年**(承平《しょうへい》五)ごろ。

内容・構成 全一巻。九三四年(承平四)十二月二十一日に**土佐**《とさ》(高知県)を出発、九三五年(承平五)二月十六日に**京**《きょう》に着くまでの旅日記。**女性に仮託**《かたく》して書かれている。五十七首の歌を含み、内容の中心は土佐で**死別した女児**《じょじ》**に対する哀惜**《あいせき》**の念**である。

ポイント ①**仮名**《かな》**で書かれた最初の日記文学**。②**土佐**《とさ》から**京**《きょう》までの旅日記。③**女性に仮託**《かたく》して書かれている。④任地で失った女《じょ》児《じ》を追慕《ついぼ》する。⑤洒落《しゃれ》を用いたおかしみ、世相への風刺《ふうし》がある。⑥素朴《そぼく》な短文。対句などの漢文的表現。

▲土佐日記(佐多芳郎《さたよしろう》筆)

蜻蛉日記《かげろうにっき》――日本最初の女流日記

作者 **藤原道綱母**《ふじわらのみちつなのはは》(九三六?〜九九五)。

成立 **九七四年**(天延《てんえん》二)以後。

内容・構成 全三巻。**兼家**《かねいえ》**との夫婦生活における愛と苦悩**、一子《いっし》**道綱**《みちつな》への愛情が中心の自伝《じでん》的な日記。

ポイント ①**日本最初の女流日記**。自伝《じでん》的。②夫**藤原兼家**《ふじわらのかねいえ》との愛と苦悩、一子《いっし》**道綱**《みちつな》への愛情を回想。③自己の内面を見つめて率《そっ》直《ちょく》に告白している。④心理描写《しんりびょうしゃ》にすぐれ、『**源氏物語**《げんじものがたり》』に影響を与える。

▲藤原道綱母

和泉式部日記《いずみしきぶにっき》――叙情《じょじょう》にあふれた恋愛日記

作者 **和泉式部**《いずみしきぶ》(生没年未詳)か。

成立 一〇〇八年(寛弘《かんこう》五)ごろ。

●中古日記文学一覧

土佐日記《とさにっき》	蜻蛉日記《かげろうにっき》	和泉式部日記《いずみしきぶにっき》	紫式部日記《むらさきしきぶにっき》	更級日記《さらしなにっき》	成尋阿闍梨母集《じょうじんあじゃりのははのしゅう》
九三五年ごろ成立。紀貫之《きのつらゆき》作。**土佐**《とさ》から**京**《きょう》までの旅日記。**女性に仮託**《かたく》。**最初の仮名**《かな》**日記**。**亡児**《ぼうじ》**への哀惜**《あいせき》。	**九七四年**以後成立。**藤原道綱母**《ふじわらのみちつなのはは》作。**兼家**《かねいえ》の妻としての苦悩、子**道綱**《みちつな》への愛を回想。写《しゃ》実《じつ》的。**最初の女流日記**。	一〇〇八年ごろ成立。**和泉式部**《いずみしきぶ》(他作説もあり)。**帥宮敦道親王**《そちのみやあつみちしんのう》との十か月の恋。豊かな叙情性《じょじょうせい》。	**一〇一〇年**ごろ成立。**紫式部**《むらさきしきぶ》作。**中宮彰子**《ちゅうぐうしょうし》の出産を中心にした宮廷生活の記録と人物批評。内省《ないせい》的。	**一〇六〇年**ごろ成立。**菅原孝標女**《すがわらのたかすえのむすめ》作。約四十年間の半生を回想。『**源氏物語**《げんじものがたり》』へのあこがれ。浪漫《ろうまん》的。	一〇七三年ごろ成立。成尋阿闍梨母《じょうじんあじゃりのはは》作。入宋したわが子を思う老母の心情を述べた歌日記ふう家集。

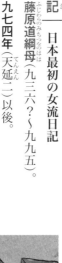

クローズアップ

●日記・紀行文の成立順を覚えよう。

中古				中世	
土佐日記《とさにっき》─紀貫之《きのつらゆき》	蜻蛉日記《かげろうにっき》─藤原道綱母《ふじわらのみちつなのはは》	和泉式部日記《いずみしきぶにっき》─和泉式部《いずみしきぶ》か	紫式部日記《むらさきしきぶにっき》─紫式部《むらさきしきぶ》 更級日記《さらしなにっき》─菅原孝標女《すがわらのたかすえのむすめ》	讃岐典侍日記《さぬきのすけにっき》─讃岐典侍《さぬきのすけ》(藤原長子《ふじわらのちょうし》)	建礼門院右京大夫集《けんれいもんいんうきょうのだいぶ》─藤原伊行女《ふじわらのこれゆきのむすめ》(※和歌集) 十六夜日記《いざよいにっき》─阿仏尼《あぶつに》 とはずがたり─後深草院二条《ごふかくさいんのにじょう》

●中古の特に重要な作品の成立順を覚えよう。

①凌雲集《りょううんしゅう》(勅撰《ちょくせん》漢詩集)
②竹取物語《たけとりものがたり》(作り物語)
③伊勢物語《いせものがたり》(歌物語)
④古今和歌集《こきんわかしゅう》(勅撰和歌集)
⑤土佐日記《とさにっき》(日記)
⑥蜻蛉日記《かげろうにっき》(日記)
⑦枕草子《まくらのそうし》(随筆)
⑧源氏物語《げんじものがたり》─十一世紀初め
⑨大鏡《おおかがみ》(歴史物語)
⑩今昔物語集《こんじゃくものがたりしゅう》(説話)

内容・構成 女流歌人**和泉式部《いずみしきぶ》**と**帥宮敦道親王《そちのみやあつみちしんのう》**との恋を記した日記。

ポイント ①和歌の贈答を中心にした、**和泉式部《いずみしきぶ》**と**帥宮敦道親王《そちのみやあつみちしんのう》**の歌物語《うたものがたり》ふうの恋愛物語。②贈答歌《ぞうとうか》約百五十首を含む。③自分自身を三人称《さんにんしょう》で表現していることから他作説もある。④愛のはかなさを描いていて叙情《じょじょう》豊かである。

紫式部日記《むらさきしきぶにっき》─自己凝視《じこぎょうし》の内省的《ないせいてき》な日記

作者 紫式部《むらさきしきぶ》(九七〇?～一〇一九?)。

成立 **一〇一〇年**(寛弘《かんこう》七)ごろ。

内容・構成 全二巻。一条天皇《いちじょうてんのう》の中宮**彰子《ちゅうぐうしょうし》**に仕えた宮廷生活の記録。前半は中宮《ちゅうぐう》のお産前後の人々の様子《ようす》や宮仕《みやづか》えの感想などを述べる。後半の消息文《しょうそくぶみ》には、和泉式部《いずみしきぶ》・赤染衛門《あかぞめえもん》・清少納言《せいしょうなごん》らへの批判が述べられている。

ポイント ①自己凝視《じこぎょうし》の日記からは内省的《ないせいてき》な性格が、人物評の消息文からは鋭い観察力がうかがえる。②**中宮彰子《ちゅうぐうしょうし》**の出産を中心にした宮廷生活の詳細な記録。

▲中宮彰子に『白氏文集《はくしぶんしゅう》』を推講する紫式部
(『紫式部日記絵巻《むらさきしきぶにっきえまき》』)

更級日記《さらしなにっき》─夢と理想と現実が交錯《こうさく》する自伝的《じでんてき》日記

作者 **菅原孝標女《すがわらのたかすえのむすめ》**(一〇〇八～?)。

成立 **一〇六〇年**(康平《こうへい》三)ごろ。

内容・構成 全一巻。約四十年にわたる半生を回想した自伝《じでん》的な日記。物語にあこがれる少女時代・幸《さち》少ない結婚生活・求道《ぐどう》の晩年を記す。

ポイント ①女性の半生を回想した自伝《じでん》的日記。②十三歳のとき父の任地上総《かずさ》(千葉県)から上京しようとする、旅の場面から始まる。③浪漫《ろうまん》的な一女性が、現実の生活に幻滅して、信仰の世界に救いを見いだしていく魂《たましい》の遍歴が描かれている。④『**源氏物語《げんじものがたり》**』について記した最も古い文献である。⑤**菅原孝標女《すがわらのたかすえのむすめ》**は、『**蜻蛉日記《かげろうにっき》**』の作者**藤原道綱母《ふじわらのみちつなのはは》**の姪《めい》でもある。

讃岐典侍日記《さぬきのすけにっき》

一一〇八年ごろ成立。**讃岐典侍《さぬきのすけ》**(藤原長子《ふじわらのちょうし》)作。**堀河天皇《ほりかわてんのう》**の崩御《ほうぎょ》にまつわる記録日記。

●日記作者の他の業績

紀貫之《きのつらゆき》	『**古今和歌集《こきんわかしゅう》**』の撰者《せんじゃ》 「**仮名序《かなじょ》**」の執筆
和泉式部《いずみしきぶ》	『和泉式部集《いずみしきぶしゅう》』(歌集)
紫式部《むらさきしきぶ》	『**源氏物語《げんじものがたり》**』 『紫式部集《むらさきしきぶしゅう》』(歌集)

▲菅原孝標女《すがわらのたかすえのむすめ》(佐多芳郎《さたよしろう》筆)

用語解説

＊**自照性《じしょうせい》** 自分自身を観察し、反省する精神。

問題演習

1 次の空欄に入る言葉を答えよ。

『枕草子』の作者である(清少納言《せいしょうなごん》)[A]は、一条天皇の中宮(定子《ていし》)[B]に仕えた。『枕草子』の内容は三つに分類される。「山は」「うつくしきもの」などで始まる(類集)[C]的章段、はなやかな宮廷生活を回想し、中宮(定子《ていし》)[B]の賛美に中心をおいた(日記)[D]的章段、折に触れて自然や人事についての感想を述べた(随想)[E]的章段がある。『源氏物語』の「もののあはれ」に対して、明るく知的な(をかし)[F]の美がある。

⇩p.33

2 次の空欄に入る作品名をあとから選び、記号で答えよ。

文学としての日記は、紀貫之が女性をよそおって仮名で書いた『(カ)』[A]にはじまる。『(カ)』[A]に続いて、中古には、仮名による優美・繊細な女流日記文学が次々と書かれた。平安女流日記の最初は、藤原道綱母の『(オ)』[B]である。その後、帥宮敦道親王とのひたむきな恋愛を記した、叙情的な『(ア)』[C]、『源氏物語』の作者が一条天皇の中宮彰子に仕えたときの見聞などを記した、内省的な『(ウ)』[D]、菅原孝標女が理想を追い続けた半生を回想した、浪漫的な『(エ)』[E]、わが子を思う老母の心情を述べた、歌日記ふうの『(イ)』[F]、堀河天皇の崩御にまつわる記録日記である『(キ)』[G]が書かれた。

ア　和泉式部日記　イ　成尋阿闍梨母集
ウ　紫式部日記　エ　更級日記　オ　蜻蛉日記
カ　土佐日記　キ　讃岐典侍日記

⇩p.34〜35

3 次の日記(記号)を成立年代順に並べよ。

ア　讃岐典侍日記　イ　土佐日記　ウ　蜻蛉日記
エ　更級日記　オ　和泉式部日記

(イ→ウ→オ→エ→ア) ⇩p.34〜35

4 『土佐日記』の作者が編纂《へんさん》にかかわった作品を次の中から選び、記号で答えよ。

ア　古今和歌集　イ　菅家文草　ウ　日本霊異記
エ　和漢朗詠集　オ　万葉集

(ア) ⇩p.22〜23・34

5 『更級日記』の作者があこがれていた作品を次の中から選び、記号で答えよ。

ア　古今和歌集　イ　源氏物語　ウ　土佐日記
エ　枕草子　オ　伊勢物語

(イ) ⇩p.34〜35

6 次の中から『紫式部日記』よりも前に成立した作品を二つ選び、記号で答えよ。

ア　今昔物語集　イ　竹取物語　ウ　更級日記
エ　蜻蛉日記　オ　大鏡

(イ・エ) ⇩p.26・30〜31・34〜35

7 『枕草子』の作者を次の中から選び、記号で答えよ。

ア　藤原為時《ためとき》女
イ　菅原孝標女
ウ　藤原倫寧《ともやす》子
エ　清原元輔女
オ　藤原道長女

(エ) ⇩p.33

確認しよう

- □①紀貫之が女性に仮託して書いた、仮名による最初の日記は何か。 答 土佐日記《とさにっき》
- □②日本最初の女流日記は何か。 答 蜻蛉日記《かげろうにっき》
- □③中宮に仕えた宮廷の記録や清少納言・和泉式部の人物評を書いた日記は何か。 答 紫式部日記《むらさきしきぶにっき》
- □④『源氏物語』にあこがれた『更級日記』の作者は誰か。 答 菅原孝標女《すがわらのたかすえのむすめ》
- □⑤堀河天皇の崩御にまつわる記録日記は何か。 答 讃岐典侍日記《さぬきのすけにっき》
- □⑥『源氏物語』の「もののあはれ」に対応する『枕草子』の美意識は何か。 答 をかし
- □⑦清少納言が仕えた一条天皇の中宮は誰か。 答 定子《ていし》
- □⑧紫式部が仕えた一条天皇の中宮は誰か。 答 彰子《しょうし》

中世の文学

▲一遍《いっぺん》上人《しょうにん》絵《え》伝《でん》（福岡の市）

南北朝時代　鎌倉時代

一一九二　源《みなもとのよりとも》頼朝、征夷大将軍《せいいたいしょうぐん》
無名草子《むみょうぞうし》（一一九八～一二〇二ごろ）
千五百番歌合《せんごひゃくばんうたあわせ》（一二〇二～一二〇三）
新古今和歌集《しんこきんわかしゅう》（藤原定家《ふじわらのさだいえ》ら・一二〇五）
方丈記《ほうじょうき》（鴨長明《かものちょうめい》・一二一二）
金槐和歌集《きんかいわかしゅう》（源実朝《みなもとのさねとも》・一二一三）
一二一九　実朝《さねとも》殺される
たまきはる（建春門院中納言《けんしゅんもんいんのちゅうなごん》・一二一九ごろ）
平家物語《へいけものがたり》（一二二一ごろ）
一二二一　承久《じょうきゅう》の乱《らん》
一二二四　親鸞《しんらん》、浄土真宗《じょうどしんしゅう》を開宗
建礼門院右京大夫集《けんれいもんいんのうきょうのだいぶしゅう》（藤原伊行女《ふじわらのこれゆきのむすめ》・一二三二ごろ）
小倉百人一首《おぐらひゃくにんいっしゅ》（藤原定家《ふじわらのさだいえ》・一二三五）
宇治拾遺物語《うじしゅういものがたり》このころ
十訓抄《じっきんしょう》（六波羅二臈左衛門入道《ろくはらじろうざえもんにゅうどう》か・一二五二）
一二五三　日蓮《にちれん》、法華宗《ほっけしゅう》を開宗
古今著聞集《ここんちょもんじゅう》（橘成季《たちばなのなりすえ》・一二五四）
歎異抄《たんにしょう》（親鸞《しんらん》・一二六四以後）
一二七四　文永《ぶんえい》の役《えき》
十六夜日記《いざよいにっき》（阿仏尼《あぶつに》・一二七九～一二八〇）
一二八一　弘安《こうあん》の役《えき》
玉葉和歌集《ぎょくようわかしゅう》（京極為兼《きょうごくためかね》・一三一二）
徒然草《つれづれぐさ》（兼好法師《けんこうほうし》・一三三〇ごろ）
一三三三　鎌倉幕府《かまくらばくふ》滅亡
一三三六　南北朝《なんぼくちょう》分離
一三三八　室町幕府《むろまちばくふ》開く
増鏡《ますかがみ》（一三三八～一三七六）
風雅和歌集《ふうがわかしゅう》（光厳院《こうごんいん》・一三四九）
菟玖波集《つくばしゅう》（二条良基《にじょうよしもと》、救済《ぐさい》・一三五六）
太平記《たいへいき》（一三七二ごろ）
（能楽《のうがく》**）**
（狂言《きょうげん》**）**
一三九二　南北朝合一

▲源平合戦図屏風《げんぺいかっせんずびょうぶ》

▼豊臣秀吉《とよとみひでよし》

◀銀閣寺《ぎんかくじ》

安土桃山時代　室町時代

一三九七　金閣寺《きんかくじ》造営
風姿花伝《ふうしかでん》（世阿弥《ぜあみ》・一四〇〇～一四一八）
（五山文学《ごさんぶんがく》**）**
申楽談義《さるがくだんぎ》（世阿弥《ぜあみ》・一四三〇ごろ）
ささめごと（心敬《しんけい》・一四六三ごろ）
一四六七　応仁《おうにん》の乱《らん》
水無瀬三吟百韻《みなせさんぎんひゃくいん》（飯尾宗祇《いいおそうぎ》ら・一四八八）
新撰菟玖波集《しんせんつくばしゅう》（飯尾宗祇《いいおそうぎ》・一四九五）
閑吟集《かんぎんしゅう》（一五一八）
新撰犬筑波集《しんせんいぬつくばしゅう》（山崎宗鑑《やまざきそうかん》・一五三九ごろ）
一五四三　鉄砲伝来
一五四九　キリスト教伝来
一五七三　室町幕府《むろまちばくふ》滅亡
一五八二　本能寺《ほんのうじ》の変《へん》
一五八五　秀吉《ひでよし》、関白《かんぱく》
伊曾保物語《いそほものがたり》（キリシタン版・一五九三）
一六〇〇　関ケ原《せきがはら》の戦い
一六〇三　江戸幕府《えどばくふ》開く

1192年

1200年

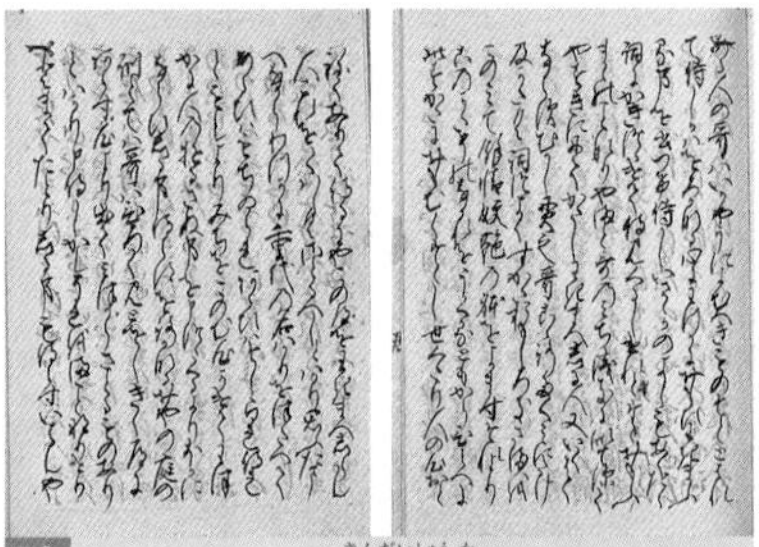

論 『近代秀歌《きんだいしゅうか》』

▶後鳥羽院《ごとばいん》 『新古今集《しんこきんしゅう》』撰進《せんしん》の院宣を藤原定家《ふじわらのていか》ら六人に下した。

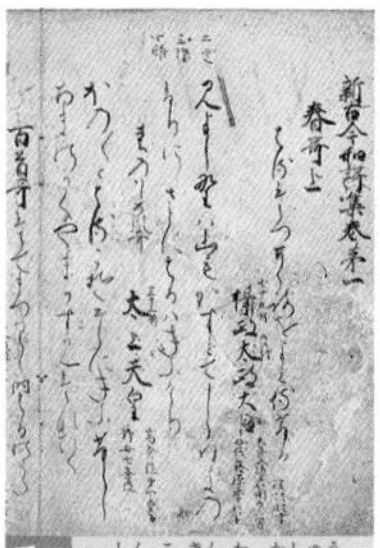

和 『新古今和歌集《しんこきんわかしゅう》』

▲三条殿夜討《さんじょうでんようち》(『平治物語絵巻《へいじものがたりえまき》』)

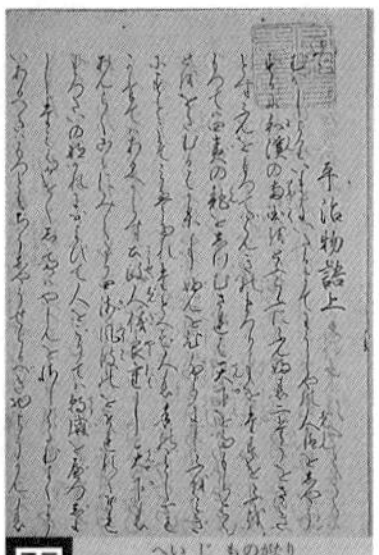

軍 『平治物語《へいじものがたり》』

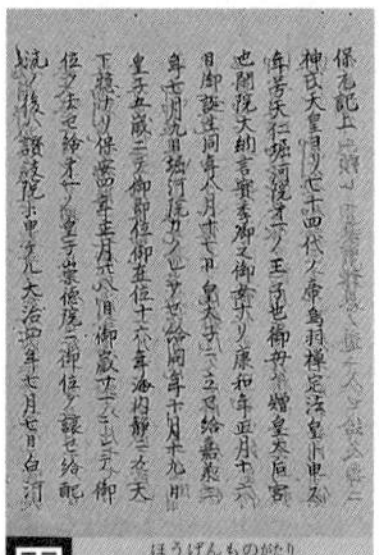

軍 『保元物語《ほうげんものがたり》』

法 『発心集《ほっしんしゅう》』

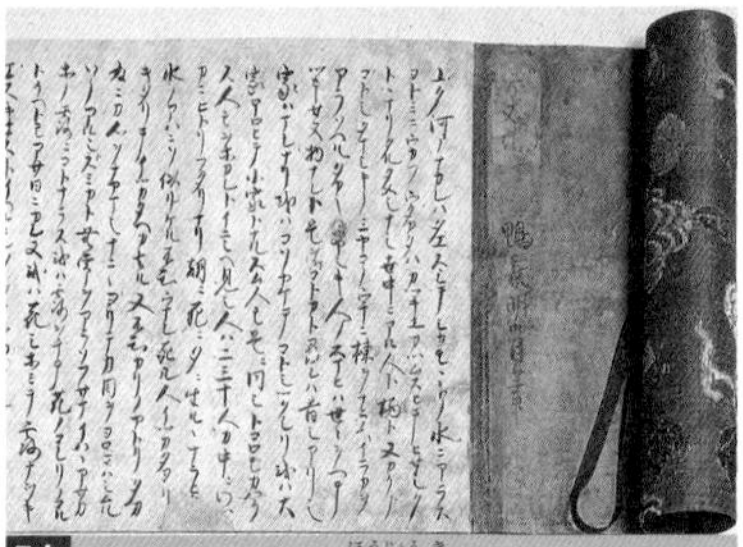

随 『方丈記《ほうじょうき》』

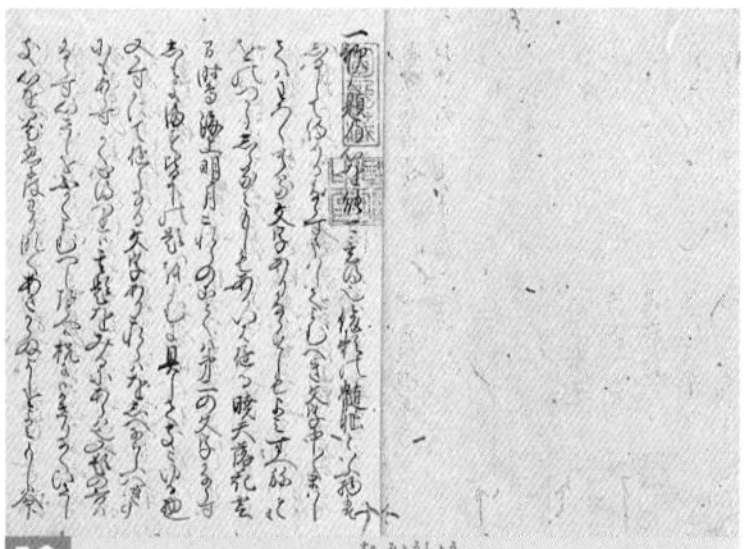

論 『無名抄《むみょうしょう》』

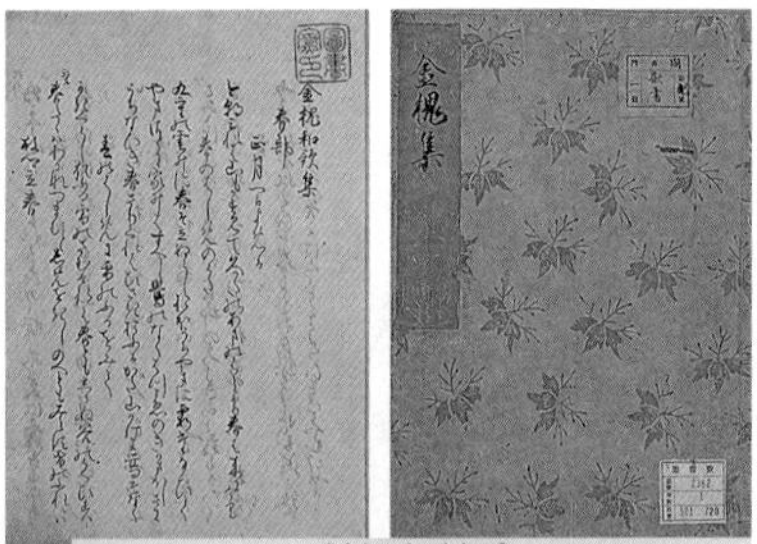

和 『金槐和歌集《きんかいわかしゅう》』

▶治承《じしょう》の辻風《つじかぜ》 (『平家物語絵巻《へいけものがたりえまき》』)『方丈記《ほうじょうき》』第二段にそのすさまじさが記録されている。

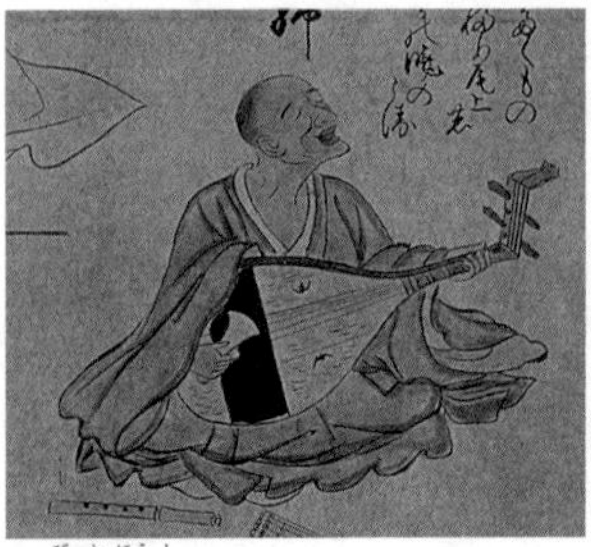

▲琵琶法師《びわほうし》

▲壇の浦《だんのうら》の戦い(『平家物語絵巻《へいけものがたりえまき》』)

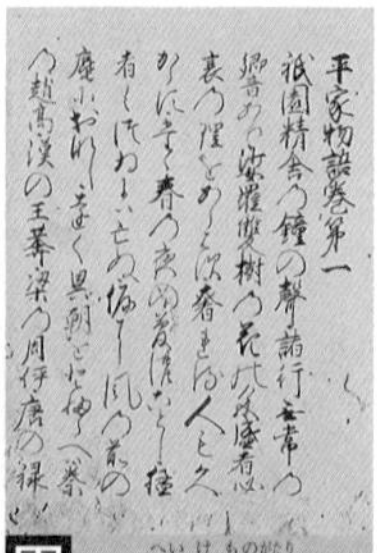

軍 『平家物語《へいけものがたり》』

物語
詩歌
説話・法語
日記・随筆・紀行
劇文学

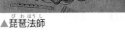

▲こぶとり

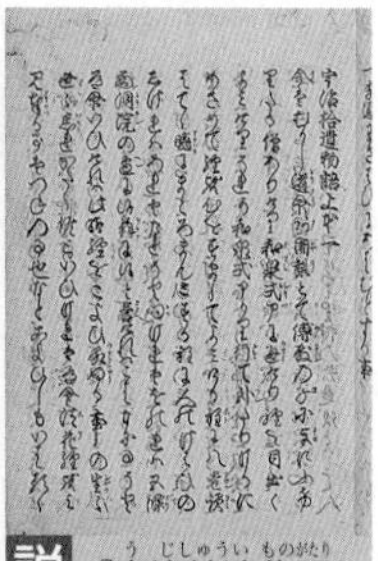

説 『宇治拾遺物語《うじしゅういものがたり》』

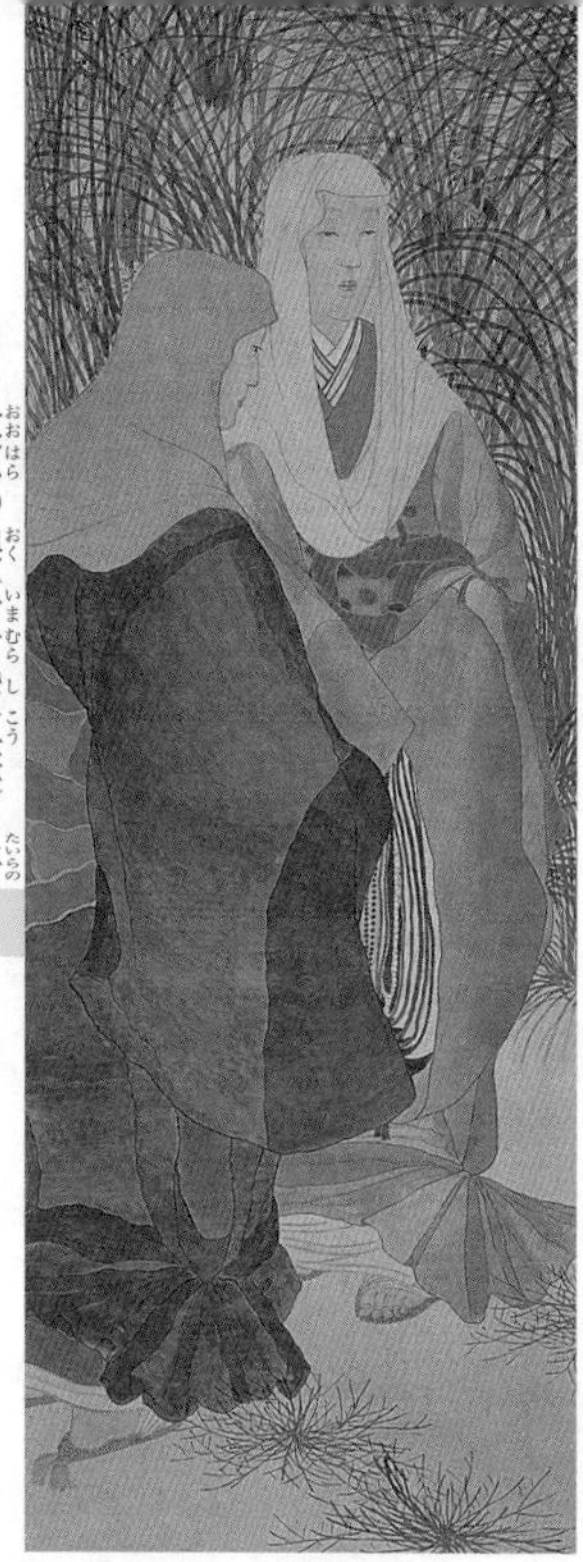

▶大原《おおはら》の奥《おく》(今村紫紅《いまむらしこう》筆) 平《たいらの》清盛《きよもり》の実子であり、後白河院《ごしらかわいん》の養子でもある建礼門院平徳子《けんれいもんいんたいらのとくこ》は壇《だん》の浦《うら》の戦いで息子安徳天皇《あんとくてんのう》と入水《じゅすい》するが源氏《げんじ》方によって生け捕られ、京都大原《きょうとおおはら》の寂光院《じゃっこういん》に隠棲《いんせい》して平家《へいけ》の菩提《ぼだい》を弔《とむら》った。建礼門院《けんれいもんいん》に仕えた藤原伊行女《ふじわらのこれゆきのむすめ》は、私家集『建礼門院右京大夫集《けんれいもんいんのうきょうのだいぶしゅう》』を著している。

和 『建礼門院右京 大夫集《けんれいもんいんのうきょうのだいぶしゅう》』

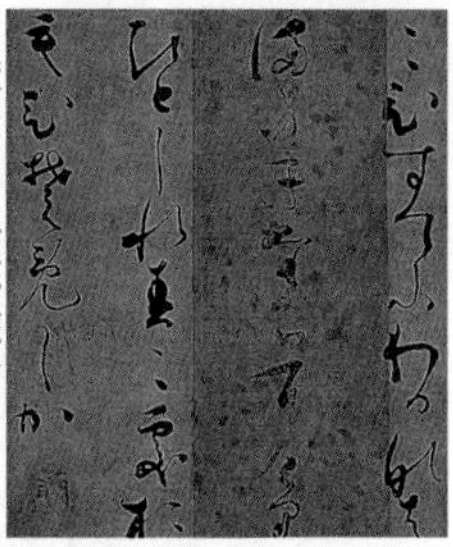

▶小倉色紙《おぐらしきし》(藤原定家《ふじわらのさだいえ》筆) 恋すてふわが名はまだき立ちにけり人知れずこそ思ひそめしか(壬生忠見《みぶのただみ》)

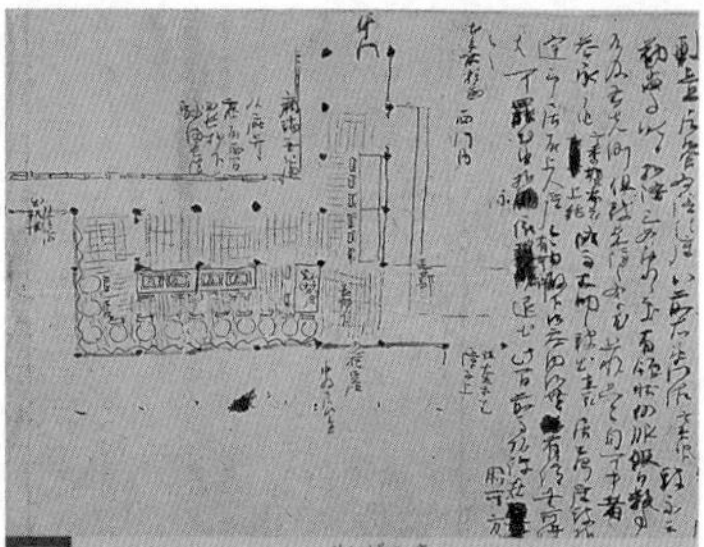

日 『明月記《めいげつき》』

1300年

◀日野俊基斬首《ひのとしもとざんしゅ》(『太平記絵巻《たいへいきえまき》』)

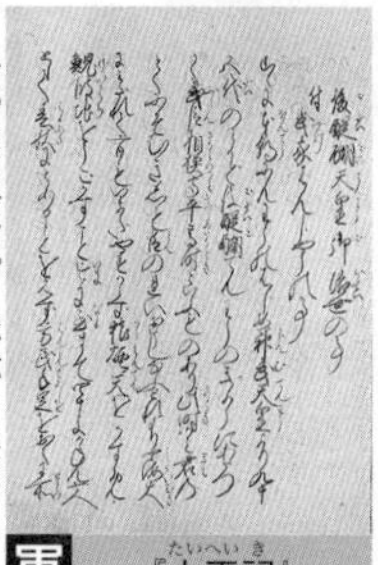

軍 『太平記《たいへいき》』

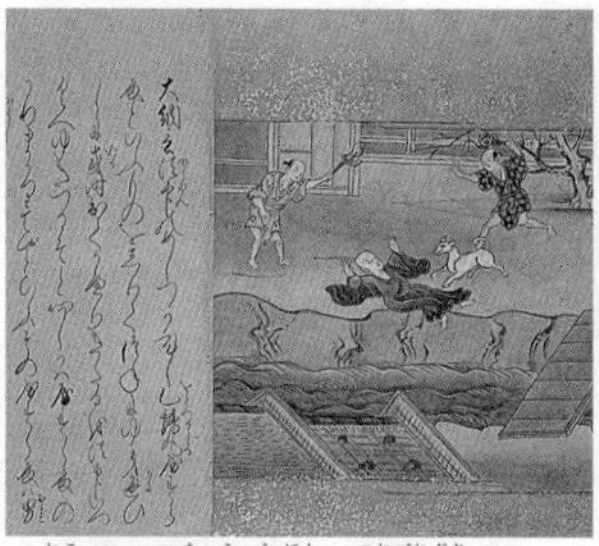

▲猫《ねこ》また(奈良絵本《ならえほん》『徒然草《つれづれぐさ》』)

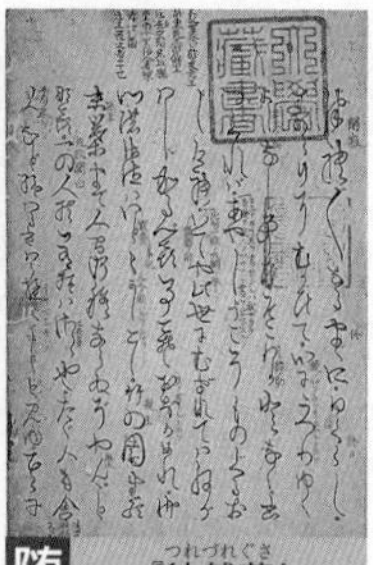

随 『徒然草《つれづれぐさ》』

1400年

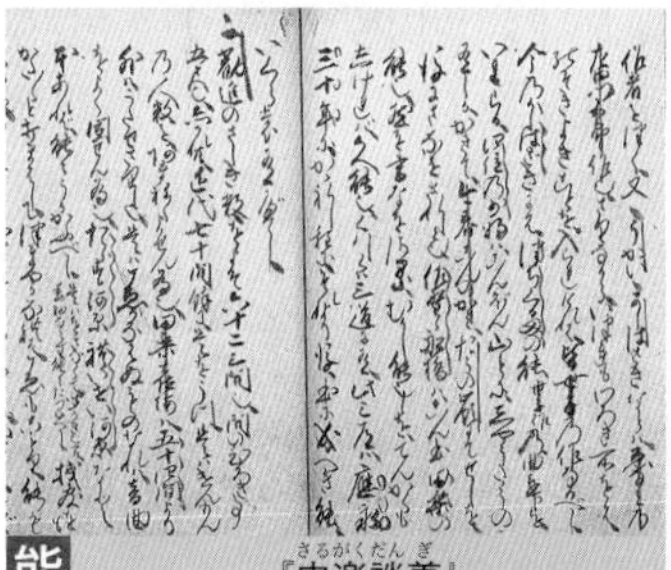

能 『申楽談義《さるがくだんぎ》』

▲能舞台《のうぶたい》(『能狂言絵巻《のうきょうげんえまき》』)

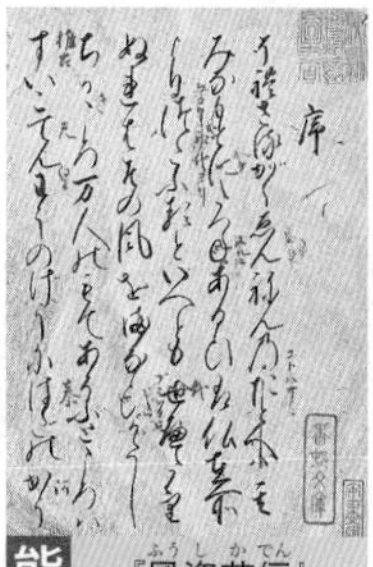

能 『風姿花伝《ふうしかでん》』

1500年

▶連歌懐紙《れんがかいし》 連歌《れんが》は百韻を四枚の懐紙に書き、水引きでとじる形で記録された。

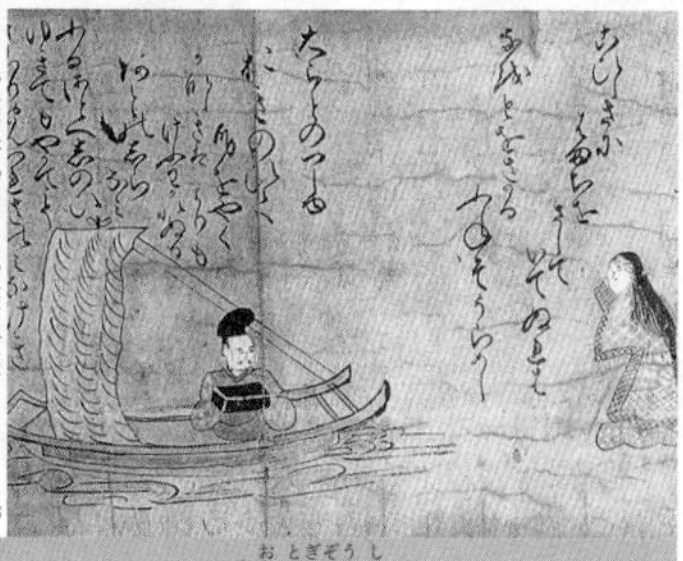

▶浦島太郎《うらしまたろう》(『浦島絵巻《うらしまえまき》』) 「御伽草子《おとぎぞうし》」の一つ。

伽 「御伽草子《おとぎぞうし》」

1603年

文学と芸能

中世では現代に伝わる二つの伝統芸能が生まれた。

能　古典文学から題材をとった作品が多い。

◆登場する役柄や曲趣によって五つに分類されており、「五番立」と呼ばれる。

・**初番目物**　神霊がシテ(主役)となる夢幻能。

・**二番目物**　戦死して修羅道に落ちた武人の霊がシテとなる夢幻能。多くは『平家物語』に取材している。

・**三番目物**　女性をシテとする、優美な舞が見どころの夢幻能。王朝物語に取材した題材が多い。

・**四番目物**　他の分類に属さない能をすべて含む。現在能が多い。

・**五番目物**　鬼や天狗、精霊といった超自然的なものがシテとなる夢幻能。

◆現在能と夢幻能の二種類がある。

現在能…生者が主人公。現実的な時間軸で進行。

夢幻能…霊的な存在が主人公。世阿弥が確立。

狂言　庶民の暮らしをコミカルに表す。

◆能の演目の合間に間狂言《あいきょうげん》として演じられ、のちに独立した作品としての本狂言《ほんきょうげん》が成立した。

三番目物・杜若《かきつばた》
旅の僧の前に杜若の精が現れ、『伊勢物語《いせものがたり》』の秘密を語りながら舞を舞う。

女　其沢《そのさわ》に杜若のいと面白く咲乱《さきみだ》れたるを、ある人杜若といふ五文字を句の上《かみ》に置きて…

二番目物・忠度《ただのり》
『平家物語《へいけものがたり》』をもとに、歌人でもあった武将平忠度《たいらのただのり》の歌への執念を描く。

初番目物・高砂《たかさご》
松の化身が『古今和歌集《こきんわかしゅう》』の仮名序《かなじょ》を引いて、相生《あいおい》の松のいわれを語る。現代の結婚式でもよくうたわれる。

狂言・附子《ぶす》
『沙石集《しゃせきしゅう》』から作られた曲。二人の冠者《かんじゃ》(召使の若者)が主人のもつ附子(毒薬)の正体が砂糖と知りたいらげるが、言い訳に困ってしまう。

太郎冠者《たろうかじゃ》・次郎冠者《じろうかじゃ》　エイエイヤットナ。
太郎冠者　グヮラリ、次郎冠者　チン。

五番目物・須磨源氏《すまげんじ》
『源氏物語《げんじものがたり》』から作られた曲。須磨に立ち寄った藤原興範《ふじわらのおきのり》のもとに光源氏《ひかるげんじ》の尊霊が現れて舞を舞う。

四番目物・蘆刈《あしかり》
『大和物語《やまとものがたり》』から作られた曲。貧しさのために別れていた夫婦が再会し、歌を交わして変わらない真心を確かめ合う。

中世文学概説

多様化する文学の時代

鎌倉《かまくら》時代から安土桃山《あづちももやま》時代までの約四百年間を**中世**《ちゅうせい》という。権力の中心が貴族から武士へ移ってさまざまな動乱が生じ、不安定な時代であった。

当時没落していった貴族階級の姿は、洗練された和歌にもあらわれている。**藤原俊成**《ふじわらのとしなり》とその子**定家**《さだいえ》が提唱した**「幽玄」**《ゆうげん》**「有心」**《うしん》の理念は、**『新**《しん》**古今和歌集』**《こきんわかしゅう》において結実し、美の頂点を極めた。だが、それは現実から夢幻的世界へ逃避する貴族の姿そのものでもあった。事実、その後分裂・対立状態になった和歌の世界は、『新勅撰和歌集』《しんちょくせんわかしゅう》以降、勅撰和歌集を乱発しつつ**(十三代集)**《じゅうさんだいしゅう》、力を失っていく。かわって盛んになったのが**連歌**《れんが》である。室町《むろまち》時代には**飯尾宗祇**《いいおそうぎ》の**『新撰菟玖波集』**《しんせんつくばしゅう》で最盛期を迎えるが、彼の死後は衰《おとろ》え、次いで庶民《しょみん》の間で行われていた**俳諧連歌**《はいかいれんが》が流行し、近世《きんせい》の**俳諧**《はいかい》へと発展していくのである。同時に庶民《しょみん》の間には**小歌**《こうた》などが流行した。貴族の手による懐古主義的な**擬古物語**《ぎこものがたり》の流れは**御伽草子**《おとぎぞうし》へと続き、これも近世の仮名草子《かなぞうし》に影響を与えていく。

中古以来の、歴史物語として**「四鏡」**《しきょう》の**『水鏡』**《みずかがみ》**『増鏡』**《ますかがみ》が作られる一方、歴史の原理を論じる立場から、**『愚管抄』**《ぐかんしょう》などの**史論**《しろん》が生まれた。

動乱は中世独特の作品を生み、その中に生きる人々の群像を描いた名作**『平家物語』**《へいけものがたり》など、多くの**軍記物語**《ぐんきものがたり》が成立した。また、動乱の世を避けて山里などで生活した隠者《いんじゃ》たちは、**草庵文学**《そうあんぶんがく》と呼ばれるすぐれた随筆を著した。**鴨長明**《かものちょうめい》の**『方丈記』**《ほうじょうき》や**兼好法師**《けんこうほうし》の**『徒然草』**《つれづれぐさ》はその代表作である。ここにあげた作品には、中世特有の仏教的**無常観**《むじょうかん》が基調にある。

当時の仏教が文学や文化に与えた影響は大きく、草庵文学《そうあんぶんがく》以外にも、新興仏教の思想を記した**法語**《ほうご》や、**五山**《ござん》の僧たちによるすぐれた漢詩文**(五**《ご》**山文学)**《ざんぶんがく》が現れた。動乱は一方で地域の交流を活発にし、庶民文化《しょみんぶんか》を向上させた。**『海道記』**《かいどうき》などの紀行が成立し、**阿仏尼**《あぶつに》の**『十六夜日記』**《いざよいにっき》など紀行の要素の多い日記も見られる。また、**『宇治拾遺物語』**《うじしゅういものがたり》や**『十訓抄』**《じっきんしょう》などの説話集《せつわしゅう》には庶民《しょみん》の姿が多く描かれている。

劇文学では**世阿弥**《ぜあみ》が**『風姿花伝』**《ふうしかでん》で**「花」**《はな》**「幽玄」**《ゆうげん》を説いた**能**《のう》と、庶民《しょみん》の喜劇である**狂言**《きょうげん》が発展した。

このように中世は安定した近世の武家社会への移行の中で、中古文学の深まりと衰退、さまざまな中世特有の文学の成立、そして庶民《しょみん》的な近世文学の源流の発生と、文学史の中でも多様な面を見せた時代であった。

学習のポイント

- 『新古今和歌集』《しんこきんわかしゅう》について、次の点をおさえよう。
  ①撰者《せんじゃ》・主な歌人　②歌風　③関連する歌論書や私家集《しかしゅう》、十三代集《じゅうさんだいしゅう》
- 和歌《わか》―連歌《れんが》―俳諧連歌《はいかいれんが》の流れの中で、代表的な歌集やその編者、歌論書などを覚えよう。
- 『平家物語』《へいけものがたり》など軍記物語《ぐんきものがたり》や史論書《しろんしょ》の作品名や特徴をおさえよう。
- 主な説話集《せつわしゅう》の作品名と、明らかなものはその作者名を覚えよう。
- 『方丈記』《ほうじょうき》『徒然草』《つれづれぐさ》について、次の点をおさえよう。
  ①作者　②内容　③無常観《むじょうかん》
- 日記・紀行・劇文学についても、主な作品は必ずおさえよう。

詩歌

◇和歌

中世の初めに成立した『新古《しんこ》今和歌集《きんわかしゅう》』は、貴族の文芸として発展してきた和歌が頂点を極め、衰退《すいたい》していく直前の輝きを見せた歌集と言える。繊細《せんさい》で夢《む》幻《げん》的な世界の裏には、力を失い、現実から逃避する貴族の姿があった。藤原定家《ふじわらのさだいえ》の一族が和歌の世界を支配していたが、その子為家《ためいえ》の死後、対立や分裂が起きる。勅撰和歌集《ちょくせんわかしゅう》である「*十三代集《じゅうさんだいしゅう》」が乱発されたのち、和歌はしだいに形式化・硬直化し、生命力を失っていくのである。

主な作品

・勅撰和歌集《ちょくせんわかしゅう》 ※( )内は撰者《せんじゃ》

①『新古今和歌集《しんこきんわかしゅう》』(藤原定家《ふじわらのさだいえ》ら)

②『玉葉和歌集《ぎょくようわかしゅう》』(京極為兼《きょうごくためかね》)

③『風雅和歌集《ふうがわかしゅう》』(光厳院《こうごんいん》)

・私家集《しかしゅう》

①『金槐和歌集《きんかいわかしゅう》』(源 実朝《みなもとのさねとも》)

②『建礼門院右京大夫集《けんれいもんいんのうきょうのだいぶしゅう》』(藤原《ふじわらの》伊行女《これゆきのむすめ》)

新古今和歌集《しんこきんわかしゅう》 「*幽玄《ゆうげん》」「*有心《うしん》」に象徴《しょうちょう》される美

撰者 源 通具《みなもとのみちとも》(一一七一～一二二七)、藤原有家《ふじわらありいえ》(一一五五～一二一六)、藤原定家《ふじわらのさだいえ》(一一六二～一二四一)、藤原家隆《ふじわらのいえたか》(一一五八～一二三七)、藤原雅経《ふじわらのまさつね》(一一七〇～一二二一)、寂蓮《じゃくれん》(一一三九?～一二〇二)の六人。

成立 一二〇五年(元久《げんきゅう》二)。

内容・構成 全二十巻、約二千首。仮名序《かなじょ》・真名序《まなじょ》がある。

ポイント ①後鳥羽院《ごとばいん》の院宣《いんぜん》による八番目の勅撰和歌集《ちょくせんわかしゅう》。「八代集《はちだいしゅう》」の最後。②歌風は「新古今調《しんこきんちょう》」と呼ばれる(③～⑤)。『万葉集』『古今和歌集』と並んで三大歌風の一つを形成する。③「幽玄《ゆうげん》」および「有心《うしん》」という語で象徴《しょうちょう》される、余《よ》情《じょう》の美の理念を追求している。④七五調の歌が多い。***本歌取《ほんかど》り**・**初句切れ**・**三句切れ**・**体言止《たいげんど》め**などの技巧を駆使《くし》している。⑤美しく響きのよい言葉を用いて、**繊細《せんさい》で夢幻《むげん》的**な世界を表現している。

● 『新古今和歌集《しんこきんわかしゅう》』の主な歌人と歌風など

○**藤原定家《ふじわらのさだいえ》**…撰者《せんじゃ》の一人。「幽玄《ゆうげん》」「有心《うしん》」を提唱。当時の和歌界の最有力者。

○**藤原家隆《ふじわらのいえたか》**…撰者《せんじゃ》の一人。清澄《せいちょう》で平明な歌風。

○**藤原雅経《ふじわらのまさつね》**…撰者《せんじゃ》の一人。初句切れ・三句切れなど、技巧的にすぐれた歌風。

○**寂蓮《じゃくれん》**…撰者《せんじゃ》の一人だが、成立前に没。きれいで上品な歌風。

○**後鳥羽院《ごとばいん》**…実質的な撰者《せんじゃ》。平安中期を理想とした格調高い歌風。

○西行《さいぎょう》…平明な歌風で自然や人間への愛を淡々《たんたん》と詠《よ》む。私家集《しかしゅう》に『山家集《さんかしゅう》』。

○**慈円《じえん》**…自由で軽妙な歌風の歌が多いが、思想的な深さの見られる歌もある。

○**藤原良経《ふじわらのよしつね》**…仮名序《かなじょ》を執筆(真名序《まなじょ》の執筆は藤原親経《ふじわらのちかつね》)。清新《せいしん》・高雅《こうが》な歌風。

○**藤原俊成《ふじわらのとしなり》**…定家《さだいえ》の父。「幽玄《ゆうげん》」を提唱。

▲藤原定家

● 『万葉集《まんようしゅう》』『古今和歌集《こきんわかしゅう》』『新古《しんこ》今和歌集《きんわかしゅう》』の比較

	成立	撰者《せんじゃ》	歌数	リズム	歌風・特色	技巧
万葉《まんよう》	奈良《なら》時代後期	大伴家《おおとものやか》持《もち》か	約四五〇〇首	五七調 二句切れ・四句切れ	まことますらをぶり 男性的 素朴《そぼく》 写実《しゃじつ》的	序詞《じょことば》 枕詞《まくらことば》
古今《こきん》	平安《へいあん》時代前期	紀貫之《きのつらゆき》ら	約一一〇〇首	七五調 三句切れ	あはれ たをやめぶり 女性的 優美《ゆうび》 理知《りち》的	掛詞《かけことば》 縁語《えんご》
新古今《しんこきん》	鎌倉《かまくら》時代初期	藤原定《ふじわらのさだ》家《いえ》ら	約二〇〇〇首	七五調 初句切れ・三句切れ	幽玄《ゆうげん》 有心《うしん》 女性的 繊細《せんさい》 夢幻《むげん》的 象徴《しょうちょう》的	本歌取《ほんかど》り 体言止《たいげんど》め

(巻数はいずれも二十巻)

◇歌論書《かろんしょ》

中世初期には和歌のあり方などを論じる歌論《かろん》も多く書かれた。その中心は藤原俊成《ふじわらのとしなり》の子定家《さだいえ》である。

主な作品

①『**毎月抄**《まいげつしょう》』（藤原定家《ふじわらのさだいえ》）
②『**無名抄**《むみょうしょう》』（鴨長明《かものちょうめい》）
③『**正徹物語**《しょうてつものがたり》』（正徹《しょうてつ》）

クローズアップ

●『新古今和歌集《しんこきんわかしゅう》』の代表的歌人を覚えよう。
藤原定家《ふじわらのさだいえ》・**藤原家隆**《ふじわらのいえたか》・**藤原雅経**《ふじわらのまさつね》・**寂蓮**《じゃくれん》・**後鳥羽院**《ごとばいん》・**西行**《さいぎょう》・**慈円**《じえん》・**藤原良経**《ふじわらのよしつね》・**藤原俊成**《ふじわらのとしなり》・**式子内親王**《しょくしないしんのう》

●中世の代表的私家集《しかしゅう》を覚えよう。
・**金槐和歌集**《きんかいわかしゅう》（源 実朝《みなもとのさねとも》）
・**建礼門院右京大夫集**《けんれいもんいんのうきょうのだいぶしゅう》（藤原伊行女《ふじわらのこれゆきのむすめ》）

●藤原定家《ふじわらのさだいえ》の代表的な作品を覚えよう。
歌論…**毎月抄**《まいげつしょう》・**詠歌之大概**《えいがのたいがい》・**近代秀歌**《きんだいしゅうか》
日記…**明月記**《めいげつき》
私家集《しかしゅう》…**拾遺愚草**《しゅういぐそう》

○**式子内親王**《しょくしないしんのう》…女性歌人。繊細《せんさい》で哀愁《あいしゅう》のある歌風。

金槐和歌集《きんかいわかしゅう》―鎌倉幕府第三代将軍の私家集――鎌倉幕府《かまくらばくふ》第三代将軍の私家集《しかしゅう》

作者 源 実朝《みなもとのさねとも》（一一九二〜一二一九）。

成立 一二一三年（建保元《けんぽう》）…鎌倉《かまくら》時代初期。

内容・構成 全一巻または三巻、約六百六十首。**私家集**《しかしゅう》。

ポイント ①**万葉調**《まんようちょう》の歌風に特徴がある。②「金《きん》槐《かい》」は「鎌倉右大臣《かまくらうだいじん》」の意味。

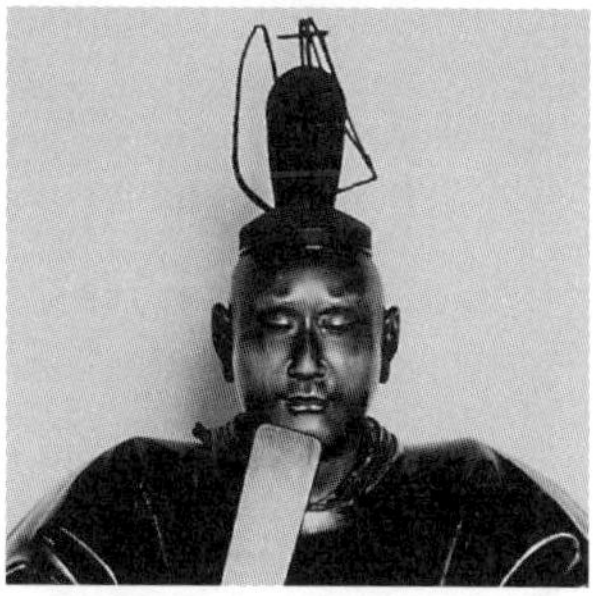
▲源実朝

建礼門院右京大夫集《けんれいもんいんのうきょうのだいぶしゅう》―女性の目で見た『平家物語《へいけものがたり》』（私家集《しかしゅう》）

作者 **藤原伊行女**《ふじわらのこれゆきのむすめ》（一一五七？〜？）。

成立 一二三二年（貞永元《じょうえい》）ごろ…**鎌倉**《かまくら》**時代初期**。

内容・構成 全二巻、約三百首。**私家集**《しかしゅう》。

ポイント ①長文の詞書《ことばがき》が多く、**日記的性格が強い**。②建礼門院《けんれいもんいん》（平徳子《たいらのとくこ》）に仕えた作者が、**平資盛**《たいらのすけもり》との愛と別れや**平家**《へいけ》**の滅亡**《めつぼう》などを老後に回想したもの。

毎月抄《まいげつしょう》―「有心《うしん》」を説いた藤原定家《ふじわらのさだいえ》の歌論書

作者 **藤原定家**《ふじわらのさだいえ》（一一六二〜一二四一）。 **成立** 一二一九年（承久元《じょうきゅう》）。

内容・構成 全一巻。歌論書。「**有心**《うしん》」を提唱。

ポイント ①作者の父である**藤原俊成**《ふじわらのとしなり》が和歌の理念として述べた「**幽玄**《ゆうげん》」をさらに推し進めた「**有心**《うしん》」を提唱。和歌に新風をもたらした。②作者の他の歌論書として『**詠歌之大概**《えいがのたいがい》』や、**源 実朝**《みなもとのさねとも》に贈った『**近代秀歌**《きんだいしゅうか》』がある。③作者は『**小倉百人一首**《おぐらひゃくにんいっしゅ》』の選定もしている。また、他の著作に日記『**明月記**《めいげつき》』や私家集《しかしゅう》『**拾遺愚草**《しゅういぐそう》』がある。④作者以外の人物による代表的な歌論書に、『**無名抄**《むみょうしょう》』（**鴨長明**《かものちょうめい》作。一二一一年〜一二一六年成立）、『**正徹物語**《しょうてつものがたり》』（**正徹**《しょうてつ》作か。一四五〇年ごろ成立）がある。

●**十三代集**《じゅうさんだいしゅう》（ ）は成立年。

① 新勅撰和歌集《しんちょくせんわかしゅう》	（一二三五？）
② 続後撰和歌集《しょくごせんわかしゅう》	（一二五一）
③ 続古今和歌集《しょくこきんわかしゅう》	（一二六五）
④ 続拾遺和歌集《しょくしゅういわかしゅう》	（一二七八）
⑤ 新後撰和歌集《しんごせんわかしゅう》	（一三〇三？）
⑥ **玉葉和歌集**《ぎょくようわかしゅう》	（一三一二）
⑦ 続千載和歌集《しょくせんざいわかしゅう》	（一三二〇）
⑧ 続後拾遺和歌集《しょくごしゅういわかしゅう》	（一三二六？）
⑨ **風雅和歌集**《ふうがわかしゅう》	（一三四九？）
⑩ 新千載和歌集《しんせんざいわかしゅう》	（一三五九）
⑪ 新拾遺和歌集《しんしゅういわかしゅう》	（一三六四）
⑫ 新後拾遺和歌集《しんごしゅういわかしゅう》	（一三八四）
⑬ 新続古今和歌集《しんしょくこきんわかしゅう》	（一四三九）

用語解説

＊**十三代集**《じゅうさんだいしゅう》 「八代集《はちだいしゅう》」に続く十三編の勅撰和歌集《ちょくせんわかしゅう》。双方をあわせて「二十一代集《にじゅういちだいしゅう》」と呼ぶ。『玉葉和歌集《ぎょくようわかしゅう》』と『風雅和歌集《ふうがわかしゅう》』を除いて内容的には生彩を欠く。

＊**幽玄** p.23参照。

＊**有心**《うしん》 「幽玄《ゆうげん》」を深めたもので、余情《よじょう》の中に華《はな》やかさのあることを理想とする美意識。

＊**本歌取り**《ほんかどり》 有名な古歌《こか》の一部を取り入れて歌を作り、イメージを重ねて余情《よじょう》を持たせる技巧。

◆連歌《れんが》

衰退《すいたい》した和歌にかわって、二人以上で歌を分けて詠《よ》む連歌《れんが》が発展した。南北朝《なんぼくちょう》時代の『菟玖《つく》波集《ばしゅう》』によって文芸としての地位を上げ、室町《むろまち》時代の**飯尾宗祇**《いいおそうぎ》によって最盛期を迎えた。

主な作品

①『**菟玖波集**《つくばしゅう》』(二条良基《にじょうよしもと》ら)

②『**水無瀬三吟百韻**《みなせさんぎんひゃくいん》』(飯尾宗《いいおそう》祇《ぎ》・肖柏《しょうはく》・宗長《そうちょう》)

③『**新撰菟玖波集**《しんせんつくばしゅう》』(飯尾宗祇《いいおそうぎ》)

◆俳諧連歌《はいかいれんが》

飯尾宗祇《いいおそうぎ》の死後、連歌《れんが》は形式化され衰《おとろ》えていくが、室町《むろまち》時代末期には**無心連歌**《*むしんれんが》の流れをひく**俳諧連歌**《はいかいれんが》が流行し、しだいに文芸として独立する傾向を強めていく。近世に至るとこれが俳諧《はいかい》として発展していくことになる。

主な作品

『**新撰犬筑波集**《しんせんいぬつくばしゅう》』(山崎宗鑑《やまざきそうかん》)

◆歌謡《かよう》

今様《いまよう》から続く歌謡《かよう》の流れは、中世に至っても盛んであった。中世前期では主に武家社会では**宴曲**《*えんきょく》**(早歌**《そうか》**)**、寺院などでは**和**《*わ》

菟玖波集《つくばしゅう》――最古の連歌集《れんがしゅう》

撰者 **二条良基**《にじょうよしもと》(一三二〇〜一三八八)、**救済**《ぐさい》(一二八二〜?一三七六?)。

成立 一三五六年(文和《ぶんな》五)。

内容・構成 全二十巻、全二千百九十句。上代に見られる連歌《れんが》の原形から当代のものまでを収録した連歌集《れんがしゅう》。

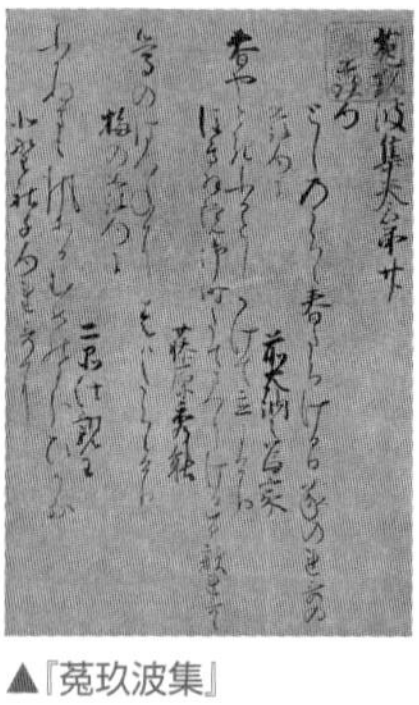
▲『菟玖波集』

ポイント ①**準勅撰集**《じゅんちょくせんしゅう》とされ、連歌《れんが》の地位が大きく向上。仮名序《かなじょ》・真名序《まなじょ》があり、編集も意欲的。②**二条良基**《にじょうよしもと》は、連歌論書《れんがろんしょ》『**筑波問答**《つくばもんどう》』も著している。

水無瀬三吟百韻《みなせさんぎんひゃくいん》――連歌《れんが》の最高傑作

作者 飯尾宗祇《いいおそうぎ》(一四二一〜一五〇二)、肖柏《しょうはく》(一四四三〜一五二七)、宗長《そうちょう》(一四四八〜一五三二)。

成立 一四八八年(長享《ちょうきょう》二)。

内容・構成 全一巻、百句。後鳥羽院《ごとばいん》を祭る水無瀬離宮《みなせりきゅう》で飯尾宗祇《いいおそうぎ》が弟子二人と三人で吟《ぎん》じたもの。

ポイント ①**後世の連歌**《れんが》**の規範**《きはん》**とされた最高傑作。**②**心敬**《しんけい》の弟子である飯尾宗《いいおそう》祇《ぎ》は**連歌**《れんが》**の大成者**と言われ、連歌論書《れんがろんしょ》『**吾妻問答**《あずまもんどう》』のほか、古典研究の著作もある。

新撰菟玖波集《しんせんつくばしゅう》――有心連歌《*うしんれんが》の完成

撰者 飯尾宗祇《いいおそうぎ》(一四二一〜一五〇二)。

成立 一四九五年(明応《めいおう》四)。

内容・構成 全二十巻、約二千句。天皇から庶民《しょみん》まで約二百五十人の作品を収録した連歌集《れんがしゅう》。

▲飯尾宗祇

ポイント ①充実した内容で、**準勅撰集**《じゅんちょくせんしゅう》とされる。②「**幽玄**《*ゆうげん》」「**有心**《*うしん》」の歌風を持つ。**有心連歌**《うしんれんが》の完成を見、最盛期を迎える。

●主な連歌論書《れんがろんしょ》など

( )内は成立年・作者。

・連歌論書《れんがろんしょ》

①『**筑波問答**《つくばもんどう》』(一三五七〜一三七二・**二条良基**《にじょうよしもと》)

②『**ささめごと**』(一四六三ごろ・**心敬**《しんけい》)

③『吾妻問答《あずまもんどう》』(一四七〇ごろ・**飯尾宗祇**《いいおそうぎ》)

・連歌の式目《しきもく》(読み方)書

『**応安新式**《おうあんしんしき》』(一三七二ごろ・**二条良基**《にじょうよしもと》)

●連歌師《れんがし》の師弟関係

救済《ぐさい》―**二条良基**《にじょうよしもと》―梵燈《ぼんとう》―心敬《しんけい》―**飯尾宗祇**《いいおそうぎ》―肖柏《しょうはく》・宗長《そうちょう》

用語解説

*__有心連歌__《うしんれんが》__と無心連歌__《むしんれんが》 鎌倉《かまくら》時代に入ると、連歌《れんが》は有心連歌《うしんれんが》と無《む》心連歌《しんれんが》とに分かれた。有心連歌《うしんれんが》は和歌的で「幽玄《ゆうげん》」を理想とし、貴族の間で行われた。無心連歌《むしんれんが》は滑稽《こっけい》さを中心に、庶民《しょみん》の間で

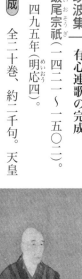

讃《さん》が盛んに行われ、後期には庶《しょ》民《みん》の間に**小歌**《こうた》が大流行した。

主な作品
『閑吟集《かんぎんしゅう》』

◇**漢詩文**

中世前期には下火であった漢詩文は、後期には**五山**《ござん》の僧たちが幕府の保護を受けて活躍し、すぐれた漢詩文を著した。これを**五山文学**《ござんぶんがく》と呼んでいる。

クローズアップ

●連歌《れんが》・俳諧連歌《はいかいれんが》の流れを覚えよう。

有心連歌《うしんれんが》
- 菟玖波集《つくばしゅう》
- **水無瀬三吟百韻**《みなせさんぎんひゃくいん》
- 新撰菟玖波集《しんせんつくばしゅう》
- **筑波問答**《つくばもんどう》
- **ささめごと**
（筑波問答・ささめごと）…連歌《れんが》論書《ろんしょ》

無心連歌《むしんれんが》
↓
俳諧連歌《はいかいれんが》
- 新撰犬筑波集《しんせんいぬつくばしゅう》
↓
近世の俳諧《はいかい》

新撰犬筑波集《しんせんいぬつくばしゅう》―俳諧連歌《はいかいれんが》の代表作

撰者 山崎宗鑑《やまざきそうかん》（生没年未詳）。

成立 一五三九年（天文《てんぶん》八）ごろ。

内容・構成 全一冊、約三百七十句。滑稽《こっけい》さや庶民性《しょみんせい》のある**俳諧連歌集**《はいかいれんがしゅう》。

ポイント ①**無心連歌**《むしんれんが》の流れをひく、自由な**俳諧連歌集**《はいかいれんがしゅう》の代表作。②*荒木田守武《あらきだもりたけ》の業績とともに、近世に発展する**俳諧**《はいかい》の基盤となる。

閑吟集《かんぎんしゅう》―室町時代《むろまちじだい》の小歌集《こうたしゅう》

撰者 未詳。

成立 一五一八年（永正《えいしょう》一五）。

内容・構成 全一巻、約三百十首。室町《むろまち》時代に流行した歌謡《かよう》である**小歌**《こうた》を収録。

ポイント ①仮名序《かなじょ》・真名序《まなじょ》があり、四季・恋の順で構成。②*無常観《むじょうかん》や恋の嘆きなど、庶民《しょみん》の心を生き生きと描いている。

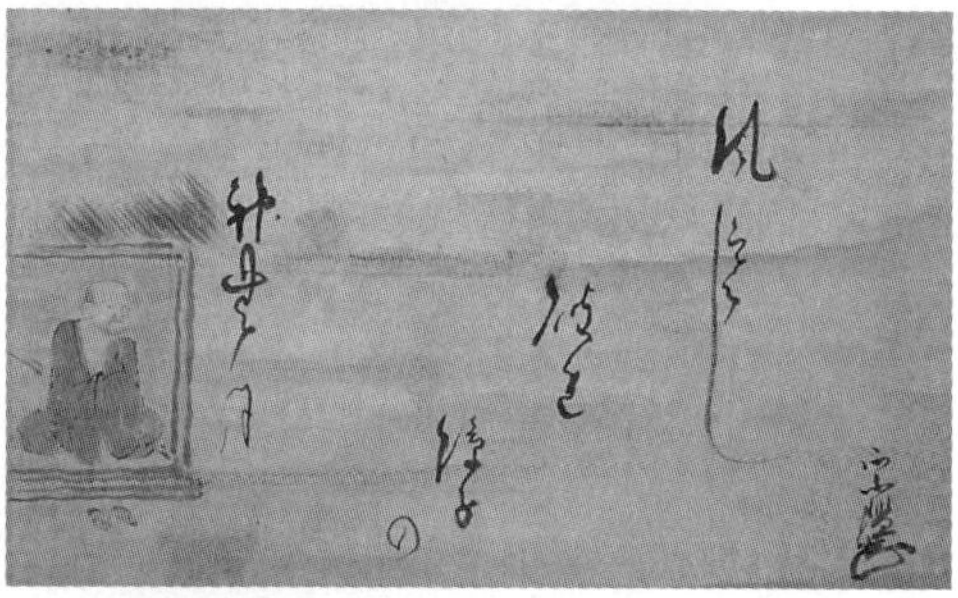

▲伝山崎宗鑑自画像

五山文学《ござんぶんがく》―禅僧《ぜんそう》たちの手による漢詩文

作者 義堂周信《ぎどうしゅうしん》（一三二五～一三八八）、絶海中津《ぜっかいちゅうしん》（一三三六～一四〇五）ら。

成立 鎌倉《かまくら》時代末期～江戸《えど》時代初期（特に南北朝《なんぼくちょう》時代から室町《むろまち》時代初期までが最盛期）。

内容・構成 京・鎌倉の**五山**《ござん》（南禅寺《なんぜんじ》および、京・鎌倉それぞれの禅宗の五大寺院）の僧たちが作った漢詩文。

ポイント ①主な漢詩集は『空華集《くうげしゅう》』（義堂周信《ぎどうしゅうしん》）、『蕉堅藁《しょうけんこう》』（絶海中津《ぜっかいちゅうしん》）など。②五山の僧たちは幕府の保護のもとで、多方面の文化に活躍した。

▲南禅寺

行われた。有心連歌《うしんれんが》は芸術性を高めていき、飯尾宗祇《いいおそうぎ》によって頂点を迎えるが、しだいに衰退する。これに対して無心連歌《むしんれんが》は、室町時代《むろまちじだい》末期になって俳諧連歌《はいかいれんが》へと発展していき、近世の俳諧《はいかい》の基盤《きばん》となる。

＊**幽玄**《ゆうげん》 p.23参照。

＊**有心**《うしん》 p.39参照。

＊**宴曲**《えんきょく》**（早歌**《そうか》**）** 鎌倉《かまくら》時代中ごろより関東地方で成立し、武士を中心に歌われた歌謡《かよう》の一種。比較的テンポが早いので早歌《そうか》とも呼ばれる。

＊**和讃**《わさん》 p.24参照。

＊**荒木田守武**《あらきだもりたけ》 一四七三―一五四九。俳諧《はいかい》連歌集《れんがしゅう》『守武千句《もりたけせんく》』の作者。伊《い》勢内宮《せないくう》の神官。

＊**無常観**《むじょうかん》 p.45参照。

●**他の主な五山《ござん》の僧と作品**

（ ）内は生没年。

①虎関師錬《こかんしれん》（一二七八～一三四六）『元亨釈書《げんこうしゃくしょ》』『済北集《さいほくしゅう》』
②中巌円月《ちゅうがんえんげつ》（一三〇〇～一三七五）『東海一漚集《とうかいいちおうしゅう》』

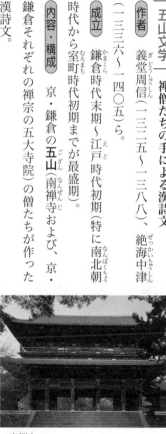

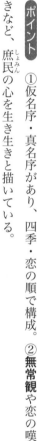

1 **次の空欄に入る人名・作品名などをあとから選び、記号で答えよ。**

『新古今和歌集』は A（エ）・有心という語で象徴される余情の美や、B（オ）などの技巧、繊細で夢幻的な世界などを特徴とする歌風を持つ。撰者は六名であるが、このうち藤原俊成の子である C（カ）は歌論書『D（ウ）』や日記『E（イ）』も著し、当時の和歌の世界の最有力者であった。『新古今和歌集』の代表的歌人として、ほかに F（ア）らがあげられる。

ア 寂蓮　イ 明月記　ウ 毎月抄
エ 幽玄　オ 本歌取り　カ 藤原定家

⇩ p.38〜39

2 **次の空欄に入る作品名をあとから選び、記号で答えよ。**

中世の勅撰和歌集として十三代集があるが、六番目の『A（ウ）』と九番目の『B（ア）』を除いては内容に精彩を欠く。私家集としては源実朝の『C（エ）』や藤原伊行女の『D（イ）』がある。

ア 風雅和歌集　イ 建礼門院右京大夫集
ウ 玉葉和歌集　エ 金槐和歌集

⇩ p.38〜39

3 **次の作品(記号)を成立年代順に並べよ。**

ア 金槐和歌集　イ 新古今和歌集
ウ 玉葉和歌集　エ 建礼門院右京大夫集
オ 風雅和歌集

（イ→ア→エ→ウ→オ） ⇩ p.38〜39

4 **次の空欄に入る人名・作品名などを答えよ。**

衰退していく和歌にかわって発展してきた連歌は、二条良基らによる連歌集『A（菟玖波集《つくばしゅう》）』によってその地位を向上させ、飯尾宗祇が弟子と吟じた『B（水無瀬三吟百韻《みなせさんぎんひゃくいん》）』、彼が撰者となった『C（新撰菟玖波集《しんせんつくばしゅう》）』によって最盛期を迎えた。室町時代末期にはこれら有心連歌に代わり無心連歌の流れをくむ俳諧連歌が隆盛し、山崎宗鑑による『D（新撰犬筑波集《しんせんいぬつくばしゅう》）』などの俳諧連歌集が成立した。また、庶民に流行した歌謡である E（小歌《こうた》）を収録した『F（閑吟集《かんぎんしゅう》）』がある。一方、禅僧たちによる漢詩文も隆盛し、これを G（五山文学《ござんぶんがく》）と呼んでいる。

⇩ p.40〜41

5 **次の空欄に入る人名・作品名をあとから選び、記号で答えよ。**

『菟玖波集』の撰者の一人である A（オ）は連歌論書 B（イ）を著している。また、『新撰菟玖波集』の撰者 C（カ）にも連歌論書 D（ウ）があり、彼の師の E（キ）も F（ア）を著している。なお、『新撰犬筑波集』の撰者は G（エ）である。

ア ささめごと　イ 筑波問答　ウ 吾妻問答
エ 山崎宗鑑　オ 二条良基　カ 飯尾宗祇
キ 心敬

⇩ p.40〜41

6 **次の作品(記号)を成立年代順に並べよ。**

ア 新撰菟玖波集
イ 水無瀬三吟百韻
ウ 菟玖波集
エ 新撰犬筑波集
オ 応安新式

（ウ→オ→イ→ア→エ） ⇩ p.40〜41

確認しよう

- ☐①『新古今和歌集』撰進の院宣を出したのは誰か。　答 後鳥羽院《ごとばいん》
- ☐②『新古今和歌集』の歌風を象徴し、余情の美を示す語を二つあげよ。　答 幽玄《ゆうげん》・有心《うしん》
- ☐③『玉葉和歌集』の撰者は誰か。　答 京極為兼《きょうごくためかね》
- ☐④『金槐和歌集』の作者は誰か。　答 源実朝《みなもとのさねとも》
- ☐⑤藤原定家が源実朝に贈った歌論書は何か。　答 近代秀歌《きんだいしゅうか》
- ☐⑥鎌倉時代初期の歌論書『無名抄』の作者は誰か。　答 鴨長明《かものちょうめい》
- ☐⑦『菟玖波集』の撰者を二名あげよ。　答 二条良基《にじょうよしもと》・救済《ぐさい》
- ☐⑧『新撰菟玖波集』の撰者は誰か。　答 飯尾宗祇《いいおそうぎ》
- ☐⑨山崎宗鑑による俳諧連歌集は何か。　答 新撰犬筑波集《しんせんいぬつくばしゅう》
- ☐⑩室町時代後期の小歌集は何か。　答 閑吟集《かんぎんしゅう》

物語

◆擬古物語《ぎこものがたり》・物語評論

貴族が昔を懐《なつ》かしみ、鎌倉《かまくら》時代に過去の物語を改作したのが**擬古物語《ぎこものがたり》**であるが、文学性は総じて低い。

『無名草子《むみょうぞうし》』は現存最古の物語評論として文学史的価値が高い。

主な作品

『無名草子《むみょうぞうし》』

◆歴史物語《れきしものがたり》

中世においては『水鏡《みずかがみ》』『増鏡《ますかがみ》』の二作品が書かれた。『増鏡《ますかがみ》』は「四鏡《しきょう》」の最後の作品である。

主な作品

『増鏡《ますかがみ》』

◆御伽草子《おとぎぞうし》

室町《むろまち》時代に成立した「**御伽草子《おとぎぞうし》**」は近世の仮名草子《かなぞうし》(↓p.58)の源流とされている。

主な作品

「御伽草子《おとぎぞうし》」

クローズアップ

●「**四鏡《しきょう》**」を覚えよう。

(紀伝体《きでんたい》)①**大鏡《おおかがみ》** ②**今鏡《いまかがみ》**

(編年体《へんねんたい》)③**水鏡《みずかがみ》** ④**増鏡《ますかがみ》**

無名草子《むみょうぞうし》 ― 現存最古の物語評論

作者 **藤原俊成女《ふじわらのとしなりのむすめ》**(生没年未詳)か。

成立 一一九八年(建久《けんきゅう》九)〜一二〇二年(建仁《けんにん》二)ごろ。

内容・構成 全一巻。女性たちが物語や歌人、作家を論評する形式をとる。

ポイント ①**現存最古の物語評論**。②『**源氏物語《げんじものがたり》**』を中心に評論し、その詳しさや批評の内容には高い文学史的価値が認められる。

増鏡《ますかがみ》 ― 「四鏡《しきょう》」の最終作品

作者 未詳。

成立 一三三八年(暦応《りゃくおう》元)〜一三七六年(永和《えいわ》二)…南北朝《なんぼくちょう》時代。

内容・構成 全十七巻または十九巻。年老いた尼《あま》が鎌倉《かまくら》時代の歴史(後鳥羽《ごとば》天皇の誕生から後醍醐《ごだいご》天皇の隠岐からの還幸まで)を貴族の視点から述べる。**編年《へんねん》体《たい》**で述べられ、史実の記載も正確。

ポイント ①『**源氏物語《げんじものがたり》**』『**栄花物語《えいがものがたり》**』の影響が見られる。②「**四鏡《しきょう》**」の最後の作品で、『**大鏡《おおかがみ》**』に次ぐ傑作である。

御伽草子《おとぎぞうし》 ― 近世《きんせい》の仮名草子《かなぞうし》の源流

作者 未詳。

成立 室町《むろまち》時代〜江戸《えど》時代初期。

内容・構成 近世初期に発行された「一《いっ》寸法師《すんぼうし》」「物《もの》くさ太郎《たろう》」など二十三編をはじめとする、小説四、五百編の総称が「**御伽《おとぎ》草子《ぞうし》**」である。

ポイント **擬古物語《ぎこものがたり》**の流れをくみ、文学性の低い作品が多いが、近世の**仮名草子《かなぞうし》**の源流として、文学史上の価値は高い。

▲「御伽草子」(鼠《ねずみ》の草子《そうし》)

●**主な擬古物語《ぎこものがたり》**

①『**松浦宮物語《まつらのみやものがたり》**』
遣唐副使《けんとうふくし》の恋愛物語。

②『**石清水物語《いわしみずものがたり》**』
武士と姫君《ひめぎみ》の悲恋物語。

③『**住吉物語《すみよしものがたり》**』
継子《ままこ》いじめの物語。

●「四鏡《しきょう》」一覧

作品	成立	形式
大鏡《おおかがみ》	平安《へいあん》時代後期	紀伝体《きでんたい》
今鏡《いまかがみ》	平安時代末期	紀伝体《きでんたい》
水鏡《みずかがみ》	鎌倉《かまくら》時代初期	編年体《へんねんたい》
増鏡《ますかがみ》	南北朝《なんぼくちょう》時代	編年体《へんねんたい》

●**主な御伽草子《おとぎぞうし》**

上記二編のほか、「浦島太郎《うらしまたろう》」「酒《しゅ》呑童子《てんどうじ》」「鉢《はち》かづき」「文正草子《ぶんしょうぞうし》」「福富草紙《ふくとみぞうし》」「鼠《ねずみ》の草子《そうし》」などが近世初期発行の二十三編の中に含まれる。

◆軍記物語《ぐんきものがたり》

動乱の時代であった中世には、戦いを描いた多くの**軍記物語《ぐんきものがたり》**が成立した。平安時代にも、平《たいらの》将門《まさかど》の乱《らん》を描き、軍記物語《ぐんきものがたり》の先駆《せんく》とされる『**将門記**《しょうもんき》』や、前九年《ぜんくねん》の役《えき》を扱った『**陸奥話記**《むつわき》』などのいわゆる「**初期軍記**《しょきぐんき》」が存在していたが、『**平家物語**《へいけものがたり》』をはじめ、作品数は中世が圧倒的であり、中世文学の一つの特色となっている。軍記物語《ぐんきものがたり》は成立に複数の作者が関与している場合が多く、成立年や作者の特定は難しい。また、『平家物語《へいけものがたり》』における、琵琶法師《びわほうし》によって語られた「語り本」系、読み物としての「読み本」系のように、同じ作品でもさまざまな異本があり、内容にも違いが見られる。

主な作品

①『保元物語《ほうげんものがたり》』
②『平治物語《へいじものがたり》』
③『平家物語《へいけものがたり》』(信濃前司行長《しなののぜんじゆきなが》か)
④『太平記《たいへいき》』(小島法師《こじまほうし》ら複数か)
⑤『義経記《ぎけいき》』
⑥『曾我物語《そがものがたり》』

保元物語《ほうげんものがたり》・平治物語《へいじものがたり》——中世の始まりを告げる二つの軍記物語《ぐんきものがたり》

作者 ともに未詳・同一人物と考えられる。

成立 ともに十三世紀前半ごろ。

内容・構成 ともに全三巻。それぞれ平安時代末期の**保元《ほうげん》の乱・平治《へいじ》の乱**を描く。

ポイント ①『**保元物語**《ほうげんものがたり》』では**源 為朝**《みなもとのためとも》、『**平治物語**《へいじものがたり》』では**悪源太義平**《あくげんたよしひら》を中心に描く。②ともに*和漢《わかん》混交文《こんこうぶん》。

平家物語《へいけものがたり》——*無常観《むじょうかん》に彩《いろど》られた軍記物語《ぐんきものがたり》の代表

作者 **信濃前司行長**《しなののぜんじゆきなが》か(『徒然草《つれづれぐさ》』による)。

成立 **一二二一年(承久三)**《じょうきゅう》ごろ原形成立か。

内容・構成 全十二巻に**灌頂巻**《かんじょうのまき》が加わるが、多くの異本がある。**平 清盛**《たいらのきよもり》を中心とした平家《へいけ》一族の栄華《えいが》と横暴、清盛《きよもり》死後の**木曾義仲**《きそよしなか》による平家《へいけ》の都落《みやこお》ち、そして**源 義経**《みなもとのよしつね》による壇《だん》の浦《うら》での平家滅亡《へいけめつぼう》を描く。**灌頂巻**《かんじょうのまき》は残された**建礼門院**《けんれいもんいん》**(平 徳子)**《たいらのとくこ》が中心。

ポイント ①**仏教的無常観**《むじょうかん》を思想的基盤とする。②**琵琶法師**《びわほうし》が「**平曲**」《*へいきょく》として語り、広く伝えられる中で多くの異本《いほん》が生じた。③文章は典型的な**和漢混交文**《わかんこんこうぶん》。平安時代の語法と異なり、対句や擬態語、擬声語が多用されている。

▲扇《おうぎ》の的《まと》を射《い》る那須与一《なすのよいち》(『平家物語絵巻《へいけものがたりえまき》』)

太平記《たいへいき》——南北朝《なんぼくちょう》の動乱を描いた軍記物語《ぐんきものがたり》

作者 **小島法師**《こじまほうし》(?~一三七四)ら複数か。

成立 一三七二年(応安《おうあん》五)ごろ…南北朝時代《なんぼくちょうじだい》。

内容・構成 全四十巻。**南北朝**《なんぼくちょう》**の動乱**《どうらん》を**後醍醐**《ごだいご》**天皇**《てんのう》の鎌倉幕府《かまくらばくふ》討伐《とうばつ》計画から描く。

▲後醍醐天皇

● 『平家物語《へいけものがたり》』と『太平記《たいへいき》』の内容などの比較

	内容	思想	文体	登場人物	関連
平家物語《へいけものがたり》	平家《へいけ》の興亡《こうぼう》 源平《げんぺい》の争い	無常観《むじょうかん》	**和漢混交文**《わかんこんこうぶん》	平 清盛《たいらのきよもり》 木曾義仲《きそよしなか》 源 義経《みなもとのよしつね》 建礼門院《けんれいもんいん》ら	**平曲**《へいきょく》 琵琶法師《びわほうし》
太平記《たいへいき》	建武《けんむ》の新政《しんせい》 南北朝《なんぼくちょう》動乱	儒教倫理《じゅきょうりんり》	**和漢混交文**《わかんこんこうぶん》 (漢文調)	後醍醐天皇《ごだいごてんのう》 楠木正成《くすのきまさしげ》 足利尊氏《あしかがたかうじ》 新田義貞《にったよしさだ》ら	太平記読《たいへいきよ》み

● 『**源平盛衰記**《げんぺいじょうすいき》』

『平家物語《へいけものがたり》』と同様に平家の興亡を描いた作品だが、記述内容などに相違がある。『平家物語《へいけものがたり》』の異本《いほん》の一つとされている。

▲平 清盛《たいらのきよもり》

◆史論書《しろんしょ》

中世の激動する社会の中で、作者独自の歴史観に基づいた**史論書《しろんしょ》**が登場した。その記述には変化にまどわされない強い主張が見られる。『**神皇正統記《じんのうしょうとうき》**』はその代表である。

主な作家

① 『**愚管抄《ぐかんしょう》**』（慈円《じえん》）
② 『**神皇正統記《じんのうしょうとうき》**』（北畠親房《きたばたけちかふさ》）

クローズアップ

●主な軍記物語《ぐんきものがたり》の作品を登場人物とともに覚えよう。

①**将門記《しょうもんき》**……平将門《たいらのまさかど》
②**保元物語《ほうげんものがたり》**……源為朝《みなもとのためとも》
③**平治物語《へいじものがたり》**……悪源太義平《あくげんたよしひら》
④**平家物語《へいけものがたり》**……平清盛《たいらのきよもり》
木曾義仲《きそよしなか》
源 義経《みなもとのよしつね》
⑤**太平記《たいへいき》**……後醍醐天皇《ごだいごてんのう》
建礼門院《けんれいもんいん》ら
楠木正成《くすのきまさしげ》
足利尊氏《あしかがたかうじ》
新田義貞《にったよしさだ》ら
⑥**義経記《ぎけいき》**……源 義経《みなもとのよしつね》
⑦**曾我物語《そがものがたり》**……曾我十郎祐成《そがじゅうろうすけなり》
曾我五郎時致《そがごろうときむね》

ポイント ①*儒教《じゅきょう》の倫理《りんり》を思想的基盤とする。②華麗《かれい》な***道行文《みちゆきぶん》**が有名。③漢文調の和漢混交文《わかんこんこうぶん》。④***太平記読み《たいへいきよ》**によって広まった。

義経記《ぎけいき》――**九郎判官 源 義経《くろうほうがんみなもとのよしつね》の悲劇的生涯《しょうがい》を描く**

作者 未詳。 **成立** 室町《むろまち》時代初期。

内容・構成 全八巻。源 義経《みなもとのよしつね》の一生を描く。

ポイント 悲劇の主人公源 義経《みなもとのよしつね》を同情《どうじょう》的・英雄《えいゆう》的に描く。

曾我物語《そがものがたり》――**仇討《あだう》ちを描く異色の軍記物語《ぐんきものがたり》**

作者 未詳。 **成立** 鎌倉《かまくら》時代後期〜室町《むろまち》時代前期。

内容・構成 全十巻または十二巻・父を討たれた曾我十郎祐成《そがじゅうろうすけなり》と五郎時致《ごろうときむね》兄弟の**仇討《あだう》ち**を描く。

ポイント **兄弟の仇討《あだう》ち**の姿を、『義経記《ぎけいき》』と同様に同情《どうじょう》的・英雄《えいゆう》的に描く。

▲源義経

愚管抄《ぐかんしょう》――**鎌倉《かまくら》時代の代表的史論書《しろんしょ》**

作者 慈円《じえん》（一一五五〜一二二五）。 **成立** 一二二〇年（承久《じょうきゅう》二）。

内容・構成 全七巻。神武天皇《じんむてんのう》から順徳天皇《じゅんとくてんのう》までの歴史を仏教的な立場から論述。

ポイント 天皇と摂関家《せっかんけ》を中心とした政治の正統性を主張。

神皇正統記《じんのうしょうとうき》――**南北朝《なんぼくちょう》時代の史論書**

作者 **北畠親房《きたばたけちかふさ》**（一二九三〜一三五四）。

成立 一三三九年（延元《えんげん》四）。

内容・構成 全三巻。天地創造から後村上天皇《ごむらかみてんのう》までの歴史を論述。

ポイント **建武《けんむ》の新政《しんせい》**に活躍した作者が、**南朝《なんちょう》の正統性**と神道《しんとう》の重要性を主張。

▲北畠親房

用語解説

***和漢混交文《わかんこんこうぶん》** p.31参照。
***無常観《むじょうかん》** すべてのものは変化して永遠に変化しないものなどは存在しないという仏教上の思想。
***平曲《へいきょく》** 琵琶《びわ》という楽器を演奏しながら独特の節回《ふしまわ》しで『平家物語《へいけものがたり》』を語ること。平曲《へいきょく》を語る人を「琵琶法師《びわほうし》」と呼んだ。
***儒教《じゅきょう》** p.49参照。
***道行文《みちゆきぶん》** 旅の進行と、風景や旅人の心情を融合《ゆうごう》した文章のこと。
***太平記読み《たいへいきよ》** リズムをつけた『太平記《たいへいき》』を庶民《しょみん》に聞かせ講釈すること。またはそれを職業とする人のこと。近世初期に現れた。

▲慈円《じえん》

説話・法語

◇説話《せつわ》

中古末期成立の『今昔物語集《こんじゃくものがたりしゅう》』に続き、中世に入ると数多くの説話集《せつわしゅう》が成立した。仏教への入門書的性格を持つ仏教説話集《ぶっきょうせつわしゅう》だけでなく、庶民《しょみん》の姿を生き生きと豊かに描いた世俗説話集《せぞくせつわしゅう》も多く成立した。神道《しんとう》に関する説話《せつわ》を集めた説話集《せつわしゅう》もある。これらの説話《せつわ》は同時代の軍記物語《ぐんきものがたり》をはじめ、他のジャンルの作品の中にも取り入れられていった。

主な作品

① 『発心集《ほっしんしゅう》』(鴨長明《かものちょうめい》)
② 『宇治拾遺物語《うじしゅういものがたり》』
③ 『十訓抄《じっきんしょう》』(六波羅二臈左衛門《ろくはらじろうざえもん》入道《にゅうどう》か)
④ 『古今著聞集《ここんちょもんじゅう》』(橘 成季《たちばなのなりすえ》)
⑤ 『沙石集《しゃせきしゅう》』(無住道暁《むじゅうどうぎょう》)

▲無住道暁

発心集《ほっしんしゅう》―鴨長明《かものちょうめい》の仏教説話集《ぶっきょうせつわしゅう》

作者 鴨長明《かものちょうめい》(一一五五?〜一二一六)。

成立 一二一五年(建保《けんぽう》三)ごろ…**鎌倉《かまくら》時代初期。**

内容・構成 全八巻。全約百話。**仏教説話集《ぶっきょうせつわしゅう》。**

ポイント ①本朝の高僧の事跡を記し、仏法を説く。②登場人物の内面を深くとらえようとする傾向が強い。

宇治拾遺物語《うじしゅういものがたり》―中世説話《せつわ》の代表作(世俗説話《せぞくせつわ》)

編者 未詳。

成立 **十三世紀中ごろ…鎌倉《かまくら》時代前〜中期。**

内容・構成 全二冊、百九十七話。雑然とした構成。『**今昔物語集《こんじゃくものがたりしゅう》**』と同じ話が約八十ある。

ポイント ①『**今昔物語集《こんじゃくものがたりしゅう》**』とともに説話集《せつわしゅう》の代表的作品。②中世説話集《ちゅうせいせつわしゅう》の中で最も仏教的色彩が薄く、**世俗説話《せぞくせつわ》**が多い。③収録された説話《せつわ》は庶《しょ》民《みん》的発想のもの、おかしみを伴うものなど、バラエティーに富んでいる。④近代に至るまで多くの作品に影響を与えている。

十訓抄《じっきんしょう》―善《ぜん》を勧《すす》めて悪《あく》を戒《いまし》める教訓《きょうくん》的世俗説話集《せぞくせつわしゅう》

作者 六波羅二臈左衛門入道《ろくはらじろうざえもんにゅうどう》か。

成立 一二五二年(建長《けんちょう》四)。…**鎌倉《かまくら》時代中期。**

内容・構成 全三巻。徳目ごとに十編に分かれ、約二百八十話を分類。

ポイント 少年たちに善《ぜん》を勧《すす》め、悪《あく》を戒《いまし》めることを意図して編集したとされ、教訓《きょうくん》的な説話《せつわ》が多い。

▲鴨長明

▲雀報恩事《すずめのほうおんのこと》(『宇《う》治拾遺《じしゅうい》物語《ものがたり》絵巻《えまき》』)

●『宇治拾遺物語《うじしゅういものがたり》』と芥川龍之介《あくたがわりゅうのすけ》

近代作家である芥川龍之介《あくたがわりゅうのすけ》(↓p.86)の作品には、『宇治拾遺物語《うじしゅういものがたり》』に収められた話を題材としたものが見られる。たとえば『鼻《はな》』は「鼻長僧事《はなながきそうのこと》」を、『芋粥《いもがゆ》』は「利仁芋粥事《としひといもがゆのこと》」を(以上の話は『今昔物語集《こんじゃくものがたりしゅう》』にも見られる)、『地獄変《じごくへん》』は「絵仏師良秀家の焼《えぶつしりょうしゅういえやくる》を見《み》て喜《よろこ》ぶ事《こと》」を改作している。

●その他の中世説話集《ちゅうせいせつわしゅう》一覧

① 『**宝物集《ほうぶつしゅう》**』 一一八〇年ごろ成立。平康頼《たいらのやすより》作。仏教説話集《ぶっきょうせつわしゅう》。
② 『**古事談《こじだん》**』 一二一二年〜一二一五年ごろ成立。源 顕兼《みなもとのあきかね》編。世俗《せぞく》説話集《せつわしゅう》。
③ 『**閑居友《かんきょのとも》**』 一二二二年ごろ成立。慶政《けいせい》作。仏教説話集《ぶっきょうせつわしゅう》。
④ 『**撰集抄《せんじゅうしょう》**』 一二五〇年ごろ成立。作者未詳。仏教説話集《ぶっきょうせつわしゅう》。
⑤ 『**雑談集《ぞうたんしゅう》**』 一三〇五年成立。無住道暁《むじゅうどうぎょう》作。仏教説話集《ぶっきょうせつわしゅう》。
⑥ 『**吉野拾遺《よしのしゅうい》**』 一三五八年成立か。作者未詳。世俗説話集《せぞくせつわしゅう》。

◆法語《ほうご》

中世初期には次々と新興仏教の宗派が生まれた。各宗派の開祖たちはその思想や教義を広めるために、仮名《かな》書《が》きのわかりやすい文章を書いたが、これを**法**《ほう》**語**《ご》と呼んでいる。開祖たちの情熱に支えられた内容で、文学的価値が高い。

主な作品

①**『正法眼蔵《しょうぼうげんぞう》』**（道元《どうげん》）
②**『歎異抄《たんにしょう》』**（唯円《ゆいえん》）

クローズアップ

●中世の主な説話《せつわ》集を分類し、作者・編者名も覚えよう。

①仏教説話《ぶっきょうせつわ》集（作者）
・**宝物集《ほうぶつしゅう》**（平康頼《たいらのやすより》）
・**発心集《ほっしんしゅう》**（鴨長明《かものちょうめい》）
・**閑居友《かんきょのとも》**（慶政《けいせい》）
・**沙石集《しゃせきしゅう》**（無住道暁《むじゅうどうぎょう》）
②世俗説話《せぞくせつわ》集（編者）
・**古事談《こじだん》**（源　顕兼《みなもとのあきかね》）
・**宇治拾遺物語《うじしゅういものがたり》**（未詳）
・**十訓抄《じっきんしょう》**（六波羅二﨟左衛《ろくはらじろうざえ》門入道《もんにゅうどう》か）
・**古今著聞集《ここんちょもんじゅう》**（橘　成季《たちばなのなりすえ》）

古今著聞集《ここんちょもんじゅう》――**貴族の時代を懐《なつ》かしむ世俗説話集《せぞくせつわしゅう》**

編者 **橘　成季《たちばなのなりすえ》**（生没年未詳）。

成立 一二五四年（建長《けんちょう》六）…**鎌倉《かまくら》時代中期**。

内容・構成 全二十巻。三十編に分かれ、約七百段に分類。他の説話集《せつわしゅう》と比較して整然とした構成をとる。

ポイント ①各説話《せつわ》は広い分野から年代順に配列。②貴族社会への懐古《かいこ》の念が見られ、約三分の二が平安時代の貴族説話。

沙石集《しゃせきしゅう》――**「仏教のすすめ」的な説話集《せつわしゅう》**

作者 無住道暁《むじゅうどうぎょう》（一二二六〜一三一二）。

成立 一二八三年（弘安《こうあん》六）…**鎌倉《かまくら》時代後期**。

内容・構成 全十巻。全約百五十話を収めた**仏教説話集《ぶっきょうせつわしゅう》**。

ポイント ①仏教をより広めるために、仏教の内容や生き方を説く説話《せつわ》を収める。②続編として**『雑談集《ぞうたんしゅう》』**がある。

正法眼蔵《しょうぼうげんぞう》――**禅宗《ぜんしゅう》の代表的法語《ほうご》**

作者 **道元《どうげん》**（一二〇〇〜一二五三）。

成立 一二五三年（建長《けんちょう》五）までに原型が成立。

内容・構成 全八十七巻（異なる巻数のものもある）。禅宗《ぜんしゅう》系の曹洞宗《そうとうしゅう》の**法語《ほうご》**。

ポイント 仮名《かな》交《ま》じり文《ぶん》で書かれている。

歎異抄《たんにしょう》――**親鸞《しんらん》の語録、浄土真宗《じょうどしんしゅう》の法語《ほうご》**

編者 唯円《ゆいえん》（一二二五？〜一二八八？）。

成立 一二六四年（文永《ぶんえい》元）以降。

内容・構成 全一巻。全十八章。浄土真宗《じょうどしんしゅう》の**法語《ほうご》**。

ポイント **親鸞《しんらん》**の語録を、死後、弟子の唯円《ゆいえん》が編集。仮名《かな》交《ま》じり文《ぶん》。

▲親鸞

---

⑦**『神道集《しんとうしゅう》』**
一三五八年ごろ成立。安《あ》居院《ぐい》作。各地の神社の由来などを収めた説話集《せつわしゅう》。

▲道元《どうげん》

●**鎌倉時代《かまくらじだい》の他の新興仏教の開祖と法語《ほうご》**

①**法然《ほうねん》**（一一三三〜一二一二）
浄土宗《じょうどしゅう》の開祖。法語《ほうご》に『黒《くろ》谷上人語燈録《だにしょうにんごとうろく》』。

②**一遍《いっぺん》**（一二三九〜一二八九）
時宗《じしゅう》の開祖。法語に『一《いっ》遍上人語録《ぺんしょうにんごろく》』。

③**日蓮《にちれん》**（一二二二〜一二八二）
日蓮宗《にちれんしゅう》の開祖。法語《ほうご》に『開《かい》目鈔《もくしょう》』

問題演習

1 次の空欄に入る作品名などをあとから選び、記号で答えよ。

中世の貴族が昔を懐かしみ、過去の物語を改作したのが(A イ)である。その多くは文学性の低い作品だが、『(B ア)』を中心に物語を評論した『(C エ)』は文学史上の価値が高い。また、室町時代に成立した『(D ウ)』は近世の仮名草子への源流となる。

ア 源氏物語　イ 擬古物語
ウ 御伽草子　エ 無名草子

⇩p.43

2 次の空欄に入る作品名などを答えよ。

「四鏡」の最後として南北朝時代に(A 編年《へんねん》)体で書かれた『(B 増鏡《ますかがみ》)』は「四鏡」の中で『(C 大鏡《おおかがみ》)』に次ぐ傑作とされている。

⇩p.30・43

3 次の作品(記号)を成立年代順に並べよ。

ア 今鏡　イ 増鏡　ウ 大鏡　エ 水鏡

(ウ→ア→エ→イ)

⇩p.30・43

4 次の空欄に入る作品名などを答えよ。

中世文学の特色の一つに軍記物語があるが、その代表作は源平の争乱を描いた『(A 平家物語《へいけものがたり》)』である。この作品は(B 無常観《むじょうかん》)を思想的基盤とし、琵琶法師が(C 平曲《へいきょく》)として語り、広く伝えられた。また、南北朝の動乱を中心に描いたものとして『(D 太平記《たいへいき》)』がある。この二作品はともに(E 和漢混交文《わかんこんこうぶん》)という文体で書かれている。ほかに、源為朝を中心に描いた『(F 保元物語《ほうげんものがたり》)』や悪源太義平を中心に描いた『平治物語』、九郎判官を描いた『(G 義経記《ぎけいき》)』、兄弟による仇討ちを描いた『(H 曾我物語《そがものがたり》)』などがある。

⇩p.44〜45

5 次の空欄に入る人名・作品名を答えよ。

中世は説話の黄金時代でもある。最も代表的な説話集は『今昔物語集《こんじゃくものがたりしゅう》』とも並び称される『(A 宇治拾遺物語《うじしゅういものがたり》)』であり、百九十七の説話を収めている。また、教訓的な説話の多い『(B 十訓抄《じっきんしょう》)』、(C 橘成季《たちばなのなりすえ》)によって編集され、貴族社会への懐古の念が見られる『(D 古今著聞集《ここんちょもんじゅう》)』、『方丈記』の作者でもある鴨長明《かものちょうめい》の手による『(E 発心集《ほっしんしゅう》)』、続編として『雑談集《ぞうたんしゅう》』のある(F 無住道暁《むじゅうどうぎょう》)作の『(G 沙石集《しゃせきしゅう》)』などの説話集がある。

⇩p.46〜47

6 次のジャンルに該当する作品をあとから選び、記号で答えよ。

A 軍記物語（イ・オ）
B 歴史物語（ウ）
C 物語評論（ク）
D 法語（ア・キ）
E 史論書（エ・カ）

ア 正法眼蔵　イ 平治物語　ウ 水鏡
エ 神皇正統記　オ 太平記　カ 愚管抄
キ 歎異抄　ク 無名草子

⇩p.30・43〜45・47

7 次の作品(記号)を成立年代順に並べよ。

ア 十訓抄　イ 沙石集　ウ 発心集
エ 古今著聞集　オ 吉野拾遺

(ウ→ア→エ→イ→オ)

⇩p.31・46〜47

確認しよう

- ①現存最古の物語評論は何か。 答 無名草子《むみょうぞうし》
- ②近世の仮名草子の源流ともなった作品群は何か。 答 御伽草子《おとぎぞうし》
- ③「四鏡」の最後の作品は何か。 答 増鏡《ますかがみ》
- ④『平家物語』の付編を何と呼んでいるか。 答 灌頂巻《かんじょうのまき》
- ⑤『平治物語』で描かれている中心人物は誰か。 答 悪源太義平《あくげんたよしひら》
- ⑥『太平記』に見られる旅の風景や心情を描いた文を何と呼んでいるか。 答 道行文《みちゆきぶん》
- ⑦慈円の書いた史論書は何か。 答 愚管抄《ぐかんしょう》
- ⑧『神皇正統記』の作者は誰か。 答 北畠親房《きたばたけちかふさ》
- ⑨『発心集』の作者は誰か。 答 鴨長明《かものちょうめい》
- ⑩無住道暁の書いた説話集は何か。 答 沙石集《しゃせきしゅう》
- ⑪道元が書いた法語は何か。 答 正法眼蔵《しょうぼうげんぞう》
- ⑫親鸞の語録は何か。 答 歎異抄《たんにしょう》

随筆・日記・紀行

◇随筆

中世に入ると**隠者**《いんじゃ》*と呼ばれる人々による作品が見られるようになる。彼らは変転する社会から離れ、山里に**草庵**《そうあん》という小さな住まいを構えるなどして自己を見つめ、すぐれた随筆を書いた。これらは**草庵文学**《そうあんぶんがく》とも呼ばれ、中世特有のものであり、**無常観**《むじょうかん》*に基づき人生や社会、自然などを深く見つめている。

主な作品

① **『方丈記《ほうじょうき》』**(鴨長明《かものちょうめい》)
② **『徒然草《つれづれぐさ》』**(兼好法師《けんこうほうし》)

クローズアップ

●『方丈記《ほうじょうき》』と『徒然草《つれづれぐさ》』について次の点を覚えよう。

・**『方丈記《ほうじょうき》』**(鴨長明《かものちょうめい》)一二一二年(鎌倉《かまくら》時代初期)成立。

・**『徒然草《つれづれぐさ》』**(兼好法師《けんこうほうし》)一三三〇年ごろ(鎌《かま》倉《くら》時代末期)成立

(**無常観**《むじょうかん》が基調 草庵文学《そうあんぶんがく》)

方丈記《ほうじょうき》 ― 無常観《むじょうかん》と隠者《いんじゃ》の生活

作者 **鴨長明**《かものちょうめい》(一一五五?~一二一六)。

成立 **一二一二年**(建暦《けんりゃく》二)…**鎌倉**《かまくら》**時代初期**。

内容・構成 全一巻。前半では、京都で発生した大火・飢饉《ききん》・地震などの**天災**や**福原遷都**《ふくはらせんと》など、作者の経験した**社会変動**を写実《しゃじつ》的に描き、後半では出家した作者が**日野山**《ひのさん》における**草庵生活**《そうあんせいかつ》で得た心の安定などを描く。

ポイント ①『**徒然草**《つれづれぐさ》』とともに中世の草庵文学《そうあんぶんがく》を代表。これらに『**枕草子**《まくらのそうし》』を加えて**「古典三大随筆」**《こてんさんだいずいひつ》と呼ぶ。②全体が**無常観**《むじょうかん》で貫かれており、動乱の世に生きた苦悩や孤独を**詠嘆的**《えいたん》に描く。③文章は**和漢混交文**《わかんこんこうぶん》*。対句《ついく》を多用。④作者は京都下賀茂神社《しもがもじんじゃ》の神官の家に生まれ、五十歳ごろ出家《しゅっけ》。歌人としてもすぐれており、歌論書『**無名抄**《むみょうしょう》』などがある。また、説話集《せつわしゅう》に**「発心集**《ほっしんしゅう》**」**がある。

▲元暦《げんりゃく》の大地震(『平家物語絵巻《へいけものがたりえまき》』)

徒然草《つれづれぐさ》 ― 話題豊富な随筆集

作者 **兼好法師**《けんこうほうし》(一二八三?~一三五二?)。

成立 **一三三〇年**(元徳《げんとく》二)ごろ…**鎌倉**《かまくら》**時代末期**。

内容・構成 全二巻、二百四十三段。**人生観、自然観**、恋愛論、王朝へのあこがれ、**有職故実**《ゆうそくこじつ》*への考案、説話《せつわ》に類するものなど、さまざまな題材。

ポイント ①儒教《じゅきょう》*的、老荘《ろうそう》*的観点から書かれた段もあるが、仏教的**無常観**《むじょうかん》を基調とする。②豊富な題材を現実的な感覚で深く模索《もさく》して描き、後世にも影響を与えた。③文章は**和文**《わぶん》、または**和漢混交文**《わかんこんこうぶん》。④作者は京都吉田神社《よしだじんじゃ》の神官の家に生まれた。俗名は**卜部兼好**《うらべかねよし》とも言われる。三十歳ごろ出家《しゅっけ》。双《ならび》が岡《おか》での**隠者生活**《いんじゃ》の中で『**徒然草**《つれづれぐさ》』を書く。また、**歌人としても知られていた。**家集に『兼好法師集』がある。

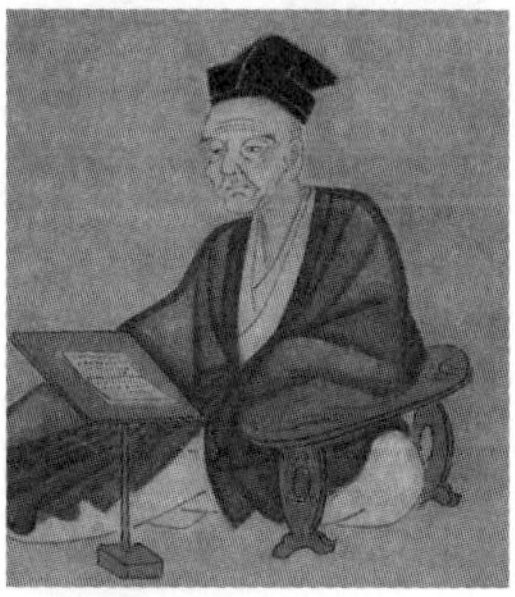
▲兼好法師

●古典三大随筆《こてんさんだいずいひつ》

	作者	内容・特徴
枕草子《まくらのそうし》	清少納言《せいしょうなごん》	自然や宮廷生活を女性の目で描く。をかし。直観的。
方丈記《ほうじょうき》	鴨長明《かものちょうめい》	悲惨な現実と草庵《そうあん》生活。無常観《むじょうかん》。詠嘆《えいたん》的。
徒然草《つれづれぐさ》	兼好法師《けんこうほうし》	さまざまな題材を扱う。無常観《むじょうかん》。現実的。思索《しさく》的。

用語解説

***隠者**《いんじゃ》 俗世間から離れ(出家《しゅっけ》)、山里に移り住んだり旅に出たりした人のこと。

***無常観**《むじょうかん》 p.45参照。

***和漢混交文**《わかんこんこうぶん》 p.31参照。

***有職故実**《ゆうそくこじつ》 宮中や武家に古くから伝わる儀式・年中行事・官職・法律などについて研究する学問。

***儒教**《じゅきょう》 孔子《こうし》が開いた中国の思想の一つ。仁《じん》・義《ぎ》を重んじる伝統的な政治や道徳の教え。

***老荘**《ろうそう》 老子《ろうし》・荘子《そうし》が説いた中国の思想の一つ。無為自然《むいしぜん》を重んじる。

◇日記・紀行

中世にも宮中の女性の手による日記は多く書かれたが、貴族文化とともに衰退《すいたい》していく。内容も宮中での生活を懐古《かいこ》したものが中心である。一方、鎌倉幕《かまくらばく》府《ふ》が開かれると京都と鎌倉《かまくら》の間の交通が活発化し、その影響で**紀行《きこう》**がジャンルとして確立した。**『十六夜日記《いざよいにっき》』**や**『とはずがたり』**は、紀行の要素を多く持った日記だと言える。

主な作品

① **『十六夜日記《いざよいにっき》』**(阿仏尼《あぶつに》)
② **『とはずがたり』**(後深草院二条《ごふかくさいんのにじょう》)
③ **『海道記《かいどうき》』**
④ **『東関紀行《とうかんきこう》』**

クローズアップ

●日記について次の点を覚えよう。
・**十六夜日記《いざよいにっき》**(阿仏尼《あぶつに》)
母の愛、京都→鎌倉《かまくら》の旅
・**とはずがたり**(後深草院二条《ごふかくさいんのにじょう》)
愛の遍歴《へんれき》、諸国への旅

十六夜日記《いざよいにっき》 **我が子を思う母親が描く旅日記**

作者 **阿仏尼《あぶつに》**(一二二二?～一二八三)。

成立 一二七九年(弘安《こうあん》二)～一二八〇年(弘安《こうあん》三)。

内容・構成 全一冊。息子のために夫の遺産をめぐる訴訟《そしょう》を起こした作者の、母としての愛情と、訴訟《そしょう》のため京都から鎌倉《かまくら》へ旅をし、滞在するまでを描いた日記。

▲阿仏尼

ポイント ①旅日記の部分は**最初の女性紀行文**とされる。②作者は、十八歳ごろの恋とその顛末《てんまつ》を回想した日記『うたたね』も著している。

とはずがたり **愛の遍歴《へんれき》を経て旅に出た女性の日記**

作者 **後深草院二条《ごふかくさいんのにじょう》**(一二五八～?)。 **成立** 一三一三年(正和《しょうわ》二)以前。

内容・構成 全五巻。**後深草院《ごふかくさいん》**などの人々との愛の遍歴《へんれき》や、出家した後の諸国への旅を回想して描いた日記。

ポイント 紀行の要素も加えた中世日記文学の代表作。

海道記《かいどうき》 **中世紀行文のさきがけ的作品**

作者 未詳。 **成立** 一二二三年(貞応《じょうおう》二)ごろ。

内容・構成 全一冊。京都と鎌倉《かまくら》を往復する紀行。

ポイント ①中世紀行文の先駆《せんく》的存在。②文章は***和漢混交文《わかんこんこうぶん》**で書かれている。

東関紀行《とうかんきこう》 **現在の東海道をたどった旅の紀行**

作者 未詳。

成立 一二四二年(仁治《にんじ》三)ごろ。

内容・構成 全一冊。京都から鎌倉《かまくら》までの紀行。

ポイント ①**和漢混交文《わかんこんこうぶん》**で書かれている。②***道行文《みちゆきぶん》**に影響した。

▲鶴岡八幡宮《つるがおかはちまんぐう》(鎌倉《かまくら》)

●その他の中世日記・紀行一覧

① **『源 家長日記《みなもとのいえながにっき》』**
十三世紀初めに成立。源《みなもとの》家長《いえなが》作。男性の仮名日記《かなにっき》。

② **『たまきはる』**
一二一九年ごろ成立。**藤原俊成女《ふじわらのとしなりのむすめ》**作。宮中生活の回想記。**『建春門院中納言日記《けんしゅんもんいんのちゅうなごんにっき》』**『建寿御前日記《けんじゅごぜんにっき》』とも呼ばれる。

③ **『明月記《めいげつき》』**
一一八〇年～一二三五年の記事が現存。**藤原定家《ふじわらのさだいえ》**作。漢文で書かれた日記。**『新古今和歌集《しんこきんわかしゅう》』**編集の過程も書かれている。

④ **『弁内侍日記《べんのないしにっき》』**
一二六〇年ごろ成立。弁《べんの》内侍《ないし》作。宮中生活の回想記。

⑤ **『中務内侍日記《なかつかさのないしのにっき》』**
一二九二年以後成立。中《なか》務《つかさの》内侍《ないし》作。宮中生活の回想記。和歌が多い。

⑥ **『宗祇終焉記《そうぎしゅうえんき》』**
一五〇二年成立。宋長《そうちょう》作。**飯尾宗祇《いいおそうぎ》**の最期《さいご》を記した紀行。

用語解説
***和漢混交文《わかんこんこうぶん》** p.31参照。
***道行文《みちゆきぶん》** p.45参照。

劇文学

◇能《のう》と狂言《きょうげん》

平安時代《へいあんじだい》に流行した*猿楽《さるがく》や*田楽《でんがく》と呼ばれる芸能は、中世に入ると能《のう》としてさらに発展した。その中ですぐれた演技者・台本作家・理論家であった観阿弥《かんあみ》・世阿弥《ぜあみ》父子は、室町《むろまち》時代に将軍の保護を得て能《のう》を芸術として大成させた。象徴《しょうちょう》的・夢幻《むげん》的な能《のう》に対し、ともに上演される滑稽《こっけい》で現実的な寸劇《すんげき》が狂言《きょうげん》である。

主な作品

『風姿花伝《ふうしかでん》』（世阿弥《ぜあみ》）

クローズアップ

●中世主要作品の流れを覚えよう。

（鎌倉幕府《かまくらばくふ》開く）
○新古今和歌集《しんこきんわかしゅう》・方丈記《ほうじょうき》
←（源実朝《みなもとのさねとも》死す）
○平家物語《へいけものがたり》・宇治拾遺物語《うじしゅういものがたり》
←（元《げん》の来襲《らいしゅう》）
○徒然草《つれづれぐさ》
←（建武《けんむ》の新政《しんせい》）
○菟玖波集《つくばしゅう》・太平記《たいへいき》
←（南北朝《なんぼくちょう》の統一）
○風姿花伝《ふうしかでん》・新撰菟玖波集《しんせんつくばしゅう》
○新撰犬筑波集《しんせんいぬつくばしゅう》

能《のう》・謡曲《ようきょく》　中世を代表する演劇

作者・成立　室町《むろまち》時代、観阿弥《かんあみ》（一三三三〜一三八四）・世阿弥《ぜあみ》（一三六三〜一四四三）父子《ふし》が大成。

内容・構成　能《のう》はシテ（主役）、ワキ（脇役《わきやく》）などの登場人物が、仮面や豪華《ごうか》な衣装《いしょう》を身につけて行う歌舞劇《かぶげき》で、普通五番《ごばん》（五つの演目《えんもく》）立《だて》で上演される。謡曲《ようきょく》は能《のう》の台本（詞章《ししょう》）のことで、多くは古典から題材を得、豊富な修辞《しゅうじ》で*「幽玄《ゆうげん》」を表す。

ポイント　①能《のう》には世阿弥《ぜあみ》の率《ひき》いる観世流《かんぜりゅう》のほか、宝生《ほうしょう》・金春《こんぱる》・金剛《こんごう》などの流派がある（近世に入るとこれに喜多流《きたりゅう》が加わる）。②世阿弥《ぜあみ》の書いた代表的な謡曲《ようきょく》に「高砂《たかさご》」「井筒《いづつ》」「敦盛《あつもり》」などがある。

▲能舞台（松風《まつかぜ》）

風姿花伝《ふうしかでん》　日本最古の演劇論書

作者　世阿弥《ぜあみ》（一三六三〜一四四三）。

成立　一四〇二年ごろ。

内容・構成　全七巻。能《のう》の修行や演技法を述べた能楽書《のうがくしょ》。

ポイント　①『花伝書《かでんしょ》』とも呼ばれる。②能《のう》の中心理念を「花」（美のおもしろさ）と説き、「幽玄《ゆうげん》」を理想とした。③能楽書《のうがくしょ》としてだけでなく、演劇論書としても日本最古。④作者は『申楽談儀《さるがくだんぎ》』『花鏡《かきょう》』など「世阿弥二十三部集《ぜあみにじゅうさんぶしゅう》」と呼ばれる能楽書《のうがくしょ》を著した。

狂言《きょうげん》　能《のう》とともに上演された、笑いを呼ぶ庶民《しょみん》的寸劇《すんげき》

成立　室町《むろまち》時代初期。

内容・構成　能《のう》の演目《えんもく》の間に上演される短い喜劇。

ポイント　①庶民《しょみん》的な内容で、当時の口語《こうご》を用いる。②能《のう》と同様に、鷺《さぎ》・大蔵《おおくら》・和泉《いずみ》の各流派がある。③科白《せりふ》と仕草による対話劇。

●能《のう》と狂言《きょうげん》の比較

	理念	題材	文章
能《のう》	幽玄《ゆうげん》・象徴《しょうちょう》的・夢幻《むげん》的	多くは古典文学	古典的・技巧的
狂言《きょうげん》	滑稽《こっけい》・現実的・風刺《ふうし》的	当時の世相が中心	当時の口語

用語解説

*猿楽《さるがく》　民間に伝わっていた雑多な芸能を「散楽《さんがく》」と呼んでいたが、平安時代には笑いの芸能として変化し、「猿楽《さるがく》（申楽《さるがく》）」と呼ぶようになった。のちに演劇的要素が加わり、能《のう》や狂言《きょうげん》へと発展していった。

*田楽《でんがく》　田植えをはじめとする稲《いな》作《さく》行事に関する芸能のことで、平安時代中ごろから演じられていた。歌舞《かぶ》的にすぐれた面は、観阿弥《かんあみ》によって能《のう》の中へ取り入れられていった。

*幽玄《ゆうげん》　p.23参照。

問題演習

1 次の空欄に入る人名・作品名などを答えよ。

中世を代表する二編の随筆がある。一編は前半でさまざまな天災や源平の争乱などの社会変動を、後半で日野山での草庵生活を描いた(A 鴨長明《かものちょうめい》)の『(B 方丈記《ほうじょうき》)』であり、もう一編は人生観や自然観をはじめ、さまざまな題材を扱った(C 兼好法師《けんこうほうし》)の『(D 徒然草《つれづれぐさ》)』である。どちらも共通して(E 無常観《むじょうかん》)が基調となっている。これらに『(F 枕草子《まくらのそうし》)』を加えて、「古典三大随筆」と呼んでいる。

⇩p.33・49

2 次の空欄に入る人名・作品名などをあとから選び、記号で答えよ。

中世の代表的な日記として、息子を思う母の愛情などが描かれた(A カ)の『(B ク)』や、自らの愛の遍歴などを描く(C オ)の『(D ウ)』がある。これらの作品の特徴は紀行としての要素を多く持った日記であるという点であり、これは京都と(E エ)との交通が活発化したことによる。紀行文として、双方の地を往復した『(F イ)』や、片道のみの記述で終わる『(G ア)』があり、この二つの作品はいずれも(H キ)で書かれている。

ア 東関紀行　イ 海道記　ウ とはずがたり
エ 鎌倉　オ 後深草院二条　カ 阿仏尼
キ 和漢混交文　ク 十六夜日記

⇩p.50

3 次の作品(記号)を成立年代順に並べよ。

ア とはずがたり　イ 十六夜日記　ウ 海道記
エ 東関紀行

(ウ→エ→イ→ア)

⇩p.50

4 次の空欄に入る人名・作品名などをあとから選び、記号で答えよ。

能楽を室町時代に芸術として大成させたのは、父(A オ)と子(B エ)の親子である。特に子のほうは日本最古の演劇論書と言える『(C ウ)』を著した。その中で能の中心理念は花、理想は(D ク)であると説いた。そのちにも『(E イ)』をはじめとする多くの能楽書を著している。ところで能の台本を(F ア)と呼ぶが、彼の著したこの代表作に『(G キ)』などがある。また、能の演目の間に上演される短い喜劇を(H カ)と呼んでいる。いずれも現代に至るまで各流派が続いている。

ア 謡曲　イ 申楽談儀　ウ 風姿花伝
エ 世阿弥　オ 観阿弥　カ 狂言
キ 高砂　ク 幽玄

⇩p.51

5 次のジャンルに該当する作品をあとから選び、記号で答えよ。

A 随筆 (イ・オ)
B 日記 (ア・ウ)
C 能楽書(エ・カ)

ア とはずがたり　イ 方丈記　ウ 十六夜日記
エ 花鏡　オ 徒然草　カ 風姿花伝

⇩p.49~51

6 次の作品の中から鴨長明の作品でないものを選び、記号で答えよ。

ア 発心集　イ 沙石集　ウ 方丈記
エ 無名抄

(イ)

⇩p.39・46~47・49

確認しよう

- ①『方丈記』の作者は誰か。 答 鴨長明《かものちょうめい》
- ②兼好法師の書いた随筆は何か。 答 徒然草《つれづれぐさ》
- ③『方丈記』『徒然草』に共通する考え方は何か。 答 無常観《むじょうかん》
- ④古来伝わる儀式や官職などを研究する学問は何か。 答 有職故実《ゆうそくこじつ》
- ⑤『十六夜日記《いざよいにっき》』の作者は誰か。 答 阿仏尼《あぶつに》
- ⑥『とはずがたり』の作者は誰か。 答 後深草院二条《ごふかくさいんのにじょう》
- ⑦藤原定家の書いた日記は何か。 答 明月記《めいげつき》
- ⑧京都と鎌倉を往復した中世の紀行文は何か。 答 海道記《かいどうき》
- ⑨『風姿花伝』は別名何というか。 答 花伝書《かでんしょ》
- ⑩『花鏡』の作者は誰か。 答 世阿弥《ぜあみ》
- ⑪能の台本のことを何というか。 答 謡曲《ようきょく》
- ⑫能とともに上演される滑稽な寸劇は何か。 答 狂言《きょうげん》

近世の文学

▲「本屋安兵衛《やすべえ》」（大阪）の引札《ひきふだ》

江戸時代

一六〇三 江戸幕府開く《えどばくふ》
一六一三 キリスト教禁制
一六一五 豊臣《とよとみ》氏滅亡
女歌舞伎《おんなかぶき》このころ流行
竹斎《ちくさい》（富山道冶《とみやまどうや》か・一六二一〜一六二三ごろ）
可笑記《かしょうき》（如儡子《にょらいし》・一六三六ごろ）
挙白集《きょはくしゅう》（木下長嘯子《きのしたちょうしょうし》・一六四九）
俳諧御傘《はいかいごさん》（松永貞徳《まつながていとく》・一六五一）
一六五二 若衆歌舞伎《わかしゅかぶき》の禁《きん》
金平節《きんぴらぶし》このころ流行
草双紙《くさぞうし》おこる（一六七三ごろ）
談林俳諧《だんりんはいかい》このころ流行
好色一代男《こうしょくいちだいおとこ》（井原西鶴《いはらさいかく》・一六八二）
虚栗《みなしぐり》（松尾芭蕉《まつおばしょう》・一六八三）
冬の日《ふゆのひ》（松尾芭蕉《まつおばしょう》・一六八四）
一六八四 竹本座《たけもとざ》創設
日本永代蔵《にっぽんえいたいぐら》（井原西鶴《いはらさいかく》・一六八八）
万葉代匠記《まんようだいしょうき》（契沖《けいちゅう》・一六九〇）
一六九一 湯島《ゆしま》に聖堂を設立
笈の小文《おいのこぶみ》（松尾芭蕉《まつおばしょう》・一六九〇〜一六九一）
猿蓑《さるみの》（松尾芭蕉・一六九一）
世間胸算用《せけんむねさんよう》（井原西鶴《いはらさいかく》・一六九二）
奥の細道《おくのほそみち》（松尾芭蕉《まつおばしょう》・一六九四）
三冊子《さんぞうし》（服部土芳《はっとりどほう》・一七〇二）
曾根崎心中《そねざきしんじゅう》（近松門左衛門《ちかまつもんざえもん》・一七〇三）
風俗文選《ふうぞくもんぜん》（森川許六《もりかわきょりく》・一七〇六）
世間子息気質《せけんむすこかたぎ》（江島其磧《えじまきせき》・一七一五）
八文字屋本《はちもんじやぼん》このころ流行
国性爺合戦《こくせんやかっせん》（近松門左衛門《ちかまつもんざえもん》・一七一五）
折たく柴の記《おりたくしばのき》（新井白石《あらいはくせき》・一七一六ごろ）
一七一六 享保《きょうほう》の改革《かいかく》
菅原伝授手習鑑《すがわらでんじゅてならいかがみ》（竹田出雲《たけだいずも》ら・一七四六）
誹風柳多留《はいふうやなぎだる》初編（柄井川柳《からいせんりゅう》・一七六五）

江戸時代

金々先生栄華夢《きんきんせんせいえいがのゆめ》（恋川春町《こいかわはるまち》・一七七五）
雨月物語《うげつものがたり》（上田秋成《うえだあきなり》・一七七六）
新花摘《しんはなつみ》（与謝蕪村《よさぶそん》・一七七七）
洒落本《しゃれぼん》・黄表紙《きびょうし》このころ流行
江戸生艶気樺焼《えどうまれうわきのかばやき》（山東京伝《さんとうきょうでん》・一七八五）
一七八七 寛政《かんせい》の改革《かいかく》
古事記伝《こじきでん》（本居宣長《もとおりのりなが》・一七九八）
東海道中膝栗毛《とうかいどうちゅうひざくりげ》（十返舎一九《じっぺんしゃいっく》・一八〇二〜一八二二）
合巻《ごうかん》このころおこる
椿説弓張月《ちんせつゆみはりづき》（滝沢馬琴《たきざわばきん》・一八〇七〜一八〇八）
父の終焉日記《ちちのしゅうえんにっき》（小林一茶《こばやしいっさ》・一八〇九）
浮世風呂《うきよぶろ》（式亭三馬《しきていさんば》・一八〇九〜一八一三）
浮世床《うきよどこ》（式亭三馬《しきていさんば》・一八一三〜一八一四）
南総里見八犬伝《なんそうさとみはっけんでん》（滝沢馬琴《たきざわばきん》・一八一四〜一八四二）
おらが春《はる》（小林一茶《こばやしいっさ》・一八一九）
人情本《にんじょうぼん》このころおこる
一八二五 異国船打払令《いこくせんうちはらいれい》
東海道四谷怪談《とうかいどうよつやかいだん》（鶴屋南北《つるやなんぼく》・一八二五）
偐紫田舎源氏《にせむらさきいなかげんじ》（柳亭種彦《りゅうていたねひこ》・一八二九〜一八四二）
桂園一枝《けいえんいっし》正編（香川景樹《かがわかげき》・一八三〇）
一八四一 天保《てんぽう》の改革《かいかく》
一八四二 人情本《にんじょうぼん》出版禁止
一八五三 ペリー来航
三人吉三廓初買《さんにんきちさくるわのはつがい》（河竹黙阿弥《かわたけもくあみ》・一八六〇）
一八六七 大政奉還《たいせいほうかん》

▶徳川家康《とくがわいえやす》

▼江戸城《えどじょう》（『江戸図屏風《えどずびょうぶ》』）

写真で見る文学史

小説
詩歌
国学・漢学・随筆
劇文学

1603年

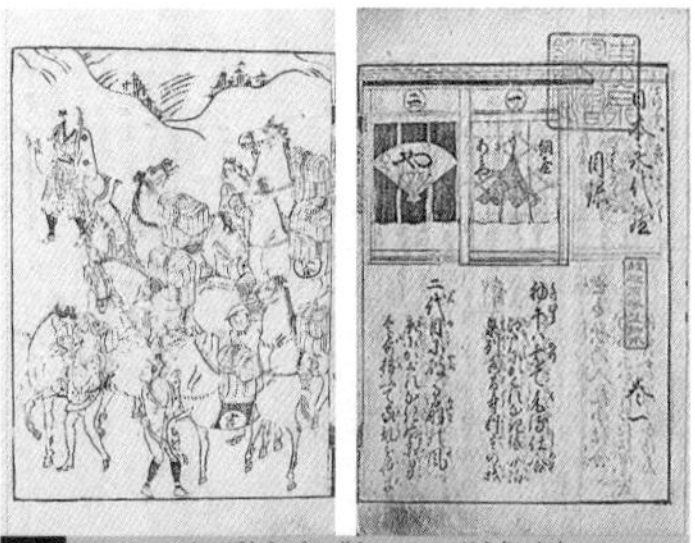

浮 『日本永代蔵《にっぽんえいたいぐら》』（井原西鶴《いはらさいかく》）

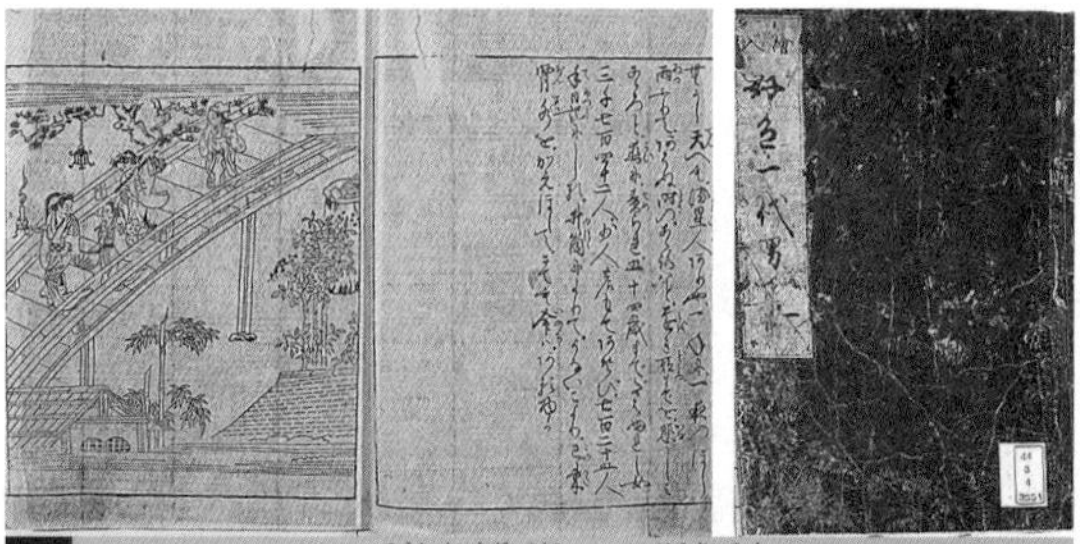

浮 『好色一代男《こうしょくいちだいおとこ》』（井原西鶴《いはらさいかく》）

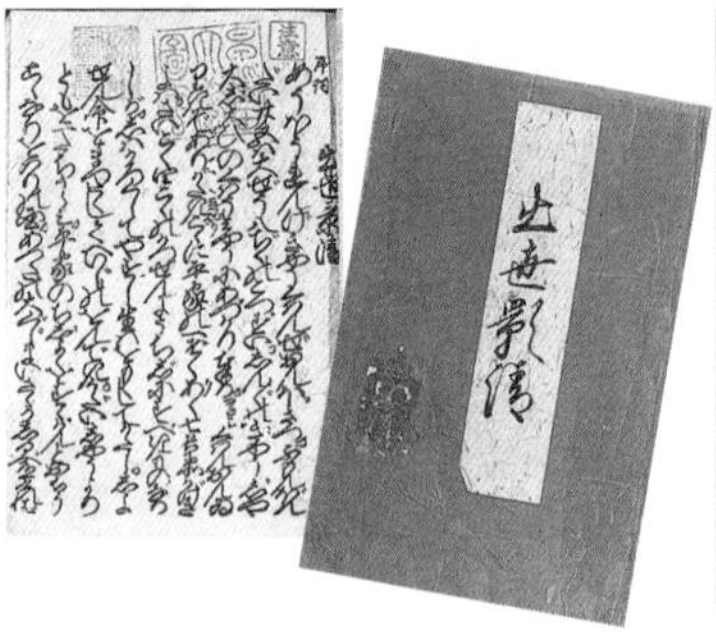

浄 『出世景清《しゅっせかげきよ》』（近松門左衛門《ちかまつもんざえもん》）

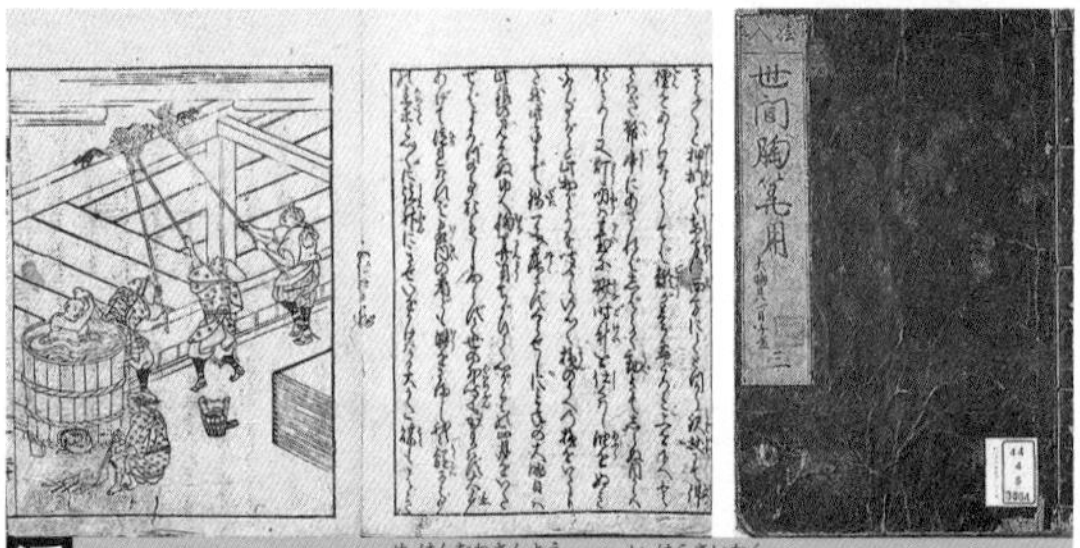

浮 『世間胸算用《せけんむねさんよう》』（井原西鶴《いはらさいかく》）

▲『奥《おく》の細道屏風《ほそみちびょうぶ》』（蕪村《ぶそん》筆）

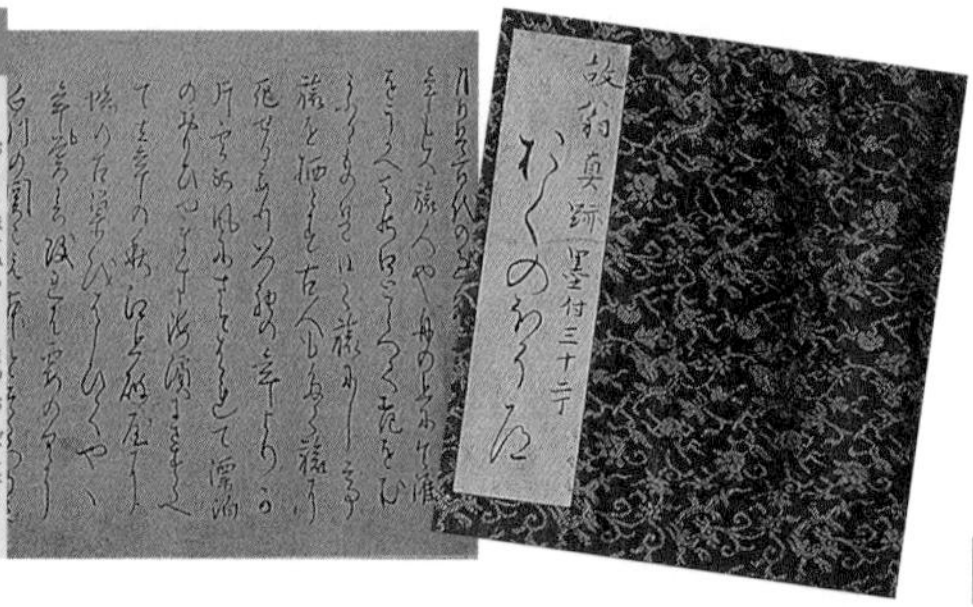

俳 『奥《おく》の細道《ほそみち》』（松尾芭蕉《まつおばしょう》）

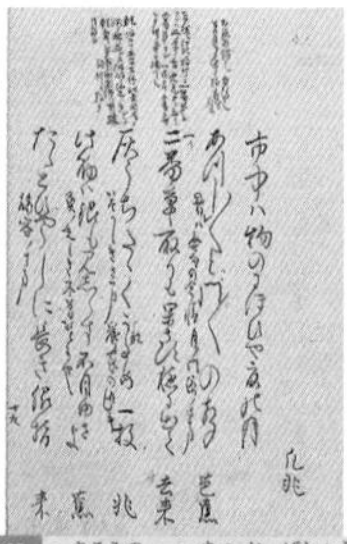

俳 『猿蓑《さるみの》』（松尾芭蕉《まつおばしょう》）

1700年

浄 『国性爺合戦《こくせんやかっせん》』（近松門左衛門《ちかまつもんざえもん》）

浄 『冥途《めいど》の飛脚《ひきゃく》』（近松門左衛門《ちかまつもんざえもん》）

浄 『曾根崎心中《そねざきしんじゅう》』（近松門左衛門《ちかまつもんざえもん》）

享保《きょうほう》の改革《かいかく》

1716

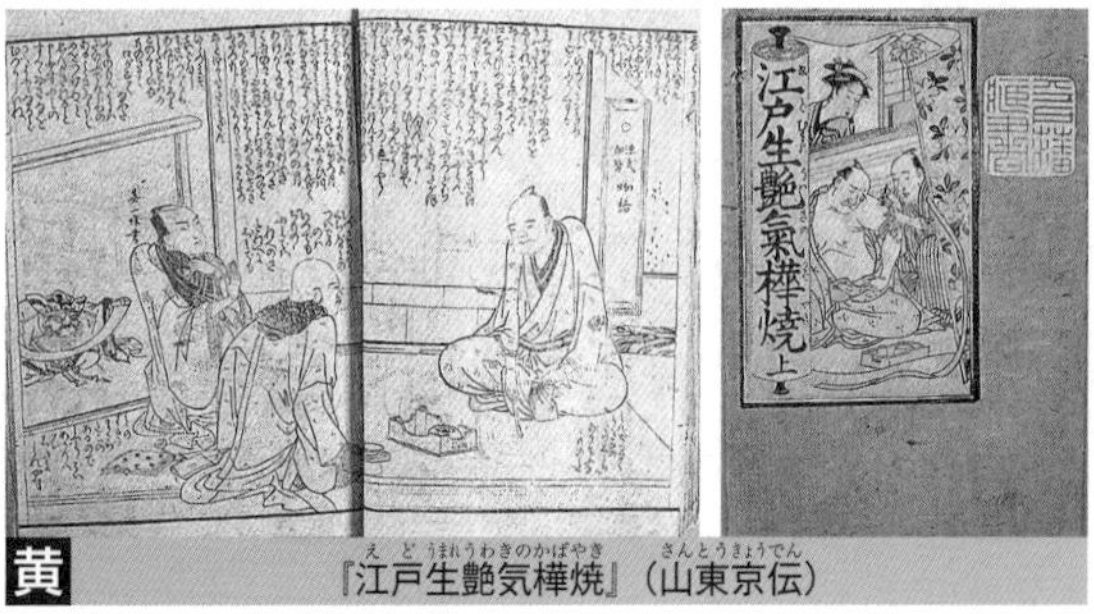

黄 『江戸生艶気樺焼《えどうまれうわきのかばやき》』（山東京伝《さんとうきょうでん》）

読 『雨月物語《うげつものがたり》』（上田秋成《うえだあきなり》）

寛政《かんせい》の改革《かいかく》
1787

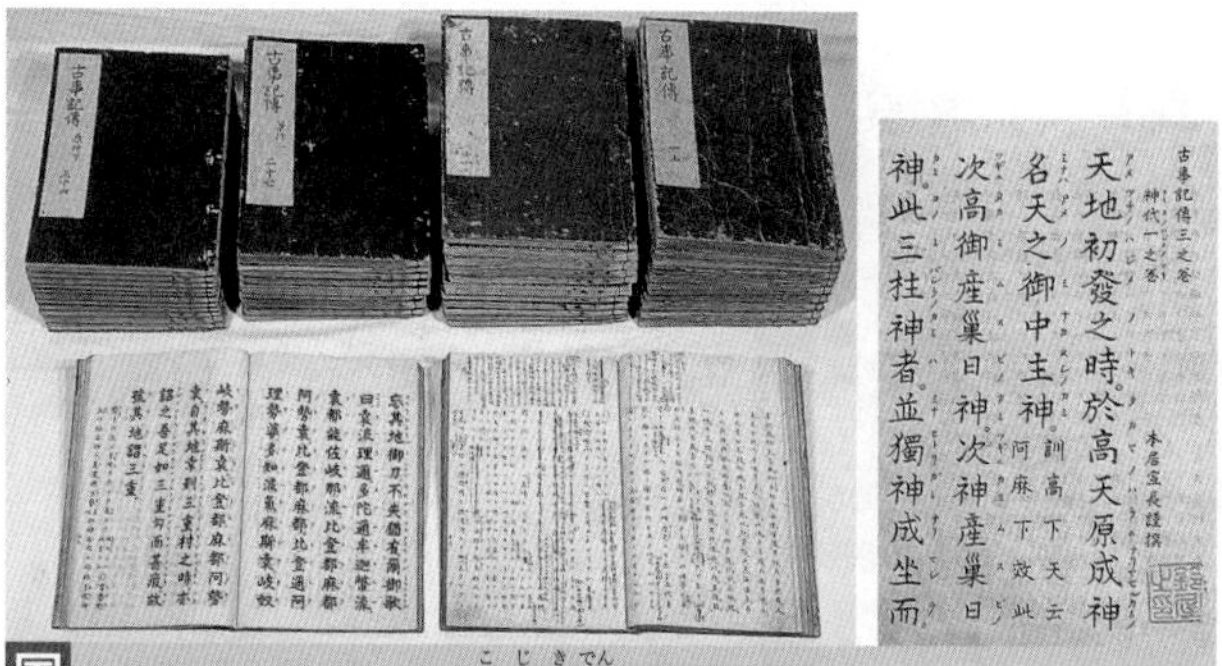

国 『古事記伝《こじきでん》』（本居宣長）

俳 『新花摘《しんはなつみ》』（与謝蕪村《よさぶそん》）

1800年

滑 『浮世風呂《うきよぶろ》』（式亭三馬《しきていさんば》）

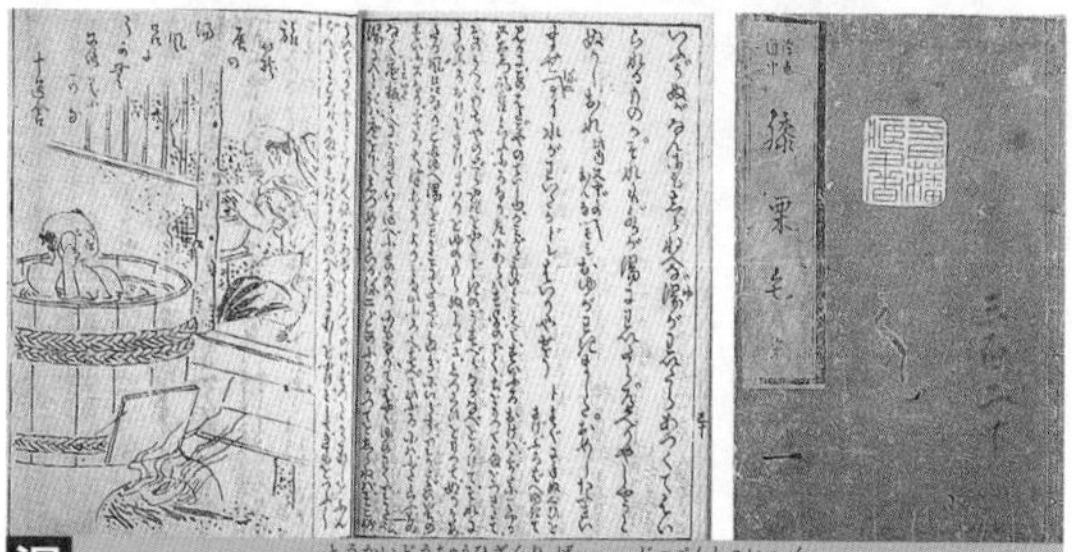

滑 『東海道中膝栗毛《とうかいどうちゅうひざくりげ》』（十返舎一九《じっぺんしゃいっく》）

読 『南総里見八犬伝《なんそうさとみはっけんでん》』（滝沢馬琴《たきざわばきん》）

▶「讃岐院《さぬきいん》眷属《けんぞく》をして為朝《ためとも》をすくふ図」（歌川国芳《うたがわくによし》筆）『椿説弓張月《ちんせつゆみはりづき》』の一場面。

読 『椿説弓張月《ちんせつゆみはりづき》』（滝沢馬琴《たきざわばきん》）

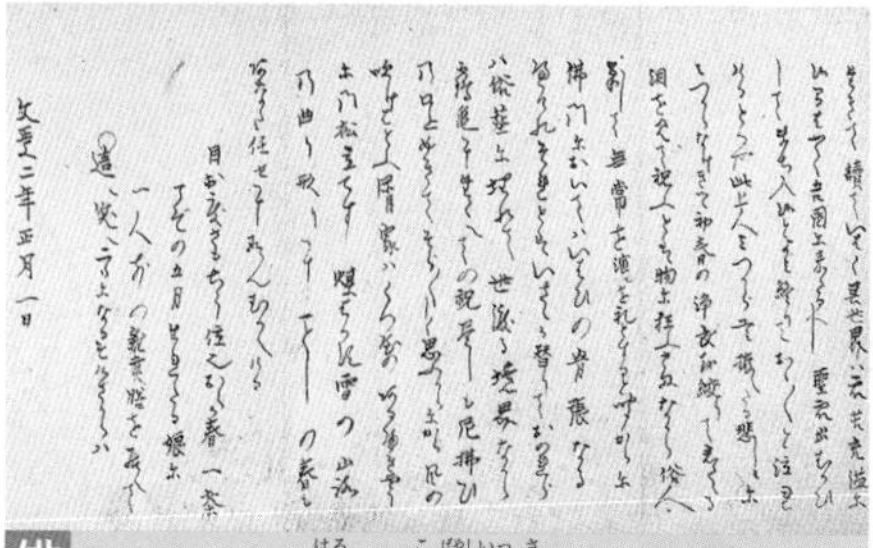

俳 『おらが春《はる》』（小林一茶《こばやしいっさ》） 自筆稿本

合 『偐紫田舎源氏《にせむらさきいなかげんじ》』（柳亭種彦《りゅうていたねひこ》）

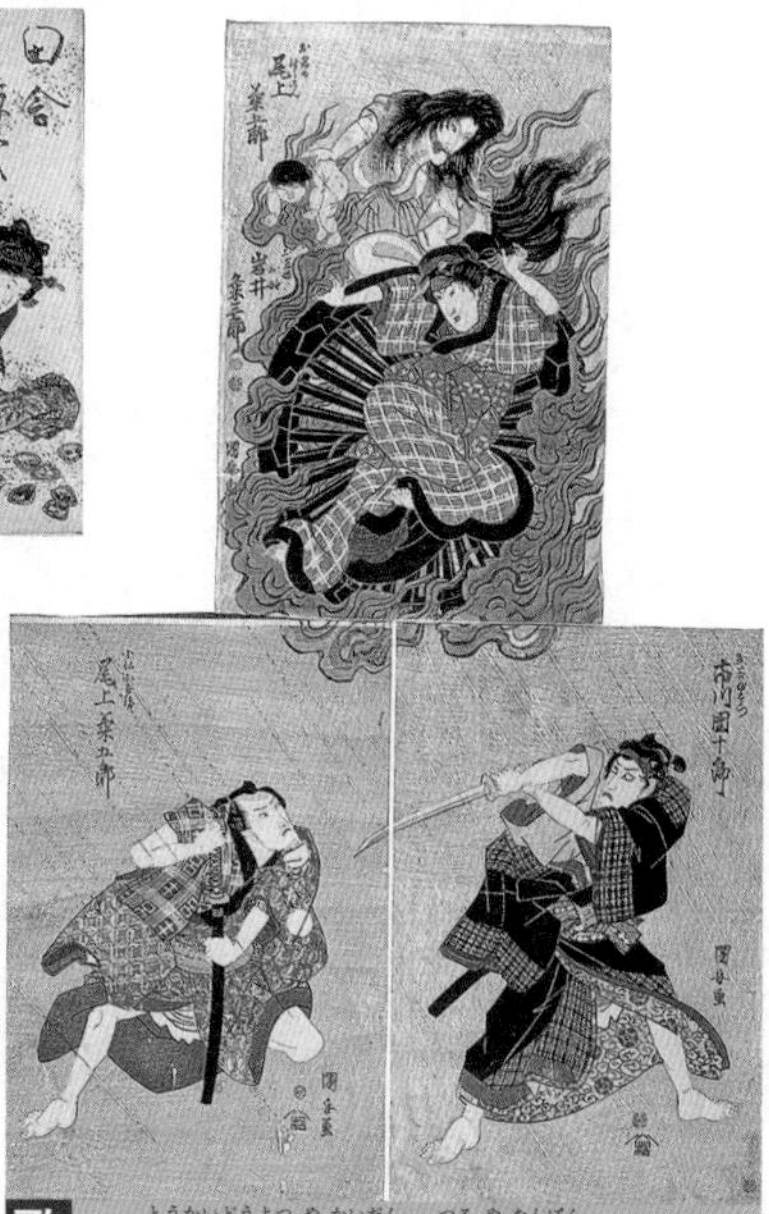

歌 『東海道四谷怪談《とうかいどうよつやかいだん》』（鶴屋南北《つるやなんぼく》） 錦絵

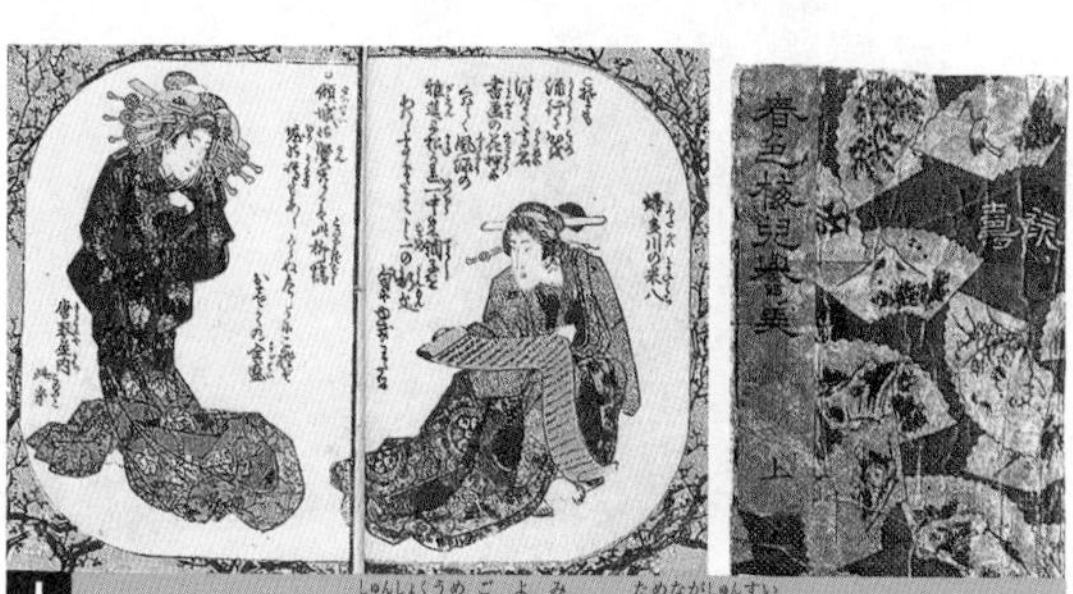

人 『春色梅児誉美《しゅんしょくうめごよみ》』（為永春水《ためながしゅんすい》）

天保《てんぽう》の改革《かいかく》
1841

1867年

文学と出版

寛永《かんえい》年間（一六二四年〜一六四四年）にそれまでの木《き》活字《かつじ》にかわって木版《もくはん》の製版《せいはん》印刷《いんさつ》が開発された。これによって商業出版が成立し、文学は大衆にとって身近なものになった。以下は、当時の木版《もくはん》印刷《いんさつ》の工程を示したものである（①〜⑥は十返舎《じっぺんしゃ》一九《いっく》『的中地本問屋《あたりやしたじほんどんや》』より）。

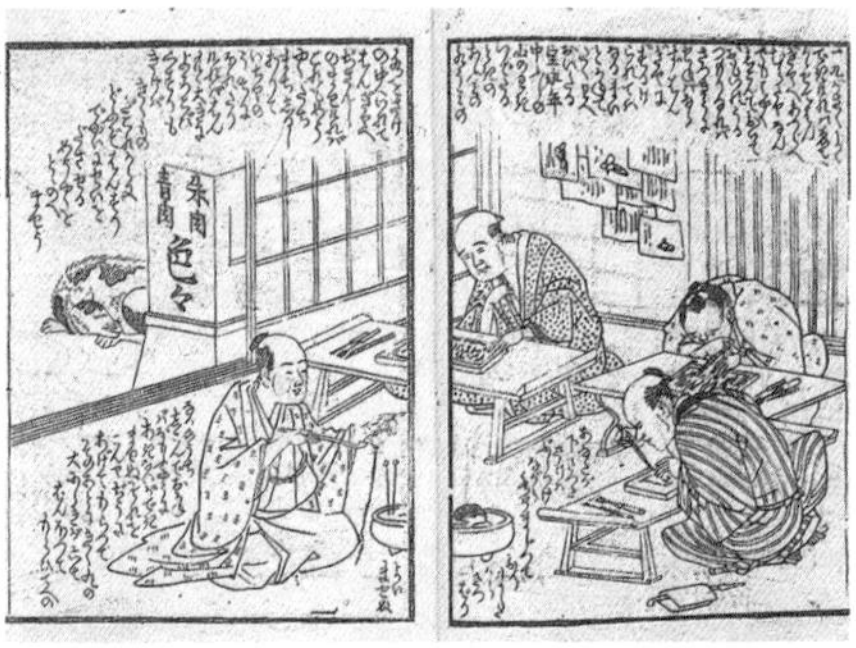

①**彫《ほ》り**　版元《はんもと》に渡された作者の原稿は版下師《はんしたし》によって清書され、彫師《ほりし》がそれを反転させて版木《はんぎ》に彫る。

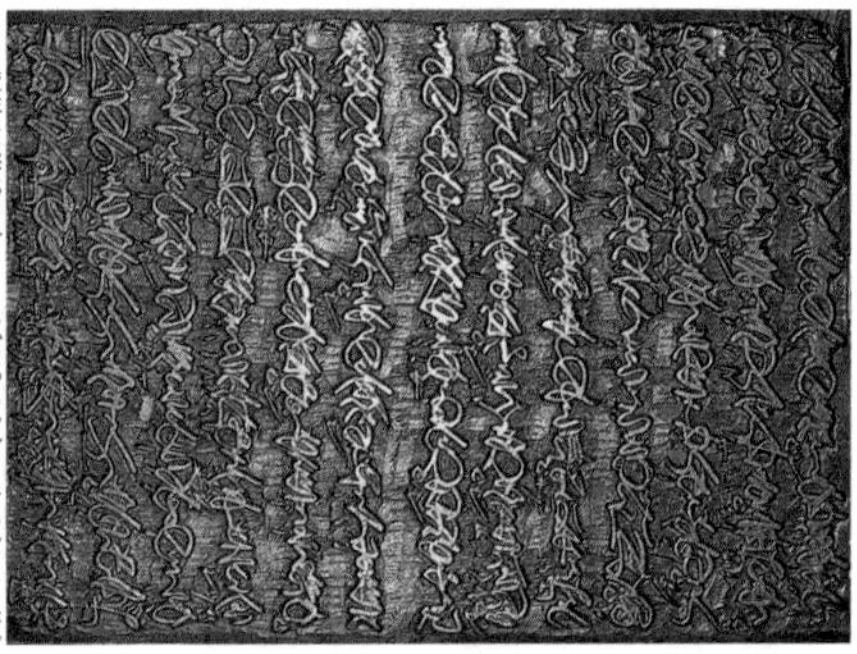

▶『女殺油地獄《おんなごろしあぶらのじごく》』（近松門左衛門《ちかまつもんざえもん》）の版木《はんぎ》　人形浄瑠璃《にんぎょうじょうるり》の脚本も印刷して売られていた。

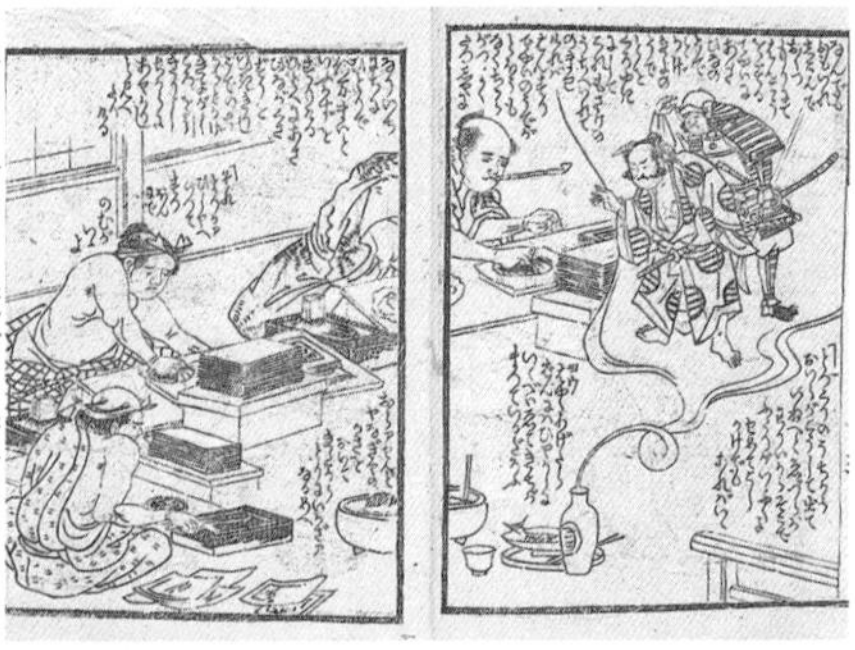

②**摺《す》り**　摺師《すりし》が版木《はんぎ》に刷毛《はけ》で墨を塗り、その上に紙をあてて馬連《ばれん》でこする。

▶**摺道具《すりどうぐ》（昭和期）**　近世にもほぼ同じ物が使われていた。

③**目合《めあわ》せ・丁合《ちょうあい》**　摺《す》り終わった紙を二つ折りにし、折り目を整えてページ順にまとめる。

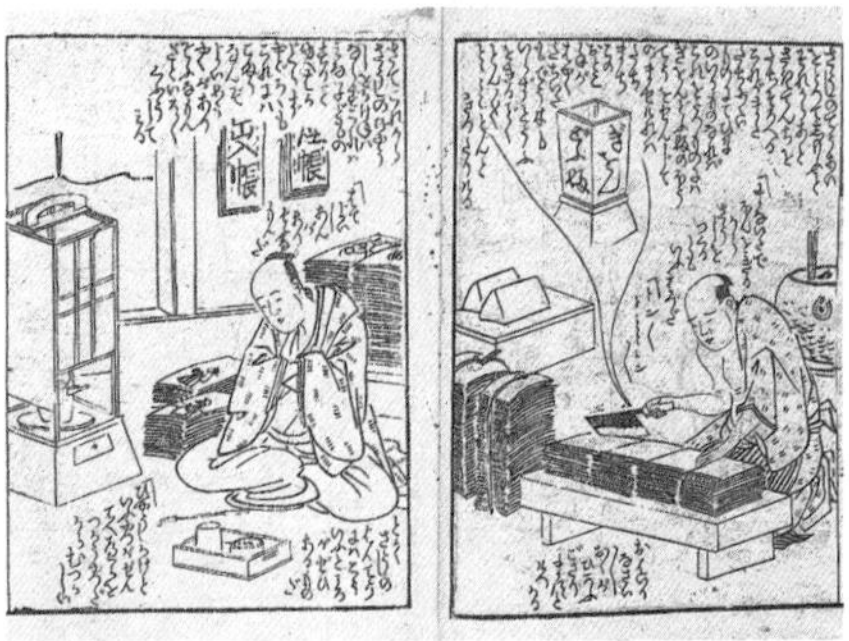

④**切り**　紙を実際の本の大きさに切りそろえる。背《せ》（折り目の反対側の辺）・下・上の順に切る。

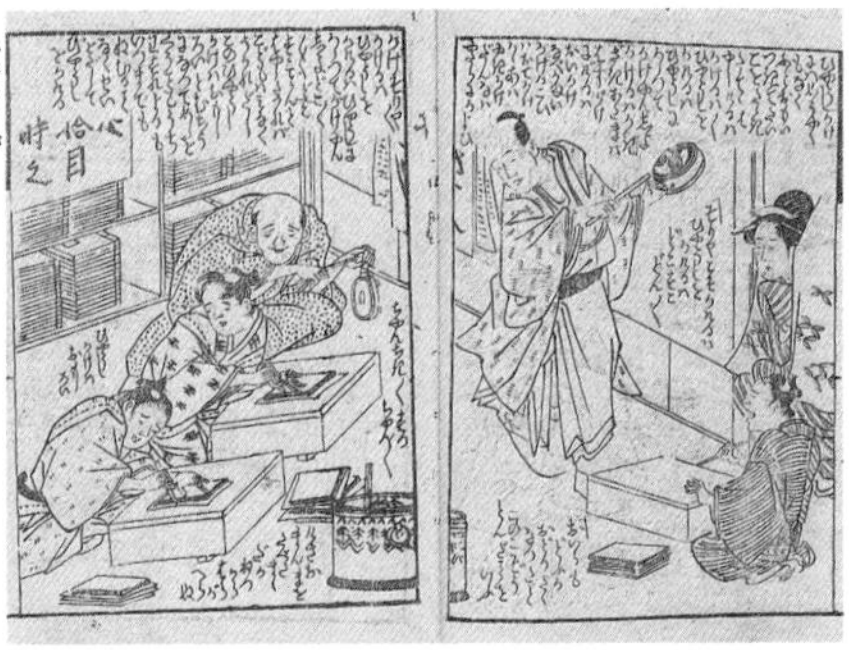

⑤**表紙掛《ひょうしが》け**　本文に表紙をつける。

⑥**綴《と》じ**　本の背を糸で縫い合わせる。

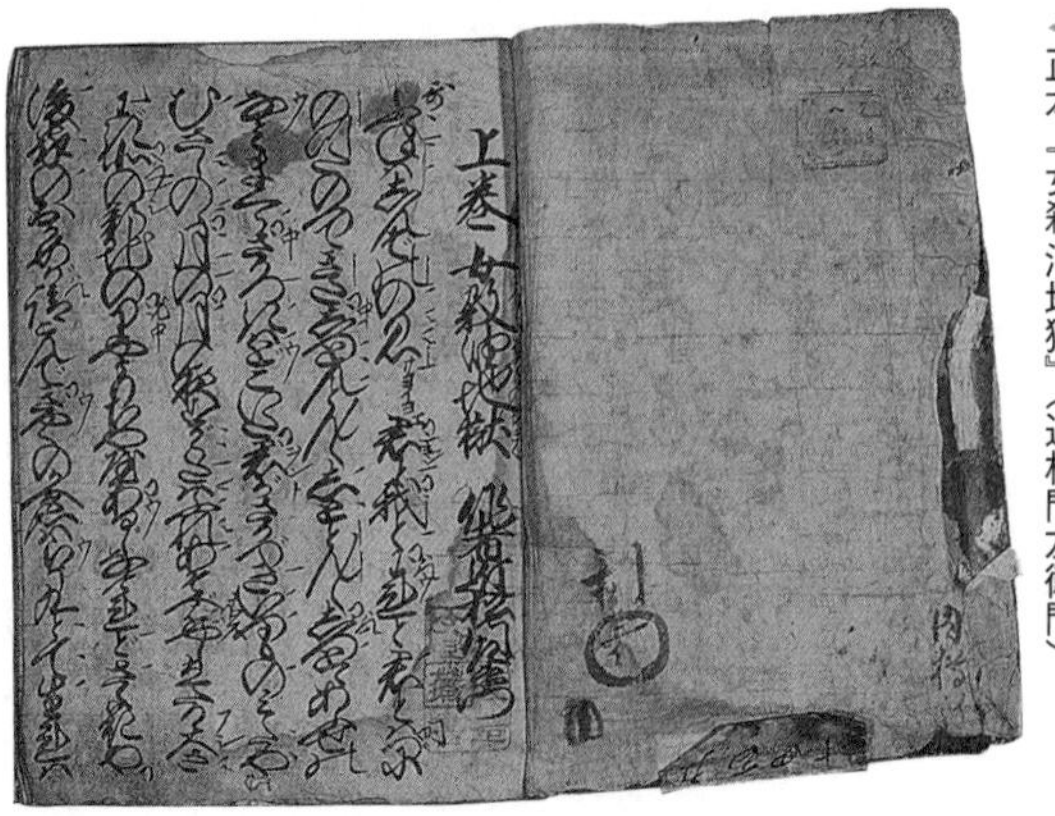

◀**正本《しょうほん》『女殺油地獄《おんなごろしあぶらのじごく》』（近松門左衛門《ちかまつもんざえもん》）**

近世文学概説

庶民文化の時代

一六〇三年の江戸《えど》幕府成立から、一八六七年の大政奉還《たいせいほうかん》までの約二百六十年間を**近世**《きんせい》（江戸《えど》時代）という。安定した社会の下で経済活動が活発化し、力をつけた町人階級がさまざまな娯楽《ごらく》を求めるようになり、教育や印刷技術の普及などで文学の大衆化が進んだ。

近世の文学は、最初上方《かみがた》(＝京・大阪)を中心に栄え、元禄《げんろく》期(一六八八年～一七〇四年)に最盛期を迎えた。**上方文学**《かみがたぶんがく》・**元禄文学**《げんろくぶんがく》と呼ばれるものである。小説では、中世の**御伽草子**《おとぎぞうし》の流れをくむ**仮名草子**《かなぞうし》に続いて、**井原西鶴**《いはらさいかく》の**浮世草子**《うきよぞうし》が生まれた。西鶴《さいかく》は、『**好色一代男**《こうしょくいちだいおとこ》』『**世間胸算用**《せけんむねさんよう》』などの、町人の世態風俗を活写した、文学的価値の高い作品を残した。元禄期《げんろくき》以後にも、**上田秋成**《うえだあきなり》が**読本**《よみほん》『**雨月物語**《うげつものがたり》』などを著した。詩歌では、連歌《れんが》から独立した**俳諧**《はいかい》が、**松永貞徳**《まつながていとく》の**貞門**《ていもん》、**西山宗因**《にしやまそういん》の**談林派**《だんりんは》を経て、**松尾芭蕉**《まつおばしょう》の**蕉風俳諧**《しょうふうはいかい》に至って芸術としての揺《ゆ》るぎない地位を得た。芭蕉《ばしょう》は『**猿蓑**《さるみの》』などの俳諧集《はいかいしゅう》や、『**奥**《おく》**の細道**《ほそみち》』などの俳諧紀行文《はいかいきこうぶん》を通して、独自の俳風を確立していった。また演劇の分野では、**近松門左衛門**《ちかまつもんざえもん》が『**国**《こく》**性爺合戦**《せんやかっせん》』『**曾根崎心中**《そねざきしんじゅう》』などの**人形浄瑠璃**《にんぎょうじょうるり》の脚本で、人間の心の葛藤《かっとう》を描いて人気を集めた。

十八世紀初頭の享保《きょうほう》期(一七一六年～一七三六年)を境に、文芸の中心は江戸《えど》に移り、特に文化《ぶんか》・文政《ぶんせい》期（一八〇四年～一八三〇年）には元禄《げんろく》文学に次ぐ隆盛を迎えた。小説では、子供向けの絵入り本が大人向けに発展して**黄表紙**《きびょうし》となり、**恋川春町**《こいかわはるまち》の『**金々先生栄華夢**《きんきんせんせいえいがのゆめ》』などが書かれた。さらに、**山東京伝**《さんとうきょうでん》の『**通言総籬**《つうげんそうまがき》』などの遊里を舞台にした**洒落本**《しゃれぼん》、**十返舎一九**《じっぺんしゃいっく》の『**東海道中膝栗毛**《とうかいどうちゅうひざくりげ》』などの、舞台を遊里から庶民《しょみん》の暮らしの場に移して滑稽《こっけい》を売り物にした**滑稽本**《こっけいぼん》、**滝沢馬琴**《たきざわばきん》の長編『**南総里見八犬伝**《なんそうさとみはっけんでん》』などの**読本**《よみほん》等が次々と現れた。黄表紙《きびょうし》が長編化して合本となった**合巻**《ごうかん》では、**柳亭種彦**《りゅうていたねひこ》が『**偐紫田舎源氏**《にせむらさきいなかげんじ》』などを著し、幕末には、**為永春水**《ためながしゅんすい》の『**春**《しゅん》**色梅児誉美**《しょくうめごよみ》』などの、男女の恋愛を描く**人情本**《にんじょうぼん》が現れた。しかし、こうした作品は娯楽性《ごらくせい》・通俗性《つうぞくせい》が強かったので**戯作文学**《げさくぶんがく》と呼ばれ、風紀を乱すものとしてしばしば幕府の取り締まりにあった。一方、芭蕉《ばしょう》以後一時衰《おとろ》えていた**俳諧**《はいかい》では、天明《てんめい》期（一七八一年～一七八九年）に**与謝蕪村**《よさぶそん》が浪漫的な句で、文化《ぶんか》・文政《ぶんせい》期に**小林一茶**《こばやしいっさ》が生活感情を率直によんだ句で異彩を放った。演劇の分野では、**歌舞伎**《かぶき》が盛んになり、『**東海道四谷怪談**《とうかいどうよつやかいだん》』の**鶴屋南北**《つるやなんぼく》などの著名な作者が出た。学問の分野では、幕府が官学と定めた漢学《かんがく》に対して、日本独自の精神を重んじる**国学**《こくがく》が生まれ、『**古事記伝**《こじきでん》』の**本居宣長**《もとおりのりなが》などが活躍した。

学習のポイント

- 俳諧《はいかい》の展開と代表的な作者・作品をおさえよう。
  ①貞門《ていもん》・談林《だんりん》　②松尾芭蕉《まつおばしょう》　③与謝蕪村《よさぶそん》　④小林一茶《こばやしいっさ》
- 小説の展開と代表的作者・作品をおさえよう。
  上方文学《かみがたぶんがく》　①仮名草子《かなぞうし》　②浮世草子《うきよぞうし》　③読本《よみほん》
  江戸文学《えどぶんがく》　①黄表紙《きびょうし》　②洒落本《しゃれぼん》　③滑稽本《こっけいぼん》　④読本《よみほん》　⑤合巻《ごうかん》　⑥人情本《にんじょうぼん》
- 近松門左衛門《ちかまつもんざえもん》の人形浄瑠璃《にんぎょうじょうるり》の作品を覚えよう。
  ①時代物《じだいもの》　②世話物《せわもの》

詩歌

◆俳諧《はいかい》

連歌《れんが》の形式で主に複数の人が即興《そっきょう》的に読みつなげていく文芸である。名称は、滑稽《こっけい》・諧謔《かいぎゃく》を基調とし、余興として広まった「俳諧連歌《はいかいれんが》」に由来する。江戸《えど》初期に様式を整えて文芸として独立し、**松尾芭蕉《まつおばしょう》**によって言語《げんご》遊技《ゆうぎ》ではない芸術として確立された。

なお、今日の俳句《はいく》は**俳諧《はいかい》**の一句目である「発句《ほっく》」が独立したものである。

主な作家と作品

①**松永貞徳《まつながていとく》**『俳諧御傘《はいかいごさん》』
②**西山宗因《にしやまそういん》**『談林十百韻《だんりんとっぴゃくいん》』
③**松尾芭蕉《まつおばしょう》**『猿蓑《さるみの》』『奥《おく》の細道《ほそみち》』
④**与謝蕪村《よさぶそん》**『新花摘《しんはなつみ》』
⑤**小林一茶《こばやしいっさ》**『おらが春《はる》』

◆川柳《せんりゅう》

五七五の形式を持ち、笑いや風刺《ふうし》を基調とするものである。俳諧《はいかい》の普及に伴って流行した、七七の前句《まえく》に五七五の付句《つけく》をつける「前句付《まえくづ》け」から、付句《つけく》が独立した。俳諧の発句《ほっく》と異なり、季題《きだい》や切《き》れ字《じ》などの制約がない。

松永貞徳《まつながていとく》 ― 俳諧《はいかい》の独立

一五七一年(元亀《げんき》二)〜一六五三年(承応《しょうおう》二)。

代表作 『新増犬筑波集《しんぞういぬつくばしゅう》』『俳諧御傘《はいかいごさん》』など。

ポイント ①**連歌《れんが》**の余技だった**俳諧《はいかい》**を独立させて、**貞《てい》門俳諧《もんはいかい》**の祖となる。②雅語《がご》ではない、俗語《ぞくご》(=俳言《はいごん》)を使うことに俳諧《はいかい》の特色を見いだす。③『**俳諧御傘《はいかいごさん》**』によって俳諧《はいかい》の作法《さほう》を定める。④技巧を重視した遊技的彩色が強い俳諧連歌集《はいかいれんがしゅう》『新増犬筑波集《しんぞういぬつくばしゅう》』を作る。

▲松永貞徳

西山宗因《にしやまそういん》 ― 上方《かみがた》の自由奔放《じゆうほんぽう》な俳諧

一六〇五年(慶長《けいちょう》一〇)〜一六八二年(天和《てんな》二)。

代表作 俳諧集《はいかいしゅう》『**談林十百韻《だんりんとっぴゃくいん》**』など。

ポイント ①**談林派《だんりんは》**の俳人。町人生活を自由な感性でとらえる。②一人で詠《よ》む句数を競う矢数俳諧《やかずはいかい》で有名な**井原西鶴《いはらさいかく》**も**談林派《だんりんは》**の俳諧師《はいかいし》の一人だった。③通俗《つうぞく》的な笑いを主とした句風を特徴とする。

▲西山宗因

松尾芭蕉《まつおばしょう》 ― 俳諧《はいかい》の芸術的確立

一六四四年(寛永《かんえい》二一)〜一六九四年(元禄《げんろく》七)。

代表作 俳諧集《はいかいしゅう》『**虚栗《みなしぐり》**』「**俳諧七部集《はいかいしちぶしゅう》**」(『**冬《ふゆ》の日《ひ》**』『**春《はる》の日《ひ》**』『**曠野《あらの》**』『**ひさご**』『**猿蓑《さるみの》**』『**炭俵《すみだわら》**』『**続猿蓑《ぞくさるみの》**』)、俳諧紀行文《はいかいきこうぶん》『**野《の》ざらし紀行《きこう》**』『**鹿島紀行《かしまきこう》**』『**更科紀行《さらしなきこう》**』『**笈《おい》の小文《こぶみ》**』『**奥《おく》の細道《ほそみち》**』、俳文《はいぶん》『**幻《げん》住庵記《じゅうあんのき》**』など。

ポイント ①風雅《ふうが》を根本として俳諧《はいかい》の芸術性を確立し、**蕉風俳諧《しょうふうはいかい》**を創始した。②生涯を通じて多くの旅に出て詩心《ししん》を磨《みが》き、「不易流行《ふえきりゅうこう》」の思想や、「**さび**」*「**しをり**」*「**ほそみ**」*「**軽み**」*などの新しい俳諧《はいかい》の境地を開拓《かいたく》していった。③東北・北陸の名所旧跡をめぐり、『**奥《おく》の細道《ほそみち》**』を残した。④**向井去来《むかいきょらい》**ら**蕉門十哲《しょうもんじってつ》**と呼ばれる優秀な弟子を養成した。⑤「俳諧七部集」は「**芭蕉七部集**」とも呼ばれる。

▲松尾芭蕉

●俳諧《はいかい》の主要作者と流派

江戸《えど》初期	元禄《げんろく》期	元禄期	天明《てんめい》期	化政《かせい》期
一六〇〇			一七〇〇	一八〇〇
貞門《ていもん》：松永貞徳《まつながていとく》、北村季吟《きたむらきぎん》 **談林《だんりん》**：西山宗因《にしやまそういん》、井原西鶴《いはらさいかく》	池西言水《いけにしごんすい》 上島鬼貫《うえじまおにつら》 山口素堂《やまぐちそどう》	**蕉風《しょうふう》**：**松尾芭蕉《まつおばしょう》**、**向井去来《むかいきょらい》**、服部土芳《はっとりどほう》	**与謝蕪村《よさぶそん》** 横井也有《よこいやゆう》	小林一茶《こばやしいっさ》
俳諧《はいかい》の独立	談林《だんりん》からの脱皮	俳諧《はいかい》の芸術化	**中興俳諧《ちゅうこうはいかい》**	**月並調《つきなみちょう》**の打破

▲俳仙群会図《はいせんぐんかいず》(蕪村筆)

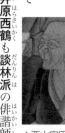

主な作家と作品

柄井川柳《からいせんりゅう》『誹風柳多留《はいふうやなぎだる》』

◆**和歌**

知識人の遊技として形骸化《けいがいか》していた和歌には元禄《げんろく》期を境に革新の動きが出てくるが、明治《めいじ》になるまで大きな変化はなかった。

主な作家と作品

①**戸田茂睡《とだもすい》**『梨本集《なしのもとしゅう》』
②**賀茂真淵《かものまぶち》**『県居集《あがたいしゅう》』
③**小沢蘆庵《おざわろあん》**『六帖詠草《ろくじょうえいそう》』
④**香川景樹《かがわかげき》**『桂園一枝《けいえんいっし》』

◆**狂歌《きょうか》**

短歌の形式で、**滑稽《こっけい》**な内容を詠《よ》んだ歌。江戸時代に流行した。

主な作家

四方赤良《よものあから》（＝**大田南畝《おおたなんぽ》**）

クローズアップ

●俳諧《はいかい》の展開と代表的な人物を覚えよう。

①連歌《れんが》　**二条良基《にじょうよしもと》**
②俳諧連歌《はいかいれんが》　**山崎宗鑑《やまざきそうかん》**
（以上、室町《むろまち》）
③貞門《ていもん》　**松永貞徳《まつながていとく》**
④談林《だんりん》　**西山宗因《にしやまそういん》**
⑤蕉風《しょうふう》　**松尾芭蕉《まつおばしょう》**
⑥天明《てんめい》期　**与謝蕪村《よさぶそん》**
⑦化政《かせい》期　**小林一茶《こばやしいっさ》**
（以上、江戸《えど》）

与謝蕪村《よさぶそん》——俳諧《はいかい》の復興《ふっこう》

一七一六年（享保《きょうほう》元）〜一七八三年（天明《てんめい》三）。

代表作　俳文集『**新花摘《しんはなつみ》**』、俳詩「春風馬堤曲《しゅんぷうばていのきょく》」など。

ポイント　①芭蕉《ばしょう》の死後に俗化した俳諧《はいかい》を立て直した、**天明《てんめい》の中興俳諧《ちゅうこうはいかい》**の中心となる。②南画家としても一流で、**絵画的印象的**な句風に特徴がある。

▲与謝蕪村

小林一茶《こばやしいっさ》——生活感情を素直《すなお》に詠《よ》む句風

一七六三年（宝暦《ほうれき》一三）〜一八二七年（文政《ぶんせい》一〇）。

代表作　俳文集『**おらが春《はる》**』、日記『**父《ちち》の終焉日記《しゅうえんにっき》**』など。

ポイント　①低俗化した文化《ぶんか》・文政《ぶんせい》期（**化政《かせい》期**）の俳諧《はいかい》の中で、**率直《そっちょく》な生活感情**を詠《よ》む。②俗語《ぞくご》や方言を用いた自由な表現や反骨の精神を特徴とする。③『**おらが春《はる》**』は一八一九年（文政《ぶんせい》二）の元旦から歳末までの所感をつづった俳文集。

▲小林一茶

柄井川柳《からいせんりゅう》——川柳《せんりゅう》の創始者

一七一八年（享保《きょうほう》三）〜一七九〇年（寛政《かんせい》二）。

代表作　『**誹風柳多留《はいふうやなぎだる》**』など。

ポイント　①前句付《まえくづ》け（七七の前句《まえく》に五七五の付句《つけく》を付ける）の選者《せんじゃ》から**川柳《せんりゅう》の創始者**となる。②選んだ付句《つけく》を集めた『**誹風柳多留《はいふうやなぎだる》**』が好評で、「川柳《せんりゅう》」という名前が定着。③笑いや風刺《ふうし》を含む句が庶民《しょみん》の支持を得る。

▲柄井川柳

香川景樹《かがわかげき》——桂園派《けいえんは》の創始者（和歌）

一七六八年（明和《めいわ》五）〜一八四三年（天保《てんぽう》一四）。

代表作　歌集『**桂園一枝《けいえんいっし》**』など。

ポイント　①感動の自然な表現を重視する「**調《しら》べの説《せつ》**」を提唱した。②一門の**桂園派《けいえんは》**は明治初期まで歌壇《かだん》に影響を与えた（↓p.85）。

▲香川景樹

●その他の俳諧《はいかい》主要作品

句集	『生玉万句《いくたままんく》』	**井原西鶴《いはらさいかく》**
俳文	『鶉衣《うずらごろも》』	横井也有《よこいやゆう》
俳論	『去来抄《きょらいしょう》』	**向井去来《むかいきょらい》**
	『三冊子《さんぞうし》』	服部土芳《はっとりどほう》

●歌人の展開

細川幽斎《ほそかわゆうさい》（二条派《にじょうは》）
戸田茂睡《とだもすい》（反二条派《はんにじょうは》）
賀茂真淵《かものまぶち》（県居派《あがたいは》）
小沢蘆庵《おざわろあん》（*ただこと歌《うた》）
香川景樹《かがわかげき》（桂園派《けいえんは》）

用語解説

***さび・しをり・ほそみ**　芭蕉《ばしょう》の俳諧理念《はいかいりねん》を示す語。俳諧《はいかい》の、閑寂《かんじゃく》・枯淡《こたん》の美、しなやかな表現、繊細《せんさい》な感覚などをさす。『猿蓑《さるみの》』で具体化した。

***軽《かる》み**　『炭俵《すみだわら》』で示された、芭蕉《ばしょう》晩年の俳諧理念《はいかいりねん》。平明な素材の中に詩的感動を見いだす句風。

***ただこと歌《うた》**　日常語で自然な感情を詠《よ》む歌。

国学・漢学・随筆

◇国学《こくがく》

国学《こくがく》は幕府の官学となった漢《かん》学《がく》に対するもので、仏教や儒教《じゅきょう》の影響を受けていない、日本古来の独自な言葉や精神を明らかにしようとする学問である。

主な学者と著書

①**契沖**《けいちゅう》 『万葉代匠記《まんようだいしょうき》』
②**荷田春満**《かだのあずままろ》 『万葉集僻案抄《まんようしゅうへきあんしょう》』
③**賀茂真淵**《かものまぶち》 『万葉考《まんようこう》』
④**本居宣長**《もとおりのりなが》 『古事記伝《こじきでん》』
⑤*平田篤胤《ひらたあつたね》 『古道大意《こどうたいい》』

◇漢学《かんがく》

幕府の官学となった**朱子学**《しゅしがく》を中心に儒学《じゅがく》が盛んになった。

主な学者

①**林羅山**《はやしらざん》 ②**伊藤仁斎**《いとうじんさい》
③**荻生徂徠**《おぎゅうそらい》

◇随筆

江戸中期ごろを中心に、主に国学者《こくがくしゃ》や漢学者《かんがくしゃ》の手によって、和文《わぶん》の名随筆が生まれた。

主な作家と作品

①**新井白石**《あらいはくせき》 『折《おり》たく柴《しば》の記《き》』
②**室鳩巣**《むろきゅうそう》 『駿台雑話《すんだいざつわ》』
③**本居宣長**《もとおりのりなが》 『玉勝間《たまかつま》』
④**松平定信**《まつだいらさだのぶ》 『花月草紙《かげつそうし》』

契沖《けいちゅう》 **実証的な国学《こくがく》研究の始まり**

一六四〇（寛永《かんえい》一七）〜一七〇一年（元禄《げんろく》一四）。

（代表作） 『万葉代匠記《まんようだいしょうき》』など。

（ポイント） **下河辺長流**《しもこうべちょうりゅう》の業績を発展させた国学《こくがく》研究。

荷田春満《かだのあずままろ》 **国学《こくがく》の提唱**

一六六九年（寛文《かんぶん》九）〜一七三六年（元文《げんぶん》元）。

（代表作） **『万葉集僻案抄《まんようしゅうへきあんしょう》』**など。

（ポイント） 記紀万葉《ききまんよう》を通した日本精神の研究を提唱。

賀茂真淵《かものまぶち》 **国学《こくがく》の継承・発展**

一六九七年（元禄《げんろく》一〇）〜一七六九年（明和《めいわ》六）。

（代表作） 『万葉考《まんようこう》』『県居集《あがたいしゅう》』など。

（ポイント） ①国学《こくがく》を体系化。②**万葉調**《まんようちょう》の歌人。男性的な**「ますらをぶり」**（↓p.15）の歌を提唱。③**「県居《あがたい》の大人《うし》」**と呼ばれた。

本居宣長《もとおりのりなが》 **国学《こくがく》の大成**

一七三〇年（享保《きょうほう》一五）〜一八〇一年（享和《きょうわ》元）。

（代表作） 古典注釈書**『古事記伝《こじきでん》』**『源氏物語玉の小櫛《げんじものがたりたまのおぐし》』、随筆**『玉勝間《たまかつま》』**『うひ山ぶみ』、歌論『石上私淑言《いそのかみささめごと》』など。

（ポイント） ①精密な古典研究で**国学《こくがく》を大成**する。②**『源氏物語《げんじものがたり》』**の本質を**「もののあはれ」**（↓p.28）と解明する。③**「鈴《すず》の舎《や》の大人《うし》」**と呼ばれた。

新井白石《あらいはくせき》 **幕政をリードした儒学者**《じゅがくしゃ》

一六五七年（明暦《めいさん》三）〜一七二五年（享保《きょうほう》一〇）。

（代表作） 随筆**『折《おり》たく柴《しば》の記《き》』**、史論『読史余論《とくしよろん》』

（ポイント） ①朱子学《しゅしがく》の学者として将軍家宣《いえのぶ》・家継《いえつぐ》に仕え、幕政に参加。②すぐれた随筆集**『折《おり》たく柴《しば》の記《き》』**を著す。

▲契沖

▲荷田春満

▲賀茂真淵

▲本居宣長

▲新井白石

●国学《こくがく》の系譜

下河辺長流《しもこうべちょうりゅう》→契沖《けいちゅう》→荷田春満《かだのあずままろ》→賀茂真淵《かものまぶち》→本居宣長《もとおりのりなが》→伴信友《ばんのぶとも》・平田篤胤《ひらたあつたね》

●代表的な漢学者《かんがくしゃ》

朱子学《しゅしがく》	**林羅山**《はやしらざん》	幕府の官学
陽明学《ようめいがく》	**中江藤樹**《なかえとうじゅ》	実践重視
古義学《こぎがく》	**伊藤仁斎**《いとうじんさい》	*経書研究・実践
古文辞学《こぶんじがく》	**荻生徂徠**《おぎゅうそらい》	経書・古語研究

▲本居宣長の書斎《しょさい》

用語解説

＊**平田篤胤**《ひらたあつたね》 一七七六—一八四三。宣長没後の門人として師事した国学者。『古史伝』のほか、『古道大意《こどうたいい》』を著した。復古神道《ふっこしんとう》を大成し、

＊**経書**《けいしょ》 儒学《じゅがく》の経典《けいてん》。四書五経《ししょごきょう》。孔子《こうし》などの語録、著述。

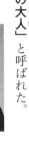

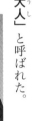

問題演習

1 次の空欄に入る語をあとから選び、記号で答えよ。

江戸時代の詩歌は、[A]（カ）によって風雅を追求する芸術に高められた[B]（イ）をはじめ、ともに滑稽や風刺を基本として、短歌の形式で詠まれる[C]（ア）と、前句付けの付句が独立した五七五の形式の[D]（ウ）などが広く普及した。一方、伝統的な和歌（短歌）は、当初知識人の遊技として形骸化していたが、「ますらをぶり」を主張した[E]（エ）や「調べの説」を主張した[F]（オ）などが出て、しだいに新しい気風が芽生えていった。

ア　狂歌　イ　俳諧　ウ　川柳　エ　賀茂真淵
オ　香川景樹　カ　松尾芭蕉

⇩ p.54～56

2 次のA～Eの人物に関係の深い、時代や流派、業績や特徴、作品名をそれぞれあとから選び、記号で答えよ。

A　松尾芭蕉（イ・ク・サ）　B　与謝蕪村（エ・ケ・シ）
C　西山宗因（ウ・キ・ソ）　D　松永貞徳（ア・カ・セ）
E　小林一茶（オ・コ・ス）

ア　貞門　イ　蕉風　ウ　談林　エ　天明期
オ　化政期　カ　俳諧の独立　キ　自由奔放な作風
ク　俳諧の芸術家　ケ　俳諧の復興　コ　俗語・方言
サ　猿蓑　シ　新花摘　ス　おらが春
セ　俳諧御傘　ソ　談林十百韻

⇩ p.54～55

3 次の説明文に合う作品名を答えよ。

A　横井也有の代表的俳文。（鶉衣《うずらごろも》）
B　東北・北陸の名所旧跡の旅を記した松尾芭蕉の俳諧紀行文。（奥《おく》の細道《ほそみち》）

⇩ p.54～55

4 次の人物（記号）を、活躍した時代順に並べよ。

ア　二条良基　イ　小林一茶　ウ　与謝蕪村
エ　松尾芭蕉　オ　松永貞徳

（ア→オ→エ→ウ→イ）

⇩ p.40～41・54～55

5 次の空欄に入る人名・作品名などを答えよ。

官学とされた外来の儒学に対して、日本独自の言葉や心を研究しようとする学問が生まれた。これを[A]（国学《こくがく》）という。[A]（国学《こくがく》）を体系化したのは、[B]（契沖《けいちゅう》）の実証的な古典研究の方法と提唱者[C]（荷田春満《かだのあずままろ》）の精神とを継承した[D]（賀茂真淵《かものまぶち》）である。さらにその弟子の[E]（本居宣長《もとおりのりなが》）は、『古事記』の研究書である[F]『（古事記伝《こじきでん》）』や、『源氏物語』の研究書[G]『（源氏物語玉の小櫛《げんじものがたりたまのおぐし》）』などの大著を完成させ、日本の文学や文化の特徴を実証し、[A]（国学《こくがく》）を大成した。

⇩ p.56

6 次の空欄に入る人名をあとから選び、記号で答えよ。

幕藩体制を支える根本の学問としての儒学には、多くの学者が生まれた。まず幕府が官学と定めた朱子学には[A]（イ）、形式化した朱子学を批判して実践を重んじる陽明学には[B]（ウ）などが現れた。また朱子や王陽明の注釈を介さずに、直接経書に学ぼうとする古学が生まれたが、これは道徳的修養を重んじる古義学と、古語の研究を重視する古文辞学に分けられる。古義学では[C]（エ）、古文辞学では[D]（ア）が代表的な学者である。

ア　荻生徂徠　イ　林羅山
ウ　中江藤樹　エ　伊藤仁斎

⇩ p.56

確認しよう

- ①俳諧を連歌から独立させた松永貞徳を中心とする一派は何か。　答　貞門《ていもん》
- ②俳諧を芸術として確立したのは誰か。　答　松尾芭蕉《まつおばしょう》
- ③『猿蓑』で具体化された文芸理念は何か。　答　さび・しをり・ほそみ
- ④天明の中興俳諧の代表的作者は誰か。　答　与謝蕪村《よさぶそん》
- ⑤小林一茶の代表的俳文集は何か。　答　おらが春《はる》
- ⑥狂歌作者四方赤良の別名は何か。　答　大田南畝《おおたなんぽ》
- ⑦川柳の名称が広まるもととなった作品は何か。　答　誹風柳多留《はいふうやなぎだる》
- ⑧『古事記伝』の作者で国学を大成した人物は誰か。　答　本居宣長《もとおりのりなが》
- ⑨自伝的随筆『折たく柴の記』の作者は誰か。　答　新井白石《あらいはくせき》

小説

◆**前期**…上方文学《かみがたぶんがく》（元禄文学《げんろくぶんがく》）

◇**仮名草子《かなぞうし》**　江戸《えど》初期

仮名《かな》で書かれた平易《へいい》な読み物で、娯楽性《ごらくせい》・実用性の強い御伽《おとぎ》草子《ぞうし》の流れをくむ。

主な作家と作品

浅井了意《あさいりょうい》『伽婢子《おとぎぼうこ》』

◇**浮世草子《うきよぞうし》**　天和《てんな》期から約百年

主に新興《しんこう》の町人階級を描いた小説で、上方《かみがた》を中心に出版。

主な作家と作品

井原西鶴《いはらさいかく》『好色一代男《こうしょくいちだいおとこ》』『武道《ぶどう》伝来記《でんらいき》』『日本永代蔵《にっぽんえいたいぐら》』『西鶴諸《さいかくしょ》国《こく》ばなし』

◇**読本《よみほん》（前期）**　十八世紀半ば～

絵入りの**草双紙《くさぞうし》（赤本《あかほん》・黒本《くろほん》・青本《あおほん》）**に対して文章を主とした書で、浮世草子《うきよぞうし》の後をうけた。

主な作家と作品

上田秋成《うえだあきなり》『雨月物語《うげつものがたり》』

◆**後期**…江戸文学《えどぶんがく》（＊戯作文学《げさくぶんがく》）

◇**黄表紙《きびょうし》**　十八世紀後半に流行

仮名書《かなが》き絵入り本（**草双紙《くさぞうし》**）のうち、大人を対象に作られた本で、表紙の色が黄色いもの。

主な作家と作品

恋川春町《こいかわはるまち》『金々先生栄華夢《きんきんせんせいえいがのゆめ》』

井原西鶴《いはらさいかく》――町人世界を描く浮世草子《うきよぞうし》の作者

一六四二年（寛永《かんえい》一九）～一六九三年（元禄《げんろく》六）。

代表作　好色物《こうしょくもの》『**好色一代男《こうしょくいちだいおとこ》**』『**好色一代女《こうしょくいちだいおんな》**』『**好色五《こうしょくご》人女《にんおんな》**』『西鶴置土産《さいかくおきみやげ》』（遺稿集）、武家物《ぶけもの》『**武道伝来記《ぶどうでんらいき》**』『**武《ぶ》家義理物語《けぎりものがたり》**』、町人物《ちょうにんもの》『**日本永代蔵《にっぽんえいたいぐら》**』『**世間胸算用《せけんむねさんよう》**』『西鶴織留《さいかくおりどめ》』（遺稿集）、雑話物《ざつわもの》『**西鶴諸国《さいかくしょこく》ばなし**』『**本朝二十不孝《ほんちょうにじゅうふこう》**』、『万《よろず》の文反古《ふみほうぐ》』（書簡体《しょかんたい》短編集）など。

ポイント　①一六八二年（天和《てんな》二）、『好色一代男《こうしょくいちだいおとこ》』を刊行し、上方《かみがた》で現実の風俗を見つめた**浮世草子《うきよぞうし》を創始する**。②**好色物《こうしょくもの》・武家物《ぶけもの》・雑話物《ざつわもの》・町人物《ちょうにんもの》の四種の小説を書く**。③**談林派《だんりんは》**の俳諧師《はいかいし》から出発した。

上田秋成《うえだあきなり》――**巧みな筋の読本《よみほん》（前期）の作者**

一七三四年（享保《きょうほう》一九）～一八〇九年（文化《ぶんか》六）。

代表作　『**雨月物語《うげつものがたり》**』『**春雨物語《はるさめものがたり》**』など。

ポイント　①和文《わぶん》に漢語《かんご》を加えた簡潔《かんけつ》・流麗《りゅうれい》な文体の読本《よみほん》を書く。②『雨月物語《うげつものがたり》』は中国の怪異小説《かいいしょうせつ》の影響を受ける。③歌人、国学者《こくがくしゃ》。

恋川春町《こいかわはるまち》――**大人向けの絵本黄表紙《きびょうし》の作者**

一七四四年（延享《えんきょう》元）～一七八九年（寛政《かんせい》元）。

代表作　『**金々先生栄華夢《きんきんせんせいえいがのゆめ》**』など。

ポイント　**黄表紙《きびょうし》の文学的価値を高める。**

山東京伝《さんとうきょうでん》――**黄表紙《きびょうし》・洒落本《しゃれぼん》・読本《よみほん》の作者**

一七六一年（宝暦《ほうれき》一一）～一八一六年（文化《ぶんか》一三）。

代表作　黄表紙《きびょうし》『**江戸生艶気樺焼《えどうまれうわきのかばやき》**』、洒落本《しゃれぼん》『**通言総籬《つうげんそうまがき》**』、読本《よみほん》『忠臣水滸伝《ちゅうしんすいこでん》』『桜姫全伝曙草紙《さくらひめぜんでんあけぼのぞうし》』など。

ポイント　**黄表紙《きびょうし》・洒落本《しゃれぼん》**の第一人者だったが、寛政《かんせい》の改革の禁令で処罰されて以後、読本《よみほん》に転向する。

▲井原西鶴

▲上田秋成

▲恋川春町

▲山東京伝

●近世小説の展開

（御伽草子《おとぎぞうし》）―**仮名草子《かなぞうし》**―浮世草子《うきよぞうし》―＊（八文字《はちもんじ》屋本《やぼん》）―読本《よみほん》

浮世草子《うきよぞうし》―洒落本《しゃれぼん》―人情本《にんじょうぼん》

洒落本《しゃれぼん》―滑稽本《こっけいぼん》

仮名草子《かなぞうし》―草双紙《くさぞうし》―〈赤本《あかほん》〉―〈黒本《くろほん》〉―〈青本《あおほん》〉―黄表紙《きびょうし》―合巻《ごうかん》

●近世小説の代表作

浅井了意《あさいりょうい》　『伽婢子《おとぎぼうこ》』

井原西鶴《いはらさいかく》

- 好色物《こうしょくもの》　『好色一代男《こうしょくいちだいおとこ》』『好色一代女《こうしょくいちだいおんな》』『好色五人女《こうしょくごにんおんな》』
- 武家物《ぶけもの》　『武道伝来記《ぶどうでんらいき》』『武家義理物語《ぶけぎりものがたり》』
- 町人物《ちょうにんもの》　『日本永代蔵《にっぽんえいたいぐら》』『世間胸算用《せけんむねさんよう》』
- 雑話物《ざつわもの》　『西鶴諸国《さいかくしょこく》ばなし』『本朝二十不孝《ほんちょうにじゅうふこう》』

江島其磧《えじまきせき》　『世間子息気質《せけんむすこかたぎ》』

上田秋成《うえだあきなり》　『雨月物語《うげつものがたり》』『春雨物語《はるさめものがたり》』

恋川春町《こいかわはるまち》　『金々先生栄華夢《きんきんせんせいえいがのゆめ》』

◆**洒落本《しゃれぼん》**　十八世紀半ば～　遊里《ゆうり》の風俗《ふうぞく》を描いて出版されたもの。

主な作家と作品
山東京伝《さんとうきょうでん》『通言総籬《つうげんそうまがき》』

◆**滑稽本《こっけいぼん》**　十九世紀前半に流行　庶民《しょみん》の姿をユーモラスにとらえて描いたもの。

主な作家と作品
①十返舎一九《じっぺんしゃいっく》『東海道中膝栗毛《とうかいどうちゅうひざくりげ》』
②式亭三馬《しきていさんば》『浮世風呂《うきよぶろ》』

◆**読本《よみほん》（後期）**　十八世紀末～　江戸《えど》を中心に出版された、*勧《かん》善懲悪《ぜんちょうあく》の長編小説。

主な作家と作品
滝沢馬琴《たきざわばきん》『南総里見八犬伝《なんそうさとみはっけんでん》』

◆**合巻《ごうかん》**　十九世紀初め～　筋が複雑で長くなった**黄表紙《きびょうし》**を数冊ずつとじて出版したもの。

主な作家と作品
柳亭種彦《りゅうていたねひこ》『修紫田舎源氏《にせむらさきいなかげんじ》』

◆**人情本《にんじょうぼん》**　十九世紀前半に流行　**洒落本《しゃれぼん》**の舞台を江戸下町《えどしたまち》に移した恋愛風俗小説。

主な作家と作品
為永春水《ためながしゅんすい》『春色梅児誉美《しゅんしょくうめごよみ》』

―十返舎一九《じっぺんしゃいっく》―　庶民《しょみん》生活を滑稽《こっけい》に描いた滑稽本《こっけいぼん》の作者

一七六五年（明和《めいわ》二）～一八三一年（天保《てんぽう》二）。

代表作　『東海道中膝栗毛《とうかいどうちゅうひざくりげ》』など。

ポイント　①弥次郎兵衛《やじろべえ》と喜多八《きたはち》の滑稽話《こっけいばなし》『東海道中《とうかいどうちゅう》膝栗毛《ひざくりげ》』を書く。②通俗《つうぞく》的な**滑稽本《こっけいぼん》**で人気作家となる。

▲十返舎一九

―式亭三馬《しきていさんば》―　社交場の湯屋床屋《ゆやとこや》を舞台にした滑稽本《こっけいぼん》の作者

一七七六年（安永《あんえい》五）～一八二二年（文政《ぶんせい》五）。

代表作　『浮世風呂《うきよぶろ》』『**浮世床《うきよどこ》**』など。

ポイント　滑稽本《こっけいぼん》で庶民《しょみん》の姿をユーモラスに描く。

▲式亭三馬

―滝沢馬琴《たきざわばきん》―　雄大な構想の長編読本《よみほん》（後期）の作者

一七六七年（明和《めいわ》四）～一八四八（嘉永《かえい》元）。

代表作　『椿説弓張月《ちんせつゆみはりづき》』『南総里見八犬伝《なんそうさとみはっけんでん》』など。

ポイント　①**曲亭馬琴《きょくていばきん》**ともいう。②**山東京伝《さんとうきょうでん》**を師に持つ。③整然とした構成で**勧善懲悪《かんぜんちょうあく》・因果応報《いんがおうほう》**の思想を描き、幕府にも好意的に迎えられた。④歴史に材をとる史伝物《しでんもの》。

▲滝沢馬琴

―柳亭種彦《りゅうていたねひこ》―　旗本《はたもと》の身分を持つ、合巻《ごうかん》の作者

一七八三年（天明《てんめい》三）～一八四二年（天保《てんぽう》一三）。

代表作　『修紫田舎源氏《にせむらさきいなかげんじ》』など。

ポイント　①旗本《はたもと》で、天保《てんぽう》の改革で処罰される。②『修《にせ》紫《むらさき》田舎源氏《いなかげんじ》』は『**源氏物語《げんじものがたり》**』の翻案《ほんあん》で、将軍**家斉《いえなり》**を風刺《ふうし》したとして絶版になる。

▲柳亭種彦

―為永春水《ためながしゅんすい》―　弾圧を受けた人情本《にんじょうぼん》の作者

一七九〇年（寛政《かんせい》二）～一八四三年（天保《てんぽう》一四）。

代表作　『春色梅児誉美《しゅんしょくうめごよみ》』など。

ポイント　人情本《にんじょうぼん》で町人社会の恋愛・人情を描く。

▲為永春水

山東京伝《さんとうきょうでん》　洒落本《しゃれぼん》『通言総籬《つうげんそうまがき》』
　黄表紙《きびょうし》『**江戸生艶気樺焼《えどうまれうわきのかばやき》**』
十返舎一九《じっぺんしゃいっく》『東海道中膝栗毛《とうかいどうちゅうひざくりげ》』
式亭三馬《しきていさんば》『浮世風呂《うきよぶろ》』
　『**浮世床《うきよどこ》**』
滝沢馬琴《たきざわばきん》『**椿説弓張月《ちんせつゆみはりづき》**』
　『**南総里見八犬伝《なんそうさとみはっけんでん》**』
柳亭種彦《りゅうていたねひこ》『**修紫田舎源氏《にせむらさきいなかげんじ》**』
為永春水《ためながしゅんすい》『**春色梅児誉美《しゅんしょくうめごよみ》**』

用語解説

***赤本《あかほん》・黒本《くろほん》・青本《あおほん》**　絵入りの草双紙《くさぞうし》を表紙の色で区別したもの。赤本《あかほん》は子供向けだった。

***戯作《げさく》**　江戸《えど》時代の庶民《しょみん》向けの通俗《つうぞく》的な娯楽小説《ごらくしょうせつ》の総称。黄表紙《きびょうし》・洒落本《しゃれぼん》・滑稽本《こっけいぼん》・読本《よみほん》・合巻《ごうかん》・人情本《にんじょうぼん》などをさす。

***八文字屋本《はちもんじやぼん》**　西鶴《さいかく》以後に、京都の八文字屋《はちもんじや》から出版された浮世草子《うきよぞうし》。

***勧善懲悪《かんぜんちょうあく》**　善行《ぜんこう》を勧《すす》めて悪行《あくぎょう》を戒《いまし》めるという、儒教《じゅきょう》的な教えに基づく文学の主題。

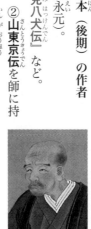

劇文学

◇人形浄瑠璃《にんぎょうじょうるり》

語《かた》り物《もの》の浄瑠璃《じょうるり》節《ぶし》と三味線《しゃみせん》の伴奏、人形使いとが結びついたもので、江戸《えど》初期に成立。各地にいろいろな流派があった。

主な作家と作品

①**竹本義太夫《たけもとぎだゆう》**…大阪《おおさか》竹本座《たけもとざ》創始

②**近松門左衛門《ちかまつもんざえもん》**『出世景清《しゅっせかげきよ》』『国性爺合戦《こくせんやかっせん》』『曾根崎心中《そねざきしんじゅう》』

◇歌舞伎《かぶき》

江戸《えど》初期に、**出雲の阿国《いずものおくに》**の始めた踊りに刺激され、各地に**女歌舞伎《おんなかぶき》**、続いて**若衆《わかしゅ》(=少年)歌舞伎《かぶき》**が流行するが、いずれも風紀の取り締まりで禁止となり、成人男子による**野郎歌舞伎《やろうかぶき》**の形で定着した。

主な作家と作品

①**鶴屋南北《つるやなんぼく》**『東海道四谷怪談《とうかいどうよつやかいだん》』

②**河竹黙阿弥《かわたけもくあみ》**『青砥稿花紅彩画《あおとぞうしはなのにしきえ》』

クローズアップ

●近松《ちかまつ》の代表作を覚えよう。
①時代物《じだいもの》…**出世景清《しゅっせかげきよ》・国性爺合戦《こくせんやかっせん》**
②世話物《せわもの》…**曾根崎心中《そねざきしんじゅう》・心中天網島《しんじゅうてんのあみじま》・冥途の飛脚《めいどのひきゃく》**

近松門左衛門《ちかまつもんざえもん》―江戸《えど》時代随一の戯曲《ぎきょく》作者

一六五三年(承応《しょうおう》二)～一七二四年(享保《きょうほう》九)。

代表作 時代物《じだいもの》『**出世景清《しゅっせかげきよ》**』『**国性爺合戦《こくせんやかっせん》**』、世話物《せわもの》『**曾根崎心中《そねざきしんじゅう》**』『**冥途の飛脚《めいどのひきゃく》**』『**心中天網島《しんじゅうてんのあみじま》**』『**女殺 油地獄《おんなごろしあぶらのじごく》**』など。

ポイント ①大阪《おおさか》の**竹本座《たけもとざ》**の創始者の**竹本義太夫《たけもとぎだゆう》**の依頼で、**人形浄瑠璃《にんぎょうじょうるり》**の脚本を多数残す。②現実の事件をもとにした**世話物《せわもの》**と、歴史や伝説を素材とした**時代物《じだいもの》**で、写実《しゃじつ》的に人々の心の葛藤《かっとう》を描く。③事実に虚構を加えたところに演劇的感動が生まれるとする、**「*虚実皮膜論《きょじつひにくろん》」**をもとに脚色する。④初めは坂田藤十郎《さかたとうじゅうろう》のために歌舞伎《かぶき》の脚本を書いていたが、のちに竹本座《たけもとざ》の座付き作者となった。⑤叙事詩的な浄瑠璃に歌舞伎の演技、作劇手法を導入して、新たな浄瑠璃を開拓した。

▲近松門左衛門

鶴屋南北《つるやなんぼく》―化政《かせい》期の歌舞伎《かぶき》作家

一七五五年(宝暦《ほうれき》五)～一八二九年(文政《ぶんせい》一二)。

代表作 『**東海道四谷怪談《とうかいどうよつやかいだん》**』など。

ポイント ①文化《ぶんか》・文政《ぶんせい》期の江戸歌舞伎《えどかぶき》の脚本作家。②**怪談《かいだん》**に傑作が多い。③世話物《せわもの》の中でも写実性《しゃじつせい》の強い**生世話物《きぜわもの》**を得意とする。④『**東海道四谷怪談《とうかいどうよつやかいだん》**』は**生世話物《きぜわもの》**の傑作。仕掛けや早変わりなどの工夫の多い舞台で人気を得る。

▲鶴屋南北

河竹黙阿弥《かわたけもくあみ》―江戸歌舞伎《えどかぶき》の集大成

一八一六年(文化《ぶんか》一三)～一八九三年(明治《めいじ》二六)。

代表作 『**青砥稿花紅彩画《あおとぞうしはなのにしきえ》**』『**三人吉三 廓 初買《さんにんきちさくるわのはつがい》**』など。

ポイント ①幕末から明治《めいじ》にかけて活躍し、江戸歌舞伎《えどかぶき》を集大成する。②盗賊《とうぞく》を主人公とする**白浪物《しらなみもの》**を得意とする。『**青砥稿花紅彩画《あおとぞうしはなのにしきえ》**』は別名『白浪五人男《しらなみごにんおとこ》』ともいう。

▲河竹黙阿弥

●人形浄瑠璃《にんぎょうじょうるり》の重要人物

竹本座《たけもとざ》（大阪）
竹本義太夫《たけもとぎだゆう》…竹本座《たけもとざ》を創始
近松門左衛門《ちかまつもんざえもん》
時代物《じだいもの》『**出世景清《しゅっせかげきよ》**』
世話物《せわもの》『**曾根崎心中《そねざきしんじゅう》**』
竹田出雲《たけだいずも》『菅原伝授手習鑑《すがわらでんじゅてならいかがみ》』
並木宗輔《なみきそうすけ》と合作『仮名手本忠臣蔵《かなでほんちゅうしんぐら》』

豊竹座《とよたけざ》（大阪）
豊竹若太夫《とよたけわかだゆう》…豊竹座《とよたけざ》を創始
紀海音《きのかいおん》『鎌倉三代記《かまくらさんだいき》』
並木宗輔《なみきそうすけ》

●歌舞伎《かぶき》の重要人物

坂田藤十郎《さかたとうじゅうろう》…上方《かみがた》の*和事《わごと》役者
市川団十郎《いちかわだんじゅうろう》…江戸《えど》の*荒事《あらごと》役者
鶴屋南北《つるやなんぼく》『東海道四谷怪談《とうかいどうよつやかいだん》』
河竹黙阿弥《かわたけもくあみ》『青砥稿花紅彩画《あおとぞうしはなのにしきえ》』

用語解説

***虚実皮膜論《きょじつひにくろん》**　儒学者穂積以貫《ほづみいかん》が近松《ちかまつ》から聞き書きした演劇観で、三木平右衛門貞成《みきへいうえもんさだなり》による浄瑠璃《じょうるり》注釈書『難波土産《なにわみやげ》』に採録されている。

***和事《わごと》**　男女の艶《つや》っぽい場面の所作を見どころとする演目《えんもく》。

***荒事《あらごと》**　鬼神《きじん》や豪傑《ごうけつ》などの豪快《ごうかい》な所作を見どころとする演目《えんもく》。

問題演習

1 次の空欄に入る小説のジャンル名を答えよ。

近世の小説は、元禄ごろが中心の上方文学と、享保以降の江戸文学に大別される。まず上方では、御伽草子の流れをくむ娯楽性の強いA(仮名草子《かなぞうし》)が広まり、ついで町人の世態・風俗を鋭く描いたB(浮世草子《うきよぞうし》)が生まれ、その衰退後はC(読本《よみほん》)が流行した。一方江戸では、子供向けの絵入り本である草双紙が、風刺のきいた大人向けのD(黄表紙《きびょうし》)へ発展し、また遊里を舞台とするE(洒落本《しゃれぼん》)、遊里という舞台を離れて笑いを追求したF(滑稽本《こっけいぼん》)が流行した。しかし、庶民の風紀の乱れに敏感な幕府によって、十八世紀後半以降の小説は、しばしば弾圧を受けるようになった。D(黄表紙《きびょうし》)やE(洒落本《しゃれぼん》)が幕府の風紀取り締まりによって衰退した後を受けて、前期に上方で流行したC(読本《よみほん》)が、江戸で新たな発展期を迎えた。またD(黄表紙《きびょうし》)が長編化した結果、数冊の合本となったG(合巻《ごうかん》)にも、将軍を風刺したという嫌疑がかかって発禁となる作品が出、さらに庶民の恋愛・風俗を描いた幕末のH(人情本《にんじょうぼん》)の作者にも処罰される者が出た。

⇩ p.58〜59

2 次のジャンルの代表的な作家とその作品をそれぞれ一つずつあとから選び、記号で答えよ。

A 読本（ ウ・ク ） B 滑稽本（ ア・カ ）
C 洒落本（ エ・オ ） D 人情本（ イ・キ ）

ア 式亭三馬 イ 為永春水 ウ 上田秋成
エ 山東京伝 オ 通言総籬 カ 浮世床
キ 春色梅児誉美 ク 雨月物語

⇩ p.58〜59

3 次の空欄に入る作品名を答えよ。

井原西鶴の小説は『世間胸算用』や『日本永代蔵』などのA(町人物《ちょうにんもの》)、『武家義理物語』や『B(武道伝来記《ぶどうでんらいき》)』などの武家物、『好色一代男』などの好色物、『本朝二十不孝』や『西鶴諸国ばなし』などのC(雑話物《ざつわもの》)に分けられる。

⇩ p.58

4 次の人物(記号)を活躍した時代順に並べよ。

ア 井原西鶴 イ 柳亭種彦 ウ 上田秋成

（ア→ウ→イ）

⇩ p.58〜59

5 次の空欄に入る語をあとから選び、記号で答えよ。

江戸時代の演劇の分野で幅広い支持を得て今日まで受け継がれているのが、A（ カ ）とB（ エ ）である。A（ カ ）は、竹本座のC（ オ ）と、戯曲作家D（ ア ）の二人によって名作が生まれた。B（ エ ）では、上方に和事が得意なE（ ウ ）と、江戸に荒事が得意なF（ キ ）などの名優が出たが、A（ カ ）の人気を上回るのは十八世紀後半以降である。化政期にはG（ ク ）、幕末にはH（ イ ）といった作家が出て、江戸B（ エ ）は隆盛を極めた。

ア 近松門左衛門 イ 河竹黙阿弥 ウ 坂田藤十郎
エ 歌舞伎 オ 竹本義太夫 カ 人形浄瑠璃
キ 市川団十郎 ク 鶴屋南北

⇩ p.60

6 次の空欄に入る作品名を答えよ。

近松門左衛門の浄瑠璃は、歴史や伝説を題材にした『出世景清』『A(国性爺合戦《こくせんやかっせん》)』などの時代物と、現実の事件を脚色した『冥途の飛脚』『女殺油地獄』『曾根崎心中』『B(心中天網島《しんじゅうてんのあみじま》)』などのC(世話《せわ》)物とに分けられる。

⇩ p.60

確認しよう

- ①井原西鶴が創始した近世小説のジャンルは何か。 答 浮世草子《うきよぞうし》
- ②井原西鶴の小説は、町人物、武家物、雑話物と何に分けられるか。 答 好色物《こうしょくもの》
- ③上田秋成と滝沢馬琴の共通点は何か。 答 ともに読本《よみほん》の作者
- ④遊里を舞台にした小説のジャンルは何か。 答 洒落本《しゃれぼん》
- ⑤黄表紙を大人向けの読み物として定着させたのは誰か。 答 恋川春町《こいかわはるまち》
- ⑥黄表紙の合本は何か。 答 合巻《ごうかん》
- ⑦近松門左衛門が多くの名作を残した演劇のジャンルは何か。 答 人形浄瑠璃《にんぎょうじょうるり》
- ⑧近松門左衛門の作品は時代物と何か。 答 世話物《せわもの》
- ⑨歌舞伎『東海道四谷怪談』を書いたのは誰か。 答 鶴屋南北《つるやなんぼく》

上代

【一】『万葉集』編纂の代表者の姓名を記し、その成立の時期を、㋐～㋔から一つ選び、記号を記しなさい。（創価大）

㋐ 六世紀　㋑ 七世紀　㋒ 八世紀
㋓ 九世紀　㋔ 十世紀

答 姓名＝大伴家持　時期＝㋒ ⇩p.14～15

【二】次の1～4の人名中から、万葉歌人を一人選べ。（日本大）

1 山部赤人　2 大伴黒主　3 壬生忠岑　4 小野篁

答 1 ⇩p.14～15

【三】「記紀」の略称が表す内容として最も適当なものを、次のア～カのうちから一つ選べ。（愛知淑徳大）

ア 古事記・日本書紀　イ 風土記・続日本紀
ウ 祝詞・宣命　エ 内記・紀貫之
オ 御堂関白記・本朝世紀　カ 日記・紀行

答 ア ⇩p.17

【四】『古事記』を撰《せん》録した人は誰か。次の①～⑤から、一つ選べ。（東海学園大）

① 天武天皇　② 藤原定家　③ 大伴家持
④ 菅原道真　⑤ 太安万侶

答 ⑤ ⇩p.17

【五】『古事記』と『日本書紀』の成立年代として正しいものを、次のア～カから選べ。（青山学院大）

ア 七世紀後半　イ 八世紀前半　ウ 八世紀後半
エ 九世紀前半　オ 九世紀後半　カ 十世紀前半

答 イ ⇩p.17

中古

【一】『古今集』の成立に最も関係の深い人物を、次のア～オのうちから一つ選べ。（大妻女子大）

ア 大伴家持　イ 紀貫之　ウ 藤原定家
エ 西行法師　オ 松尾芭蕉

答 イ ⇩p.22～23

【二】凡河内躬恒は、『古今和歌集』撰者の一人である。彼らの活躍した時代にふさわしい語を次の中から三つ選び、番号で答えなさい。（甲南女子大）

1 かな散文　2 無常観　3 唐風謳歌
4 たをやめぶり　5 言霊信仰　6 幽玄
7 六歌仙　8 ますらをぶり　9 下克上

答 1・4・7 ⇩p.22～23

【三】勅撰和歌集のうち八代集に含まれるものを古い順に正しく並べたものはどれか。次の①～⑤の中から一つ選びなさい。（専修大）

① 拾遺和歌集—古今和歌集—金葉和歌集—後拾遺和歌集
② 古今和歌集—後撰和歌集—拾遺和歌集—新古今和歌集
③ 新古今和歌集—千載和歌集—拾遺和歌集—風雅和歌集
④ 万葉集—古今和歌集—拾遺和歌集—千載和歌集
⑤ 古今和歌集—千載和歌集—新古今和歌集—金槐和歌集

答 ② ⇩p.23

【四】当時の著名な歌人、藤原俊成の編んだ勅撰和歌集は何か。次のア～オから一つ選べ。（早稲田大）

ア…金葉集　イ…詞花集　ウ…千載集
エ…新古今集　オ…新勅撰集

答 ウ ⇩p.23

【五】『古今集』とほぼ同じころ成立した作品を次の①〜⑤から一つ選べ。（青山学院大）

① 懐風藻　② 日本霊異記　③ 和漢朗詠集
④ 竹取物語　⑤ 蜻蛉日記

答 ④ ⇨p.16・19・24・26・34

【六】『和漢朗詠集』の編者を次の中から一つ選べ。（神奈川大）

イ 鴨長明　ロ 柿本人麻呂　ハ 藤原公任
ニ 後鳥羽院　ホ 菅原道真

答 ハ ⇨p.24

【七】次の文中の空欄に入る最も適切なものを後の語群より選び、番号で答えなさい。（同志社女子大）

「物語の出で来はじめの祖」と呼ばれる『竹取物語』の成立は諸説あるが、およそ[A]と推定されている。その時代の物語には、『伊勢物語』『大和物語』などの[B]の系列と『竹取物語』『宇津保物語』などの[C]の系列が存在する。

A ① 奈良前期　② 奈良後期　③ 平安初期
　④ 平安後期　⑤ 院政時代
B ① 歌物語　② 軍記物語　③ 歴史物語
　④ 擬古物語　⑤ 作り物語
C ① 歌物語　② 軍記物語　③ 歴史物語
　④ 擬古物語　⑤ 作り物語

答 A＝③　B＝①　C＝⑤ ⇨p.26〜27

【八】『伊勢物語』について説明した次の文章の空欄1〜3にあてはまる言葉を、それぞれ漢字で記せ。（奈良教育大）

『伊勢物語』は、[1]を思わせる男の一代記的な構成になっている歌物語である。作者・成立年ともに未詳であるが、最初の勅撰和歌集である『[2]』（[3]天皇の命により撰集）成立以前に原型が成立し、次第に増補されて現在のような形になったかと考えられている。

答 1＝在原業平　2＝古今和歌集　3＝醍醐 ⇨p.22・27

【九】『平中物語』と最も性格の近い文学作品を次の中から選べ。（東京女子大）

① 平家物語　② 源氏物語　③ 落窪物語
④ 宇治拾遺物語　⑤ 伊勢物語

答 ⑤ ⇨p.27

【一〇】『源氏物語』をまったく読んでいない人は、次に挙げる人々の中に何人いるか。（京都外国語大）

在原業平・紀貫之・菅原孝標女・世阿弥・藤原定家・藤原道長・本居宣長

a 一人　b 二人　c 三人
d 四人　e 五人　f 六人

答 b ⇨p.22〜23・28

【一一】『源氏物語』と同一ジャンルで、[A]『源氏物語』以前に成立した作品、および[B]以後に成立した作品を、次の①〜⑤のうちからそれぞれ一つずつ選びなさい。（福岡工業大）

① 今昔物語集　② 狭衣物語　③ 平家物語
④ 落窪物語　⑤ 栄花物語

答 [A]＝④　[B]＝② ⇨p.26〜29

解説

上代【一】万葉集は七五九年成立。【五】古事記は七一二年、日本書紀は七二〇年。**中古**【二】1かな散文はこのころ書かれた『土佐日記』などをさす。6幽玄は『新古今和歌集』を象徴する美の理念。【五】『古今集』は九〇五年成立。最も成立時期が近いのは十世紀初めから中ごろに成立したと考えられている竹取物語である。【一〇】『源氏物語』の成立は一〇〇八年ごろだが、在原業平は八八〇年ごろ、紀貫之は九四五年ごろすでに没している。

【一二】つぎの文章の空欄（a）～（d）には人名がはいる。そこで左記の①～⑩の中からもっとも適切なものを一つ選びなさい。（麗澤大）

『源氏物語』に関しては、人々を瞠目《どうもく》させた創作であるゆえに、作者（a）の文名は隠れようもなく注目されたといえよう。彼女が（b）の娘、（c）の中宮（d）付の女房として起用されたのも『源氏物語』の作者としての文才を高く買われてのことだったろう。

① 藤原道隆　② 定子　③ 醍醐天皇　④ 一条天皇
⑤ 藤原道長　⑥ 清少納言　⑦ 彰子　⑧ 藤原兼家
⑨ 紫式部　⑩ 花山天皇

答（a）＝⑨　（b）＝⑤　（c）＝④　（d）＝⑦　⇩p.28

【一三】『源氏物語』の巻名として適当なものを次から一つ選び、その符号を答えなさい。（関西学院大）

イ あて宮　ロ 夢浮橋　ハ 国譲
ニ 月の宴　ホ かかやく藤壺

答ロ　⇩p.28

【一四】『堤中納言物語』の中におさめられた短編の題名をひとつ書きなさい。（佐賀大）

答虫愛づる姫君・はいずみ・逢坂越えぬ権中納言など　⇩p.29

【一五】『大鏡』と同じジャンルに属するものとして最も適当なものを一つ選びなさい。（福島大）

①『伊勢物語』　②『栄花物語』　③『平家物語』
④『宇津保物語』　⑤『堤中納言物語』

答②　⇩p.30

【一六】『今昔物語集』と、①同時代の作品、②同じジャンルの作品を、次の中から一つずつ選び、番号で答えなさい。（甲南女子大）

1 万葉集　2 竹取物語　3 徒然草
4 奥の細道　5 大鏡　6 日本霊異記

答①＝5　②＝6　⇩p.30～31

【一七】『古本説話集』は平安末期の成立と考えられているが、ほぼ同時代に成立した文学作品を次のア～オのうちから一つ選べ。（愛知淑徳大）

ア 更級日記　イ 日本霊異記　ウ 今昔物語集
エ 春雨物語　オ 金槐和歌集

答ウ　⇩p.31

【一八】『枕草子』の作者を、次の中から選びなさい。（金城学院大）

① 道綱母　② 清少納言　③ 紫式部
④ 菅原孝標女　⑤ 和泉式部　⑥ 赤染衛門

答②　⇩p.33

【一九】次の中から『枕草子』に関係のないものを選びなさい。（昭和女子大）

ア 定子　イ 一条帝　ウ をかし
エ 源俊頼　オ 随筆文学

答エ　⇩p.33

【二〇】『枕草子』の成立時期にもっとも成立時期が近いものを左の中から選び、符号で答えなさい。（中央大）

A 土佐日記　B 古今集　C 更級日記
D 方丈記　E 徒然草　F 源氏物語

答F　⇩p.33

【二一】『土佐日記』の作者を漢字で記せ。（福岡大）

答紀貫之　⇩p.34

【二二】日本文学作品の成立年代順を正しく示しているものとして最も適当なものを、次の①～⑥のうちから選びなさい。（神戸女学院大）

①蜻蛉日記→土佐日記→和泉式部日記→更級日記
②土佐日記→蜻蛉日記→更級日記→和泉式部日記
③土佐日記→蜻蛉日記→和泉式部日記→更級日記
④蜻蛉日記→土佐日記→更級日記→和泉式部日記
⑤蜻蛉日記→和泉式部日記→土佐日記→更級日記
⑥土佐日記→和泉式部日記→蜻蛉日記→更級日記

答③　⇩p.34～35

【三三】 次の□に適切な言葉を、漢字（数字は漢数字）で答えなさい。（千葉大）

『蜻蛉日記』の作者は①であり、その成立は②世紀である。この時代は第二番目の勅撰和歌集③が成立した時期でもあり、物語文学としては、継子いじめを題材とする④などが書かれた。

答 ①＝藤原道綱母　②＝十　③＝後撰集　④＝落窪物語 ⇨p.23・26・34

【三四】『紫式部日記』と成立時期の最も近い文学作品を、次の中から一つ選びなさい。（日本大）

1 古今和歌集　2 蜻蛉日記
3 新古今和歌集　4 徒然草

答 2 ⇨p.34〜35

【三五】『更級日記』の作者名を答えなさい。（帝塚山学院大）

答 菅原孝標女 ⇨p.35

【三六】『更級日記』の筆者が最も愛読した作品は、次のうちのどれですか、一つ選びなさい。（龍谷大）

① 竹取物語　② 伊勢物語　③ 大和物語
④ 宇津保物語　⑤ 源氏物語

答 ⑤ ⇨p.34〜35

【三七】 次の1〜5は、平安時代の文学作品を並べたものであるが、成立の順として正しいものを一つ選べ。（成蹊大）

1 竹取物語　大鏡　源氏物語　大和物語
2 伊勢物語　源氏物語　宇津保物語　大鏡
3 土佐日記　蜻蛉日記　紫式部日記　更級日記
4 蜻蛉日記　土佐日記　更級日記　紫式部日記
5 竹取物語　大鏡　堤中納言物語　源氏物語

答 3 ⇨p.34〜35

中世

【一】 藤原俊成の子で、『新古今和歌集』・『小倉百人一首』を編んだ人は誰か、記せ。（清泉女子大）

答 藤原定家 ⇨p.38〜39

【二】 藤原俊成によって提唱された美的理念はどれか。適当なものを①〜⑤の中から一つ選びなさい。（専修大）

① ますらを心　② みやび　③ をかし
④ 虚実　⑤ 幽玄

答 ⑤ ⇨p.22・38〜39

【三】 西行の歌が多く入っている歌集を次の中から一つ選び、番号で答えよ。また西行と同じ時代の歌人を次の中から一人選び、番号で答えよ。（筑紫女学園大）

歌集
1 百人一首　2 発心集　3 詞花和歌集
4 新古今和歌集　5 和漢朗詠集　6 山里和歌集

歌人
1 藤原俊成　2 兼好　3 能因法師
4 藤原公任　5 紫式部　6 良寛

答 歌集＝4　歌人＝1 ⇨p.38

【四】『無名抄』と同じ作者の作品を次のア〜クの中から二つ選び、それぞれ記号で答えよ。（尾道市立大）

ア 往生要集　イ 愚管抄　ウ 発心集
エ 古事談　オ 十訓抄　カ 沙石集
キ 方丈記　ク 徒然草

答 ウ・キ ⇨p.39・46・49

解説
中古 【二六】『今昔物語集』は説話集。【二九】源俊頼は『金葉集』撰者。【三〇】『枕草子』は一〇〇〇年ごろ成立。【三三】『源氏物語』を基準にすると考えやすい。【三四】『紫式部日記』は一〇一〇年ごろ成立。 **中世** 【四】『無名抄』の作者は鴨長明。

【五】次の文中の[①]・[②]に入る言葉の組み合わせとして最も適当なものを、後のア〜カの中から選び、記号で答えなさい。（京都女子大）

今川了俊は、武将でもあり歌人でもあったが、また、準勅撰である『菟玖波集』二十巻の編纂《さん》に携わった[①]から[②]をも学んだ。

ア ①宗祇 ②連歌　イ ①宗祇 ②俳諧
ウ ①山崎宗鑑 ②連歌　エ ①山崎宗鑑 ②俳諧
オ ①二条良基 ②連歌　カ ①二条良基 ②俳諧

答 オ ⇩ p.40

【六】室町時代に編まれた連歌集を次の①〜⑤から一つ選べ。（東海学園大）

① 山家集　② 新撰菟玖波集　③ 去来抄
④ 風姿花伝　⑤ 閑吟集

答 ② ⇩ p.40

【七】『増鏡』と同じ文学ジャンルに属する作品を次の中から一つ選びなさい。（九州産業大）

イ 源氏物語　ロ 伊勢物語　ハ とはずがたり
ニ 栄花物語　ホ 徒然草

答 ニ ⇩ p.30・43

【八】次に挙げる軍記物語を、書かれた時代順に並べるとすると、どれが正しいか。次の中から一つ選べ。（千葉商科大）

(1) 太平記→平治物語→保元物語→平家物語
(2) 保元物語→平治物語→平家物語→太平記
(3) 平治物語→保元物語→平家物語→太平記
(4) 平家物語→太平記→保元物語→平治物語
(5) 太平記→平治物語→平家物語→保元物語

答 (2) ⇩ p.44

【九】『宇治拾遺物語』のような作品のジャンルを、文学史上何と言うか、また、同じジャンルの作品で平安時代後期に成立した作品名を一つ記しなさい。（皇學館大）

答 ジャンル＝説話　作品＝今昔物語集 ⇩ p.46

【一〇】『十訓抄』と同じジャンルの作品を、次のア〜オの中から選び、記号で答えよ。（大東文化大）

ア 懐風藻　イ 狭衣物語　ウ 梁塵秘抄
エ 発心集　オ とはずがたり

答 エ ⇩ p.46

【一一】『沙石集』の作者を次の中から選べ。（中京大）

1 紫式部　2 西行　3 鴨長明
4 無住　5 曲亭馬琴

答 4 ⇩ p.46〜47

【一二】『正法眼蔵』について説明した次の各項で正しいものを一つ選び、記号で答えなさい。（日本文化大）

イ 『しょうぼうげんぞう』と読み、道元が鎌倉時代に書いた仏法の真髄を説いた書
ロ 『しょうほうがんぞう』と読み、道元が平安時代に和文で書いた曹洞宗の入門書
ハ 『しょうほうがんぞう』と読み、道元が室町時代に宋の伝奇的説話を紹介した書
ニ 『しょうぼうげんぞう』と読み、道元が江戸時代に門下生のために書いた哲学書

答 イ ⇩ p.47

【一三】次の文の空欄部A〜Cに入る最も適切なものを後の語群から選び、番号で答えなさい。（同志社女子大）

『発心集』の著者は［A］である。彼には中世の二大随筆の一つとされる『［B］』の著もある。歌人として歌論『［C］』の著もある。

A ① 兼好法師 ② 本居宣長 ③ 鴨長明 ④ 西行
B ① 枕草子 ② 徒然草 ③ 撰集抄 ④ 方丈記
C ① 無名草子 ② 無名抄 ③ 袋草紙 ④ 古来風体抄

答 A＝③ B＝④ C＝② ⇨p.49

【四】次のうち、『徒然草』の内容に合致しないものを一つ選びなさい。（九州女子大）

〔1〕教訓的な色合いの強い人生論の書である。
〔2〕作者の有職故実の知識や深い学問・教養が作品の背景にある。
〔3〕長く宮廷に仕えている作者の視点が随所に見られる。
〔4〕序段を含めて長短二百四十四の章段から成る。
〔5〕作品全体が無常観に貫かれた態度で執筆されている。

答〔3〕 ⇨p.49

【五】『とはずがたり』の作者名を次から選び、符号で答えよ。（熊本県立大）

ア 弁内侍 イ 阿仏尼 ウ 菅原孝標女
エ 後深草院二条 オ 建礼門院右京大夫

答 エ ⇨p.50

【六】次に挙げる日記文学作品の中で最も成立の遅い作品はどれか。最も適当なものを、次の選択肢の中から選べ。（武庫川女子大）

① 十六夜日記 ② 和泉式部日記 ③ 蜻蛉日記
④ 讃岐典侍日記 ⑤ 更級日記

答 ① ⇨p.34〜35・50

近世

【一】松尾芭蕉の『芭蕉七部集』に入らないものを、次の1〜8の中から一つ選び、番号で答えよ。（佛教大）

1 『奥の細道』 2 『冬の日』 3 『春の日』
4 『曠野』 5 『ひさご』 6 『猿蓑』
7 『炭俵』 8 『続猿蓑』

答 1 ⇨p.54

【二】『更科紀行』の作者は「蕉風」の開祖であり、俳諧を文学にまで高めたとされる人物であるが、次の選択肢のうちこの人物が書いた作品ではないものはどれか。一つだけ選びなさい。（名城大）

ア 『笈の小文』 イ 『野ざらし紀行』
ウ 『嵯峨日記』 エ 『折たく柴の記』 オ 『奥の細道』

答 エ ⇨p.54・56

【三】蕪村の正しいフルネームを1〜5の中から一つ選べ。またその活躍期をイ〜ニの中から一つ選べ。（法政大）

1 よさぶそん 2 よさのぶそん 3 よさのてっかん
4 まつおばしょう 5 こばやしいっそん
イ 一六一〇年代 ロ 一七七〇年代
ハ 一八九〇年代 ニ 一九三〇年代

答 フルネーム＝1 活躍期＝ロ ⇨p.55

解説
中世【六】『去来抄』は江戸時代に向井去来が著した俳論。【七】『増鏡』は歴史物語。【10】『十訓抄』は説話。**近世**【二】『更科紀行』の作者は松尾芭蕉。『折たく柴の記』は新井白石の著作。

【四】本居宣長が師事した人は誰か、次の中から選んで答えなさい。（京都外国語大）

a 荷田春満　b 賀茂真淵　c 北村季吟
d 契沖　e 平田篤胤　答 b ⇩ p.56

【五】宣長の著作ではないものを次の選択肢の中から一つ選び、その番号で答えなさい。（獨協大）

1 源氏物語玉の小櫛　2 玉勝間　3 風姿花伝
4 古事記伝　5 詞の玉緒　答 3 ⇩ p.51・56

【六】『源氏物語玉の小櫛』は、『源氏物語』ができてからどのくらい後のものか。もっとも適当なものを、次の中から選べ。（早稲田大）

イ 約二〇〇年後　ロ 約四〇〇年後　ハ 約六〇〇年後
ニ 約八〇〇年後　ホ 約一〇〇〇年後
答 ニ ⇩ p.28・56

【七】井原西鶴の作品でないものを次の中から一つ選び、その番号を答えよ。（松山大）

① 好色五人女　② 武家義理物語　③ 本朝二十不孝
④ 南総里見八犬伝　⑤ 日本永代蔵　答 ④ ⇩ p.58〜59

【八】次の文章の空欄（1）〜（4）のそれぞれに入るものを、後のア〜カから選べ。（青山学院大）

西鶴は（1）作者として出発し、（2）によって小説作家に転じた。晩年は町人物を主とし、致富の道を説いた（3）、一年の総決算の日である大晦日を描いた（4）などの作品が有名である。

ア 和歌　イ 俳諧　ウ 日本永代蔵
エ 世間胸算用　オ 好色五人女　カ 好色一代男
答 1＝イ　2＝カ　3＝ウ　4＝エ ⇩ p.58

【九】『世間胸算用』のジャンルとして適当なものを、次の①〜⑤のうちから一つ選べ。（二松学舎大）

① 滑稽本　② 仮名草子　③ 読本
④ 洒落本　⑤ 浮世草子　答 ⑤ ⇩ p.58

【一〇】上田秋成の〔A〕作品・〔B〕その作品の属するジャンルを左記の1〜5の中からそれぞれ一つ選び、その番号を記入せよ。（西南学院大）

〔A〕1 浮世風呂　2 春色梅児誉美　3 通言総籬
4 春雨物語　5 金々先生栄華夢
〔B〕1 読本　2 黄表紙　3 滑稽本
4 洒落本　5 人情本　答〔A〕＝4　〔B〕＝1 ⇩ p.58

【一一】読本の作者として活躍した人物を次の中から一人選びなさい。（昭和女子大）

ア 向井去来　イ 曲亭馬琴　ウ 近松門左衛門
エ 本居宣長　オ 鶴屋南北　答 イ ⇩ p.58〜59

【一二】近松門左衛門の文芸理念として最適なものを次の中から選びなさい。（神奈川大）

1 さび　2 虚実皮膜　3 不易流行　4 もののあはれ　答 2 ⇩ p.60

解説

近世 【五】『風姿花伝』は室町時代に世阿弥が著した能楽書。【六】『源氏物語玉の小櫛』は一七九六年刊。【七】西鶴は談林俳諧の急先鋒《せんぽう》として活躍したのち、第一作『好色一代男』を刊行した。【一一】曲亭馬琴は滝沢馬琴の別名。『南総里見八犬伝』など長編読本（後期）の作者。

近現代の文学（明治）

▲明治時代の町並み（本郷《ほんごう》周辺）

明治時代

一八六七　明治天皇《めいじてんのう》即位
戯作文学《げさくぶんがく》の隆盛（一八七〇ごろ）
西洋道中膝栗毛《せいようどうちゅうひざくりげ》（仮名垣魯文《かながきろぶん》・一八七〇）
西国立志編《さいごくりっしへん》（スマイルズ、中村敬宇《けいう》訳・一八七〇）
安愚楽鍋《あぐらなべ》（仮名垣魯文《かながきろぶん》・一八七一）
学問《がくもん》**のすゝめ**（福沢諭吉《ふくざわゆきち》・一八七二）
翻訳小説《ほんやくしょうせつ》出現（一八七八）

明治時代

一八七九　自由民権運動、文学に反映
新体詩《しんたいし》おこる（一八八二）
政治小説《せいじしょうせつ》隆盛（一八八三ごろ）
写実主義《しゃじつしゅぎ》の提唱始まる（一八八五）
言文一致運動《げんぶんいっちうんどう》
「**我楽多文庫**《がらくたぶんこ》」創刊（一八八五）
小説神髄《しょうせつしんずい》（坪内逍遙《つぼうちしょうよう》・一八八五～一八八六）
浮雲《うきぐも》（二葉亭四迷《ふたばていしめい》・一八八七）
胡蝶《こちょう》（山田美妙《やまだびみょう》・一八八九）
浪漫主義《ろうまんしゅぎ》おこる（一八八九ごろ）
於母影《おもかげ》（森鷗外《もりおうがい》ほか訳・一八八九）
舞姫《まいひめ》（森鷗外《もりおうがい》・一八九〇）
蓬萊曲《ほうらいきょく》（北村透谷《きたむらとうこく》・一八九一）
五重塔《ごじゅうのとう》（幸田露伴《こうだろはん》・一八九一）
「**文学界**《ぶんがくかい》」創刊（一八九三）
滝口入道《たきぐちにゅうどう》（高山樗牛《たかやまちょぎゅう》・一八九四）
一八九四　日清戦争《にっしんせんそう》
観念小説《かんねんしょうせつ》**・深刻小説**《しんこくしょうせつ》流行（一八九四ごろ）
たけくらべ（樋口一葉《ひぐちいちよう》・一八九五）
金色夜叉《こんじきやしゃ》（尾崎紅葉《おざきこうよう》・一八九七）
「**ホトトギス**」創刊（一八九七）
浪漫主義《ろうまんしゅぎ》隆盛（一八九七ごろ）
若菜集《わかなしゅう》（島崎藤村《しまざきとうそん》・一八九七）
武蔵野《むさしの》（国木田独歩《くにきだどっぽ》・一八九八）
歌《うた》**よみに与**《あた》**ふる書**《しょ》（正岡子規《まさおかしき》・一八九八）
写生文《しゃせいぶん》出現（一八九八ごろ）
不如帰《ほととぎす》（徳冨蘆花《とくとみろか》・一八九八）
天地有情《てんちうじょう》（土井晩翠《どいばんすい》・一八九九）
高野聖《こうやひじり》（泉鏡花《いずみきょうか》・一九〇〇）
「**明星**《みょうじょう》」創刊（一九〇〇）
墨汁一滴《ぼくじゅういってき》（正岡子規《まさおかしき》・一九〇一）
みだれ髪《がみ》（与謝野晶子《よさのあきこ》・一九〇一）
はやり唄《うた》（小杉天外《こすぎてんがい》・一九〇二）

明治時代

地獄《じごく》の花《はな》（永井荷風《ながいかふう》・一九〇二）
一九〇四　日露戦争《にちろせんそう》
吾輩《わがはい》**は猫**《ねこ》**である**（夏目漱石《なつめそうせき》・一九〇五）
海潮音《かいちょうおん》（上田敏《うえだびん》訳・一九〇五）
野菊《のぎく》**の墓**《はか》（伊藤左千夫《いとうさちお》・一九〇六）
破戒《はかい》（島崎藤村《しまざきとうそん》・一九〇六）
蒲団《ふとん》（田山花袋《たやまかたい》・一九〇七）
自然主義文学《しぜんしゅぎぶんがく》成立（一九〇七）
有明集《ありあけしゅう》（蒲原有明《かんばらありあけ》・一九〇八）
何処《どこ》**へ**（正宗白鳥《まさむねはくちょう》・一九〇八）
俳諧師《はいかいし》（高浜虚子《たかはまきょし》・一九〇八）
春《はる》（島崎藤村《しまざきとうそん》・一九〇八）
海《うみ》**の声**《こえ》（若山牧水《わかやまぼくすい》・一九〇八）
三四郎《さんしろう》（夏目漱石《なつめそうせき》・一九〇八）
新世帯《あらじょたい》（徳田秋声《とくだしゅうせい》・一九〇八）
「**アララギ**」創刊（一九〇八）
「**スバル**」創刊（一九〇九）
耽美主義《たんびしゅぎ》おこる（一九〇九）
邪宗門《じゃしゅうもん》（北原白秋《きたはらはくしゅう》・一九〇九）
それから（夏目漱石《なつめそうせき》・一九〇九）
ヰタ・セクスアリス（森鷗外《もりおうがい》・一九〇九）
家《いえ》（島崎藤村《しまざきとうそん》・一九一〇）
門《もん》（夏目漱石《なつめそうせき》・一九一〇）
「**白樺**《しらかば》」創刊（一九一〇）
一九一〇　大逆事件《たいぎゃくじけん》
石川啄木《いしかわたくぼく》、『時代閉塞《じだいへいそく》の現状《げんじょう》』寄稿（一九一〇）
遠野物語《とおのものがたり》（柳田国男《やなぎたくにお》・一九一〇）
刺青《しせい》（谷崎潤一郎《たにざきじゅんいちろう》・一九一〇）
一握《いちあく》**の砂**《すな》（石川啄木《いしかわたくぼく》・一九一〇）
或《あ》**る女**《おんな》（有島武郎《ありしまたけお》・一九一一）
お目出《めで》**たき人**《ひと》（武者小路実篤《むしゃのこうじさねあつ》・一九一一）
雁《がん》（森鷗外《もりおうがい》・一九一一）
「青鞜《せいとう》」創刊（一九一一）

写真で見る文学史

小説・評論
詩
短歌
俳句

1868（明元）

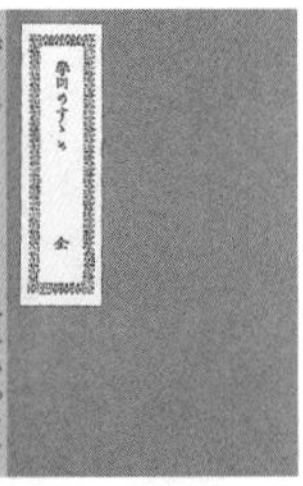
『学問《がくもん》のすゝめ』（福沢諭吉《ふくざわゆきち》）

『安愚楽鍋《あぐらなべ》』（仮名垣魯文《かながきろぶん》）

『西洋道中膝栗毛《せいようどうちゅうひざくりげ》』（仮名垣魯文《かながきろぶん》）

1877（明10）

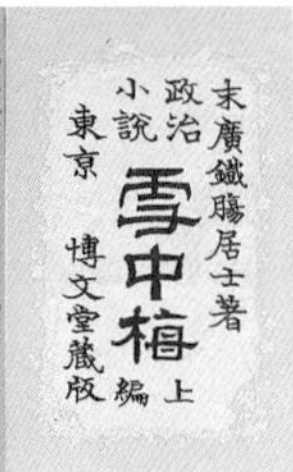
『雪中梅《せっちゅうばい》』（末広鉄腸《すえひろてっちょう》）

「我楽多文庫《がらくたぶんこ》」

『小説神髄《しょうせつしんずい》』（右）『当世書生気質《とうせいしょせいかたぎ》』（左）（坪内逍遙《つぼうちしょうよう》）

『新体詩抄《しんたいししょう》』（外山正一《とやままさかず》ほか）

1887（明20）

『五重塔《ごじゅうのとう》』（幸田露伴《こうだろはん》）

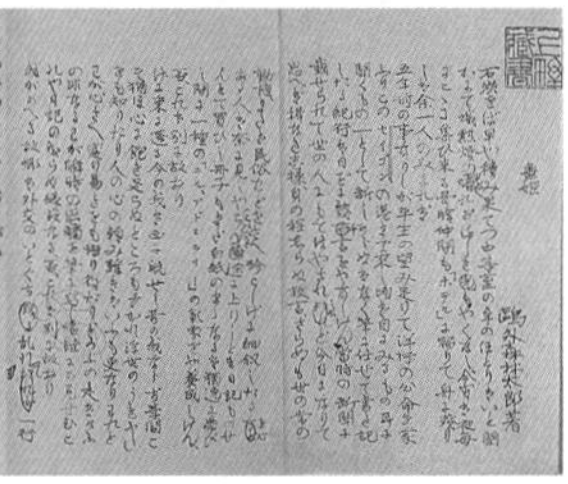
『舞姫《まいひめ》』（森鷗外《もりおうがい》）原稿

「しがらみ草紙《そうし》」

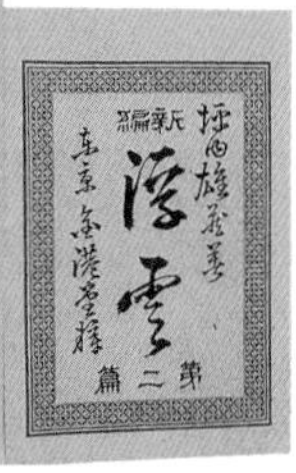
『浮雲《うきぐも》』（二葉亭四迷《ふたばていしめい》）

1894
日清戦争《にっしんせんそう》
1895

『多情多恨《たじょうたこん》』（尾崎紅葉《おざきこうよう》）

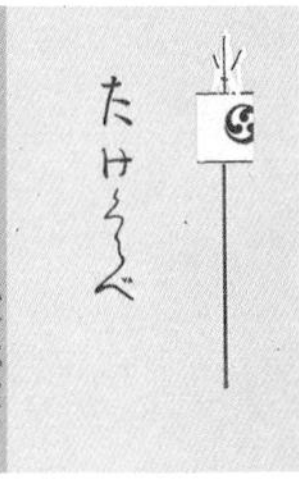
『たけくらべ』（樋口一葉《ひぐちいちよう》）

「文学界《ぶんがくかい》」

『蓬莱曲《ほうらいきょく》』（北村透谷《きたむらとうこく》）

1897（明30）

『天地有情《てんちうじょう》』（土井晩翠《どいばんすい》）

『金色夜叉《こんじきやしゃ》』（尾崎紅葉《おざきこうよう》）挿絵

『若菜集《わかなしゅう》』（島崎藤村《しまざきとうそん》）

「ホトトギス」

1904
日露戦争《にちろせんそう》
1905

『地獄《じごく》の花《はな》』（永井荷風《ながいかふう》）口絵

『海潮音《かいちょうおん》』（上田敏《うえだびん》）

『竹《たけ》の里歌《さとうた》』（正岡子規《まさおかしき》）

『みだれ髪《がみ》』（与謝野晶子《よさのあきこ》）

「明星《みょうじょう》」

『白羊宮《はくようきゅう》』（薄田泣菫《すすきだきゅうきん》）

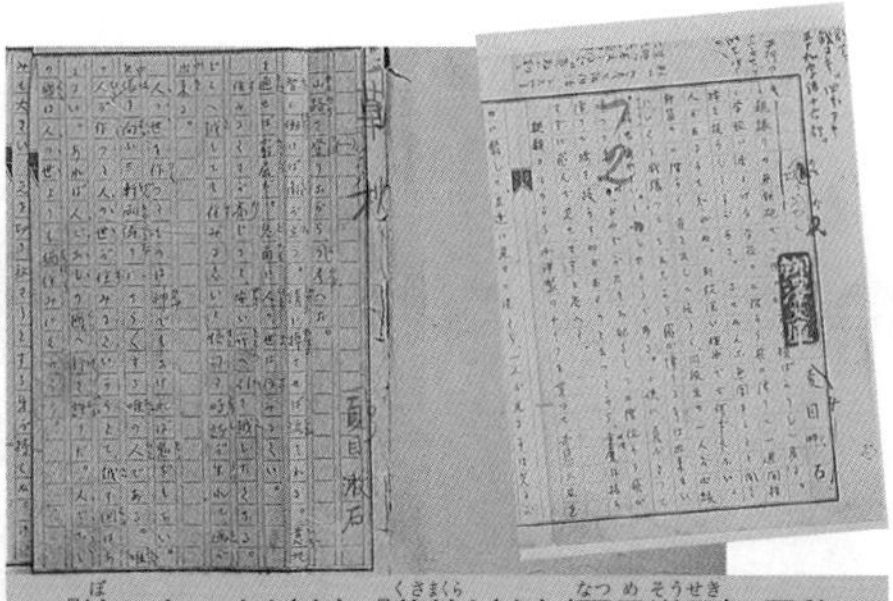

『坊《ぼっ》つちゃん』（右）『草枕《くさまくら》』（左）（夏目漱石《なつめそうせき》）原稿

『吾輩《わがはい》は猫《ねこ》である』（夏目漱石《なつめそうせき》）挿絵

『破戒《はかい》』（島崎藤村《しまざきとうそん》）

1907（明40）

『三四郎《さんしろう》』（夏目漱石《なつめそうせき》）

『虞美人草《ぐびじんそう》』（夏目漱石《なつめそうせき》）

『春《はる》』（島崎藤村《しまざきとうそん》）挿絵

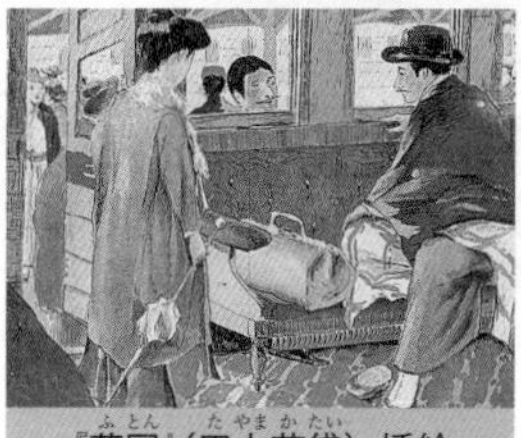

『蒲団《ふとん》』（田山花袋《たやまかたい》）挿絵

『それから』（夏目漱石《なつめそうせき》）

「アララギ」

『すみだ川《がわ》』（永井荷風《ながいかふう》）

『田舎教師《いなかきょうし》』（田山花袋《たやまかたい》）口絵

『門《もん》』（夏目漱石《なつめそうせき》）

『邪宗門《じゃしゅうもん》』（北原白秋《きたはらはくしゅう》）

「スバル」

『刺青《しせい》』（谷崎潤一郎《たにざきじゅんいちろう》）

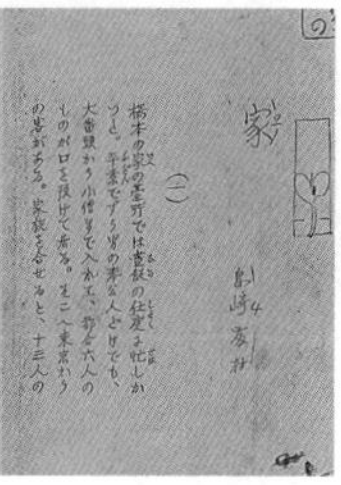

『家《いえ》』（島崎藤村《しまざきとうそん》）原稿

1910

大逆事件《たいぎゃくじけん》

『一握《いちあく》の砂《すな》』（石川啄木《いしかわたくぼく》）

「白樺《しらかば》」

▲「白樺《しらかば》」同人（大正八年）前列左武者小路《むしゃのこうじ》実篤《さねあつ》、後列右より高村光太郎《たかむらこうたろう》、長与善郎《ながよよしろう》、志賀直哉《しがなおや》。

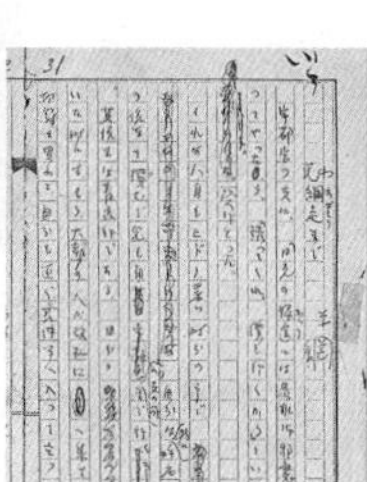

『網走《あばしり》まで』（志賀直哉《しがなおや》）原稿

『雁《がん》』（森鷗外《もりおうがい》）口絵

『お目出《めで》たき人《ひと》』（武者小路《むしゃのこうじ》実篤《さねあつ》）

1911（明44）

作家の横顔

書画・彫刻

▶夏目漱石《なつめそうせき》筆《ひつ》「朱衣達磨渡江図《しゅいだるまとこうず》」

▶川端康成《かわばたやすなり》の書

▶井伏鱒二《いぶせますじ》筆「桃」

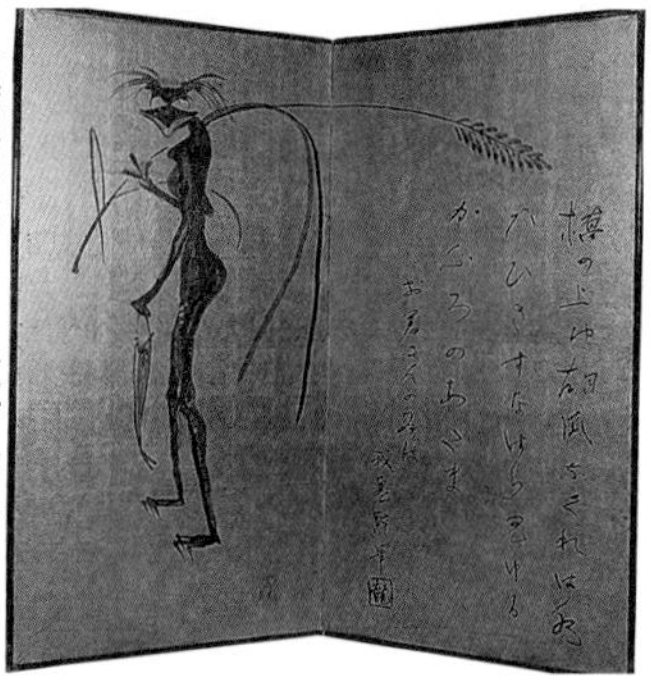

▶芥川龍之介《あくたがわりゅうのすけ》自筆の河童《かっぱ》の屏風《びょうぶ》

▶高村光太郎《たかむらこうたろう》作「うそ鳥《どり》」 光太郎は彫刻家としても活躍した。

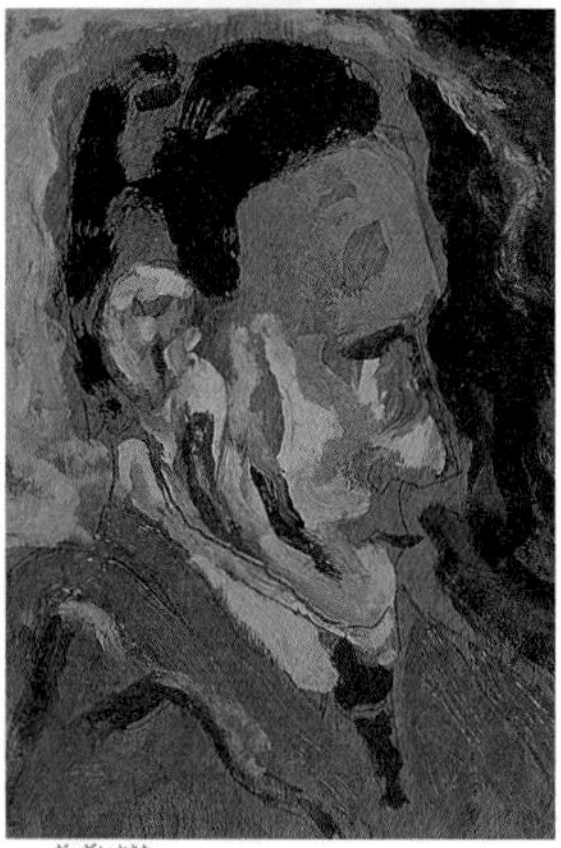

▲太宰治《だざいおさむ》自画像

舞台

▲高浜虚子《たかはまきょし》の「熊野《ゆや》」 能に造詣が深く、自身も演じた。

▲寺山修司《てらやましゅうじ》演出の路上劇「人力飛行機《じんりきひこうき》ソロモン」 修司主宰の劇団「天井桟敷《てんじょうさじき》」による公演の様子。

▲三島由紀夫《みしまゆきお》『近代能楽集《きんだいのうがくしゅう》』 能楽を愛した三島由紀夫による、翻案戯曲集。

音楽

▲永井荷風《ながいかふう》『ふらんす物語《ものがたり》』（口絵） 付録として、荷風による詳細な西洋音楽の紹介がある。

▶宮沢賢治《みやざわけんじ》愛用のチェロと妹トシのバイオリン

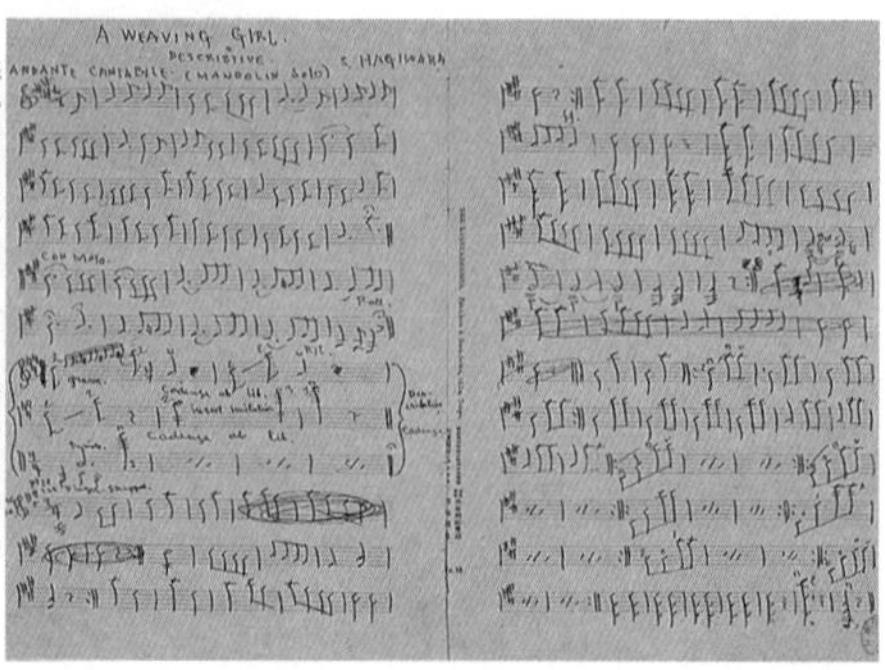

▶萩原朔太郎《はぎわらさくたろう》自筆譜「機織《はたお》る乙女《おとめ》」 音楽を愛し、マンドリンを弾く朔太郎は、自ら作曲もした。

近現代文学概説

自我に目覚めた文学の時代―明治―

一八六八年の明治政府《めいじ》の発足以降を**近現代《きんげんだい》**という。

明治《めいじ》政府は鎖国《さこく》による遅れをとりもどすため、急速な欧化政策をとり、その影響は**戯作文学《げさくぶんがく》**や伝統的な和歌が作られるにとどまっていた文学にも及んだ。**福沢諭吉《ふくざわゆきち》**は『**学問《がくもん》のすゝめ**』を著して**啓蒙主義《けいもうしゅぎ》**を広め、**翻訳《ほんやく》小説《しょうせつ》**や自由民権運動《じゆうみんけんうんどう》を背景とした**政治小説《せいじしょうせつ》**も作られた。明治十五年には『**新体詩抄《しんたいししょう》**』によって新しい詩の理念が示された。

明治十八年には**坪内逍遙《つぼうちしょうよう》**が日本初の小説論『**小説神髄《しょうせつしんずい》**』で人間の心理をとらえた**写実主義《しゃじつしゅぎ》**の小説を作ることを提唱し、実験作『**当世書生気質《とうせいしょせいかたぎ》**』を発表した。翌年、**二葉亭四迷《ふたばていしめい》**は逍遙《しょうよう》の理論を**言文一致体《げんぶんいっちたい》**を用いて『**浮雲《うきぐも》**』で実践し、ここに近代小説が歩み始めた。

明治二十年代に入ると、西欧化の反動で**国粋主義《こくすいしゅぎ》**的な風潮が見られるようになり、**擬古典主義《ぎこてんしゅぎ》**の文学が生まれた。**尾崎紅葉《おざきこうよう》**と**山田美妙《やまだびみょう》**は、明治十八年に日本初の文学結社**硯友社《けんゆうしゃ》**を結成し、機関誌「**我楽多文庫《がらくたぶんこ》**」を発行した。彼らは**井原西鶴《いはらさいかく》**の文章を手本に写実《しゃじつ》的な小説を残した。紅葉《こうよう》と同じく西鶴《さいかく》の影響を受けた**幸田露伴《こうだろはん》**は『**風流仏《ふうりゅうぶつ》**』などを発表し、露伴《ろはん》の影響を受けた**樋口一葉《ひぐちいちよう》**は『**たけくらべ**』などを著した。

一方、ドイツ留学を終えた**森鷗外《もりおうがい》**は小説『**舞姫《まいひめ》**』、訳詩集『**於母影《おもかげ》**』（共著）を発表し、**写実主義《しゃじつしゅぎ》**に対して**浪漫主義《ろうまんしゅぎ》**文学を広めた。雑誌「**文学界《ぶんがくかい》**」の中心人物**北村透谷《きたむらとうこく》**は、劇詩『**蓬萊曲《ほうらいきょく》**』、評論『**内部生命論《ないぶせいめいろん》**』などを発表し、浪漫主義《ろうまんしゅぎ》の中心的作家となった。透谷《とうこく》の友人**島崎藤村《しまざきとうそん》**は**浪漫詩《ろうまんし》**を作り、明治三十年に『**若菜集《わかなしゅう》**』を発表した。同じころ、短歌と俳句の革新運動が展開された。**与謝野鉄幹《よさのてっかん》**は**新詩社《しんししゃ》**を創設、雑誌「**明星《みょうじょう》**」を創刊し、**与謝野晶子《よさのあきこ》**らが浪漫主義《ろうまんしゅぎ》の短歌を広めた。**正岡子規《まさおかしき》**は雑誌「**ホトトギス**」に拠《よ》って俳句革新運動を展開し、『**歌《うた》よみに与《あた》ふる書《しょ》**』で短歌革新にものり出した。子規《しき》が主張した「**写生**」の方法は、短歌では**伊藤左千夫《いとうさちお》**らに引き継がれてのちのアララギ派を生み、俳句では**高浜虚子《たかはまきょし》**に継承された。**河東碧梧桐《かわひがしへきごとう》**は虚子《きょし》に対抗して**新傾向俳句《しんけいこうはいく》**を作った。

明治四十年前後には**島崎藤村《しまざきとうそん》**の『**破戒《はかい》**』、**田山花袋《たやまかたい》**の『**蒲団《ふとん》**』などが発表され、現実をありのままに描写しようとする**自然主義《しぜんしゅぎ》**文学が広まった。この傾向はその後、**私小説《わたくししょうせつ》**へとつながった。**夏目漱石《なつめそうせき》**と**森鷗外《もりおうがい》**は自然《しぜん》主義《しゅぎ》に対して独自な立場で作品を著し、**余裕派《よゆうは》**・**高踏派《こうとうは》**と呼ばれた。また、**永井荷風《ながいかふう》**・**谷崎潤一郎《たにざきじゅんいちろう》**らの**耽美派《たんびは》**や、**人道主義《じんどうしゅぎ》**に基づき自我の尊重を唱えた**武者小路実篤《むしゃのこうじさねあつ》**・**志賀直哉《しがなおや》**らの**白樺派《しらかばは》**も自然主義に批判的な立場を取り、明治末期から大正時代にかけて大いに活躍した。同じころ、**口語自由詩《こうごじゆうし》**が盛んになった。

学習のポイント

- 言文一致体《げんぶんいっちたい》の小説を書いた作家を覚えよう。
- 擬古典主義《ぎこてんしゅぎ》の作家と作品を覚えよう。
- 浪漫主義文学《ろうまんしゅぎぶんがく》の作家・詩人・歌人を覚えよう。
- 自然主義文学《しぜんしゅぎぶんがく》の作家と作品を覚えよう。
- 反自然主義文学《はんしぜんしゅぎぶんがく》について次の点を覚えよう。
  ①森鷗外《もりおうがい》・夏目漱石《なつめそうせき》（高踏派《こうとうは》・余裕派《よゆうは》）　②耽美派《たんびは》　③白樺派《しらかばは》

小説・評論

◇啓蒙主義《けいもうしゅぎ》　明治元～一八

明治《めいじ》初期には近世《きんせい》の**戯作《げさく》**を受け継いだ文学のほかに、西洋思想を伝えた啓蒙思想家《けいもうしそうか》の評論がある。また、＊翻訳小説《ほんやくしょうせつ》や、自由《じゆう》民権運動《みんけんうんどう》を背景にして政治意識の高揚《こうよう》のために書かれた＊**政治小説《せいじしょうせつ》**がある。

◇写実主義《しゃじつしゅぎ》　明治一八～三〇

文明開化《ぶんめいかいか》の目的に利用された文学に対し、人間の心理を分析し、現実をありのままに描こうとする**写実主義《しゃじつしゅぎ》**文学が作られた。

主な作家と作品

①坪内逍遙《つぼうちしょうよう》『小説神髄《しょうせつしんずい》』
②二葉亭四迷《ふたばていしめい》『浮雲《うきぐも》』

クローズアップ

●坪内逍遙《つぼうちしょうよう》の文学理論書と実践作品を覚えよう。
①理論『小説神髄《しょうせつしんずい》』
②作品『当世書生気質《とうせいしょせいかたぎ》』
●二葉亭四迷《ふたばていしめい》の文学理論書と実践作品を覚えよう。
①理論『小説総論《しょうせつそうろん》』
②作品『浮雲《うきぐも》』

福沢諭吉《ふくざわゆきち》　啓蒙主義《けいもうしゅぎ》の代表

一八三四年(天保《てんぽう》五)～一九〇一年(明治《めいじ》三四)。

代表作　評論『**学問《がくもん》のすゝめ**』『**文明論之概略《ぶんめいろんのがいりゃく》**』

ポイント　①在野の学者としてイギリス的な**功利主義《こうりしゅぎ》**と**富国強兵《ふこくきょうへい》**を説いた。②蘭学《らんがく》から英学《えいがく》に移り、一八六〇年(万延《まんえん》元)の遣米使節《けんべいしせつ》の一員となる。③一八六一年(文久《ぶんきゅう》元)には幕府の通訳として渡欧し、一八六六年(慶《けい》応《おう》二)から一八七〇年(明治三)にかけて、欧米での見聞をまとめた『**西洋事情《せいようじじょう》**』を刊行。④慶應義塾《けいおうぎじゅく》の創始者。⑤＊**明六社《めいろくしゃ》**に参加。

▲福沢諭吉

坪内逍遙《つぼうちしょうよう》　新しい小説の理論家

一八五九年(安政《あんせい》六)～一九三五年(昭和一〇)。

代表作　評論『**小説神髄《しょうせつしんずい》**』、小説『**当世書生気質《とうせいしょせいかたぎ》**』など。

ポイント　①開化を目的とした文学に対して、文学独自の価値を求めた。②一八八五年(明治一八)から翌年にかけて『**小説神髄《しょうせつしんずい》**』を発表し、人間の心理を分析し、**写実的《しゃじつてき》**に描く文学の理論と方法を訴えた。③写実《しゃじつ》の手法を『**当世書生気質《とうせいしょせいかたぎ》**』で実践《じっせん》しようとしたが、内面の心理まではとらえられなかった。④**森鷗外《もりおうがい》**と＊「**没理想論争《ぼつりそうろんそう》**」をたたかわせた。

▲坪内逍遙

二葉亭四迷《ふたばていしめい》　写実主義《しゃじつしゅぎ》の実践家《じっせんか》

一八六四年(元治《げんじ》元)～一九〇九年(明治四二)。

代表作　小説『**浮雲《うきぐも》**』、翻訳『**あひびき**』『**めぐりあひ**』、評論『**小説総論《しょうせつそうろん》**』など。

ポイント　①＊**言文一致運動《げんぶんいっちうんどう》**の先駆者《せんくしゃ》。②**坪内逍遙《つぼうちしょうよう》**の『**小説神髄《しょうせつしんずい》**』に影響され、**写《しゃ》実主義《じつしゅぎ》**の実践として『**浮雲《うきぐも》**』を発表した。近代的自我《きんだいてきじが》に目覚めた平凡な青年内海文三《うつみぶんぞう》を主人公とするこの小説は、**言文一致体《げんぶんいっちたい》**によって知識人の内面的苦悩を描いたという点で、その後の文学の行方《ゆくえ》を決定した。③**ロシア文学の翻訳**にもすぐれた。

▲二葉亭四迷

●啓蒙期《けいもうき》の文学一覧

戯作《げさく》文学	啓蒙《けいもう》思想	翻訳《ほんやく》小説	政治《せいじ》小説
仮名垣魯文《かながきろぶん》 『西洋道中膝栗毛《せいようどうちゅうひざくりげ》』 『安愚楽鍋《あぐらなべ》』 ↓江戸《えど》の戯作《げさく》を継承	**福沢諭吉《ふくざわゆきち》** 『学問《がくもん》のすゝめ』 **中村正直《なかむらまさなお》**(敬宇《けいう》) 『西国立志編《さいごくりっしへん》』 ↓西欧の思想を紹介	丹羽純一郎《にわじゅんいちろう》 『花柳春話《かりゅうしゅんわ》』 川島忠之介《かわしまちゅうのすけ》 『八十日間世界一周《はちじゅうにちかんせかいいっしゅう》』	**矢野龍渓《やのりゅうけい》** 『経国美談《けいこくびだん》』 **東海散士《とうかいさんし》** 『佳人之奇遇《かじんのきぐう》』 **末広鉄腸《すえひろてっちょう》** 『雪中梅《せっちゅうばい》』

▲『当世書生気質』挿絵

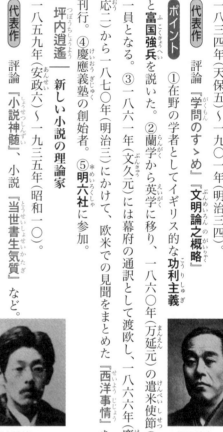

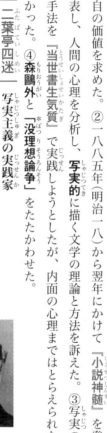

◆擬古典主義《ぎこてんしゅぎ》　明治二〇年代

明治二十年代には西欧化の反動で国粋主義《こくすいしゅぎ》的な風潮が生じた。文学では、写実主義《しゃじつしゅぎ》の流れを受けながら、井原西鶴《いはらさいかく》を手本とする傾向が見られた。これを**擬古《ぎこ》典主義《てんしゅぎ》**という。この中心には**「*硯《けん》友社《ゆうしゃ》」**の作家たちがいる。

主な作家と作品

①**尾崎紅葉《おざきこうよう》**『多情多恨《たじょうたこん》』
②**山田美妙《やまだびみょう》**『夏木立《なつこだち》』
③**幸田露伴《こうだろはん》**『五重塔《ごじゅうのとう》』
④**樋口一葉《ひぐちいちよう》**『たけくらべ』

クローズアップ

●言文一致体《げんぶんいっちたい》をつくった作家を覚えよう。
①**二葉亭四迷《ふたばていしめい》**「〜だ」調
②**尾崎紅葉《おざきこうよう》**「〜である」調
③**山田美妙《やまだびみょう》**「〜です」調

─**尾崎紅葉《おざきこうよう》**─　言文一致体《げんぶんいっちたい》の完成者

一八六八年(慶応《けいおう》四)〜一九〇三年(明治三六)。

代表作　小説**『二人比丘尼色懺悔《ににんびくにいろざんげ》』『多情多恨《たじょうたこん》』『金色夜叉《こんじきやしゃ》』**など。

ポイント　①日本最初の文学結社**「硯友社《けんゆうしゃ》」**を結成。②機関誌**「我楽多文庫《がらくたぶんこ》」**を発行。③表現方法としては**写実《しゃじつ》的**な描写を継承する。④作品の内容は**井原西鶴《いはらさいかく》**に範を求めながら、女性を中心に描いた作品が多い。⑤**『二人比丘尼色懺悔《ににんびくにいろざんげ》』**は***雅《が》俗折衷体《ぞくせっちゅうたい》**で書いた。⑥**『多情多恨《たじょうたこん》』**では主人公の心理を精密に描き、**言文一致体《げんぶんいっちたい》**を完成させた。⑦**『金色夜叉《こんじきやしゃ》』**は**美文調《びぶんちょう》**で、金銭のせいで裏切られた恋を描いた。

▲尾崎紅葉

─**幸田露伴《こうだろはん》**─　男性的な理想主義《りそうしゅぎ》

一八六七年(慶応三)〜一九四七年(昭和二二)。

代表作　小説**『風流仏《ふうりゅうぶつ》』『五重塔《ごじゅうのとう》』**など。

ポイント　①**井原西鶴《いはらさいかく》**の影響を受けた。②漢学の教養を生かした作品を残す。③**『風流仏《ふうりゅうぶつ》』**では、一徹《いってつ》な若い彫刻師《ちょうこくし》の恋と執念《しゅうねん》を描いた。④**『五重塔《ごじゅうのとう》』**では、塔の建立《こんりゅう》に全身全霊《ぜんしんぜんれい》をかけた職人の姿を描いた。⑤文体は**雅俗折衷体《がぞくせっちゅうたい》**で、男性的・理想的な作風。⑥**尾崎紅葉《おざきこうよう》**の写実派に対して理想派と称され、**「紅露《こうろ》」時代**を築いた。

▲幸田露伴

─**樋口一葉《ひぐちいちよう》**─　薄幸《はっこう》の女流天才作家

一八七二年(明治五)〜一八九六年(明治二九)。

代表作　小説**『大《おお》つごもり』『にごりえ』『たけくらべ』『十三夜《じゅうさんや》』**、日記『一葉日記《いちようにっき》』など。

ポイント　①**幸田露伴《こうだろはん》**の影響を受けた。②文体は**雅俗折衷体《がぞくせっちゅうたい》**。③**『たけくらべ』**は**浪漫主義《ろうまんしゅぎ》**の雑誌**「文学界《ぶんがくかい》」**に発表され、下町情緒《したまちじょうちょ》や、大人へと成長する子供の微妙《びみょう》な心理を写実《しゃじつ》的に描いた。④肺結核により二十四歳で早世。

▲樋口一葉

用語解説

***翻訳小説《ほんやくしょうせつ》**　西洋化が進む中、翻訳により、政治や文化、風俗を紹介した小説。

***政治小説《せいじしょうせつ》**　自由民権運動《じゆうみんけんうんどう》とともに盛んに作られた、政治意識を啓蒙《けいもう》するための小説。

***明六社《めいろくしゃ》**　一八七三年(明治六)に作られた、啓蒙思想家《けいもうしそうか》の団体。

***没理想論争《ぼつりそうろんそう》**　坪内逍遙《つぼうちしょうよう》が写実主《しゃじつしゅ》義《ぎ》の立場から「没理想《ぼつりそう》」の客観主《きゃっかんしゅ》義《ぎ》の立場を主張したのに対して、森鷗外《もりおうがい》が理想や美を重視する浪《ろう》漫主義《まんしゅぎ》の立場で反論した論争。

***言文一致運動《げんぶんいっちうんどう》**　文章を話し言葉で書き表そうとする運動。二葉《ふたば》亭四迷《ていしめい》は「〜だ」調、山田美妙《やまだびみょう》は「〜です」調、尾崎紅葉《おざきこうよう》は「〜である」調を用いた。

***硯友社《けんゆうしゃ》**　一八八五年(明治一八)に尾崎紅葉《おざきこうよう》・山田美妙《やまだびみょう》らが設立した、日本で最初の文学結社。機関誌「我楽多文庫《がらくたぶんこ》」を発行。

***雅俗折衷体《がぞくせっちゅうたい》**　雅語《がご》(みやびやかな言葉)と俗語《ぞくご》(日常の言葉)をとりまぜた文体。

◇**浪漫主義**《ろうまんしゅぎ》　明治二一、三〇年代

十八世紀後半からヨーロッパの市民社会で広まった文芸思潮。自我《じが》の目覚めと個性を尊重する意識が強く、封建《ほうけん》的な倫理観に反対する立場をとり、若者の共感を得た。日本では、**「文学界」**《ぶんがくかい》の活動のほかに、ドイツ留学から帰国した**森鷗外**《もりおうがい》の翻訳や創作によって推進された。

主な作家と作品

①**森鷗外**《もりおうがい》『舞姫《まいひめ》』『即興詩人《そっきょうしじん》』
②**北村透谷**《きたむらとうこく》『内部生命論《ないぶせいめいろん》』
③**国木田独歩**《くにきだどっぽ》『武蔵野《むさしの》』
④**高山樗牛**《たかやまちょぎゅう》『滝口入道《たきぐちにゅうどう》』
⑤**徳冨蘆花**《とくとみろか》『不如帰《ほととぎす》』

クローズアップ

●浪漫主義《ろうまんしゅぎ》の代表作を覚えよう。
①森鷗外《もりおうがい》『**舞姫**《まいひめ》』
②北村透谷《きたむらとうこく》『**内部生命論**《ないぶせいめいろん》』
③国木田独歩《くにきだどっぽ》『**武蔵野**《むさしの》』

北村透谷《きたむらとうこく》　**自我《じが》の確立のさきがけ**

一八六八年(明治元)〜一八九四年(明治二七)。

代表作　評論『**人生《じんせい》に相渉《あいわた》るとは何《なん》の謂《い》ぞ**』『**内部生命論**《ないぶせいめいろん》』、随想『**漫罵**《まんば》』、劇詩『**楚囚之詩**《そしゅうのし》』『**蓬莱曲**《ほうらいきょく》』など。

ポイント　①日本の浪漫主義運動《ろうまんしゅぎうんどう》の先駆者。**浪漫詩**《ろうまんし》(↓p.79)の詩人のさきがけでもある。②**「文学界」**《ぶんがくかい》の指導的な立場にあった。③恋愛を神聖なものと見なし、その意義を訴えた。④**キリスト教的理想主義**《りそうしゅぎ》の立場に立つ。

▲北村透谷

徳冨蘆花《とくとみろか》　**自然と生活の調和を求めた作家**

一八六八年(明治元)〜一九二七年(昭和二)。

代表作　小説『**不如帰**《ほととぎす》』、随想『自然《しぜん》と人生《じんせい》』など。

ポイント　①『**不如帰**《ほととぎす》』で封建制《ほうけんせい》の不合理を指摘した。②肉体と精神、自然と文化の調和を追求。③キリスト教的自由主義者《じゆうしゅぎしゃ》。

▲徳冨蘆花

国木田独歩《くにきだどっぽ》　**自然と共鳴《きょうめい》した文学**

一八七一年(明治四)〜一九〇八年(明治四一)。

代表作　小説『**源叔父**《げんおじ》』『**武蔵野**《むさしの》』『**忘《わす》れえぬ人々**《ひとびと》』『**牛**《ぎゅう》**肉**《にく》**と馬鈴薯**《じゃがいも》』など。

ポイント　①西洋詩の影響を受けて、叙情詩《じょじょうし》を残す。②『**武蔵野**《むさしの》』では、日記や感想をまじえて武蔵野の自然を情緒《じょうちょ》豊かに描写《びょうしゃ》した。③のちの**自然主義文学**《しぜんしゅぎ》に大きな影響を与えた。

▲国木田独歩

泉鏡花《いずみきょうか》　**幻想的な美の世界の描写**

一八七三年(明治六)〜一九三九年(昭和一四)。

代表作　小説『**高野聖**《こうやひじり》』『婦系図《おんなけいず》』『**歌行燈**《うたあんどん》』など。

ポイント　①初期は社会批判の傾向を持つ*観念小説《かんねんしょうせつ》を書いた。②神秘的・幻想的な独自の美の世界を作り上げた。

▲泉鏡花

●「文学界」《ぶんがくかい》の作家一覧

同人
北村透谷《きたむらとうこく》
島崎藤村《しまざきとうそん》
平田禿木《ひらたとくぼく》
上田敏《うえだびん》

寄稿作家
樋口一葉《ひぐちいちよう》
田山花袋《たやまかたい》
幸田露伴《こうだろはん》

●明治二、三〇年代の文学

日清戦争《にっしんせんそう》後の資本主義《しほんしゅぎ》の発展は社会不安を生み出し、社会的な問題を投げかける小説が生まれた。

観念小説《かんねんしょうせつ》
泉鏡花《いずみきょうか》　『夜行巡査《やこうじゅんさ》』『外科室《げかしつ》』

****深刻小説**《しんこくしょうせつ》**(悲惨小説**《ひさんしょうせつ》**)**
川上眉山《かわかみびざん》　『うらおもて』
広津柳浪《ひろつりゅうろう》　『黒蜥蜴《くろとかげ》』『変目伝《へめでん》』

****社会小説**《しゃかいしょうせつ》
徳冨蘆花《とくとみろか》　『黒潮《くろしお》』
木下尚江《きのしたなおえ》　『良人《りょうじん》の自白《じはく》』

▲『高野聖《こうやひじり》』口絵

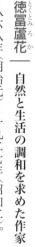

◇自然主義《しぜんしゅぎ》　明治三九～末

十九世紀後半にフランスを中心に展開された運動で、本来は人間や社会を科学的にとらえて客観的に描写しようとするものだったが、日本では醜悪《しゅうあく》な現実をありのままに（自然）に描写する自己告白《じここくはく》の作風が広まり、のちの**＊私小説《わたくししょうせつ》**が生まれる源となった。

主な作家と作品

①**島崎藤村《しまざきとうそん》**『破戒《はかい》』
②**田山花袋《たやまかたい》**『蒲団《ふとん》』
③**徳田秋声《とくだしゅうせい》**『新世帯《あらじょたい》』
④**正宗白鳥《まさむねはくちょう》**『何処《どこ》へ』

クローズアップ

● 自然主義《しぜんしゅぎ》文学を確立した作家を覚えよう。
①**島崎藤村《しまざきとうそん》**
②**田山花袋《たやまかたい》**

● 自然主義《しぜんしゅぎ》文学の影響を受けて、私小説《わたくししょうせつ》を書いた作家を覚えよう。
①**徳田秋声《とくだしゅうせい》**
②**正宗白鳥《まさむねはくちょう》**

―島崎藤村《しまざきとうそん》―　浪漫《ろうまん》詩人から自然主義《しぜんしゅぎ》作家へ

一八七二年（明治五）～一九四三年（昭和一八）。

代表作　小説『**破戒《はかい》**』『**春《はる》**』『**家《いえ》**』『**新生《しんせい》**』『**夜明《よあ》け前《まえ》**』、詩集『**若菜集《わかなしゅう》**』など。

ポイント　①初めは**浪漫詩《ろうまんし》**を書いていたが、写生文《しゃせいぶん》『**千曲川《ちくまがわ》のスケッチ**』で**散《さん》文《ぶん》**に移った。②一九〇六年（明治三九）発表の『**破戒《はかい》**』は、日本初の本格的な自然《しぜん》主義《しゅぎ》文学と言える記念碑的作品である。父親の戒《いまし》めを破り、苦悩の末、自己の素《す》性《じょう》を告白する青年を主人公にしたこの小説は、**社会的な問題提起**にもなっている。③『**春《はる》**』は理想に破れた青年や芸術を追求する青年の姿を**自伝《じでん》的**に描いた作品である。④『**家《いえ》**』は没落する旧家を描いた**自伝《じでん》的**な作品である。⑤昭和四年から十年にかけて発表された『**夜《よ》明《あ》け前《まえ》**』は、父親をモデルにした**歴史小説《れきししょうせつ》**である。

▲島崎藤村

―田山花袋《たやまかたい》―　自己告白《じここくはく》の私小説《わたくししょうせつ》の始まり

一八七二年（明治五）～一九三〇年（昭和五）。

代表作　小説『**蒲団《ふとん》**』『**田舎教師《いなかきょうし》**』『**生《せい》**』『**妻《つま》**』など。

ポイント　①一九〇七年（明治四〇）発表の『**蒲団《ふとん》**』が実生活を題材にした**露骨《ろこつ》な告白《こくはく》**で反響をよび、日本に自然《しぜん》主義《しゅぎ》文学が成立した。②『**田舎教師《いなかきょうし》**』では、主観をいっさい排除してありのままに描写する**「平面描写《へいめんびょうしゃ》」**に徹した。③花袋《かたい》の「平面描写《へいめんびょうしゃ》」に対し、岩野泡鳴《いわのほうめい》は「＊一元描写《いちげんびょうしゃ》」を提唱した。

▲田山花袋

―正宗白鳥《まさむねはくちょう》―　虚無《きょむ》的な意識の作家

一八七九年（明治一二）～一九六二年（昭和三七）。

代表作　小説『**何処《どこ》へ**』『入江《いりえ》のほとり』など。

ポイント　①『**何処《どこ》へ**』では、家族や友人関係から間《かん》隔《かく》をおいて、自己の進むべき方向を傍観者《ぼうかんしゃ》的・虚無《きょむ》的に探す主人公を描いている。②『作家論』などの作品で、評論家としても鋭い批評精神を示した。

▲正宗白鳥

● その他の自然主義《しぜんしゅぎ》文学の作家と作品

徳田秋声《とくだしゅうせい》『あらくれ』『黴《かび》』
岩野泡鳴《いわのほうめい》『耽溺《たんでき》』
長塚節《ながつかたかし》『土《つち》』
真山青果《まやませいか》『南小泉村《みなみこいずみむら》』

用語解説

＊**観念小説《かんねんしょうせつ》**　日清戦争《にっしんせんそう》後の社会に潜《ひそ》む悪や、古い道徳などに抵抗する意識や信念を描いた小説。

＊**深刻小説《しんこくしょうせつ》（悲惨小説《ひさんしょうせつ》）**　社会や人間の悲惨な状況を映し出した小説。

＊**社会小説《しゃかいしょうせつ》**　世相を批判し、社会の問題を暴露《ばくろ》する社会的な視点を持った小説。

＊**私小説《わたくししょうせつ》**　作者が実際に経験した事実を描きながら、心境を告白していく小説。

＊**一元描写《いちげんびょうしゃ》**　事件を主人公一人の目を通して描写する方法。

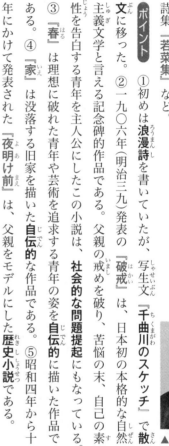

◇反自然主義《はんしぜんしゅぎ》　明治末〜大正中

明治四〇年代に全盛となった自然主義《しぜんしゅぎ》文学が現実の悲惨さを照らし出しすぎたのに対して、理想や美的な世界を描き出そうとする作家たちが現れた。

◆高踏派《こうとうは》・余裕派《*よゆうは》

森鷗外《もりおうがい》と**夏目漱石《なつめそうせき》**はともに外国留学の経験を持ち、教養の深さと鋭い批判精神で多くの人々に影響を与えた。

元来、浪漫主義《ろうまんしゅぎ》的な傾向を持つ森鷗外《もりおうがい》は小倉への左遷後、しばらく文壇《ぶんだん》から離れていたが、雑誌**「スバル」**の創刊とともに活動を再開し、歴史小説《れきししょうせつ》や史伝《しでん》を著し、独自の作風を示して**「高踏派《こうとうは》」**と呼ばれた。

夏目漱石《なつめそうせき》は初めユーモアに富んだ小説を書いたが、しだいに人生や人間の心理を見つめた作品を書くようになった。余裕をもって対象を観察した文学の意義を訴え、**「余裕派《よゆうは》」**と呼ばれた。

主な作家と作品

①**森鷗外《もりおうがい》**『青年《せいねん》』『阿部一族《あべいちぞく》』

②**夏目漱石《なつめそうせき》**『こころ』

森鷗外《もりおうがい》　浪漫主義《ろうまんしゅぎ》から歴史小説《れきししょうせつ》へ

一八六二年(文久《ぶんきゅう》二)〜一九二二年(大正一一)。

代表作　訳詩集『於母影《おもかげ》』(共著)、翻訳小説『即興詩人《そっきょうしじん》』、小説**『舞姫《まいひめ》』『うたかたの記《き》』『文づかひ《ふみ》』『ヰタ・セクスアリス』『青年《せいねん》』『妄想《もうそう》』『雁《がん》』『阿部一族《あべいちぞく》』『山椒大夫《さんしょうだゆう》』『高瀬舟《たかせぶね》』**、史伝**『渋江抽斎《しぶえちゅうさい》』**など。

ポイント　①**陸軍軍医**としての**ドイツ留学**後、雑誌**「しがらみ草紙《そうし》」**を創刊し、戦闘的・啓蒙《けいもう》的な評論活動を行った。坪内逍遙《つぼうちしょうよう》との**「没理想論争《*ぼつりそうろんそう》」**は特に有名。②ドイツ土産《みやげ》三部作の一つ『舞姫《まいひめ》』を発表した。③雑誌**「スバル」**の主導的役割を果たし、**夏目漱石《なつめそうせき》**の**『三四郎《さんしろう》』**に影響された**『青年《せいねん》』**を発表した。④**乃木大将《のぎたいしょう》の殉死《じゅんし》**を契機に**『興津弥五右衛門の遺書《おきつやごえもんのいしょ》』**を著し、**歴史小説《れきししょうせつ》**を書いた。⑤**『山椒大夫《さんしょうだゆう》』『最後の一句《さいごのいっく》』『寒山拾得《かんざんじっとく》』**などは歴史に題材を求めながらも、作者の主観を否定しない**歴史小説《れきししょうせつ》**である。⑥歴史小説《れきししょうせつ》**『高瀬舟《たかせぶね》』**では**「安楽死《あんらくし》」**を題材にした。⑦晩年は資料を尊重した、**『渋江抽斎《しぶえちゅうさい》』**などの**史伝《しでん》**を残した。

▲森鷗外

夏目漱石《なつめそうせき》　知識人の苦悩

一八六七年(慶応《けいおう》三)〜一九一六年(大正五)。

代表作　小説**『吾輩は猫《わがはいはねこ》である』『坊《ぼ》っちゃん』『草枕《くさまくら》』『虞美人草《ぐびじんそう》』『三四郎《さんしろう》』『こころ』『道草《みちくさ》』『明暗《めいあん》』**など。

ポイント　①小説家になるまでは旧制中学、大学などで教鞭《きょうべん》を取り、**イギリス留学**後、**高浜虚子《たかはまきょし》**の勧めで、風刺《ふうし》に富んだ**『吾輩は猫《わがはいはねこ》である』**を雑誌**「ホトトギス」**に発表した。②教師時代の体験を生かして**『坊《ぼ》っちゃん』**を書いた。③**『虞美人草《ぐびじんそう》』**は職業作家としての第一作目。④**『三四郎《さんしろう》』『それから』『門』**を**前期三部作《ぜんきさんぶさく》**という。⑤胃潰瘍《いかいよう》のため吐血《とけつ》した**「修善寺の大患《しゅぜんじのたいかん》」**後、**後期三部作《こうきさんぶさく》**の**『彼岸過迄《ひがんすぎまで》』『行人《こうじん》』『こころ』**を書いた。⑥**『明暗《めいあん》』**は未完に終わった。⑦晩年は**「則天去私《*そくてんきょし》」**を理想とした。⑧門下に**鈴木三重吉《すずきみえきち》**・森田草平《もりたそうへい》・**中勘助《なかかんすけ》**・**寺田寅彦《てらだとらひこ》**・**和辻哲郎《*わつじてつろう》**らがいる。

▲夏目漱石

●森鷗外《もりおうがい》と夏目漱石《なつめそうせき》の比較

	留学	初期	中期	後期
森鷗外《もりおうがい》	ドイツ	**浪漫主義《ろうまんしゅぎ》** 小説『舞姫《まいひめ》』 訳詩集『於母影《おもかげ》』 翻訳『即興詩人《そっきょうしじん》』	軍医 小倉左遷《こくらさせん》 文壇《ぶんだん》復帰 青春小説 『青年《せいねん》』 『雁《がん》』	歴史小説 『阿部一族《あべいちぞく》』 史伝《しでん》 『渋江抽斎《しぶえちゅうさい》』
夏目漱石《なつめそうせき》	イギリス	ユーモアの 精神 小説『吾輩《わがはい》は猫《ねこ》である』 『坊《ぼ》っちゃん』	心理の描写 社会の枠の 意識 『三四郎《さんしろう》』 『それから』	**修善寺の大患《しゅぜんじのたいかん》** 自我の意識 『こころ』 **則天去私《そくてんきょし》** 『明暗《めいあん》』

▲映画『それから』

◆**耽美派《たんびは》**

十九世紀後半に欧米で美の創造を芸術の唯一《ゆいいつ》の目的と見なす芸術至上主義《げいじゅつしじょうしゅぎ》の運動が広まった。日本では、森鷗外《もりおうがい》に認められた**永井荷風《ながいかふう》**と**谷崎潤一郎《たにざきじゅんいちろう》**が官能《かんのう》的・享楽《きょうらく》的な美の創造に価値を求め、**「耽美派《たんびは》」**と呼ばれた。

主な作家と作品

①**永井荷風《ながいかふう》**『あめりか物語《ものがたり》』
②**谷崎潤一郎《たにざきじゅんいちろう》**『刺青《しせい》』
③**佐藤春夫《さとうはるお》**『田園《でんえん》の憂鬱《ゆううつ》』『都会《とかい》の憂鬱《ゆううつ》』

クローズアップ

●森鷗外《もりおうがい》のドイツ留学後の三部作を覚えよう。
①**『舞姫《まいひめ》』**②**『うたかたの記《き》』**③**『文づかひ《ふみ》』**
●夏目漱石《なつめそうせき》の前期三部作《ぜんきさんぶさく》と後期三部作《こうきさんぶさく》を覚えよう。
前期…①**『三四郎《さんしろう》』**②**『それから』**③**『門《もん》』**
後期…①**『彼岸過迄《ひがんすぎまで》』**②**『行人《こうじん》』**③**『こころ』**
●谷崎潤一郎《たにざきじゅんいちろう》の作品を覚えよう。

永井荷風《ながいかふう》──耽美派《たんびは》作家の代表

一八七九年(明治一二)〜一九五九年(昭和三四)。

代表作 小説**『あめりか物語《ものがたり》』『ふらんす物語《ものがたり》』『すみだ川《がわ》』『腕《うで》くらべ』『おかめ笹《ざさ》』『濹東綺譚《ぼくとうきだん》』**、訳詩集**『珊瑚《さんご》集《しゅう》』**、日記『断腸亭日乗《だんちょうていにちじょう》』など。

ポイント ①はじめフランス文学に傾倒し、**自然主義《しぜんしゅぎ》的傾向**をもつ**『地獄《じごく》の花《はな》』**を著した。②外遊後、**『あめりか物語《ものがたり》』**や**『ふらんす物語《ものがたり》』**を発表して文壇《ぶんだん》での地位を確保した。③日本の欧化主義《おうかしゅぎ》的文化を批判して江戸文化《えどぶんか》に見られる美と真実を求めた。④**大逆事件《たいぎゃくじけん》***以後、文学の弱さを感じて**戯作者《げさくしゃ》**として生きた。⑤慶應《けいおう》大学文学部教授となり、**「三田文学《みたぶんがく》」***を主宰《しゅさい》した。**『腕《うで》くらべ』『おかめ笹《ざさ》』**などの**耽美《たんび》的・享楽《きょうらく》的**な作品を残している。

▲永井荷風

谷崎潤一郎《たにざきじゅんいちろう》──悪魔主義《あくましゅぎ》*の誕生

一八八六年(明治一九)〜一九六五年(昭和四〇)。

代表作 小説**『刺青《しせい》』『痴人《ちじん》の愛《あい》』『蓼喰《たでく》ふ虫《むし》』『蘆刈《あしかり》』『春琴抄《しゅんきんしょう》』『細雪《ささめゆき》』『少将滋幹《しょうしょうしげもと》の母《はは》』**、随想『陰翳礼讃《いんえいらいさん》』など。

ポイント ①西欧の**耽美主義《たんびしゅぎ》**に学ぶ。②女性の**官能《かんのう》的**な美しさや**退廃《たいはい》的**な美しさを描き、**悪魔主義《あくましゅぎ》**と呼ばれた。③**『刺青《しせい》』**では、女性の肌《はだ》に魂《たましい》をこめて彫《ほ》り物《もの》を完成させた男が、その女性の**妖艶《ようえん》な美**に支配される様子を描いた。④**『痴人《ちじん》の愛《あい》』**では、少女のとりこになった男と**官能《かんのう》的な女性美**を描いた。⑤**『春琴抄《しゅんきんしょう》』**では、琴《こと》の師匠《ししょう》の女性に献身的に仕える男を描き、古典的作品の作成傾向が生じた。⑥関東大震災《かんとうだいしんさい》以後関西へ移住し、**『源氏物語《げんじものがたり》』**の口語訳を行うなど、**日本的な美**を追求して**古典主義《こてんしゅぎ》的傾向**を示した。⑦**『細雪《ささめゆき》』**は、兵庫《ひょうご》県芦屋《あしや》の四人姉妹を主人公に絢爛《けんらん》な文化を取り上げたため太平洋戦争中は軍部による発行差し止めに遭い、発表できなかったが、**戦後**に完成させた。

▲谷崎潤一郎

用語解説

＊**余裕派《よゆうは》** 夏目漱石《なつめそうせき》が自然主義《しぜんしゅぎ》文学に対して「余裕のある小説」を説いたことから、自然主義《しぜんしゅぎ》の作家が付けた名称。

＊**没理想論争《ぼつりそうろんそう》** p.71参照。

＊**則天去私《そくてんきょし》** 夏目漱石《なつめそうせき》が晩年に文学や人生の理想として到達した境地。エゴを超越して天(自然の意思)に従う態度をいう。

＊**和辻哲郎《わつじてつろう》** 一八八九―一九六〇。哲学者。評論に『古寺巡礼《こじじゅんれい》』(大正八)、『風土《ふうど》』(昭和一〇)などがある。

＊**大逆事件《たいぎゃくじけん》** 一九一〇年(明治四三)、幸徳秋水《こうとくしゅうすい》らが明治天皇《めいじてんのう》の暗殺計画の容疑で逮捕《たいほ》され、証拠のないまま処刑された事件。

＊**「三田文学《みたぶんがく》」** 一九一〇年(明治四三)に自然主義《しぜんしゅぎ》の「早稲田文学《わせだぶんがく》」に対抗して創刊され、耽美《たんび》的傾向を持つ作家たちが集まった。この中から佐藤春夫《さとうはるお》らが育ち、大正期には「三田派《みたは》」を形成した。

＊**悪魔主義《あくましゅぎ》** 耽美派《たんびは》の中で、人生の醜悪《しゅうあく》な面を愛好し、そこに美を見いだす傾向。

◆白樺派《しらかばは》

現実の暗さや醜《みにく》さを浮《う》き彫《ぼ》りにした自然主義《しぜんしゅぎ》に対して、雑誌「白樺《しらかば》」に集まり、人道主義《じんどうしゅぎ》的な立場で理想を追求し、自我を尊重する態度で作品を残した作家たちを「白樺派《しらかばは》」という。

主な作家と作品

①**武者小路実篤《むしゃのこうじさねあつ》**『お目出《めで》たき人《ひと》』
②**志賀直哉《しがなおや》**『城《き》の崎《さき》にて』
③**有島武郎《ありしまたけお》**『生《うま》れ出《い》づる悩《なや》み』

クローズアップ

●自然主義《しぜんしゅぎ》文学と反自然主義《はんしぜんしゅ》文学の流れを覚えよう。

〈自然主義〉
島崎藤村《しまざきとうそん》
田山花袋《たやまかたい》
⇦ 徳田秋声《とくだしゅうせい》
正宗白鳥《まさむねはくちょう》
岩野泡鳴《いわのほうめい》
⇦ **私小説《わたくししょうせつ》**

〈反自然主義〉
高踏派《こうとうは》・余裕派《よゆうは》
森鷗外《もりおうがい》
夏目漱石《なつめそうせき》
⇦ **耽美派《たんびは》**
永井荷風《ながいかふう》
谷崎潤一郎《たにざきじゅんいちろう》
白樺派《しらかばは》
武者小路実篤《むしゃのこうじさねあつ》
志賀直哉《しがなおや》

武者小路実篤《むしゃのこうじさねあつ》 ─ 白樺派《しらかばは》のリーダー

一八八五年(明治一八)〜一九七六年(昭和五一)。

代表作 小説『**お目出《めで》たき人《ひと》**』『**幸福者《こうふくもの》**』『**友情《ゆうじょう》**』『**愛《あい》と死《し》**』『**真理先生《しんりせんせい》**』、戯曲『**その妹《いもうと》**』など。

ポイント ①一九一〇年(明治四三)に雑誌「**白樺《しらかば》**」を創刊。②はじめはロシアの作家トルストイの博愛主義《はくあいしゅぎ》の影響を受けていた。のちに自我《じが》の拡張や自由意思《じゆういし》を尊重するようになり、**人道主義《じんどうしゅぎ》**の立場での活動が色濃くなる。③理想社会の実現をめざして、宮崎《みやざき》県と埼玉《さいたま》県に「**新《あたら》しき村《むら》**」の建設を行った。

▲武者小路実篤

志賀直哉《しがなおや》 ─ 小説の神様

一八八三年(明治一六)〜一九七一年(昭和四六)。

代表作 小説『**或《あ》る朝《あさ》**』『**網走《あばしり》まで**』『**大津順吉《おおつじゅんきち》**』『**城《き》の崎《さき》にて**』『**和解《わかい》**』『**小僧《こぞう》の神様《かみさま》**』『**清兵衛《せいべえ》と瓢箪《ひょうたん》**』『**暗夜行路《あんやこうろ》**』など。

ポイント ①リアリズムに徹した簡潔な文体と正確な描写で、短編や中編の小説にすぐれ、「**小説の神様**」と呼ばれた。②『**暗夜行路《あんやこうろ》**』は**唯一《ゆいいつ》の長編小説**で、構想から二十六年をかけて完成した。苛酷《かこく》な運命を背負った主人公時任謙作《ときとうけんさく》が苦悩を乗り越えていくさまを、自伝的に描いている。③『**大津順吉《おおつじゅんきち》**』『**和解《わかい》**』では、自我《じが》に忠実に生きようとする主人公とその父親との対立から和解までを描いた。④『**城《き》の崎《さき》にて**』は鋭い感受性で人生や運命を捉えた**心境小説《しんきょうしょうせつ》**の代表とされる。

▲志賀直哉

有島武郎《ありしまたけお》 ─ キリスト教的人道主義《じんどうしゅぎ》と社会派の視点

一八七八年(明治一一)〜一九二三年(大正一二)。

代表作 小説『**カインの末裔《まつえい》**』『**生《うま》れ出《い》づる悩《なや》み**』『**或《あ》る女《おんな》**』、評論『**惜《おし》みなく愛《あい》は奪《うば》ふ**』など。

ポイント ①**内村鑑三《うちむらかんぞう》**らの影響を受けて、キリスト教に入信。②米国留学中に信仰に疑問を持ち、社会主義《しゃかいしゅぎ》に傾頭する。③社会の下層の人々にも目を向けた。

▲有島武郎

●その他の白樺派《しらかばは》の作家

長与善郎《ながよよしろう》	里見　弴《さとみとん》	倉田百三《くらたひゃくぞう》
硬派の自由主義者《じゆうしゅぎしゃ》 〈小説〉 『**青銅《せいどう》の基督《キリスト》**』 『**竹沢先生《たけざわせんせい》と云《い》ふ人《ひと》**』 〈戯曲〉 『**項羽《こうう》と劉邦《りゅうほう》**』	有島武郎《ありしまたけお》の弟 現実主義《げんじつしゅぎ》的傾向 思想や観念に不信の目を向け、自己の実感を肯定《こうてい》 〈小説〉 『**多情仏心《たじょうぶっしん》**』	宗教的人道主義《じんどうしゅぎ》 西田幾多郎《にしだきたろう》の哲学に傾倒 〈戯曲〉 『**出家《しゅけ》とその弟子《でし》**』 〈評論〉 『**愛《あい》と認識《にんしき》との出発《しゅっぱつ》**』

▲有島武郎自筆画

問題演習

1　次の空欄に入る人名・書名を答えよ。

明治初期の文学は江戸の名残をとどめた戯作文学のほかに外国文学の翻訳小説や自由民権運動を広めるための政治小説が作られた。明治十八年には[A](坪内逍遙《つぼうちしょうよう》)が『小説神髄』を著し、文学独自の価値を求めるとともに写実主義を主張した。写実の理論を実践して初めて成功したのは[B](二葉亭四迷《ふたばていしめい》)であり、彼は言文一致体で小説『[C](浮《うき》雲《ぐも》)』を残した。

⇩ p.70

2　次の空欄に入る人名・書名などをあとから選び、記号で答えよ。

明治十八年に[A](イ)は[B](オ)らとともに、文学結社[C](カ)を結成して機関誌「[D](キ)」を創刊した。彼らは江戸文学に関心を寄せ、特に[E](ア)の文章を手本にした。[A](イ)は『二人比丘尼色懺悔』や言文一致体の『多情多恨』のほか美文調の『[F](ク)』を発表した。[A](イ)と並ぶ擬古典主義の代表作家に[G](ウ)がいる。彼の作品は雅俗折衷体の、理想的・男性的な作風で、『風流仏』をはじめ、『[H](コ)』などの作品を残した。[G](ウ)の影響を受けた[I](エ)は、思春期の少年少女の心情世界を描いた作品『[J](ケ)』のほか、『大つごもり』『にごりえ』などで知られている。

ア　井原西鶴　イ　尾崎紅葉　ウ　幸田露伴
エ　樋口一葉　オ　山田美妙　カ　硯友社
キ　我楽多文庫　ク　金色夜叉　ケ　たけくらべ
コ　五重塔

⇩ p.71

3　次の空欄に入る人名・書名をあとから選び、記号で答えよ。

ドイツ留学から帰国した[A](イ)は訳詩集『[B](エ)』や小説『[C](カ)』を発表したほか、雑誌「しがらみ草紙」を創刊し、小説『うたかたの記』や翻訳小説『即興詩人』を発表して浪漫主義文学を広めた。

キリスト教の精神に依《よ》り、自我の確立や神聖な恋愛の肯定を訴えた[D](ア)は雑誌「[E](ウ)」の指導的立場にあった。評論『[F](オ)』や劇詩『[G](キ)』『蓬萊曲』を発表して浪漫主義文学の中心的役割を果たした。

ア　北村透谷　イ　森鷗外　ウ　文学界
エ　於母影　オ　人生に相渉るとは何の謂ぞ
カ　舞姫　キ　楚囚之詩

⇩ p.72・74

4　次の空欄に入る人名・書名をあとから選び、記号で答えよ。

明治三十九年に[A](ア)が社会的問題提起と自己告白性とを伴った『[B](オ)』を、四十年には[C](イ)が『[D](カ)』を発表して、日本の自然主義文学が成立した。中年作家の若い女弟子に対する複雑な恋情を赤裸々に告白した『[D](カ)』は、主人公が作者自身でもあるという、日本独特の私小説を生むことになった。

この時期の自然主義文学の作品として、ほかに[E](エ)の『新世帯』、[F](ウ)の『何処へ』などがある。

ア　島崎藤村　イ　田山花袋　ウ　正宗白鳥
エ　徳田秋声　オ　破戒　カ　蒲団

⇩ p.73

確認しよう

- □①戯作文学の作家で、『西洋道中膝栗毛』を書いたのは誰か。　答 仮名垣魯文《かながきろぶん》
- □②坪内逍遙が書いた小説は何か。　答 当世書生気質《とうせいしょせいかたぎ》
- □③二葉亭四迷が書いた評論は何か。　答 小説総論《しょうせつそうろん》
- □④尾崎紅葉が結成した文学結社を何というか。　答 硯友社《けんゆうしゃ》
- □⑤尾崎紅葉と「紅露時代」を築いたのは誰か。　答 幸田露伴《こうだろはん》
- □⑥『たけくらべ』を著した女流作家は誰か。　答 樋口一葉《ひぐちいちよう》
- □⑦森鷗外がドイツ留学の体験をもとに書いた三部作は何か。　答 舞姫《まいひめ》・うたかたの記《き》・文《ふみ》づかひ
- □⑧北村透谷や島崎藤村らが活躍した浪漫主義の雑誌は何か。　答 文学界《ぶんがくかい》
- □⑨島崎藤村が書いた、自然主義の起点となった小説は何か。　答 破戒《はかい》

上代　中古　中世　近世　入試問題　明治　大正以降　入試問題

5 **次の空欄に入る人名・書名などを答えよ。**

現実の醜さを暴露的に描いた自然主義文学に反対する立場で、独自の位置を占めた二人の作家がいる。A（夏目漱石《なつめそうせき》）は高浜虚子の勧めにより「ホトトギス」に『B（吾輩《わがはい》は猫《ねこ》である）』を発表し、続けて『坊つちゃん』『草枕』などを著した。新聞社に入社してからは、前期三部作と呼ばれる『三四郎』『それから』『C（門《もん》）』を発表した。「修善寺の大患」以降はエゴイズムをテーマに後期三部作の『彼岸過迄』『行人』『D（こころ）』を発表、晩年は「E（則《そく》天去私《てんきょし》）」の境地を理想とした。

浪漫主義文学の先鋒《せんぽう》をつとめたF（森鷗外《もりおうがい》）は、軍医としての公務に従事して文壇から離れていたが、A（夏目漱石《なつめそうせき》）の『三四郎』に影響されて『G（青年《せいねん》）』を発表した。さらに『妄想』『雁』などの現代小説を発表した後、乃木大将の殉死を契機に『興津弥五右衛門の遺書』『阿部一族』などのH（歴史小説《れきししょうせつ》）を著し、晩年には『渋江抽斎』などの、史実に忠実なI（史伝《しでん》）を盛んに著した。 ⇨p.74〜75

6 **次の中から森鷗外の小説でないものを一つ選び、記号で答えよ。**

ア 舞姫　イ 青年　ウ 刺青
エ 山椒大夫　オ 寒山拾得

（ウ） ⇨p.74〜75

7 **夏目漱石の次の小説（記号）を発表順に並べよ。**

ア 虞美人草　イ 坊つちゃん　ウ こころ
エ 三四郎　オ 明暗

（イ→ア→エ→ウ→オ） ⇨p.74〜75

8 **次の空欄に入る人名・書名を答えよ。**

耽美派の作家には『あめりか物語』のA（永井《ながい》荷風《かふう》）がいる。耽美的な傾向を推し進めて、悪魔主義と呼ばれたのはB（谷崎潤一郎《たにざきじゅんいちろう》）で、妖艶な女性の姿に支配される彫り物師を描いた『C（刺青《しせい》）』や、少女のとりこになってしまう男を描いた『D（痴人《ちじん》の愛《あい》）』を著した。その後は古典の『E（源氏《げんじ》物語《ものがたり》）』の口語訳を行うなど、伝統的な日本の美を追求し、戦後には芦屋に住む四人姉妹を主人公にした『F（細雪《ささめゆき》）』を発表した。 ⇨p.75

9 **次の空欄に入る人名・書名などを答えよ。**

自然主義文学の暗さに反発して、理想主義的な人道主義の立場から個性や自我を尊重するA（白樺《しらかば》）派の文学が誕生した。

B（武者小路実篤《むしゃのこうじさねあつ》）は楽天的とも言える自己肯定の態度で恋愛を描いた『お目出《めで》たき人《ひと》』に続いて自伝的な小説『世間知らず』を発表し、作家として認められた。また、理想社会の実現をめざし、C（新《あたら》しき村《むら》）を建設した。

D（志賀直哉《しがなおや》）は「A（白樺《しらかば》）」創刊号に発表した『網走《あばしり》まで』によって作家として認められ、多くのすぐれた短編や中編の小説を残した。それらのうち、『E（城の崎《きのさき》にて）』は心境小説の代表作とされる。唯一の長編小説『F（暗夜行路《あんやこうろ》）』は昭和になってから完成した。 ⇨p.76

10 **次の中から白樺派の作家を一人選び、記号で答えよ。**

ア 佐藤春夫　イ 永井荷風　ウ 長塚節
エ 有島武郎　オ 中勘助

（エ） ⇨p.76

□⑩夏目漱石が『吾輩は猫である』を発表した雑誌は何か。 答 ホトトギス

□⑪夏目漱石の前期の三部作は何か。 答 三四郎《さんしろう》・それから・門《もん》

□⑫夏目漱石が晩年に掲げた理想的な境地を何というか。 答 則天去私《そくてんきょし》

□⑬森鷗外が漱石の『三四郎』の影響を受けて著した小説は何か。 答 青年《せいねん》

□⑭森鷗外の歴史小説で安楽死を扱ったものは何か。 答 高瀬舟《たかせぶね》

□⑮森鷗外の『渋江抽斎』などの作品は何と呼ばれているか。 答 史伝《しでん》

□⑯谷崎潤一郎の作品で琴の師匠の女性に献身的に仕える男を描いたのは何か。 答 春琴抄《しゅんきんしょう》

□⑰『友情』を著した白樺派の代表者は誰か。 答 武者小路実篤《むしゃのこうじさねあつ》

□⑱「小説の神様」といわれた、白樺派の作家は誰か。 答 志賀直哉《しがなおや》

詩

◇**新体詩《しんたいし》**　明治十五〜二〇ごろ

漢詩に対して、西洋詩の影響を受けた新しい詩を**新体詩《しんたいし》**と呼ぶ。明治の末ごろには詩と言えば新体詩《しんたいし》をさすようになった。

主な作家と作品

外山正一《とやままさかず》・矢田部良吉《やたべりょうきち》・井上《いのうえ》哲次郎《てつじろう》『新体詩抄《しんたいししょう》』

◇**浪漫詩《ろうまんし》**　明治二〇〜三〇前半

『於母影《おもかげ》』が主に伝えた西洋の**浪漫主義《ろうまんしゅぎ》**の詩に影響を受けた主情的な詩。

主な作家と作品

①**森鷗外《もりおうがい》**『於母影《おもかげ》』
②**北村透谷《きたむらとうこく》**『楚囚之詩《そしゅうのし》』『蓬萊曲《ほうらいきょく》』
③**島崎藤村《しまざきとうそん》**『若菜集《わかなしゅう》』『落梅集《らくばいしゅう》』
④**土井晩翠《どいばんすい》**『天地有情《てんちうじょう》』

◇**象徴詩《しょうちょうし》**　明治三〇後半〜四〇

藤村《とうそん》の浪漫《ろうまん》的な詩作と、西洋の象徴主義《しょうちょうしゅぎ》の影響を受けた詩風で、直接的に主題をうたわず、暗示的な表現などでイメージを喚起する手法に特徴がある。

主な作家と作品

①**薄田泣菫《すすきだきゅうきん》**『白羊宮《はくようきゅう》』
②**蒲原有明《かんばらありあけ》**『春鳥集《しゅんちょうしゅう》』
③**上田敏《うえだびん》**『海潮音《かいちょうおん》』

森鷗外《もりおうがい》　**ドイツ留学から帰国し西欧の浪漫主義《ろうまんしゅぎ》を伝える**

一八六二年(文久《ぶんきゅう》二)〜一九二二年(大正一一)。

代表作　訳詩集『於母影《おもかげ》』など。

ポイント　①**ドイツに留学**し、西欧文化を伝える。②**浪《ろう》漫主義《まんしゅぎ》**の香り高い訳詩集『**於母影《おもかげ》**』(文芸結社「**新声社《しんせいしゃ》**」同人の共著)を生み出す。③近代知識人として**夏目漱石《なつめそうせき》**と双璧をなす。(↓p.74)

島崎藤村《しまざきとうそん》　**新しい近代詩《きんだいし》の展開**

一八七二年(明治五)〜一九四三年(昭和一八)。

代表作　『**若菜集《わかなしゅう》**』『一葉舟《ひとはぶね》』『夏草《なつくさ》』『落梅集《らくばいしゅう》』(以上の四詩集は合本『藤村詩集《とうそんししゅう》』としてまとめられた)など。

ポイント　①**日本の新しい近代詩《きんだいし》の幕開け。**②**浪漫《ろうまん》的叙情詩《じょじょうし》**(叙事詩《じょじし》に対して、喜びや悲しみなどの作者の感情の動きを中心にして表現した詩)**のさきがけ**となる第一詩集『**若菜集《わかなしゅう》**』を書く。③西欧の浪漫詩《ろうまんし》の形を取り入れ、文語(和語)の七五調で青春の情感を歌う。④「**文学界《ぶんがくかい》**」同人で、のちに小説に転向する。(↓p.73)

土井晩翠《どいばんすい》　**漢語調の男性的詩風**

一八七一年(明治四)〜一九五二年(昭和二七)。

代表作　詩集『**天地有情《てんちうじょう》**』など。

ポイント　①藤村《とうそん》と並ぶ明治後期の詩人。②漢語調《かんごちょう》の男性的な詩風で藤村《とうそん》と対照的な作風を示す。

薄田泣菫《すすきだきゅうきん》　**古典語を駆使した象徴詩《しょうちょうし》**

一八七七年(明治一〇)〜一九四五年(昭和二〇)。

代表作　詩集『**白羊宮《はくようきゅう》**』など。

ポイント　①象徴詩《しょうちょうし》的手法を用いた名詩集『**白羊宮《はくようきゅう》**』を書く。②藤村《とうそん》の**浪漫主義《ろうまんしゅぎ》**を継承しつつ、より知的な詩風を示す。

▲森鷗外

▲島崎藤村

▲土井晩翠

▲薄田泣菫

●**明治の近代詩《きんだいし》—主要作者・作品**

新体詩《しんたいし》	外山正一《とやままさかず》ら学者グループ『新体詩抄《しんたいししょう》』
浪漫詩《ろうまんし》	**森鷗外《もりおうがい》**『於母影《おもかげ》』訳詩 **北村透谷《きたむらとうこく》**『蓬萊曲《ほうらいきょく》』 **島崎藤村《しまざきとうそん》**『若菜集《わかなしゅう》』 **土井晩翠《どいばんすい》**『天地有情《てんちうじょう》』
象徴詩《しょうちょうし》	**薄田泣菫《すすきだきゅうきん》**『白羊宮《はくようきゅう》』 **蒲原有明《かんばらありあけ》**『春鳥集《しゅんちょうしゅう》』 **上田敏《うえだびん》**『海潮音《かいちょうおん》』訳詩
耽美派《たんびは》	**永井荷風《ながいかふう》**『珊瑚集《さんごしゅう》』訳詩 **北原白秋《きたはらはくしゅう》**『邪宗門《じゃしゅうもん》』 **三木露風《みきろふう》**『白《しろ》き手《て》の猟人《かりゅうど》』 **木下杢太郎《きのしたもくたろう》**『食後《しょくご》の唄《うた》』
***口語自由詩《こうごじゆうし》**	川路柳虹《かわじりゅうこう》『路傍《ろぼう》の花《はな》』 相馬御風《そうまぎょふう》『痩犬《やせいぬ》』

用語解説

***口語自由詩《こうごじゆうし》**　日常の会話で使われる口語《こうご》で書かれた非定型《ひていけい》の詩。

◆**耽美派**《たんびは》　明治四〇～大正初

雑誌**「スバル」**により、**「パンの会」**《かい》に属した、**反自然主義**《はんしぜんしゅぎ》の芸術家たちの、美の追求だけに徹する唯美《ゆいび》的な傾向の詩。

主な作家と作品

①**北原白秋**《きたはらはくしゅう》『邪宗門《じゃしゅうもん》』『思《おも》ひ出《で》』
②**三木露風**《みきろふう》『白《しろ》き手《て》の猟人《かりゅうど》』
③**木下杢太郎**《きのしたもくたろう》『食後《しょくご》の唄《うた》』

◆**口語自由詩**《こうごじゆうし》**のめばえ**　明治四〇ごろ～

自然主義《しぜんしゅぎ》の影響を受けた、伝統にとらわれない自然な生活感情を表現しようとする詩。

主な作家と作品

川路柳虹《かわじりゅうこう》『路傍《ろぼう》の花《はな》』

クローズアップ

●北原白秋《きたはらはくしゅう》の文学展開を覚えよう。

①**明治末～大正**
雑誌**「スバル」**
反自然主義《はんしぜんしゅぎ》・耽美《たんび》的傾向
詩集『邪宗門《じゃしゅうもん》』『思《おも》ひ出《で》』
歌集『桐《きり》の花《はな》』

②**大正末～昭和**
雑誌**「日光《にっこう》」「多磨《たま》」**
反アララギ
歌集『雀《すずめ》の卵《たまご》』『黒檜《くろひ》』

蒲原有明《かんばらありあけ》　**浪漫詩**《ろうまんし》**から象徴詩**《しょうちょうし》**へ**

一八七六年（明治九）～一九五二年（昭和二七）。

代表作　詩集『独弦哀歌《どくげんあいか》』『春鳥集《しゅんちょうしゅう》』『有明集《ありあけしゅう》』など。

ポイント　①**浪漫詩**《ろうまんし》を完成させ、象徴詩《しょうちょうし》的手法を開花させる。②**象徴詩**の手法を用いた詩集『春鳥集《しゅんちょうしゅう》』『有明集《ありあけしゅう》』を書く。

▲蒲原有明

上田敏《うえだびん》　**象徴詩**《しょうちょうし》**に影響を与えた名訳**

一八七四年（明治七）～一九一六年（大正五）。

代表作　訳詩集『海潮音《かいちょうおん》』など。

ポイント　①**フランス象徴詩**《しょうちょうし》などを名訳で紹介する。②創作的な名訳詩集『海潮音《かいちょうおん》』は、当時の詩壇の詩風を一変させるほどの影響を与えた。

▲上田敏

北原白秋《きたはらはくしゅう》　**耽美**《たんび》**的官能的傾向の新しい詩風**

一八八五年（明治一八）～一九四二年（昭和一七）。

代表作　詩集『邪宗門《じゃしゅうもん》』『思《おも》ひ出《で》』など。

ポイント　①**耽美主義**《たんびしゅぎ》を掲げる。②雑誌**「スバル」**によった**「パンの会」**（反自然主義《はんしぜんしゅぎ》・耽美主義《たんびしゅぎ》の青年詩人の集まり。「パン」は牧羊神《ぼくようしん》のこと）の代表詩人であった。③独特の**異国情緒**《いこくじょうちょ》・**南蛮趣味**《なんばんしゅみ》が薫《かお》る繊細《せんさい》な感覚の作風に特徴がある。④短歌・童謡にも才能を発揮した。（↓p.82）

▲北原白秋

三木露風《みきろふう》　**象徴詩**《しょうちょうし》**の完成**

一八八九年（明治二二）～一九六四年（昭和三九）。

代表作　詩集『廃園《はいえん》』『**白**《しろ》**き手**《て》**の猟人**《かりゅうど》』など。

ポイント　①音楽的象徴の美を示す**情調象徴詩**《じょうちょうしょうちょうし》*という形を生み出し、有明《ありあけ》や泣菫《きゅうきん》の流れをくむ象徴詩《しょうちょうし》を完成に導く。②童謡《どうよう》「赤とんぼ」の作詞者でもある。

▲三木露風

▲『春鳥集』

●代表的訳詩集とその主な影響

①新体詩《しんたいし》への影響
『**新体詩抄**《しんたいししょう》』外山正一《とやままさかず》ら
『**於母影**《おもかげ》』森鷗外《もりおうがい》
②象徴詩《しょうちょうし》への影響
『**海潮音**《かいちょうおん》』上田敏《うえだびん》
③耽美派《たんびは》への影響
『**珊瑚集**《さんごしゅう》』永井荷風《ながいかふう》

▲『思ひ出』

用語解説

＊**情調象徴詩**《じょうちょうしょうちょうし》　三木露風《みきろふう》が創始した、音楽的な象徴性による美を徹底的に追求した象徴詩《しょうちょうし》の形式。日本の象徴詩の頂点をなす。

短歌

◆**浅香社《あさかしゃ》**　明治二六〜

落合直文《おちあいなおぶみ》が旧来の**桂園派《けいえんは》**に対して**短歌革新《たんかかくしん》**のために結成した。

主な作家と作品

落合直文《おちあいなおぶみ》『新撰歌典《しんせんかてん》』

◆**竹柏会《ちくはくかい》**　明治三一〜

佐佐木信綱《ささきのぶつな》によって結成された短歌結社。歌風は穏健《おんけん》。

主な作家と作品

佐佐木信綱《ささきのぶつな》　歌誌「心《こころ》の花《はな》」

◆**新詩社《しんししゃ》(明星派《みょうじょうは》)**　明治三三〜

与謝野鉄幹《よさのてっかん》によって興《おこ》された革新的短歌結社。歌風は浪漫《ろうまん》的。

主な作家と作品

①**与謝野鉄幹《よさのてっかん》**　雑誌「明星《みょうじょう》」

②**与謝野晶子《よさのあきこ》**『みだれ髪《がみ》』

◆**根岸短歌会《ねぎしたんかかい》**　明治三二〜

新詩社《しんししゃ》の浪漫主義《ろうまんしゅぎ》に対して、**正岡子規《まさおかしき》**によって結成された歌《か》会《かい》。「*写生《しゃせい》」を主張した。

主な作家と作品

①**正岡子規《まさおかしき》**『歌《うた》よみに与《あた》ふる書《しょ》』

②**伊藤左千夫《いとうさちお》**　雑誌『馬酔木《あしび》』

◆**自然主義《しぜんしゅぎ》の短歌**　明治四〇年代

自然主義《しぜんしゅぎ》の影響を受け、自己や社会の真実を歌った。

佐佐木信綱《ささきのぶつな》　伝統を踏まえた短歌の革新

一八七二年(明治五)〜一九六三年(昭和三八)。

代表作　歌集『山《やま》と水《みず》と』など。

ポイント　**竹柏会《ちくはくかい》**を創設し、歌誌「**心《こころ》の花《はな》**」を創刊。

与謝野鉄幹《よさのてっかん》　勇壮・浪漫《ろうまん》的な作風の革新者

一八七三年(明治六)〜一九三五年(昭和一〇)。

代表作　歌集『紫《むらさき》』など。

ポイント　①**新詩社《しんししゃ》**を創設し、**浪漫《ろうまん》的**な歌風で**短歌革新**をはかる。②雑誌「**明星《みょうじょう》**」を創刊し、歌人を育成する。③「*ますらをぶり」を提唱。

与謝野晶子《よさのあきこ》　情熱的・感動的な歌風の鉄幹《てっかん》の妻

一八七八年(明治一一)〜一九四二年(昭和一七)。

代表作　歌集『**みだれ髪《がみ》**』など。

ポイント　①**明星派《みょうじょうは》**の奔放《ほんぽう》な情熱の歌人。②『**みだれ髪《がみ》**』の**大胆《だいたん》な恋愛・官能《かんのう》表現**で、**浪漫主義《ろうまんしゅぎ》短歌の中心的存在**になる。

正岡子規《まさおかしき》　「写生《しゃせい》」を主張した短歌の一大潮流の祖

一八六七年(慶応《けいおう》三)〜一九〇二年(明治三五)。

代表作　歌集『竹《たけ》の里歌《さとうた》』、評論『歌《うた》よみに与《あた》ふる書《しょ》』など。

ポイント　①**根岸短歌会《ねぎしたんかかい》**を創設し、「**写生《しゃせい》**」を主張した。②『**歌《うた》よみに与《あた》ふる書《しょ》**』で『**万葉集《まんようしゅう》**』を賛美し、『古今和歌集《こきんわかしゅう》』を否定、短歌の革新に乗り出した。

伊藤左千夫《いとうさちお》　アララギ派の基礎を築いた、子規《しき》の後継者

一八六四年(元治《げんじ》元)〜一九一三年(大正二)。

代表作　『左千夫歌集《さちおかしゅう》』、小説『野菊《のぎく》の墓《はか》』など。

ポイント　①雑誌「**馬酔木《あしび》**」「**アララギ**」を創刊。②**正《まさ》岡子規《おかしき》**に師事しアララギ派の基礎を築く。③「*叫びの説」を提唱した。

▲佐佐木信綱

▲与謝野鉄幹

▲与謝野晶子

▲伊藤左千夫

●近代短歌《きんだいたんか》の主要結社《けっしゃ》と歌人

結社	歌人
浅《あさ》香《か》社《しゃ》	落合直文《おちあいなおぶみ》 **与謝野鉄幹《よさのてっかん》** 尾上柴舟《おのえさいしゅう》 金子薫園《かねこくんえん》
新《しん》詩《し》社《しゃ》(明星派《みょうじょうは》)	**与謝野鉄幹《よさのてっかん》** **与謝野晶子《よさのあきこ》** **北原白秋《きたはらはくしゅう》**　のち耽美派《たんびは》 **石川啄木《いしかわたくぼく》** **吉井勇《よしいいさむ》**　のち耽美派《たんびは》 **窪田空穂《くぼたうつぼ》** 山川登美子《やまかわとみこ》
車前草社《しゃぜんそうしゃ》	尾上柴舟《おのえさいしゅう》 **若山牧水《わかやまぼくすい》** **前田夕暮《まえだゆうぐれ》**
竹《ちく》柏《はく》会《かい》	**佐佐木信綱《ささきのぶつな》**
根《ね》岸《ぎし》短《たん》歌《か》会《かい》	**正岡子規《まさおかしき》** **伊藤左千夫《いとうさちお》** **長塚節《ながつかたかし》**
アララギ派	**伊藤左千夫《いとうさちお》** **島木赤彦《しまきあかひこ》** 釈迢空《しゃくちょうくう》 **斎藤茂吉《さいとうもきち》** **土屋文明《つちやぶんめい》**

用語解説

***写生《しゃせい》**　事実の真相を客観的に写し取ろうとする態度。

***ますらをぶり**　p.15参照。

***叫《さけ》びの説《せつ》**　感動を直接的に表現することを歌の根本とする説。

主な作家と作品

①**尾上柴舟**《おのえさいしゅう》
②**若山牧水**《わかやまぼくすい》『別離《べつり》』
③**石川啄木**《いしかわたくぼく》『一握《いちあく》の砂《すな》』

◆**耽美派**《たんびは》　明治四〇～大正初

享楽《きょうらく》的・唯美《ゆいび》的傾向の歌風で、雑誌「スバル」によった。

主な作家と作品

①**吉井勇**《よしいいさむ》『酒《さか》ほがひ』
②**北原白秋**《きたはらはくしゅう》『桐《きり》の花《はな》』『雲母集《きららしゅう》』

◆**アララギ派**　明治四一～

子規《しき》の後をうけた**伊藤左千夫**《いとうさちお》が基礎を作った結社。「**写生**《しゃせい》」を基本に雑誌「アララギ」によった。

主な作家と作品

①**島木赤彦**《しまきあかひこ》『馬鈴薯《ばれいしょ》の花《はな》』
②**斎藤茂吉**《さいとうもきち》『赤光《しゃっこう》』
③**釈迢空**《しゃくちょうくう》『海《うみ》やまのあひだ』

クローズアップ

●短歌の三大潮流を覚えよう。

浅香社《あさかしゃ》―**根岸短歌会**《ねぎしたんかかい》　**竹柏会**《ちくはくかい》
新詩社《しんししゃ》「馬酔木《あしび》」　「心《こころ》の花《はな》」
「明星《みょうじょう》」　「アララギ」
耽美派《たんびは》
「スバル」

若山牧水《わかやまぼくすい》　**旅と酒を愛した自然主義《しぜんしゅぎ》短歌の歌人**

一八八五年（明治一八）～一九二八年（昭和三）。

代表作　歌集『別離《べつり》』『海《うみ》の声《こえ》』など。

ポイント　①平明で感傷的な作風。②**前田夕暮**《まえだゆうぐれ》らと**車前草社**《しゃぜんそうしゃ》*を結成し、**自然主義短歌**《しぜんしゅぎ》をめざす。③**旅と酒の歌**や人生の悲哀をうたった歌が多い。

▲若山牧水

石川啄木《いしかわたくぼく》　**生活派**《せいかつは》**の天才歌人**

一八八六年（明治一九）～一九一二年（明治四五）。

代表作　歌集『**一握**《いちあく》**の砂**《すな》』『**悲**《かな》**しき玩具**《がんぐ》』など。

ポイント　①**貧困と病弱**の中で**生活に密着した感情**を鋭く描き出す。②口語《こうご》的な表現の**三行分**《さんぎょうわ》**かち書**《が》**き**を特徴とする。③自然主義《しぜんしゅぎ》的歌風で、**生活派**《せいかつは》と呼ばれる。④**夭折**《ようせつ》**の天才**で、小説『雲《くも》は天才《てんさい》である』なども書いた。

▲石川啄木

北原白秋《きたはらはくしゅう》　**近代的感覚の耽美派**《たんびは》**の歌人**

一八八五年（明治一八）～一九四二年（昭和一七）。

代表作　歌集『**桐**《きり》**の花**《はな》』『雲母集《きららしゅう》』『黒檜《くろひ》』など。

ポイント　①**近代的**《きんだいてき》**な感覚**・**異国情緒**《いこくじょうちょ》などを繊細《せんさい》に歌った。②詩と同様に**耽美**《たんび》**的**な傾向が強い。（→p.80）③「**パンの会**《かい》」を起こした。④「待ちぼうけ」「この道」など、**童謡**《どうよう》の作詞にも才能を示した。

斎藤茂吉《さいとうもきち》　**アララギ派の中心的歌人**

一八八二年（明治一五）～一九五三年（昭和二八）。

代表作　歌集『**赤光**《しゃっこう》』『白《しろ》き山《やま》』、評論『柿本人麿《かきのもとのひとまろ》』など。

ポイント　①師**伊藤左千夫**《いとうさちお》の後をうけて、アララギ派の中心的存在となる。②対象と自己が一体となる「**実相観入**《じっそうかんにゅう》」*の写生説を提唱した。

▲斎藤茂吉

●**短歌関係の雑誌**

新詩社《しんししゃ》	「明星《みょうじょう》」
竹柏会《ちくはくかい》	「心《こころ》の花《はな》」
根岸短歌会《ねぎしたんかかい》	「馬酔木《あしび》」
アララギ派	「アララギ」
耽美派《たんびは》	「スバル」

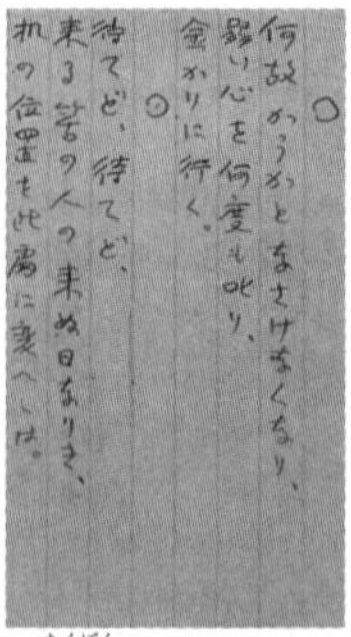
▲啄木《たくぼく》自筆歌稿

用語解説

*****車前草社**《しゃぜんそうしゃ》　自然主義《しぜんしゅぎ》の影響を受けながら叙景歌運動《じょけいかうんどう》を推進した、尾上柴舟《おのえさいしゅう》らの短歌結社。若山牧水《わかやまぼくすい》などが所属した。「車前草」は「オオバコ」という雑草のこと。

*****実相観入**《じっそうかんにゅう》　詠《よ》もうとする対象と自己を一体化させて、対象の真相を写し出す作歌方法のこと。歌論集『短歌写生《たんかしゃせい》の説《せつ》』で唱えられた。

俳句

◇日本派《にほんは》(「ホトトギス」)

正岡子規《まさおかしき》は、江戸末期の平凡な月並調《つきなみちょう》の俳諧を排し、与謝蕪村《よさぶそん》の客観的な句を評価して、写生句《しゃせいく》を推進した。新聞**「日本《にほん》」**を通じて最初の主張が行われたので、子規《しき》の一派を**日本派《にほんは》**という。俳句雑誌**「ホトトギス」**を機関誌とした。

主な作家

①**正岡子規《まさおかしき》**
②**高浜虚子《たかはまきょし》**
③**河東碧梧桐《かわひがしへきごとう》**

◇新傾向俳句《しんけいこうはいく》

従来の**有季定型***の句ではない、**自由律《じゆうりつ》***で**無季《むき》**のものも含む新しい形式の句。**河東碧梧桐《かわひがしへきごとう》**が子規《しき》の死後に始めた。

主な作家

①**河東碧梧桐《かわひがしへきごとう》**
②**荻原井泉水《おぎわらせいせんすい》**

クローズアップ

●明治の三大俳人を覚えよう。
①**正岡子規《まさおかしき》**ー俳句の独立
②**高浜虚子《たかはまきょし》**ー有季定型の伝統
③**河東碧梧桐《かわひがしへきごとう》**ー新傾向俳句《しんけいこうはいく》

正岡子規《まさおかしき》ー 俳諧《はいかい》の発句《ほっく》を俳句《はいく》として独立させる

一八六七年(慶応《けいおう》三)〜一九〇二年(明治三五)。

代表作 評論『**獺祭書屋俳話《だっさいしょおくはいわ》**』、随筆『**病牀六尺《びょうしょうろくしゃく》**』など。

ポイント ①**俳諧《はいかい》の発句《ほっく》を俳句《はいく》として独立させた。**②与謝蕪村《よさぶそん》の客観的な句風を評価し、見たまま感じたままを表現する**「写生《しゃせい》」**の方法を主張。③俳句雑誌**「ホトトギス」**(明治三十年創刊)の中心人物。④病魔に侵されつつ若手を育成。

高浜虚子《たかはまきょし》ー 有季定型の正統を守る

一八七四年(明治七)〜一九五九年(昭和三四)。

代表作 句集『五百句《ごひゃっく》』、小説『柿二つ《かきふた》』など。

ポイント ①子規《しき》の後をうけて**「ホトトギス」**を主宰。②一時俳句から遠ざかっていたが、のちに俳壇《はいだん》に復帰し、新傾向俳句《しんけいこうはいく》に対して**有季定型**の立場を守った。③新傾向俳句《しんけいこうはいく》の碧梧桐《へきごとう》と対立する。

河東碧梧桐《かわひがしへきごとう》ー 季題《きだい》を離れ実感を重んじる新傾向俳句運動《しんけいこうはいくうんどう》を展開

一八七三年(明治六)〜一九三七年(昭和一二)。

代表作 紀行文集『三千里《さんぜんり》』など。

ポイント ①子規《しき》の死後、全国行脚《あんぎゃ》の中で、有季定型から離れた自由な形式の句を提唱(=**新傾向俳句運動《しんけいこうはいくうんどう》**)。②**自由律俳句《じゆうりつはいく》**の隆盛の契機となる。

荻原井泉水《おぎわらせいせんすい》ー 無季《むき》・自由律《じゆうりつ》を主張し、若手俳人を育成

一八八四年(明治一七)〜一九七六年(昭和五一)。

代表作 句集『原泉《げんせん》』『海紅《かいこう》』など。

ポイント ①俳句雑誌「層雲《そううん》」によって、**無季《むき》・自由律《じゆうりつ》**の句を提唱。②門下に**尾崎放哉《おざきほうさい》・種田山頭火《たねださんとうか》**らがいる。

▲正岡子規

▲高浜虚子

▲河東碧梧桐

▲荻原井泉水

●近代俳句《きんだいはいく》の展開

月並俳句《つきなみはいく》 …… **日本派《にほんは》** 正岡子規《まさおかしき》(「ホトトギス」)
├ 高浜虚子《たかはまきょし》 ― **伝統俳句《でんとうはいく》**
└ **新傾向俳句《しんけいこうはいく》** 河東碧梧桐《かわひがしへきごとう》 ― **自由律俳句《じゆうりつはいく》** 荻原井泉水《おぎわらせいせんすい》

●日本派《にほんは》の俳人

正岡子規《まさおかしき》　**高浜虚子《たかはまきょし》**
河東碧梧桐《かわひがしへきごとう》　**荻原井泉水《おぎわらせいせんすい》**
内藤鳴雪《ないとうめいせつ》　夏目漱石《なつめそうせき》

●新傾向俳句《しんけいこうはいく》の俳人

河東碧梧桐《かわひがしへきごとう》　**荻原井泉水《おぎわらせいせんすい》**
中塚一碧楼《なかつかいっぺきろう》　尾崎放哉《おざきほうさい》
種田山頭火《たねださんとうか》

用語解説

***有季定型** 季語を用いた五七五の形式の俳句。
***自由律《じゆうりつ》** 五七五の形式ではない俳句。

1 次の空欄に入る人名・書名をあとから選び、記号で答えよ。

近代詩は、西洋詩の訳詩から新しい動きが始まった。まず外山正一らの学者による訳詩集[A]『（ ウ ）』により、漢詩ではない新しい形の詩が紹介され、ついでドイツから帰国した[B]（ ア ）によって訳詩集『於母影』が出された。そうした浪漫主義的な西欧の詩に刺激されて、北村透谷の『楚囚之詩』、[C]（ ク ）の『若菜集』などが生まれた。さらに[D]（ カ ）の『白羊宮』や[E]（ オ ）の『春鳥集』などの象徴詩、[F]（ エ ）の『邪宗門』、[G]（ イ ）の『白き手の猟人』などの耽美的な傾向の詩が続いた。またフランス象徴詩を伝えた名訳として上田敏の[H]『（ キ ）』の存在も忘れられない。ただ、これらの詩はいずれも文語体のもので、川路柳虹らの先駆的な試みはあったが、本格的な口語の詩は次の大正時代を待たねばならなかった。

ア 森鷗外　イ 三木露風　ウ 新体詩抄
エ 北原白秋　オ 蒲原有明　カ 薄田泣菫
キ 海潮音　ク 島崎藤村

⇩p.79～80

2 次の空欄に入る語をあとから選び、記号で答えよ。

伝統的で形骸化した桂園派の短歌に対する近代短歌の革新は、三つの大きな流れとなって進んだ。一つ目は歌誌「[A]（ イ ）」によった[B]（ コ ）の竹柏会、二つ目は雑誌「[C]（ ウ ）」によった[D]（ オ ）の新詩社、三つ目は[E]（ カ ）の根岸短歌会である。浪漫的な歌風の新詩社からは、『[F]（ ア ）』の与謝野晶子、のちに自然主義的な生活歌で異彩を放った[G]（ ク ）、繊細で耽美的な情緒を歌った[H]（ キ ）などが出た。また、[I]（ サ ）を根本とした根岸短歌会からは、雑誌「馬酔木」「[J]（ エ ）」を創刊した伊藤左千夫や、『赤光』の[K]（ ケ ）などが出た。

ア みだれ髪　イ 心の花　ウ 明星
エ アララギ　オ 与謝野鉄幹　カ 正岡子規
キ 北原白秋　ク 石川啄木　ケ 斎藤茂吉
コ 佐佐木信綱　サ 写生

⇩p.81～82

3 次の作品の作者を答えよ。

ア 悲しき玩具（石川啄木《いしかわたくぼく》）
イ 桐の花　（北原白秋《きたはらはくしゅう》）

⇩p.82

4 次の中から流派の異なる歌人を一人選び、記号で答えよ。

ア 釈迢空　イ 斎藤茂吉　ウ 島木赤彦
エ 伊藤左千夫　オ 若山牧水

（ オ ）

⇩p.81～82

5 明治の俳句界の展開を示した次の図の空欄に入る俳人名を答えよ。

[A]（正岡子規《まさおかしき》）俳句の革新
- [B]（高浜虚子《たかはまきょし》）伝統俳句
- [C]（河東碧梧桐《かわひがしへきごとう》）新傾向俳句
  - [D]（荻原井泉水《おぎわらせいせんすい》）自由律俳句
    - 尾崎放哉
    - 種田山頭火

⇩p.83

確認しよう

□①森鷗外らが発表した西洋詩の訳詩集は何か。 答 於母影《おもかげ》
□②『若菜集』は誰の詩集か。 答 島崎藤村《しまざきとうそん》
□③漢語調の男性的な詩風で知られる『天地有情』の作者は誰か。 答 土井晩翠《どいばんすい》
□④耽美派の詩人たちの集まりは何か。 答 パンの会
□⑤短歌雑誌「心の花」を創刊したのは誰か。 答 佐佐木信綱《ささきのぶつな》
□⑥与謝野鉄幹が創刊した雑誌は何か。 答 明星《みょうじょう》
□⑦短歌の革新を主張した正岡子規の書は何か。 答 歌《うた》よみに与《あた》ふる書《しょ》
□⑧正岡子規が創刊した俳句雑誌は何か。 答 ホトトギス
□⑨伊藤左千夫が「馬酔木」の後に創刊した短歌雑誌は何か。 答 アララギ
□⑩新傾向俳句を提唱したのは誰か。 答 河東碧梧桐《かわひがしへきごとう》

近現代の文学(大正以降)

大正時代

彼岸過迄《ひがんすぎまで》(夏目漱石《なつめそうせき》・一九一二)
「奇蹟《きせき》」創刊(一九一二)
哀《かな》しき父《ちち》(葛西善三《かさいぜんぞう》・一九一二)
行人《こうじん》(夏目漱石《なつめそうせき》・一九一二)
阿部一族《あべいちぞく》(森鷗外《もりおうがい》・一九一三)
赤光《しゃっこう》(斎藤茂吉《さいとうもきち》・一九一三)
こころ(夏目漱石《なつめそうせき》・一九一四)
一九一四 第一次世界大戦勃発《だいいちじせかいたいせんぼっぱつ》
道程《どうてい》(高村光太郎《たかむらこうたろう》・一九一四)
新現実主義《しんげんじつしゅぎ》おこる(一九一六ごろ)
高瀬舟《たかせぶね》(森鷗外《もりおうがい》・一九一六)
第四次「新思潮《しんしちょう》」創刊(一九一六)
鼻《はな》(芥川龍之介《あくたがわりゅうのすけ》・一九一六)
明暗《めいあん》(夏目漱石《なつめそうせき》・一九一六)
父帰《ちちかえ》る(菊池寛《きくちかん》・一九一七)
月《つき》に吠《ほ》える(萩原朔太郎《はぎわらさくたろう》・一九一七)
城《き》の崎《さき》にて(志賀直哉《しがなおや》・一九一七)
神経病時代《しんけいびょうじだい》(広津和郎《ひろつかずお》・一九一七)
一九一七 大正デモクラシー思潮
愛《あい》の詩集《ししゅう》(室生犀星《むろうさいせい》・一九一八)
田園《でんえん》の憂鬱《ゆううつ》(佐藤春夫《さとうはるお》・一九一八)
恩讐《おんしゅう》の彼方《かなた》に(菊池寛《きくちかん》・一九一九)
蔵《くら》の中《なか》(宇野浩二《うのこうじ》・一九一九)
暗夜行路《あんやこうろ》(志賀直哉《しがなおや》・一九二一～一九三七)
プロレタリア文学おこる(一九二一ごろ)
「種蒔《たねま》く人《ひと》」創刊(一九二一)

▲建築当時の東京駅

大正時代

青猫《あおねこ》(萩原朔太郎《はぎわらさくたろう》・一九二三)
山椒魚《さんしょううお》(井伏鱒二《いぶせますじ》・一九二三)
一九二三 関東大震災《かんとうだいしんさい》
春《はる》と修羅《しゅら》(宮沢賢治《みやざわけんじ》・一九二四)
「文芸戦線《ぶんげいせんせん》」創刊(一九二四)
伸子《のぶこ》(宮本百合子《みやもとゆりこ》・一九二四)
新感覚派《しんかんかくは》おこる(一九二四)
「文芸時代《ぶんげいじだい》」創刊(一九二四)
檸檬《レモン》(梶井基次郎《かじいもとじろう》・一九二五)
海《うみ》やまのあひだ(釈迢空《しゃくちょうくう》・一九二五)
伊豆《いず》の踊子《おどりこ》(川端康成《かわばたやすなり》・一九二六)
海《うみ》に生《い》くる人々《ひとびと》(葉山嘉樹《はやましき》・一九二六)

昭和時代

「戦旗《せんき》」創刊(一九二八)
「詩《し》と詩論《しろん》」創刊(一九二八)
夜明《よあ》け前《まえ》(島崎藤村《しまざきとうそん》・一九二九～一九三五)
蟹工船《かにこうせん》(小林多喜二《こばやしたきじ》・一九二九)
太陽《たいよう》のない街《まち》(徳永直《とくながすなお》・一九二九)
様々《さまざま》なる意匠《いしょう》(小林秀雄《こばやしひでお》・一九二九)
機械《きかい》(横光利一《よこみつりいち》・一九三〇)
測量船《そくりょうせん》(三好達治《みよしたつじ》・一九三〇)
一九三一 満州事変《まんしゅうじへん》
女《おんな》の一生《いっしょう》(山本有三《やまもとゆうぞう》・一九三三)
文芸復興《ぶんげいふっこう》のきざし(一九三三)
「四季《しき》」創刊(一九三三)
山羊《やぎ》の歌《うた》(中原中也《なかはらちゅうや》・一九三四)
雪国《ゆきぐに》(川端康成《かわばたやすなり》・一九三五)
「日本浪曼派《にほんろうまんは》」創刊(一九三五)
純粋小説論《じゅんすいしょうせつろん》(横光利一《よこみつりいち》・一九三五)
「歴程《れきてい》」創刊(一九三五)
風土《ふうど》(和辻哲郎《わつじてつろう》・一九三五)
わがひとに与《あた》ふる哀歌《あいか》(伊東静雄《いとうしずお》・一九三五)
風立《かぜた》ちぬ(堀辰雄《ほりたつお》・一九三六)
濹東奇譚《ぼくとうきだん》(永井荷風《ながいかふう》・一九三七)

昭和時代

萱草《わすれぐさ》に寄《よ》す(立原道造《たちはらみちぞう》・一九三七)
一九三九 第二次世界大戦勃発《だいにじせかいたいせんぼっぱつ》
智恵子抄《ちえこしょう》(高村光太郎《たかむらこうたろう》・一九四一)
一九四一 太平洋戦争勃発《たいへいようせんそうぼっぱつ》
無常《むじょう》といふ事《こと》(小林秀雄《こばやしひでお》・一九四二)
細雪《ささめゆき》(谷崎潤一郎《たにざきじゅんいちろう》・一九四三～一九四八)
李陵《りりょう》(中島敦《なかじまあつし》・一九四三)
津軽《つがる》(太宰治《だざいおさむ》・一九四四)
一九四五 終戦《しゅうせん》
「近代文学《きんだいぶんがく》」創刊(一九四六)
「新日本文学《しんにほんぶんがく》」創刊(一九四六)
堕落論《だらくろん》(坂口安吾《さかぐちあんご》・一九四六)
暗《くら》い絵《え》(野間宏《のまひろし》・一九四六)
ビルマの竪琴《たてごと》(竹山道雄《たけやまみちお》・一九四七)
夏《なつ》の花《はな》(原民喜《はらたみき》・一九四七)
斜陽《しゃよう》(太宰治《だざいおさむ》・一九四七)
戦後派文学《せんごはぶんがく》隆盛(一九四八ごろ)
俘虜記《ふりょき》(大岡昇平《おおおかしょうへい》・一九四八)
仮面《かめん》の告白《こくはく》(三島由紀夫《みしまゆきお》・一九四九)
少将滋幹《しょうしょうしげもと》の母《はは》(谷崎潤一郎《たにざきじゅんいちろう》・一九四九)
闘牛《とうぎゅう》(井上靖《いのうえやすし》・一九四九)
一九五〇 朝鮮動乱《ちょうせんどうらん》
一九五一 日米安保条約調印《にちべいあんぽじょうやく》▼
野火《のび》(大岡昇平《おおおかしょうへい》・一九五二)
太陽《たいよう》の季節《きせつ》(石原慎太郎《いしはらしんたろう》・一九五五)
金閣寺《きんかくじ》(三島由紀夫《みしまゆきお》・一九五六)
飼育《しいく》(大江健三郎《おおえけんざぶろう》・一九五八)
海辺《かいへん》の光景《こうけい》(安岡章太郎《やすおかしょうたろう》・一九五九)
砂《すな》の女《おんな》(安部公房《あべこうぼう》・一九六二)
黒《くろ》い雨《あめ》(井伏鱒二《いぶせますじ》・一九六五)
沈黙《ちんもく》(遠藤周作《えんどうしゅうさく》・一九六六)
川端康成、ノーベル文学賞受賞(一九六八)
大江健三郎、ノーベル文学賞受賞(一九九四)

◀原爆ドーム

写真で見る文学史

小説・評論
詩
短歌

1912（大元）

『道程《どうてい》』（高村光太郎《たかむらこうたろう》）

『赤光《しゃっこう》』（斎藤茂吉《さいとうもきち》）

『行人《こうじん》』（夏目漱石《なつめそうせき》）

『彼岸過迄《ひがんすぎまで》』（夏目漱石《なつめそうせき》）

1914

第《だい》一《いち》次《じ》世《せ》界《かい》大《たい》戦《せん》

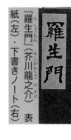

『羅生門《らしょうもん》』（芥川龍之介《あくたがわりゅうのすけ》）表紙（左）・下書きノート（右）

『明暗《めいあん》』（夏目漱石《なつめそうせき》）

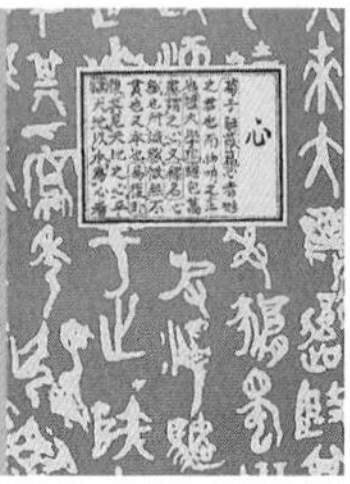

『こころ』（夏目漱石《なつめそうせき》）

▶第四次「新思潮《しんしちょう》」同人（大正五年）右から成瀬正一《なるせしょういち》、芥川龍之介《あくたがわりゅうのすけ》、松岡譲《まつおかゆずる》、久米正雄《くめまさお》。

第四次「新思潮《しんしちょう》」

『月《つき》に吠《ほ》える』（萩原朔太郎《はぎわらさくたろう》）

1918

1921（大10）

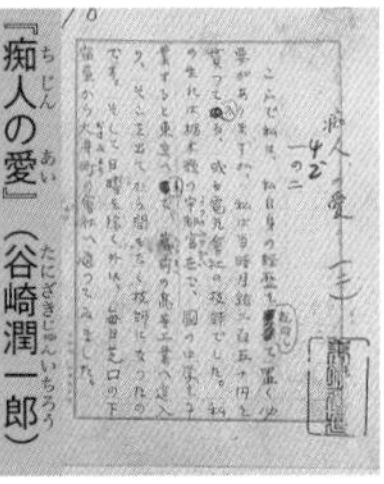

『痴人《ちじん》の愛《あい》』（谷崎潤一郎《たにざきじゅんいちろう》）原稿

『暗夜行路《あんやこうろ》』（志賀直哉《しがなおや》）

『青猫《あおねこ》』（萩原朔太郎《はぎわらさくたろう》）

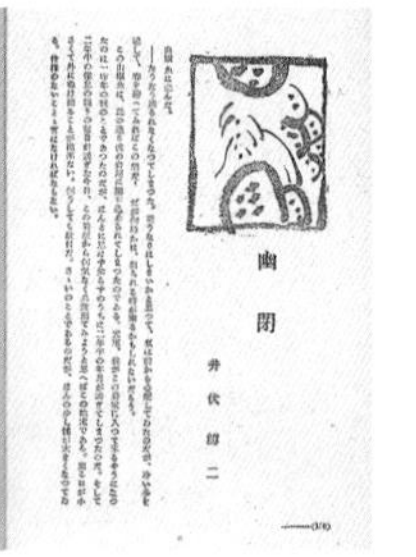

『幽閉《ゆうへい》』（井伏鱒二《いぶせますじ》）のち『山椒魚《さんしょううお》』と改題。

治安維持法制定《ちあんいじほうせいてい》

「文芸時代《ぶんげいじだい》」

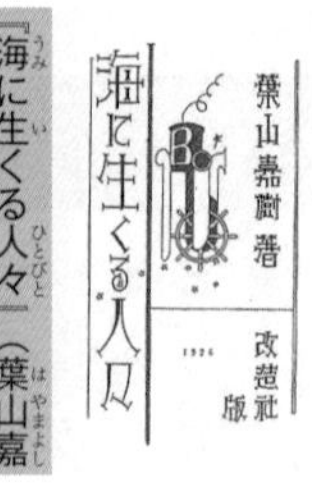

『海《うみ》に生《い》くる人々《ひとびと》』（葉山嘉樹《はやまよしき》）

「文芸戦線《ぶんげいせんせん》」

1925

1926（昭元）

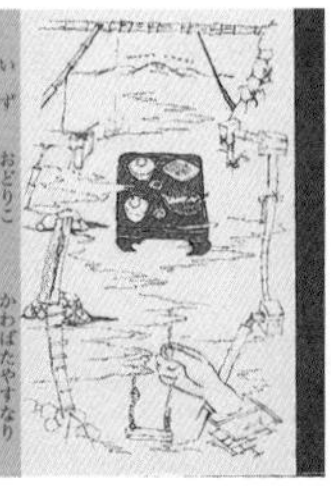

『伊豆《いず》の踊子《おどりこ》』（川端康成《かわばたやすなり》）

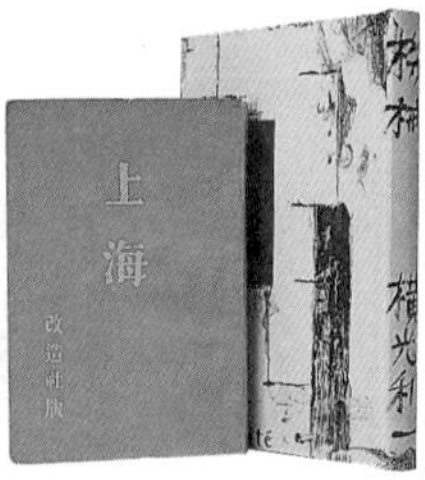

『機械《きかい》』（右）『上海《シャンハイ》』（左）（横光利一《よこみつりいち》）

『蟹工船《かにこうせん》』（小林多喜二《こばやしたきじ》）

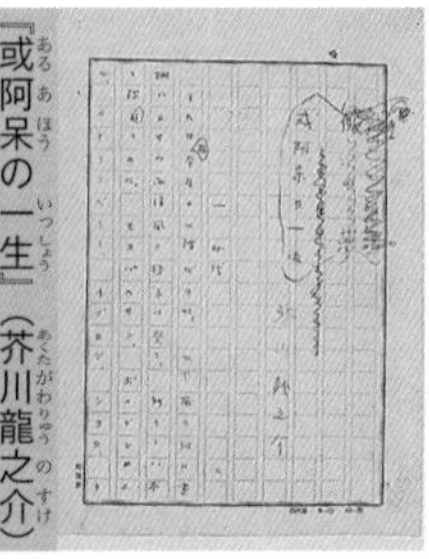

『或阿呆《あるあほう》の一生《いっしょう》』（芥川龍之介《あくたがわりゅうのすけ》）原稿

満州事変《まんしゅうじへん》
1931

『測量船《そくりょうせん》』（三好達治《みよしたつじ》）

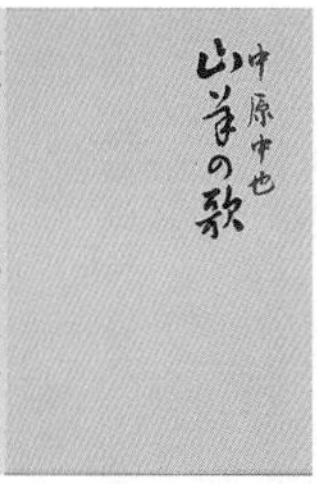

『山羊《やぎ》の歌《うた》』（中原中也《なかはらちゅうや》）

『春琴抄《しゅんきんしょう》』（谷崎潤一郎《たにざきじゅんいちろう》）掛軸

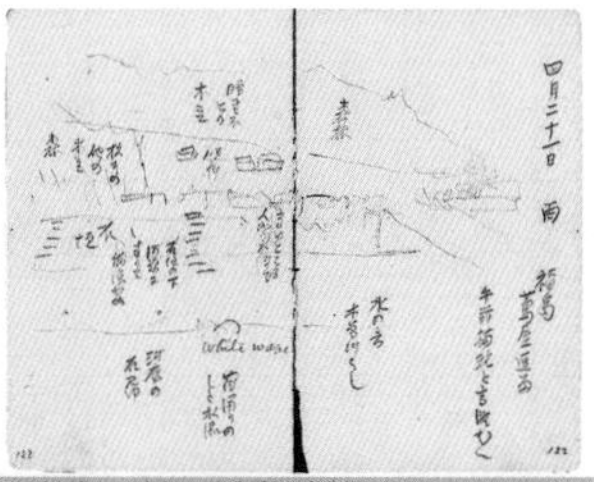
『夜明《よあ》け前《まえ》』（島崎藤村《しまざきとうそん》）創作ノート

1935（昭10）

第二次世界大戦勃発《だいにじせかいたいせんぼっぱつ》
1939

『わがひとに与《あた》ふる哀歌《あいか》』（伊東静雄《いとうしずお》）

『萱草《わすれぐさ》に寄《よ》す』（立原道造《たちはらみちぞう》）

『濹東綺譚《ぼくとうきだん》』（永井荷風《ながいかふう》）

『風立《かぜた》ちぬ』（堀辰雄《ほりたつお》）

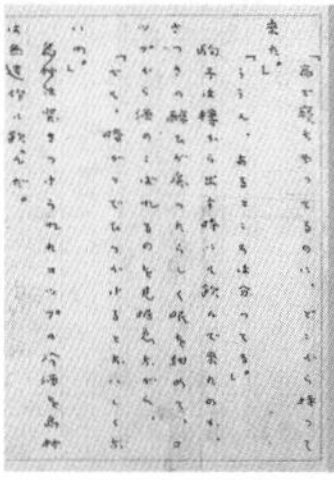
『雪国《ゆきぐに》』（川端康成《かわばたやすなり》）原稿

1941
太平洋戦争勃発《たいへいようせんそうぼっぱつ》

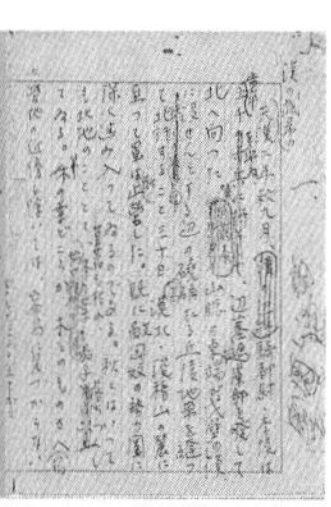
『李陵《りりょう》』（中島敦《なかじまあつし》）原稿

『細雪《ささめゆき》』（谷崎潤一郎《たにざきじゅんいちろう》）

『無常《むじょう》といふ事《こと》』（小林秀雄《こばやしひでお》）「文学界《ぶんがくかい》」（文芸春秋社《ぶんげいしゅんじゅうしゃ》）昭和十七年六月号に発表された。

1945（昭20）
終戦《しゅうせん》

『堕落論《だらくろん》』（坂口安吾《さかぐちあんご》）ポスター

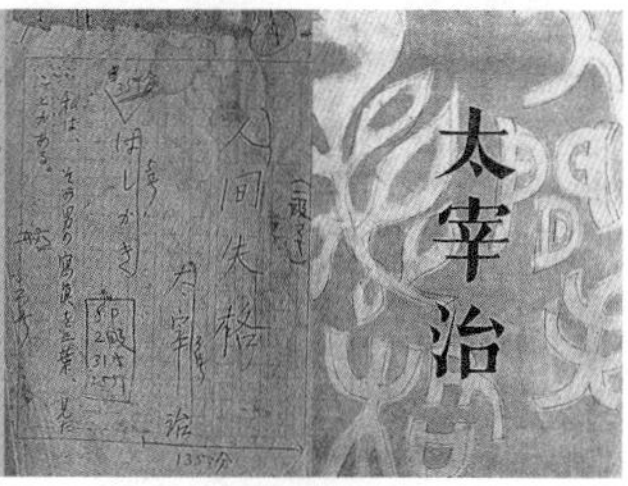

『人間失格《にんげんしっかく》』（太宰治《だざいおさむ》）表紙（右）と原稿（左）

『暗《くら》い絵《え》』（野間宏《のまひろし》）

『夏《なつ》の花《はな》』（原民喜《はらたみき》）

『俘虜記《ふりょき》』（大岡昇平《おおおかしょうへい》）

『仮面《かめん》の告白《こくはく》』（三島由紀夫《みしまゆきお》）

『壁《かべ》』（安部公房《あべこうぼう》）

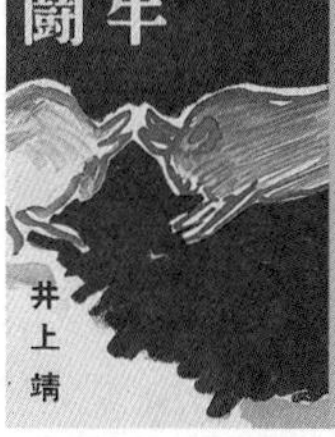

『闘牛《とうぎゅう》』（井上靖《いのうえやすし》）

1955（昭30）

▶第三《だいさん》の新人《しんじん》（昭和三十年）
右より曽野綾子《そのあやこ》、三浦朱門《みうらしゅもん》、安岡章太郎《やすおかしょうたろう》、小沼丹《こぬまたん》、庄野潤三《しょうのじゅんぞう》、吉行淳之介《よしゆきじゅんのすけ》、遠藤周作《えんどうしゅうさく》。

『死者《ししゃ》の奢《おご》り』（大江健三郎《おおえけんざぶろう》）

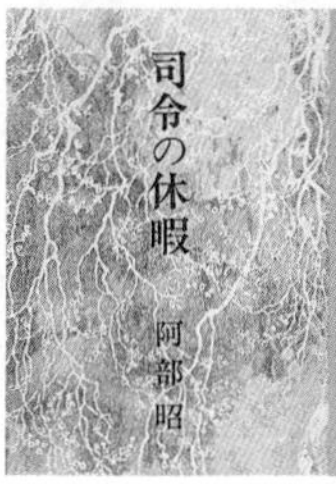

『司令《しれい》の休暇《きゅうか》』（阿部昭《あべあきら》）

さまざまな文学賞

芥川龍之介《あくたがわりゅうのすけ》賞

各新聞・雑誌に発表された純文学短編作品中最も優秀なものに与えられる。

主な受賞者と受賞作品

安部公房《あべこうぼう》『壁《かべ》』
安岡章太郎《やすおかしょうたろう》『悪《わる》い仲間《なかま》』『陰気《いんき》な愉《たの》しみ』
大江健三郎《おおえけんざぶろう》『飼育《しいく》』

谷崎潤一郎《たにざきじゅんいちろう》賞

時代を代表する優れた小説・戯曲に与えられる。

主な受賞者と受賞作品

遠藤周作《えんどうしゅうさく》『沈黙《ちんもく》』
村上春樹《むらかみはるき》『世界《せかい》の終《お》わりとハードボイルド・ワンダーランド』
井上《いのうえ》ひさし『シャンハイムーン』

三島由紀夫《みしまゆきお》賞

小説、評論、詩歌、戯曲から、文学の前途を拓く新鋭の作品一篇に与えられる。

主な受賞者と受賞作品

高橋源一郎《たかはしげんいちろう》『優雅《ゆうが》で感傷的《かんしょうてき》な日本野球《にほんやきゅう》』
笙野頼子《しょうのよりこ》『二百回忌《にひゃっかいき》』
堀江敏幸《ほりえとしゆき》『おぱらばん』

直木三十五《なおきさんじゅうご》賞

各新聞・雑誌あるいは単行本として発表された短編・長編作品中、最も優秀なものに与えられる。

主な受賞者と受賞作品

井伏鱒二《いぶせますじ》『ジョン萬次郎漂流記《まんじろうひょうりゅうき》』他
梅崎春生《うめざきはるお》『ボロ家《や》の春秋《しゅんじゅう》』
池波正太郎《いけなみしょうたろう》『錯乱《さくらん》』
水上勉《みずかみつとむ》『雁《がん》の寺《てら》』

吉川英治《よしかわえいじ》文学賞

前年に発表された大衆小説中、最も優秀なものに与えられる。

主な受賞者と受賞作品

松本清張《まつもとせいちょう》『昭和史発掘《しょうわしはっくつ》』『花氷《かひょう》』『逃亡《とうぼう》』他
新田次郎《にったじろう》『武田信玄《たけだしんげん》』他
司馬遼太郎《しばりょうたろう》『世《よ》に棲《す》む日々《ひび》』他
藤沢周平《ふじさわしゅうへい》『白《しろ》き瓶《かめ》』

山本周五郎《やまもとしゅうごろう》賞

すぐれて物語性を有する新しい文芸作品に与えられる。

主な受賞者と受賞作品

吉本《よしもと》ばなな『TUGUMI つぐみ』
宮部《みやべ》みゆき『火車《かしゃ》』
重松清《しげまつきよし》『エイジ』
江國香織《えくにかおり》『泳《およ》ぐのに、安全《あんぜん》でも適切《てきせつ》でもありません』

本屋大賞《ほんやたいしょう》

単行本として刊行された小説を対象として、「全国書店員が選んだ　いちばん！　売りたい本」を書店員の投票で決める。十位までのランキング形式で発表される。

大賞の主な受賞者と受賞作品

三浦《みうら》しをん『舟《ふね》を編《あ》む』
和田竜《わだりょう》『村上海賊《むらかみかいぞく》の娘《むすめ》』
瀬尾《せお》まいこ『そして、バトンは渡《わた》された』

川端康成《かわばたやすなり》文学賞

前年に発表された短編小説中、最も完成度の高いものに与えられる。

主な受賞者と受賞作品

佐多稲子《さたいねこ》『時《とき》に佇《た》つ（十一）』
小川国夫《おがわくにお》『逸民《いつみん》』
角田光代《かくたみつよ》『ロック母《はは》』
山田詠美《やまだえいみ》『生鮮《せいせん》てるてる坊主《ぼうず》』

泉鏡花《いずみきょうか》文学賞

金沢市が、文化的伝統の継承発展と、市民の文化水準の向上に資するため、すぐれた文芸作品に与える。

主な受賞者と受賞作品

津島佑子《つしまゆうこ》『草《くさ》の臥所《ふしど》』
中島京子《なかじまきょうこ》『妻《つま》が椎茸《しいたけ》だったころ』
筒井康隆《つついやすたか》『虚人《きょじん》たち』

近現代文学概説

自我の高揚と挫折、解放の時代―大正以降―

　大正《たいしょう》時代中期には第一次世界大戦後の現実を理知的に見つめた**新現実主義**《しんげんじつしゅぎ》の作家たちが現れた。**芥川龍之介**《あくたがわりゅうのすけ》や**菊池寛**《きくちかん》は雑誌**「新思潮」**《しんしちょう》（第三、四次）で現実や人間の心理を理知的にとらえた作風を広め、**葛西善蔵**《かさいぜんぞう》らは雑誌**「奇蹟」**《きせき》に集まって**心境小説**《しんきょうしょうせつ》・**私小説**《わたくししょうせつ》を残した。また、大正時代末期には社会不安を背景に、資本家と労働者の社会的格差を問題とし、階級闘争理論を文学化しようとする**プロレタリア文学**が盛んになった。大正十年の**「種蒔く人」**《たねまくひと》に続いて**「文芸戦線」**《ぶんげいせんせん》や**「戦旗」**《せんき》などの雑誌が発行された。同じ時期に**川端康成**《かわばたやすなり》と**横光利一**《よこみつりいち》は**「文芸時代」**《ぶんげいじだい》を創刊し、新しい表現と知的な新感覚で**新感覚派**《しんかんかくは》を起こした。ここから影響を受けた作家には、**新興芸術派**《しんこうげいじゅつは》の**井伏鱒二**《いぶせますじ》、**梶井基次郎**《かじいもとじろう》、**新心理主義**《しんしんりしゅぎ》の**堀辰雄**《ほりたつお》らがいる。

　詩歌では、大正時代、白樺《しらかば》派の影響を受けた**高村光太郎**《たかむらこうたろう》が**口語自由詩**《こうごじゆうし》を推進して**『道程』**《どうてい》を発表し、**萩原朔太郎**《はぎわらさくたろう》が**『月に吠える』**《つきにほえる》で完成させた。昭和初期には、プロレタリア詩に対してシュールレアリスムなどの詩が詩誌**「詩と詩論」**《ししろん》で紹介され、叙情性を重視した詩誌**「四季」**《しき》が創刊された。昭和十年代には詩誌**「歴程」**《れきてい》に個性的な詩人が集まった。短歌は**斎藤茂吉**《さいとうもきち》らの**アララギ派**が主流であったが、雑誌**「日光」**《にっこう》には**木下利玄**《きのしたりげん》ら**反アララギ派**の歌人たちが結集した。また、**北原白秋**《きたはらはくしゅう》は雑誌**「多磨」**《たま》を創刊し、**浪漫主義**《ろうまんしゅぎ》を提唱した。俳句では**高浜虚子**《たかはまきょし》・**飯田蛇笏**《いいだだこつ》らの**ホトトギス派**のほか、**新興俳句**《しんこうはいく》の**水原秋桜子**《みずはらしゅうおうし》・**山口誓子**《やまぐちせいし》らがおり、秋桜子《しゅうおうし》の門下から**中村草田男**《なかむらくさたお》らの**人間探求派**《にんげんたんきゅうは》が出た。

　昭和十年代には言語統制が強化され、プロレタリア文学が衰えて**転向文学**《てんこうぶんがく》が作られた。同じころ既成の作家のほかに文芸評論の**小林秀雄**《こばやしひでお》や**「日本浪曼派」**《にほんろうまんは》の**保田与重郎**《やすだよじゅうろう》・**亀井勝一郎**《かめいかついちろう》らが現れ一時的に文芸復興の機運が起こったが、**中島敦**《なかじまあつし》や、戦争文学の**火野葦平**《ひのあしへい》らを除くと、終戦までは文学にとって暗黒の時代が続いた。

　戦後文学は**志賀直哉**《しがなおや》・**永井荷風**《ながいかふう》・**谷崎潤一郎**《たにざきじゅんいちろう》らの大家や、**太宰治**《だざいおさむ》・**坂口安吾**《さかぐちあんご》らの**無頼派**《ぶらいは》、プロレタリア文学の流れを継ぐ**新日本文学会**《しんにほんぶんがくかい》、**野間宏**《のまひろし》らの**第一次戦後派**《だいいちじせんごは》、**大岡昇平**《おおおかしょうへい》・**三島由紀夫**《みしまゆきお》・**安部公房**《あべこうぼう》らの**第二次戦後派**《だいにじせんごは》の活躍から始まった。昭和二十七、八年ごろから**「第三の新人」**《だいさんのしんじん》と呼ばれる作家たちが日常生活を私小説《わたくししょうせつ》ふうに描いた作品を発表し始めた。三十年代には**開高健**《かいこうたけし》・**大江健三郎**《おおえけんざぶろう》や**女流作家**《じょりゅうさっか》、**大衆小説家**《たいしゅうしょうせつか》が活動し、四十年代には**小川国夫**《おがわくにお》・**阿部昭**《あべあきら》ら**「内向の世代」**《ないこうのせだい》と呼ばれる作家たちが活躍した。

学習のポイント

- 新現実主義《しんげんじつしゅぎ》について、次の点をおさえよう。
  ①新思潮派《しんしちょうは》の作家　②奇蹟派《きせきは》の作家
- 新感覚派《しんかんかくは》の代表作家とその作品名を覚えよう。
- プロレタリア文学の変遷について覚えよう。
- 戦後文学の流れをおさえよう。
- 口語自由詩《こうごじゆうし》の代表的な詩人を覚えよう。
  ①高村光太郎《たかむらこうたろう》　②萩原朔太郎《はぎわらさくたろう》

小説・評論

大正中～末

◇新現実主義《しんげんじつしゅぎ》

明治末期から大正にかけて文《ぶん》壇《だん》の中心にあった自然主義《しぜんしゅぎ》と反《はん》自然主義《しぜんしゅぎ》の二つの流れに対して、第一次世界大戦《だいいちじせかいたいせん》後の社会の現実を理知的に見つめた**新現実主義《しんげんじつしゅぎ》**の作家たちが現れた。

◆**新思潮派《しんしちょうは》**

雑誌「**新思潮《しんしちょう》**」(第三、四次)に集まった作家は冷静な観察と知的な表現で人生の現実をとらえた。

主な作家と作品

①芥川龍之介《あくたがわりゅうのすけ》『羅生門《らしょうもん》』
②菊池寛《きくちかん》『父帰る《ちちかえる》』
③山本有三《やまもとゆうぞう》『路傍の石《ろぼうのいし》』

◆**奇蹟派《きせきは》**

雑誌「**奇蹟《きせき》**」に集まった作家は日常生活の暗さを徹底して描き、**私小説《わたくししょうせつ》・心境小説《しんきょうしょうせつ》**を残した。

主な作家と作品

①葛西善蔵《かさいぜんぞう》『子《こ》をつれて』
②広津和郎《ひろつかずお》『神経病時代《しんけいびょうじだい》』

クローズアップ

●芥川龍之介《あくたがわりゅうのすけ》の作品は必ず覚えておこう。

芥川龍之介《あくたがわりゅうのすけ》 ― 多様な文体を用いた短編小説の名手

一八九二年(明治二五)～一九二七年(昭和二)

代表作 小説『**羅生門《らしょうもん》**』『**鼻《はな》**』『**戯作三昧《げさくざんまい》**』『**地獄変《じごくへん》**』『**歯《は》車《ぐるま》**』『**或阿呆の一生《あるあほうのいっしょう》**』、童話『**蜘蛛《くも》の糸**』『**杜子春《とししゅん》**』など。

ポイント ①**夏目漱石《なつめそうせき》**に『**鼻《はな》**』で認められ、作家活動を始める。②『**羅生門《らしょうもん》**』や『**鼻《はな》**』などは、『**今昔物語集《こんじゃくものがたりしゅう》**』や『**宇治拾遺物語《うじしゅういものがたり》**』などから題材を得た「**王朝物《おうちょうもの》**」といわれる作品である。『**羅生門《らしょうもん》**』では、生きるためのエゴイズムを平安末期の下《げ》人《にん》を主人公にして描いた。③滝沢馬琴《たきざわばきん》に託して**芸術至上主義《げいじゅつしじょうしゅぎ》**を示した『**戯作三昧《げさくざんまい》**』は「**江戸物《えどもの》**」と呼ばれている。④『**奉教人の死《ほうきょうにんのし》**』は「**切支丹物《キリシタンもの》**」、『**舞踏会《ぶとうかい》**』は「**開《かい》化物《かもの》**」と呼ばれている。⑤『**地獄変《じごくへん》**』では、作品のために娘をも犠牲《ぎせい》にする絵師の**芸術至上主義《げいじゅつしじょうしゅぎ》**の姿勢を描いた。⑥晩年には自伝的な『**大導寺信輔の半生《だいどうじしんすけのはんせい》**』や変動する時代の中で微妙《びみょう》に揺《ゆ》れる心境を描いた『**河童《かっぱ》**』『**歯車《はぐるま》**』がある。⑦将来に対する「**ぼんやりした不安**」が固定観念になってつきまとい、自殺した。

▲芥川龍之介

菊池寛《きくちかん》 ― 明確に主題を描く作風

一八八八年(明治二一)～一九四八年(昭和二三)。

代表作 小説『**忠直卿行状記《ただなおきょうぎょうじょうき》**』『**恩讐の彼方に《おんしゅうのかなたに》**』、戯曲『**父帰る《ちちかえる》**』など。

ポイント ①テーマ小説や歴史小説にすぐれる。②劇作家としても知られている。③雑誌「**文芸春秋《ぶんげいしゅんじゅう》**」を主宰し、芥川賞《あくたがわしょう》・直木賞《なおきしょう》を設定して、新人作家を育てた。

▲菊池寛

山本有三《やまもとゆうぞう》 ― ヒューマニズムに基づいた理想主義《りそうしゅぎ》

一八八七年(明治二〇)～一九七四年(昭和四九)。

代表作 小説『**女の一生《おんなのいっしょう》**』『**真実一路《しんじついちろ》**』『**路傍の石《ろぼうのいし》**』など。

ポイント ①人道主義《じんどうしゅぎ》的な長編小説を残した。②文芸家協会を設立し、内務省の検閲方針に反省を求めた。

▲山本有三

●芥川龍之介《あくたがわりゅうのすけ》の作品一覧

王朝物《おうちょうもの》	江戸物《えどもの》	切支丹物《キリシタンもの》	開化物《かいかもの》	現代小説	保吉物《やすきちもの》	その他
『羅生門《らしょうもん》』 『鼻《はな》』 『芋粥《いもがゆ》』 『地獄変《じごくへん》』	『戯作三昧《げさくざんまい》』 『枯野抄《かれのしょう》』 『或日の大石内蔵助《あるひのおおいしくらのすけ》』	『奉教人の死《ほうきょうにんのし》』 『きりしとほろ上人伝《しょうにんでん》』	『舞踏会《ぶとうかい》』 『開化の殺人《かいかのさつじん》』 『雛《ひな》』	『秋《あき》』 『蜜柑《みかん》』 『南京《ナンキン》の基督《キリスト》』 『トロッコ』	『保吉《やすきち》の手帳《てちょう》から』	『蜘蛛《くも》の糸《いと》』 『杜子春《とししゅん》』 『大導寺信輔《だいどうじしんすけ》の半生《はんせい》』

※保吉物《やすきちもの》…私小説《わたくししょうせつ》

◇プロレタリア文学　大正末〜昭和初

　明治三十年代から社会主義《しゃかいしゅぎ》小説《しょうせつ》は作られていたが、第一次世《だいいちじせ》界大戦《かいたいせん》後の経済不況や関東大震《かんとうだいしん》災《さい》の影響を受けて、反戦平和や被抑圧階級の解放などを訴える労働者の文学運動が進められた。

　大正十年の雑誌「種蒔《たねま》く人《ひと》」の創刊以後、思想的な対立や政府の弾圧の中、「文芸戦線《ぶんげいせんせん》」（労《ろう》農芸術家連盟《のうげいじゅつかれんめい》）と「戦旗《せんき》」（全日《ぜんに》本無産者芸術連盟《ほんむさんしゃげいじゅつれんめい》）に分裂しながら引き継がれて展開されたが、満州事変《まんしゅうじへん》以降の弾圧の中で、政治活動の放棄《ほうき》と引き換えに文学活動を行った**転向作家**《てんこうさっか》を生み出して崩壊《ほうかい》した。

主な作家と作品

①**葉山嘉樹**《はやまよしき》『セメント樽《だる》の中《なか》の手紙《てがみ》』
②**小林多喜二**《こばやしたきじ》『蟹工船《かにこうせん》』
③**徳永直**《とくながすなお》『太陽《たいよう》の無い街《まち》』

クローズアップ

●プロレタリア作家では葉《は》山嘉樹《やまよしき》・小林多喜二《こばやしたきじ》・徳《とく》永直《ながすなお》を覚えておこう。

葉山嘉樹《はやまよしき》――「文芸戦線《ぶんげいせんせん》」の代表作家

一八九四年（明治二七）〜一九四五年（昭和二〇）。

代表作　小説『セメント樽《だる》の中《なか》の手紙《てがみ》』『海に生《い》くる人々《ひとびと》』など。

ポイント　①船員や外交員、セメント工場の労働者などの経験を経て、労働運動に参加した。②『**セメント樽《だる》の中《なか》の手紙《てがみ》**』は「**文芸戦線**《ぶんげいせんせん》」に発表された。

▲葉山嘉樹

小林多喜二《こばやしたきじ》――プロレタリア・リアリズムの実践《じっせん》作家

一九〇三年（明治三六）〜一九三三年（昭和八）。

代表作　小説『一九二八年三月十五日』『**蟹工船**《かにこうせん》』など。

ポイント　①銀行に勤《つと》めながら労働運動に加わる一方、創作を続けて「**戦旗**《せんき》」に発表した。②『不在地主《ふざいじぬし》』を発表したため銀行を解雇《かいこ》された。③共産党《きょうさんとう》の非合法活動に参加したことにより特高《とっこう》に検挙《けんきょ》され、拷問《ごうもん》によって獄死《ごくし》した。

▲小林多喜二

徳永直《とくながすなお》――ナップの中心作家

一八九九年（明治三二）〜一九五八年（昭和三三）。

代表作　小説『**太陽**《たいよう》**のない街**《まち》』など。

ポイント　①印刷工場で働きながら労働運動に参加した。②「**戦旗**《せんき》」に『**太陽**《たいよう》**のない街**《まち》』を発表した。③全日本無産者芸術連盟《ぜんにほんむさんしゃげいじゅつれんめい》（ナップ）の中心作家として活動。戦後は新日本文学会《しんにほんぶんがくかい》で民主主義文学《みんしゅしゅぎぶんがく》の活動を行った。

▲徳永直

佐多稲子《さたいねこ》――戦中・戦後と苦闘を続けた生活作家

一九〇四年（明治三七）〜一九九八年（平成一〇）

代表作　小説『キャラメル工場《こうば》から』『私《わたし》の東京地図《とうきょうちず》』など。

ポイント　①初期の筆名は窪川《くぼかわ》いね子《こ》。②治安維持法《ちあんいじほう》により逮捕《たいほ》され、転向《てんこう》を余儀なくされた。

▲佐多稲子

▲『キャラメル工場から』

●プロレタリア文学の流れ

「種蒔《たねま》く人《ひと》」（大10〜12）
→「文芸戦線《ぶんげいせんせん》」（大13〜昭元）葉山嘉樹《はやまよしき》・平林《ひらばやし》たい子《こ》
→「**文芸戦線**《ぶんげいせんせん》」（昭2〜7）労農芸術家連盟《ろうのうげいじゅつかれんめい》
　→ 前衛芸術家《ぜんえいげいじゅつか》同盟《どうめい》 →「**戦旗**《せんき》」
　→（解散）→ **転向文学**《てんこうぶんがく》
→ 日本プロレタリア芸術《げいじゅつ》連盟《れんめい》
→「**戦旗**《せんき》」（昭3〜6）全日本無産者芸術連盟《ぜんにほんむさんしゃげいじゅつれんめい》（ナップ）小林多喜二《こばやしたきじ》・徳永直《とくながすなお》・中野重治《なかのしげはる》・佐多稲子《さたいねこ》
→（弾圧）→ **転向文学**《てんこうぶんがく》

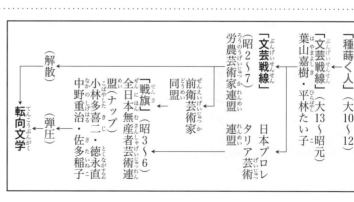

◇芸術派《げいじゅつは》　大正末〜昭和初

関東大震災《かんとうだいしんさい》後の社会の変化の中で、既成の文学に対し、芸術的な価値の高い作品をめざす作家たちが現れた。

◆新感覚派《しんかんかくは》

大正十三年に創刊された雑誌「文芸時代《ぶんげいじだい》」を中心に、比喩《ひゆ》表現を巧みに用いた擬人法《ぎじんほう》などの新しい感覚の作品を発表したグループが現れた。彼らは第一次世界大戦《だいいちじせかいたいせん》後の*前衛芸術《ぜんえいげいじゅつ》の影響を受けながら、文学の革新をめざして私小説《わたくししょうせつ》のリアリズムを否定したが、社会意識の欠如《けつじょ》や奇をてらった表現への批判を浴びた。

主な作家と作品

①**横光利一《よこみつりいち》**『日輪《にちりん》』
②**川端康成《かわばたやすなり》**『伊豆《いず》の踊子《おどりこ》』

> **クローズアップ**
> ●川端康成《かわばたやすなり》の作品を覚えよう。
> 『**伊豆《いず》の踊子《おどりこ**》』『**禽獣《きんじゅう》**』『**雪国《ゆきぐに》**』『**山《やま》の音《おと》**』

横光利一《よこみつりいち》　新感覚派《しんかんかくは》の実践家《じっせんか》

一八九八年（明治三一）〜一九四七年（昭和二二）。

代表作　小説『**頭《あたま》ならびに腹《はら》**』『**日輪《にちりん》**』『**蝿《はえ》**』『**上海《シャンハイ》**』『**機《き》械《かい》**』『**紋章《もんしょう》**』『**旅愁《りょしゅう》**』、評論『**純粋小説論《じゅんすいしょうせつろん》**』など。

ポイント　①初め菊池寛《きくちかん》に師事し「文芸春秋《ぶんげいしゅんじゅう》」同人となる。②**川端康成《かわばたやすなり》**らと雑誌「**文芸時代《ぶんげいじだい》**」を創刊した、新感覚派《しんかんかくは》の中心作家。③**擬人法《ぎじんほう》**などの比喩《ひゆ》表現で注目を浴びる。④『**日輪《にちりん》**』『**蝿《はえ》**』『**上海《シャンハイ》**』は**新感覚派《しんかんかくは》**の作品として注目を浴びた。⑤『**機《き》械《かい》**』は心理面から人間を描いた心理主義《しんりしゅぎ》の作品である。

▲横光利一

川端康成《かわばたやすなり》　新感覚の比喩《ひゆ》表現から古典的な日本の美へ

一八九九年（明治三二）〜一九七二年（昭和四七）。

代表作　小説『**伊豆《いず》の踊子《おどりこ》**』『**浅草紅団《あさくさくれないだん》**』『**禽獣《きんじゅう》**』『**雪国《ゆきぐに》**』『**名人《めいじん》**』『**山《やま》の音《おと》**』『**千羽鶴《せんばづる》**』『**古都《こと》**』など。

ポイント　①雑誌「**文芸時代《ぶんげいじだい》**」を創刊。②『**伊豆《いず》の踊子《おどりこ》**』では、孤児意識に苦しむ旧制高校の学生が踊り子たちとの旅を通してその意識を浄化していく様子を、体験的に描いた。③『**禽獣《きんじゅう》**』は、動物を愛玩《あいがん》する男の孤独な心理をとらえた作品である。④『**雪国《ゆきぐに》**』では、主人公島村《しまむら》と芸者駒子《こまこ》の男女間の微妙《びみょう》な心理を雪国の温泉町を背景に叙情《じょじょう》的に描き出し、日本的な美の世界に到達している。⑤「***掌《たなごころ》**の**小説《しょうせつ》**」と呼ばれる短編小説群には、さまざまな人間像や人物の心理を描いたすぐれた作品が多い。⑥一九六八年（昭和四三）には、**日本人として初めてノーベル文学賞**を受賞した。

▲川端康成

井伏鱒二《いぶせますじ》　ユーモアとペーソスの*新興芸術派《しんこうげいじゅつは》

一八九八年（明治三一）〜一九九三年（平成五）。

代表作　小説『**山椒魚《さんしょううお》**』『**屋根《やね》の上《うえ》のサワン**』『**ジョン万《まん》次郎漂流記《じろうひょうりゅうき》**』『**本日休診《ほんじつきゅうしん》**』『**遥拝隊長《ようはいたいちょう》**』『**黒《くろ》い雨《あめ》**』など。

▲井伏鱒二

●芸術派《げいじゅつは》の作家一覧

新感覚派《しんかんかくは》	新興芸術派《しんこうげいじゅつは》	新心理主義《しんしんりしゅぎ》
横光利一《よこみつりいち》『日輪《にちりん》』	**井伏鱒二《いぶせますじ》**『山椒魚《さんしょううお》』	**堀辰雄《ほりたつお》**『風立《かぜた》ちぬ』
川端康成《かわばたやすなり》『伊豆《いず》の踊子《おどりこ》』	**梶井基次郎《かじいもとじろう》**『檸檬《レモン》』	**伊藤整《いとうせい》**『鳴海仙吉《なるみせんきち》』
片岡鉄兵《かたおかてっぺい》	阿部知二《あべともじ》『冬《ふゆ》の宿《やど》』	『幽鬼《ゆうき》の街《まち》』
中河与一《なかがわよいち》	**嘉村磯多《かむらいそた》**『途上《とじょう》』	
	舟橋聖一《ふなはしせいいち》『ダイビング』	

▲川端康成のノーベル賞授賞式

◆新興芸術派《しんこうげいじゅつは》

昭和五年、プロレタリア文学に対抗して、さまざまな雑誌によっていた作家が集まり、文学の芸術性を守ろうと**「新興芸術《しんこうげいじゅつ》派倶楽部《はクラブ》」**が結成された。多くは享楽的《きょうらく》な作風にとどまったが、その中では、**井伏鱒二《いぶせますじ》・梶井基《かじいもと》次郎《じろう》**のほかに、私小説《わたくししょうせつ》の**嘉村《かむら》磯多《いそた》**、*主知主義《しゅちしゅぎ》の阿部知二《あべともじ》らが個性的な活動をした。

主な作家と作品

①**井伏鱒二《いぶせますじ》**『山椒魚《さんしょううお》』
②**梶井基次郎《かじいもとじろう》**『檸檬《レモン》』

◆*新心理主義《しんしんりしゅぎ》

堀辰雄《ほりたつお》は西欧文学の心理主義《しんりしゅぎ》の影響を受け、明晰《めいせき》な心理分析による叙情的《じょじょう》で繊細《せんさい》な作品を発表し、**新心理主義《しんしんりしゅぎ》**と呼ばれた。

主な作家と作品

①**堀辰雄《ほりたつお》**『聖家族《せいかぞく》』
②**伊藤整《いとうせい》**『鳴海仙吉《なるみせんきち》』

ポイント ①**『山椒魚《さんしょううお》』**では、岩穴から外へ出られなくなった山椒魚《さんしょううお》の反応をユーモラスに描きながら、人間の孤独と苦悩を示した。②**『黒《くろ》い雨《あめ》』**では、原爆《げんばく》の悲惨《ひさん》さを見のがさないように細密な描写で現実に迫っている。

梶井基次郎《かじいもとじろう》 ― 鋭敏《えいびん》な感受性から生まれた描写

一九〇一年(明治三四)～一九三二年(昭和七)。

代表作 小説**『檸檬《レモン》』『城《しろ》のある町《まち》にて』**など。

ポイント ①鋭い感受性を持ち、病苦と闘《たたか》いながら独自の作風を保った。②**『檸檬《レモン》』**では、洋書店丸善《まるぜん》の画集の上に、爆弾《ばくだん》を仕掛けたような気分でレモンを置き去ることで「不吉《ふきつ》な塊《かたまり》」から解放される微妙な心理を描いた。

▲梶井基次郎

堀辰雄《ほりたつお》 ― 清新な文体による心理描写

一九〇四年(明治三七)～一九五三年(昭和二八)。

代表作 小説**『聖家族《せいかぞく》』『風立《かぜた》ちぬ』『美《うつく》しい村《むら》』『菜穂《なお》子《こ》』**、随想集『大和路信濃路《やまとじしなのじ》』など。

ポイント ①**芥川龍之介《あくたがわりゅうのすけ》に師事**し、その死を題材に**『聖家族《せいかぞく》』**を書いた。②リルケらの**心理主義《しんりしゅぎ》**の影響を受けた。③**『風立《かぜた》ちぬ』**では、婚約者を失った主人公が新しい生を求める過程を叙情的《じょじょう》に描いた。④日本の古典に関心を持ち、『かげろふの日記《にっき》』を著した。⑤雑誌**「四季《しき》」**を主宰し、多くの詩人らを育てた。

▲堀辰雄

柳田国男《やなぎたくにお》 ― 民俗学《みんぞくがく》の創始者《そうししゃ》

一八七五年(明治八)～一九六二年(昭和三七)。

代表作 評論**『遠野物語《とおのものがたり》』『雪国《ゆきぐに》の春《はる》』**『海南小記《かいなんしょうき》』『海《かい》上《じょう》の道《みち》』など。

ポイント 日本の村落生活や民間伝承を実地で検証する方法を実践し、「方言《ほうげん》周圏論《しゅうけんろん》」を提唱するなどして**民俗学《みんぞくがく》**を成立させた。

▲柳田国男

用語解説

***前衛芸術《ぜんえいげいじゅつ》** 第一次世界大戦《だいいちじせかいたいせん》後にヨーロッパで広まった、既成の芸術の価値を破壊して作った新しい芸術。ダダイズム、アナーキズム、シュールレアリスム(↓p.93)などがある。

***掌《たなごころ》の小説《しょうせつ》** 一九二六年(大正一五)、川端康成《かわばたやすなり》の創作集『感情装《かんじょうそう》飾《しょく》』に収められた短編小説の名称で、以後川端康成《かわばたやすなり》の短編小説全体をさすようになった。

***新興芸術派《しんこうげいじゅつは》** プロレタリア文学に対抗して文学の芸術性を求めて成立した「新興芸術派倶楽部《しんこうげいじゅつはクラブ》」に集まった作家群。

***主知主義《しゅちしゅぎ》** 第一次世界大戦《だいいちじせかいたいせん》後のイギリスの知性尊重の文学理論の影響を受けて、情緒よりも知性を用いた文学の必要性を述べたもの。

***新心理主義《しんしんりしゅぎ》** 人間の心理を意識の流れに従って分析し、自我の実態を描こうとする主義。

◇昭和十年代の文学

◆転向文学《てんこうぶんがく》*

　昭和六年の満州事変《まんしゅうじへん》以降の弾圧によってプロレタリア文学は壊滅し、**転向文学《てんこうぶんがく》**が作られた。

主な作家と作品

①**中野重治《なかのしげはる》**『村《むら》の家《いえ》』
②**島木健作《しまきけんさく》**『生活《せいかつ》の探求《たんきゅう》』

◆文芸復興《ぶんげいふっこう》*・日本浪曼派《にほんろうまんは》

　昭和八年ごろから既成作家が復活し、文学の芸術性を追求する**文芸復興《ぶんげいふっこう》**の機運のもとで雑誌**「文学界《ぶんがくかい》」**が創刊された。また、古典の復興をめざして**「日本浪曼派《にほんろうまんは》」**が創刊された。

主な作家と作品

（既成作家）
①**永井荷風《ながいかふう》**『濹東綺譚《ぼくとうきだん》』
②**谷崎潤一郎《たにざきじゅんいちろう》**『春琴抄《しゅんきんしょう》』
③**島崎藤村《しまざきとうそん》**『夜明《よあ》け前《まえ》』
④**志賀直哉《しがなおや》**『暗夜行路《あんやこうろ》』
⑤**徳田秋声《とくだしゅうせい》**『縮図《しゅくず》』
（文学界《ぶんがくかい》）
小林秀雄《こばやしひでお》『無常《むじょう》といふ事《こと》』
（日本浪曼派《にほんろうまんは》）
亀井勝一郎《かめいかついちろう》『大和古寺風物誌《やまとこじふうぶつし》』

中野重治《なかのしげはる》——**プロレタリア文学・民主主義《みんしゅしゅぎ》文学の支柱**

一九〇二年（明治三五）〜一九七九年（昭和五四）。

代表作　小説『**村《むら》の家《いえ》**』『歌《うた》のわかれ』『**むらぎも**』『甲《こう》乙丙丁《おつへいてい》』など。

ポイント　①短歌・詩を経て**プロレタリア文学運動**に参加。②詩・小説・評論で**プロレタリア文学の中心的立場**に立つ。③戦後は新日本文学会《しんにほんぶんがくかい》に参加。

▲中野重治

小林秀雄《こばやしひでお》——**文芸評論の確立者**

一九〇二年（明治三五）〜一九八三年（昭和五八）。

代表作　評論『**様々《さまざま》なる意匠《いしょう》**』『私小説論《わたくししょうせつろん》』『**無常《むじょう》といふ事《こと》**』『本居宣長《もとおりのりなが》』など。

ポイント　①林房雄《はやしふさお》らと雑誌**「文学界《ぶんがくかい》」**を創刊し、中心的な役割を担う。②**評《ひょう》論《ろん》を文芸の一ジャンルとして成立させた。**

▲小林秀雄

亀井勝一郎《かめいかついちろう》——**伝統的な日本の美を追求**

一九〇七年（明治四〇）〜一九六六年（昭和四一）。

代表作　評論『**大和古寺風物誌《やまとこじふうぶつし》**』『信仰《しんこう》について』『わが精神《せいしん》の遍歴《へんれき》』など。

ポイント　①保田与重郎《やすだよじゅうろう》らと雑誌**「日本浪曼派《にほんろうまんは》」**を創刊した。②日本の伝統的な美や精神を追求した。③戦後は古代文化の研究から近代文明を批判した。

▲亀井勝一郎

中島敦《なかじまあつし》——**深い教養に支えられた才能**

一九〇九年（明治四二）〜一九四二年（昭和一七）。

代表作　小説『**山月記《さんげつき》**』『**李陵《りりょう》**』『**弟子《でし》**』など。

ポイント　①**漢文の教養**が深く、作品には**中国古典を題材にした小説**が多い。②『**山月記《さんげつき》**』では、詩人になれずに虎《とら》に変身した秀才の自意識を描いた。

▲中島敦

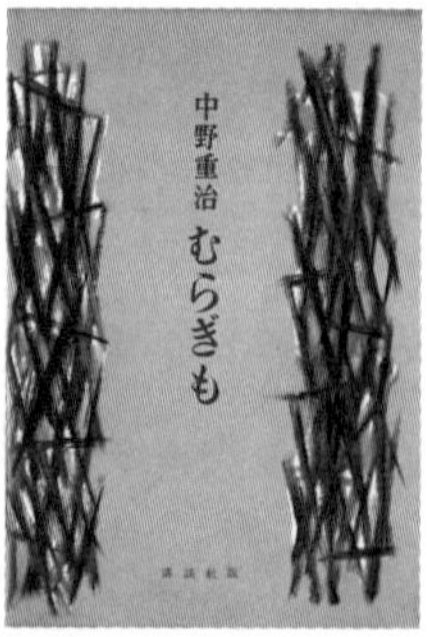

▲『むらぎも』

●昭和十年代のその他の文学一覧

戦争文学	その他の新人
火野葦平《ひのあしへい》『麦《むぎ》と兵隊《へいたい》』	**尾崎士郎《おざきしろう》**『人生劇場《じんせいげきじょう》』
石川達三《いしかわたつぞう》『生《い》きてゐる兵隊《へいたい》』	**北条民雄《ほうじょうたみお》**『いのちの初夜《しょや》』
	尾崎一雄《おざきかずお》『暢気眼鏡《のんきめがね》』
	高見順《たかみじゅん》『如何《いか》なる星《ほし》の下《もと》に』
	丹羽文雄《にわふみお》『贅肉《ぜいにく》』
	石坂洋二郎《いしざかようじろう》『若《わか》い人《ひと》』
	石川達三《いしかわたつぞう》『蒼氓《そうぼう》』
	林芙美子《はやしふみこ》『放浪記《ほうろうき》』

用語解説

＊**転向文学**　弾圧によって転向したプロレタリア文学の作家が、その苦悩を告白した作品。
＊**文芸復興《ぶんげいふっこう》**　プロレタリア文学と大衆文学《たいしゅうぶんがく》に押されていた昭和の純文学《じゅんぶんがく》が復活することを求めて述べられた言葉。

◇戦後《せんご》の文学《ぶんがく》（一）

◆既成《きせい》作家の活動

戦後、言論の自由が復活し、それまで作品を発表できなかった既成作家たちが盛んに活動した。

◆無頼派《ぶらいは》（新戯作派《しんげさくは》）

太宰治《だざいおさむ》・坂口安吾《さかぐちあんご》・石川淳《いしかわじゅん》らは戦前の権威や秩序を否定した、***ニヒリズム**や退廃的な傾向を持つ***デカダンス**の文学を生み、**無頼派《ぶらいは》（新戯作派《しんげさくは》）**と呼ばれた。

◆新日本文学会《しんにほんぶんがくかい》

かつてのプロレタリア文学の作家たちは**新日本文学会《しんにほんぶんがくかい》**を結成し、雑誌***「新日本文学《しんにほんぶんがく》」**を刊行して、民主主義《みんしゅしゅぎ》文学の創造と普及をめざした。

クローズアップ

●太宰治《だざいおさむ》の作品を覚えよう。

初期　『晩年《ばんねん》』『二十世紀旗手《にじっせいききしゅ》』

中期　『富嶽百景《ふがくひゃっけい》』『走《はし》れメロス』『津軽《つがる》』

後期　『ヴィヨンの妻《つま》』『斜陽《しゃよう》』『人間失格《にんげんしっかく》』

太宰治《だざいおさむ》　世俗への反抗と自滅

一九〇九年（明治四二）～一九四八年（昭和二三）。

代表作　小説『**走れメロス**』『**富嶽百景《ふがくひゃっけい》**』『**津軽《つがる》**』『**桜桃《おうとう》**』『**斜陽《しゃよう》**』『**人間失格《にんげんしっかく》**』など。

ポイント　①一九三五年（昭和一〇）、「日本浪曼派《にほんろうまんは》」に『**道化《どうけ》の華《はな》**』を発表。②**井《い》伏鱒二《ぶせますじ》に師事**した。③『**晩年《ばんねん》**』など初期の作品は自己の破滅的な人生を小説の題材にしたものが多い。④精神的に安定した戦時中には『**富嶽百景《ふがくひゃっけい》**』などの明るい作品を書いた。また、告白体や手紙形式などさまざまな文体を用いた。説話や民話をもとにした『**お伽草紙《とぎぞうし》**』『**新釈諸国噺《しんしゃくしょこくばなし》**』もこの時期の作品。⑤戦後は時流に反抗し、再び破滅的な傾向となり、『**斜陽《しゃよう》**』『**人間失格《にんげんしっかく》**』などを残して、入水《じゅすい》自殺した。

▲太宰治

坂口安吾《さかぐちあんご》　既成の倫理と権威への徹底した不信

一九〇六年（明治三九）～一九五五年（昭和三〇）。

代表作　小説『**白痴《はくち》**』、評論『**堕落論《だらくろん》**』など。

ポイント　①既成の価値や美意識を破壊することを説いた。②『**堕落論《だらくろん》**』では「生きよ、堕《お》ちよ」という言葉で逆説的に真実の発見を訴えた。

▲坂口安吾

石川淳《いしかわじゅん》　現実にとらわれない奔放《ほんぽう》な新戯作派《しんげさくは》

一八九九年（明治三二）～一九八七年（昭和六二）。

代表作　小説『**普賢《ふげん》**』『焼跡《やけあと》のイエス』など。

ポイント　『**普賢《ふげん》**』で芥川賞《あくたがわしょう》受賞。戦後、脚光を浴びた。

▲石川淳

宮本百合子《みやもとゆりこ》　プロレタリア文学から民主主義文学へ

一八九九年（明治三二）～一九五一年（昭和二六）。

代表作　小説『**播州平野《ばんしゅうへいや》**』『二《ふた》つの庭《にわ》』『道標《どうひょう》』など。

ポイント　①人道主義《じんどうしゅぎ》の影響を受け、自己の体験から『**伸子《のぶこ》**』を著した。②ソ連遊学後、プロレタリア作家に。③戦後**新日本文学会《しんにほんぶんがくかい》**で活躍。

▲宮本百合子

●戦後文学者一覧

既成作家	無頼派《ぶらいは》	新日本文学会《しんにほんぶんがくかい》
永井荷風《ながいかふう》『踊子《おどりこ》』	**太宰治《だざいおさむ》**『斜陽《しゃよう》』	**宮本百合子《みやもとゆりこ》**『播州平野《ばんしゅうへいや》』
谷崎潤一郎《たにざきじゅんいちろう》『細雪《ささめゆき》』	**坂口安吾《さかぐちあんご》**『堕落論《だらくろん》』	**中野重治《なかのしげはる》**『五勺《ごしゃく》の酒《さけ》』
志賀直哉《しがなおや》『灰色《はいいろ》の月《つき》』	**織田作之助《おださくのすけ》**『夫婦善哉《めおとぜんざい》』	**徳永直《とくながすなお》**『妻《つま》よねむれ』
川端康成《かわばたやすなり》『千羽鶴《せんばづる》』	**石川淳《いしかわじゅん》**『普賢《ふげん》』	**佐多稲子《さたいねこ》**『私《わたし》の東京地図《とうきょうちず》』
	檀一雄《だんかずお》『リツ子《こ》・その愛《あい》』	

用語解説

***ニヒリズム**　社会的・伝統的価値を否定する虚無主義《きょむしゅぎ》。

***デカダンス**　虚無的《きょむてき》・唯美的《ゆいびてき》な芸術や生活態度。

***「新日本文学《しんにほんぶんがく》」**　一九四六年（昭和二一）、中野重治《なかのしげはる》・宮本百合子《みやもとゆりこ》らが創刊。戦後の民主主義文学の中心となった雑誌。

◇戦後《せんご》の文学《ぶんがく》（二）

◆第一次戦後派《だいいちじせんごは》

マルクス主義の洗礼と革命運動の挫折《ざせつ》、戦争体験を経て、昭和二十一年、新日本文学会《しんにほんぶんがくかい》と異なり、政治から離れた独自の文学の成立をめざして雑誌**「近代《きんだい》文学《ぶんがく》」**が創刊された。この動きに共鳴した**野間宏《のまひろし》**らは、既成の作品の亜流を認めない、異質な作品を残した。

主な作家と作品

①**野間宏《のまひろし》**『真空地帯《しんくうちたい》』

②**梅崎春生《うめざきはるお》**『桜島《さくらじま》』

◆第二次戦後派《だいにじせんごは》

昭和二十五年の朝鮮戦争勃発《ちょうせんせんそうぼっぱつ》以降に活躍し、実存的《じつぞん》自己を追求した作家たちで、マルクス主義運動の体験のない世代の作家たちを**第二次戦後派《だいにじせんごは》**という。

主な作家と作品

①**大岡昇平《おおおかしょうへい》**『野火《のび》』

②**三島由紀夫《みしまゆきお》**『金閣寺《きんかくじ》』

③**安部公房《あべこうぼう》**『壁《かべ》』

◆第三の新人《だいさんのしんじん》

昭和二十七、八年ごろには、戦後派《せんごは》の観念性に対して、個人

野間宏《のまひろし》―社会的なリアリズム

一九一五年(大正四)～一九九一年(平成三)。

代表作 小説『暗い絵《くらいえ》』『真空地帯《しんくうちたい》』など。

ポイント 社会的な現実を描き、戦後派《せんごは》の口火を切った。

大岡昇平《おおおかしょうへい》―徹底した自己の凝視《ぎょうし》

一九〇九年(明治四二)～一九八八年(昭和六三)。

代表作 小説『俘虜記《ふりょき》』『野火《のび》』『武蔵野夫人《むさしのふじん》』など。

ポイント ①学生時代に小林秀雄《こばやしひでお》・中原中也《なかはらちゅうや》・河上徹太郎《かわかみてつたろう》らと知り合う。②**戦争体験**をもとに、自己を客観的に分析した小説を書いた。

三島由紀夫《みしまゆきお》―死に裏付けされた美学

一九二五年(大正一四)～一九七〇年(昭和四五)。

代表作 小説『仮面の告白《かめんのこくはく》』『潮騒《しおさい》』『金閣寺《きんかくじ》』など。

ポイント ①日本本来の文化を重視し、古典主義的《こてんしゅぎ》な傾向がある。②戦後社会を批判し、切腹《せっぷく》自殺した。

安部公房《あべこうぼう》―＊シュールレアリスムの旗手《きしゅ》

一九二四年(大正一三)～一九九三年(平成五)。

代表作 小説『赤い繭《あかいまゆ》』『砂の女《すなのおんな》』『壁《かべ》』など。

ポイント ①超現実主義《ちょうげんじつしゅぎ》の手法で人間疎外《そがい》を風刺《ふうし》的に描いた。②劇作家・演出家としても活躍した。

井上靖《いのうえやすし》―良心が伝わる＊中間小説《ちゅうかんしょうせつ》

一九〇七年(明治四〇)～一九九一年(平成三)。

代表作 小説『闘牛《とうぎゅう》』『しろばんば』『氷壁《ひょうへき》』『天平の甍《てんぴょうのいらか》』『敦煌《とんこう》』など。

ポイント **中間小説《ちゅうかんしょうせつ》**、大陸を舞台にした西域小説《せいいきしょうせつ》、歴史小説にすぐれる。

▲野間宏

▲大岡昇平

▲三島由紀夫

▲安部公房

▲井上靖

●戦後文学の作家一覧

第一次戦後派《だいいちじせんごは》	第二次戦後派《だいにじせんごは》	原爆文学《げんばくぶんがく》	第三の新人《だいさんのしんじん》	戦後世代	
野間宏《のまひろし》『真空地帯《しんくうちたい》』 **梅崎春生《うめざきはるお》**『桜島《さくらじま》』 **椎名麟三《しいなりんぞう》**『深夜の酒宴《しんやのしゅえん》』 **埴谷雄高《はにやゆたか》**『死霊《しれい》』 **武田泰淳《たけだたいじゅん》**『ひかりごけ』	**大岡昇平《おおおかしょうへい》**『野火《のび》』 **三島由紀夫《みしまゆきお》**『仮面の告白《かめんのこくはく》』 **安部公房《あべこうぼう》**『壁《かべ》』 **堀田善衛《ほったよしえ》**『広場の孤独《ひろばのこどく》』 **島尾敏雄《しまおとしお》**『出孤島記《しゅっことうき》』	**原民喜《はらたみき》**『夏の花《なつのはな》』 **井伏鱒二《いぶせますじ》**『黒い雨《くろいあめ》』	**安岡章太郎《やすおかしょうたろう》**『悪い仲間《わるいなかま》』 **吉行淳之介《よしゆきじゅんのすけ》**『驟雨《しゅうう》』 **庄野潤三《しょうのじゅんぞう》**『プールサイド小景《しょうけい》』 **遠藤周作《えんどうしゅうさく》**『海と毒薬《うみとどくやく》』 **小島信夫《こじまのぶお》**『アメリカン・スクール』 **阿川弘之《あがわひろゆき》**『雲の墓標《くものぼひょう》』 **曽野綾子《そのあやこ》**『遠来の客たち《えんらいのきゃく》』	**石原慎太郎《いしはらしんたろう》**『太陽の季節《たいようのきせつ》』 **開高健《かいこうたけし》**『裸の王様《はだかのおうさま》』『パニック』 **大江健三郎《おおえけんざぶろう》**『死者の奢り《ししゃのおごり》』	**有吉佐和子《ありよしさわこ》**『紀ノ川《きのかわ》』 **倉橋由美子《くらはしゆみこ》**『パルタイ』

に注目し、日常生活を題材にした**「第三《だいさん》の新人《しんじん》」**と呼ばれる作家たち（**安岡章太郎《やすおかしょうたろう》・遠藤周作《えんどうしゅうさく》**ら）が現れた。

◆**戦後世代作家**

昭和三十年代には、**石原慎太郎《いしはらしんたろう》・開高健《かいこうたけし》・大江健三郎《おおえけんざぶろう》**ら、**芥川賞《あくたがわしょう》**を受賞した戦後世代の作家たちが活躍した。

◆**女流作家**

昭和三十年代には**有吉佐和子《ありよしさわこ》**ら女流作家の活躍が目立った。

◆**内向の世代《ないこうのせだい》**

昭和四十年代には社会が豊かになるにつれて人間性が失われる傾向が現れ、文学では社会性よりも日常生活を生きる自己の内面に注目する**「内向の世代《ないこうのせだい》」**と呼ばれる作家たち（**小川国夫《おがわくにお》・阿部昭《あべあきら》**ら）が現れた。

クローズアップ

●大岡昇平《おおおかしょうへい》・三島由紀夫《みしまゆきお》・安部公房《あべこうぼう》・大江健三郎《おおえけんざぶろう》の作品を覚えておこう。

安岡章太郎《やすおかしょうたろう》――**人間の内面を描いた作品**

一九二〇年(大正九)～二〇一三年(平成二五)。

代表作　小説『**海辺《かいへん》の光景《こうけい》**』『**悪《わる》い仲間《なかま》**』など。

ポイント　『**陰気《いんき》な愉《たの》しみ**』『**悪《わる》い仲間《なかま》**』で芥川賞《あくたがわしょう》を受賞。

遠藤周作《えんどうしゅうさく》――**カトリックの作家**

一九二三年(大正一二)～一九九六年(平成八)。

代表作　小説『**海《うみ》と毒薬《どくやく》**』『**沈黙《ちんもく》**』など。

ポイント　①カトリック文学を研究し、自らも信仰や**宗教的主題**に取り組んだ。②一方でユーモラスな作品も残している。

大江健三郎《おおえけんざぶろう》――**戦後世代の作家の旗手《きしゅ》**

一九三五年(昭和一〇)～二〇二三年(令和五)。

代表作　小説『**奇妙《きみょう》な仕事《しごと》**』『**死者《ししゃ》の奢《おご》り**』『**飼育《しいく》**』『**万《まん》延元年《えんがんねん》のフットボール**』『洪水《こうずい》はわが魂《たましい》に及《およ》び』など。

ポイント　①社会の現代的な課題に鋭く迫った。②『**飼育《しいく》**』で芥川賞《あくたがわしょう》を受賞した。③川端康成《かわばたやすなり》以来**日本で二人目のノーベル文学賞**を受賞した。

小川国夫《おがわくにお》――**現実の背後を凝視《ぎょうし》する眼《め》**

一九二七年(昭和二)～二〇〇八年(平成二〇)。

代表作　小説『**アポロンの島《しま》**』『試《こころ》みの岸《きし》』など。

ポイント　省略を用いた文体で現実を直写した。

阿部昭《あべあきら》――**私小説《わたくししょうせつ》的な手法でとらえた自己認識**

一九三四年(昭和九)～一九八九年(平成元)。

代表作　小説『未成年《みせいねん》』『**司令《しれい》の休暇《きゅうか》**』など。

ポイント　①短編小説の名手。②『司令《しれい》の休暇《きゅうか》』では元海軍大佐の父をとりまく家族を描いた。

▲安岡章太郎

▲遠藤周作

▲大江健三郎

▲小川国夫

▲阿部昭

女流作家	中間小説《ちゅうかんしょうせつ》	内向の世代《ないこうのせだい》
瀬戸内寂聴《せとうちじゃくちょう》『田村俊子《たむらとしこ》』	**井上靖《いのうえやすし》**『天平《てんぴょう》の甍《いらか》』	**小川国夫《おがわくにお》**『アポロンの島《しま》』
円地文子《えんちふみこ》『女坂《おんなざか》』	**司馬遼太郎《しばりょうたろう》**『竜馬《りょうま》がゆく』	**古井由吉《ふるいよしきち》**『杳子《ようこ》』
芝木好子《しばきよしこ》『青果《せいか》の市《いち》』	**松本清張《まつもとせいちょう》**『点《てん》と線《せん》』	**阿部昭《あべあきら》**『司令《しれい》の休暇《きゅうか》』
宇野千代《うのちよ》『おはん』		**黒井千次《くろいせんじ》**『時間《じかん》』
佐多稲子《さたいねこ》『樹影《じゅえい》』		**後藤明生《ごとうめいせい》**『笑《わら》い地獄《じごく》』
幸田文《こうだあや》『流《なが》れる』		

用語解説

＊**シュールレアリスム**　第一次世《だいいちじせ》界大戦《かいたいせん》後に生じた前衛芸術《ぜんえいげいじゅつ》の運動。意識下の世界、非合理などを探求し、内在的な衝動を表現しようとする考え方。超現実主《ちょうげんじつしゅ》義《ぎ》ともいわれる。

＊**中間小説《ちゅうかんしょうせつ》**　純文学《じゅんぶんがく》と大衆文学《たいしゅうぶんがく》の中間を行く小説。

1 次の空欄に入る人名・雑誌名をあとから選び、記号で答えよ。

白樺派と耽美派に対して、それらが現実から離れた文学であるという批判をしたのが、新現実主義の文学である。新現実主義は雑誌「（ア）」[A]と「（イ）」[B]に集まった作家群をさす。（ア）[A]派には芥川龍之介のほか、『恩讐の彼方に』の（オ）[C]、『破船』の久米正雄、『路傍の石』の（カ）[D]らがいる。（イ）[B]派には、典型的な私小説家で『哀《かな》しき父』『子をつれて』の（エ）[E]、『神経病時代』の（ウ）[F]らがいる。また、（イ）[B]派ではないが、（ウ）[F]と親交の深かった宇野浩二《うのこうじ》は、現実を追求しながらもユーモアのある『蔵《くら》の中《なか》』などの作品を残した。

ア 新思潮　イ 奇蹟　ウ 広津和郎
エ 葛西善蔵　オ 菊池寛　カ 山本有三

⇨p.86

2 次の空欄に入る書名をあとから選び、記号で答えよ。

芥川龍之介の歴史小説は『（ア）』[A]『（エ）』[B]『（ウ）』[C]などの王朝物、『（カ）』[D]『枯野抄』などの江戸物、『（イ）』[E]『雛』などの開化物、『（オ）』[F]などの切支丹物に分類され、近代的テーマが貫かれている。『（エ）』[B]は夏目漱石に作家として認められた作品であり、『（ウ）』[C]や『（カ）』[D]には芸術至上主義の姿勢が現れている。晩年には、『河童』『（キ）』[G]などの幻想的な作品を残した。

ア 羅生門　イ 舞踏会　ウ 地獄変
エ 鼻　オ 奉教人の死
カ 戯作三昧　キ 歯車

⇨p.86

3 次の空欄に入る人名・雑誌名をあとから選び、記号で答えよ。

プロレタリア文学は大正十年の「（イ）」[A]の創刊から始まり、のちに「（ア）」[B]と「（ウ）」[C]の二つの機関誌に分かれ、さらに満州事変以降の思想弾圧の中で転向作家を生み出し、崩壊していった。

「（ア）」[B]派には『セメント樽の中の手紙』で知られる（カ）[D]や平林たい子、青野季吉《あおのすえきち》らがいる。一方、「（ウ）」[C]派には『蟹工船』の（オ）[E]や『太陽のない街』の（エ）[F]らがいる。

ア 文芸戦線　イ 種蒔く人　ウ 戦旗
エ 徳永直　オ 小林多喜二　カ 葉山嘉樹

⇨p.87

4 次の空欄に入る人名・書名・雑誌名などを答えよ。

大正末にプロレタリア文学に対抗する形で新感覚派の作家たちが現れ、新興芸術派や新心理主義の作家たちに影響を与えた。『日輪』を発表した（横光利一《よこみつりいち》）[A]は、（川端康成《かわばたやすなり》）[B]と「（文芸時代《ぶんげいじだい》）」[C]を創刊し、新感覚派を主導した。彼らは伝統的な私小説のリアリズムを否定し、比喩表現を巧みに用いて新しい文学の創造をめざした。その成果の一つに（川端康成《かわばたやすなり》）[B]の名作『伊豆の踊子』がある。新興芸術派は、（井伏鱒二《いぶせますじ》）[D]の『山椒魚』などを除き、享楽的な作風にとどまった。新心理主義では、堀辰雄が『（風《かぜ》立《た》ちぬ）』[E]で主人公が婚約者の死から立ち直るまでの心境の変化を描いた。

⇨p.88〜89

確認しよう

- □①夏目漱石に激賞された芥川龍之介の作品は何か。 答 鼻《はな》
- □②一人の「下人」を主人公に人間のエゴをとらえた芥川龍之介の小説は何か。 答 羅生門《らしょうもん》
- □③滝沢馬琴を描いた芥川龍之介の小説は何か。 答 戯作三昧《げさくざんまい》
- □④芥川龍之介や菊池寛らが刊行した雑誌は何か。 答 新思潮《しんしちょう》
- □⑤戯曲『父帰る』を書いたのは誰か。 答 菊池寛《きくちかん》
- □⑥同人に葛西善蔵がいた雑誌は何か。 答 奇蹟《きせき》
- □⑦「文芸戦線」の母体となった雑誌は何か。 答 種《たね》蒔《ま》く人《ひと》
- □⑧『蟹工船』の作者は誰か。 答 小林多喜二《こばやしたきじ》
- □⑨『海に生くる人々』の作者は誰か。 答 葉山嘉樹《はやまよしき》
- □⑩新感覚派の同人雑誌名は何か。 答 文芸時代《ぶんげいじだい》
- □⑪『日輪』の作者は誰か。 答 横光利一《よこみつりいち》

5 次の作品の作者名をあとから選び、記号で答えよ。

A 濹東綺譚（ウ）　B 春琴抄（イ）
C 縮図（エ）　D 暗夜行路（オ）
E 夜明け前（ア）

ア 島崎藤村　イ 谷崎潤一郎　ウ 永井荷風
エ 徳田秋声　オ 志賀直哉

⇩p.90

6 次の空欄に入る人名をあとから選び、記号で答えよ。

満州事変以降、言論の自由が侵され、時局にあった作品しか発表できなくなった。プロレタリア文学は崩壊し、A（オ）の『村の家』や島木健作の『生活の探求』などの転向文学が生まれた。明治・大正の作家たちが復活し、文芸復興の機運のもとで雑誌「文学界」が創刊された。中心人物B（イ）は戦時中も「文学界」に『無常といふ事』を連載するなどして、日本に文芸評論の分野を成立させた。C（ア）や保田与重郎らは古典の復興と新しい浪漫主義との融合をめざして雑誌「日本浪曼派」を創刊した。これには戦後「無頼派」と呼ばれたD（ウ）も参加している。また、同じころ活躍した作家に『山月記』のE（エ）らがいる。

ア 亀井勝一郎　イ 小林秀雄　ウ 太宰治
エ 中島敦　オ 中野重治

⇩p.90～91

7 次の中から太宰治の小説でないものを一つ選び、記号で答えよ。

ア 晩年　イ 白痴　ウ 津軽
エ 人間失格　オ 富嶽百景　（イ）

⇩p.91

8 次の空欄に入る人名をあとから選び、記号で答えよ。

戦後文学は無頼派のほかに、プロレタリア文学の系列の新日本文学会や、「近代文学」同人の活動で始まった。新日本文学会では、中野重治・徳永直ら戦前からの作家たちが中心となって民主主義文学の創造と普及をめざし、A（イ）は『播州平野』を発表した。

「近代文学」では主に評論活動が繰り広げられたが、『暗い絵』『真空地帯』のB（エ）、『深夜の酒宴』の椎名麟三、『桜島』のC（オ）ら第一次戦後派の作家たちを生み、戦後文学を先導した。朝鮮戦争後には『壁』のD（ア）、『野火』のE（カ）、『仮面の告白』のF（ウ）らの第二次戦後派たちが活躍した。

ア 安部公房　イ 宮本百合子　ウ 三島由紀夫
エ 野間宏　オ 梅崎春生　カ 大岡昇平

⇩p.91～92

9 次の作品の作者名をあとから選び、記号で答えよ。

A 悪い仲間（ウ）　B プールサイド小景（イ）
C 天平の甍（エ）　D 海と毒薬（ア）

ア 遠藤周作　イ 庄野潤三
ウ 安岡章太郎　エ 井上靖

⇩p.92～93

10 次の作者の作品名をあとから選び、記号で答えよ。

A 石原慎太郎（イ）　B 大江健三郎（ア）
C 阿部昭（エ）　D 小川国夫（ウ）

ア 死者の奢り　イ 太陽の季節
ウ アポロンの島　エ 司令の休暇

⇩p.92～93

□⑫踊り子との淡い恋を描いた川端康成の小説は何か。　答 伊豆《いず》の踊子《おどりこ》

□⑬井伏鱒二が原爆への怒りを描いた小説は何か。　答 黒《くろ》い雨《あめ》

□⑭『聖家族』の作者は誰か。　答 堀辰雄《ほりたつお》

□⑮梶井基次郎が洋書店の丸善を舞台に描いた小説は何か。　答 檸檬《レモン》

□⑯中国古典を題材に虎になった秀才の内面を描いた中島敦の小説は何か。　答 山月記《さんげつき》

□⑰『様々なる意匠』などを発表した評論家は誰か。　答 小林秀雄《こばやしひでお》

□⑱『斜陽』『人間失格』を書いた無頼派の作家は誰か。　答 太宰治《だざいおさむ》

□⑲第一次戦後派の作家で『真空地帯』を書いたのは誰か。　答 野間宏《のまひろし》

□⑳第二次戦後派の作家で『潮騒』を書いたのは誰か。　答 三島由紀夫《みしまゆきお》

□㉑日本で二人目のノーベル文学賞作家は誰か。　答 大江健三郎《おおえけんざぶろう》

詩

◇理想主義《りそうしゅぎ》の詩　大正初期

白樺派《しらかばは》の影響を受けて、人道《じんどう》主義《しゅぎ》・理想主義《りそうしゅぎ》の思想に基づく詩が生まれた。

主な作家と作品

①**高村光太郎《たかむらこうたろう》**『道程《どうてい》』
②**八木重吉《やぎじゅうきち》**『秋《あき》の瞳《ひとみ》』

◇口語自由詩《こうごじゆうし》の完成　大正期

高村光太郎《たかむらこうたろう》によって推進された**口語自由詩《こうごじゆうし》**の流れは、繊細《せんさい》な感覚で言語の音楽性を生かした、**萩原朔太郎《はぎわらさくたろう》**の作品によって完成を迎えた。

主な作家と作品

①**萩原朔太郎《はぎわらさくたろう》**『月《つき》に吠《ほ》える』
②**室生犀星《むろうさいせい》**『抒情小曲集《じょじょうしょうきょくしゅう》』

◇プロレタリア詩　大正末～昭和

プロレタリア文学運動の展開とともに、労働者の生活と解放をうたう詩が作られた。

主な作家と作品

中野重治《なかのしげはる》『中野重治詩集《なかのしげはるししゅう》』

◇「詩《し》と詩論《しろん》」　昭和初期

昭和三年「詩《し》と詩論《しろん》」が創刊され、マンネリ化した叙情詩《じょじょうし》やプロレタリア詩に対して、純粋で主知《しゅち》的な詩や**シュールレアリ**

高村光太郎《たかむらこうたろう》―**口語自由詩《こうごじゆうし》の推進**

一八八三年（明治一六）～一九五六年（昭和三一）。

代表作　詩集『道程《どうてい》』『智恵子抄《ちえこしょう》』『典型《てんけい》』など。

ポイント　①『道程《どうてい》』で**口語自由詩《こうごじゆうし》**を大きく前進させた。②**理想主義《りそうしゅぎ》・人道主義《じんどうしゅぎ》**に基づく情熱的な詩作を展開した。③妻智恵子《ちえこ》との愛をうたった詩集『**智恵子抄《ちえこしょう》**』が有名。④第二次大戦中は戦争文学に積極的に協力したが、戦後は自らの戦争責任を追及した。

▲高村光太郎

萩原朔太郎《はぎわらさくたろう》―**口語自由詩《こうごじゆうし》の完成**

一八八六年（明治一九）～一九四二年（昭和一七）。

代表作　詩集『**月《つき》に吠《ほ》える**』『**青猫《あおねこ》**』など。

ポイント　①口語《こうご》の内在的音楽性を生かした**口語自由《こうごじゆう》詩《し》を完成**させる。②**室生犀星《むろうさいせい》**とともに詩誌「**感情《かんじょう》**」を創刊した。③近代人の病的とも言える繊細《せんさい》な感覚を巧みに表現した。

▲萩原朔太郎

室生犀星《むろうさいせい》―**人道主義的《じんどうしゅぎてき》な叙情《じょじょう》と故郷への思い**

一八八九年（明治二二）～一九六二年（昭和三七）。

代表作　詩集『**抒情小曲集《じょじょうしょうきょくしゅう》**』『**愛《あい》の詩集《ししゅう》**』、小説『幼年時代』『性《せい》に眼覚《めざ》める頃《ころ》』など。

ポイント　①人道主義的《じんどうしゅぎてき》な詩作を展開する。②**故郷への思いをうたった叙情詩**を特徴とする。③詩に行き詰まりを覚えて以降は小説に転じる。

▲室生犀星

西脇順三郎《にしわきじゅんざぶろう》―**シュールレアリスムの詩作** *

一八九四年（明治二七）～一九八二年（昭和五七）。

代表作　詩集『Ambarvalia《アムバルワリア》』など。

ポイント　①詩誌「**詩《し》と詩論《しろん》**」によって、**シュールレアリスム**の詩作を展開。②**モダニズム** * の詩。

▲西脇順三郎

●その他の主要作者と詩集

理想主義《りそうしゅぎ》の詩
- 千家元麿《せんげもとまろ》『自分《じぶん》は見《み》た』
- 尾崎喜八《おざききはち》『空《そら》と樹木《じゅもく》』
- 山村暮鳥《やまむらぼちょう》『雲《くも》』

個性的な異才
- 堀口大学《ほりぐちだいがく》『月下《げっか》の一群《いちぐん》』訳詩
- 佐藤春夫《さとうはるお》『殉情詩集《じゅんじょうししゅう》』

プロレタリア詩
- 中野重治《なかのしげはる》『中野重治詩集《なかのしげはるししゅう》』

詩誌「詩《し》と詩論《しろん》」
- 北川冬彦《きたがわふゆひこ》『戦争《せんそう》』
- 安西冬衛《あんざいふゆえ》『軍艦茉莉《ぐんかんまり》』
- 村野四郎《むらのしろう》『体操詩集《たいそうししゅう》』

四季《しき》派
- 詩誌「四季《しき》」
- 堀辰雄《ほりたつお》『帆《ほ》・ランプ・鷗《かもめ》』
- 丸山薫《まるやまかおる》
- 伊東静雄《いとうしずお》『わがひとに与《あた》ふる哀歌《あいか》』

歴程《れきてい》派
- 金子光晴《かねこみつはる》『鮫《さめ》』

スムの詩などを提唱した。

主な作家と作品

①西脇順三郎《にしわきじゅんざぶろう》『Ambarvalia《アムバルワリア》』

②三好達治《みよしたつじ》『測量船《そくりょうせん》』

◆**四季派《しき》** 昭和八～

シュールレアリスムに傾いた詩に叙情性を回復する目的で堀《ほり》辰雄《たつお》が「**四季《しき》**」を創刊した。

主な作家と作品

①**立原道造《たちはらみちぞう》**『萱草《わすれぐさ》に寄《よ》す』

②**中原中也《なかはらちゅうや》**『山羊《やぎ》の歌《うた》』

◆**歴程派《れきてい》** 昭和一〇～

詩誌「**歴程《れきてい》**」によった詩人は特定の理念にとらわれない個性的な人々であった。

主な作家と作品

草野心平《くさのしんぺい》『蛙《かえる》』

◆**戦後の詩**

戦後の詩は詩誌「**荒地《あれち》**」「**列島《れっとう》**」などを中心に展開された。

クローズアップ

●口語自由詩《こうごじゆうし》の関係者を覚えよう。

①**川路柳虹《かわじりゅうこう》**

②**高村光太郎《たかむらこうたろう》**

③**萩原朔太郎《はぎわらさくたろう》**

三好達治《みよしたつじ》 ―― **叙情詩《じょじょうし》の復興**

一九〇〇年(明治三三)～一九六四年(昭和三九)。

代表作 詩集『**測量船《そくりょうせん》**』『**乳母車《うばぐるま》**』など。

ポイント ①初め「詩《し》と詩論《しろん》」に属していたが、のちに**堀辰雄《ほりたつお》**が創刊した詩誌「**四季《しき》**」によった。②反シュールレアリスム、反プロレタリアの**叙情詩《じょじょうし》**をめざした。

▲三好達治

立原道造《たちはらみちぞう》 ―― **ソネット*形式を得意とした、四季《しき》派の詩人**

一九一四年(大正三)～一九三九年(昭和一四)。

代表作 詩集『**萱草《わすれぐさ》に寄《よ》す**』など。

ポイント ①四季《しき》派の代表詩人。②**ソネット形式で繊《せん》細《さい》な叙情《じょじょう》**を表現した。

▲立原道造

中原中也《なかはらちゅうや》 ―― **倦怠《けんたい》と悲哀《ひあい》をうたった詩人**

一九〇七年(明治四〇)～一九三七年(昭和一二)。

代表作 詩集『**山羊《やぎ》の歌《うた》**』『**在《あ》りし日《ひ》の歌《うた》**』など。

ポイント ①「**四季《しき》**」「**歴程《れきてい》**」の代表詩人として活躍した。②**日常生活の悲哀《ひあい》や虚無《きょむ》、倦怠《けんたい》**を巧みに表現した。

▲中原中也

宮沢賢治《みやざわけんじ》 ―― **農村に生涯《しょうがい》を捧《ささ》げた孤高の詩人**

一八九六年(明治二九)～一九三三年(昭和八)。

代表作 詩集『**春《はる》と修羅《しゅら》**』、詩「**雨ニモマケズ**」、童話『**銀《ぎん》河鉄道《がてつどう》の夜《よる》**』『**注文《ちゅうもん》の多《おお》い料理店《りょうりてん》**』『なめとこ山《やま》の熊《くま》』『オツベルと象《ぞう》』『**グスコーブドリの伝記《でんき》**』『どんぐりと山猫《やまねこ》』『**風《かぜ》の又三郎《またさぶろう》**』など。

ポイント ①人道主義《じんどうしゅぎ》・理想主義《りそうしゅぎ》的な生涯《しょうがい》を送った。②**岩手《いわて》の農村で献身的な農業指導を行いながら、豊かな創作活動を行った。**③法華経《ほけきょう》を信仰した童話作家。④草野心平《くさのしんぺい》によって紹介され、死後高い評価を得た。

▲宮沢賢治

●現代詩《げんだいし》(戦後)の展開

詩誌「荒地《あれち》」	鮎川信夫《あゆかわのぶお》 **田村隆一《たむらりゅういち》**『四千《よんせん》の日《ひ》と夜《よる》』 黒田三郎《くろださぶろう》
詩誌「列島《れっとう》」	安東次男《あんどうつぐお》『蘭《らん》』
詩誌「櫂《かい》」	川崎洋《かわさきひろし》 茨木《いばらぎ》のり子《こ》 大岡信《おおおかまこと》 **谷川俊太郎《たにかわしゅんたろう》**『二十億光年《にじゅうおくこうねん》の孤独《こどく》』

用語解説

***シュールレアリスム** p.93参照。

***モダニズム** 伝統的思想を否定して、近代的・機械的・個人的なものを主張する主義。現代主義。近代主義。

***ソネット** イタリアが起源の四・四・三・三の四節十四行からなる詩の形式。

短歌

◆**アララギ派**

大正以後も歌壇の主流として大きな勢力を持ち続けた。

主な作家　**土屋文明《つちやぶんめい》**

◆**反アララギ派**

大正十三年、アララギ派の硬直化した歌風に抵抗する歌人が、雑誌**「日光《にっこう》」**に集結した。

主な作家　①**木下利玄《きのしたりげん》**　②**窪田空穂《くぼたうつぼ》**　③**釈迢空《しゃくちょうくう》**

◆**「多磨《たま》」の浪漫主義《ろうまんしゅぎ》短歌**

大正末から昭和初めにかけて歌壇をゆさぶったプロレタリア短歌や自由律《じゆうりつ》短歌などに対して、**北原白秋《きたはらはくしゅう》**は雑誌**「多磨《たま》」**を創刊し、新古今和歌集《しんこきんわかしゅう》の幽玄《ゆうげん》を踏まえた**浪漫主義《ろうまんしゅぎ》**を提唱した。

主な作家　①**北原白秋《きたはらはくしゅう》**　②**木俣修《きまたおさむ》**　③**宮柊二《みやしゅうじ》**

◆**戦後の短歌**

文学者の戦争責任が問われる中、*短歌否定論《たんかひていろん》も出たが、**近藤芳美《こんどうよしみ》**ら個性的な歌人が現れた。

土屋文明《つちやぶんめい》―**アララギ派の重鎮《じゅうちん》**

一八九〇年（明治二三）～一九九〇年（平成二）。

代表作　歌集『ふゆくさ』など。

ポイント　昭和のアララギ派を代表する歌人。

窪田空穂《くぼたうつぼ》―**「明星《みょうじょう》」から出発した浪漫的《ろうまんてき》歌風**

一八七七年（明治一〇）～一九六七年（昭和四二）。

代表作　歌集『まひる野《の》』など。

ポイント　**反アララギ**の代表歌人として活躍する。

釈迢空《しゃくちょうくう》―**古典に造詣《ぞうけい》の深い歌人**

一八八七年（明治二〇）～一九五三年（昭和二八）。

代表作　歌集『海《うみ》やまのあひだ』など。

ポイント　①はじめ「アララギ」に参加したが、のちに**アララギ派から脱退**。②**国文学者《こくぶんがくしゃ》・民俗学者《みんぞくがくしゃ》**としての研究の成果を短歌の表現に生かした。③本名は**折口信夫《おりくちしのぶ》**。④歌に句読点などを使用した。

木俣修《きまたおさむ》―**浪漫主義《ろうまんしゅぎ》の代表的歌人**

一九〇六年（明治三九）～一九八三年（昭和五八）。

代表作　歌集『高志《こし》』など。

ポイント　白秋《はくしゅう》の**「多磨《たま》」**に所属する浪漫主義《ろうまんしゅぎ》の歌人として活躍した。

会津八一《あいづやいち》―**既成歌壇に属さない独自の歌風**

一八八一年（明治一四）～一九五六年（昭和三一）。

代表作　歌集『南京新唱《なんきょうしんしょう》』など。

ポイント　①秋艸道人《しゅうそうどうじん》と号す。②平仮名《ひらがな》、分《わ》かち書《が》き、古語《こご》の利用など**独自の表現**を生み出した。③古都《こと》を題材にした。

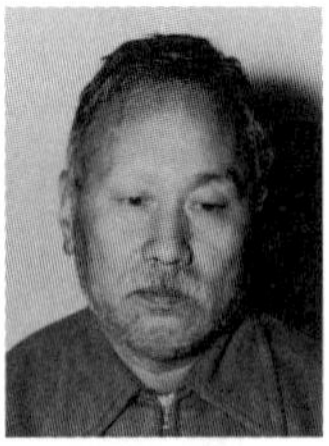
▲土屋文明

▲窪田空穂

▲釈迢空

▲木俣修

▲会津八一

●**短歌の展開**（大正～昭和）

- **アララギ派（「アララギ」）**：斎藤茂吉《さいとうもきち》　土屋文明《つちやぶんめい》
- **反アララギ派（「日光《にっこう》」）**：**木下利玄《きのしたりげん》**　**窪田空穂《くぼたうつぼ》**　**釈迢空《しゃくちょうくう》**（本名**折口信夫《おりくちしのぶ》**）　川田順《かわだじゅん》
- **浪漫主義《ろうまんしゅぎ》短歌（「多磨《たま》」）**：**北原白秋《きたはらはくしゅう》**　木俣修《きまたおさむ》　宮柊二《みやしゅうじ》
- **既成歌壇に属さない歌人**：会津八一《あいづやいち》
- **戦後歌壇**：近藤芳美《こんどうよしみ》　塚本邦雄《つかもとくにお》　寺山修司《てらやましゅうじ》　岡井隆《おかいたかし》

用語解説

*短歌否定論《たんかひていろん》　社会の進歩に伴い、複雑化・多様化しつつある生活や感情を、三十一字の短い詩形では表しきれないとする説。桑原武夫《くわばらたけお》らが主張した。

俳句

◆ホトトギス派

新傾向俳句《しんけいこうはいく》に対抗して俳壇に復帰した**高浜虚子**《たかはまきょし》は、俳句を**花鳥諷詠**《かちょうふうえい》の文学と位置づけて「**写生**《しゃせい》」を主張し、「**ホトトギス**」誌上を通じて俳壇をリードした。

主な作家
①**高浜虚子**《たかはまきょし》　②**飯田蛇笏**《いいだだこつ》

◆新興俳句《しんこうはいく》

花鳥諷詠《かちょうふうえい》に飽き足りない**水原秋桜子**《みずはらしゅうおうし》は「**馬酔木**《あしび》」を主宰《しゅさい》し、個性の解放と叙情性《じょじょうせい》の回復を唱えて**新興俳句運動**《しんこうはいくうんどう》を始めた。

主な作家
①**水原秋桜子**《みずはらしゅうおうし》　②**山口誓子**《やまぐちせいし》

◆人間探求派《にんげんたんきゅうは》

もと秋桜子《しゅうおうし》門下の、人間への深い思索を含んだ句風の人々。

主な作家
①**石田波郷**《いしだはきょう》　②**加藤楸邨**《かとうしゅうそん》
③**中村草田男**《なかむらくさたお》

◆戦後の俳句

*「第二芸術論《だいにげいじゅつろん》」で俳句の文学的価値が揺らいだが、**西東三鬼**《さいとうさんき》らによって新しい句風が生み出されていった。

飯田蛇笏《いいだだこつ》 ― **客観写生**《きゃっかんしゃせい》**に徹したホトトギス派の代表俳人**

一八八五年(明治一八)～一九六二年(昭和三七)。

代表作 句集『山廬集《さんろしゅう》』、俳誌「雲母《うんも》」(主宰《しゅさい》)など。

ポイント **花鳥諷詠**《かちょうふうえい》の「ホトトギス」の代表歌人。

水原秋桜子《みずはらしゅうおうし》 ― **新興俳句**《しんこうはいく》**の口火を切る**

一八九二年(明治二五)～一九八一年(昭和五六)。

代表作 句集『葛飾《かつしか》』、俳誌「**馬酔木**《あしび》」(主宰《しゅさい》)など。

ポイント ①「ホトトギス」を離脱し、「**馬酔木**《あしび》」によって、自由な叙情《じょじょう》をめざす**新興俳句**《しんこうはいく》のさきがけとなる。②虚子の**四S**の一人だった。

山口誓子《やまぐちせいし》 ― 「**馬酔木**《あしび》」**の代表的俳人**

一九〇一年(明治三四)～一九九四年(平成六)。

代表作 句集『凍港《とうこう》』、俳誌「天狼《てんろう》」(主宰《しゅさい》)など。

ポイント ①「ホトトギス」を離脱して「馬酔木《あしび》」に加盟し、**新興俳句**《しんこうはいく》の俳人として活躍した。②虚子の**四S**の一人だった。

中村草田男《なかむらくさたお》 ― **人間探求派**《にんげんたんきゅうは》**と呼ばれた俳人**

一九〇一年(明治三四)～一九八三年(昭和五八)。

代表作 句集『万緑《ばんりょく》』、俳誌「万緑《ばんりょく》」(主宰《しゅさい》)など。

ポイント **加藤楸邨**《かとうしゅうそん》・**石田波郷**《いしだはきょう》と**人間探求派**《にんげんたんきゅうは》と呼ばれる重厚な句作を続けた。

加藤楸邨《かとうしゅうそん》 ― 「**馬酔木**《あしび》」**から人間探求派**《にんげんたんきゅうは》**へ**

一九〇五年(明治三八)～一九九三年(平成五)。

代表作 句集『寒雷《かんらい》』、俳誌「寒雷《かんらい》」(主宰《しゅさい》)など。

ポイント 「馬酔木《あしび》」の叙情《じょじょう》を離れた生活密着句。

▲飯田蛇笏

▲水原秋桜子

▲山口誓子

▲中村草田男

▲加藤楸邨

●俳句の展開(大正～昭和)

ホトトギス派「ホトトギス」
高浜虚子《たかはまきょし》　飯田蛇笏《いいだだこつ》
村上鬼城《むらかみきじょう》　日野草城《ひのそうじょう》
中村汀女《なかむらていじょ》　山口青邨《やまぐちせいそん》
川端茅舎《かわばたぼうしゃ》
水原秋桜子《みずはらしゅうおうし》
山口誓子《やまぐちせいし》
阿波野青畝《あわのせいほ》
高野素十《たかのすじゅう》
（以上四名）虚子《きょし》門下の四S

新興俳句《しんこうはいく》「馬酔木《あしび》」
水原秋桜子《みずはらしゅうおうし》　山口誓子《やまぐちせいし》

人間探求派《にんげんたんきゅうは》
石田波郷《いしだはきょう》　加藤楸邨《かとうしゅうそん》
中村草田男《なかむらくさたお》

戦後の俳句「天狼《てんろう》」など
桑原武夫《くわばらたけお》(評論「第二芸術論《だいにげいじゅつろん》」)
西東三鬼《さいとうさんき》　金子兜太《かねことうた》

用語解説

***第二芸術論**《だいにげいじゅつろん》　短詩型の文学の価値を低いものと見る論。桑原武夫《くわばらたけお》が『第二芸術《だいにげいじゅつ》』で主張した。

演劇（明治以降）

◆**新歌舞伎《しんかぶき》**

西洋の戯曲《ぎきょく》の手法を取り入れた新しい歌舞伎《かぶき》が生まれた。

主な作家と作品

坪内逍遙《つぼうちしょうよう》『桐一葉《きりひとは》』

◆**新派《しんぱ》**

旧来の歌舞伎《かぶき》に対して、女優も起用した新しい劇が生まれた。

主な作家と作品

尾崎紅葉《おざきこうよう》『金色夜叉《こんじきやしゃ》』（原作）

◆***新劇《しんげき》**

文芸協会《ぶんげいきょうかい》・芸術座《げいじゅつざ》・自由劇場《じゆうげきじょう》・築地小劇場《つきじしょうげきじょう》などが設立され、西洋の近代劇を上演した。

主な作家

①**島村抱月《しまむらほうげつ》**　②**小山内薫《おさないかおる》**

◆**芸術派《げいじゅつは》**

昭和に入り、新劇界《しんげきかい》は**芸術派《げいじゅつは》とプロレタリア派**に分かれた。

主な作家と作品

岸田国士《きしだくにお》『牛山《うしやま》ホテル』（芸術派《げいじゅつは》）

◆**戦後の戯曲《ぎきょく》**

古典芸能も新劇《しんげき》もそれぞれ新しい発展を遂げた。

主な作家と作品

木下順二《きのしたじゅんじ》『夕鶴《ゆうづる》』

―坪内逍遙《つぼうちしょうよう》―　西洋戯曲の手法を取り入れた新歌舞伎《しんかぶき》

一八五九年（安政六《あんせい》）～一九三五年（昭和一〇）。

代表作　戯曲『桐一葉《きりひとは》』など。

ポイント　**写実的《しゃじつてき》**な西洋戯曲の手法を取り入れた**新歌《しんか》舞伎《ぶき》**。

―島村抱月《しまむらほうげつ》―　自然主義《しぜんしゅぎ》思想に基づく新劇《しんげき》の普及

一八七一年（明治四）～一九一八年（大正七）。

代表作　評論『文芸上《ぶんげいじょう》の自然主義《しぜんしゅぎ》』など。

ポイント　①**文芸協会《ぶんげいきょうかい》・芸術座《げいじゅつざ》**を設立し、**新劇《しんげき》**を普及させた。②女優**松井須磨子《まついすまこ》**とのコンビで演劇界をリード。

―小山内薫《おさないかおる》―　自由劇場《じゆうげきじょう》・築地小劇場《つきじしょうげきじょう》を設立した新劇《しんげき》の雄《ゆう》

一八八一年（明治一四）～一九二八年（昭和三）。

ポイント　①**土方与志《ひじかたよし》**らと**新劇《しんげき》**の普及に努める。②**自《じ》由劇場《ゆうげきじょう》**（一九〇九年創設）・**築地小劇場《つきじしょうげきじょう》**（一九二四年創設）を舞台に、社会性を持つ**新劇《しんげき》**を上演した。

―岸田国士《きしだくにお》―　左翼演劇に対抗した芸術劇

一八九〇年（明治二三）～一九五四年（昭和二九）。

代表作　戯曲『牛山《うしやま》ホテル』など。

ポイント　①**新劇《しんげき》**の**芸術派《げいじゅつは》**の中心として活躍した。②左翼演劇《さよくえんげき》に対抗して心理主義《しんりしゅぎ》に立った劇を創作・上演。

―木下順二《きのしたじゅんじ》―　戦後を代表する戯曲作家

一九一四年（大正三）～二〇〇六年（平成一八）。

代表作　戯曲『**夕鶴《ゆうづる》**』など。

ポイント　戦後戯曲の名作『**夕鶴《ゆうづる》**』の作者。

▲築地小劇場《つきじしょうげきじょう》と当時の上演ポスター（右）

▲島村抱月

▲小山内薫

▲岸田国士

▲木下順二

●演劇・戯曲の展開（明治～昭和）

新歌舞伎《しんかぶき》

坪内逍遙《つぼうちしょうよう》『桐一葉《きりひとは》』

新派《しんぱ》

川上音二郎《かわかみおとじろう》

尾崎紅葉《おざきこうよう》『金色夜叉《こんじきやしゃ》』（原作）

徳冨蘆花《とくとみろか》『不如帰《ほととぎす》』（原作）

泉鏡花《いずみきょうか》『婦系図《おんなけいず》』（原作）

新劇《しんげき》

島村抱月《しまむらほうげつ》
松井須磨子《まついすまこ》
} 文芸協会《ぶんげいきょうかい》
芸術座《げいじゅつざ》

小山内薫《おさないかおる》
自由劇場《じゆうげきじょう》
築地小劇場《つきじしょうげきじょう》

芸術派《げいじゅつは》（反左翼《はんさよく》）

岸田国士《きしだくにお》『牛山《うしやま》ホテル』

河原崎長十郎《かわらざきちょうじゅうろう》　前進座

戦後

木下順二《きのしたじゅんじ》『夕鶴《ゆうづる》』

文学座《ぶんがくざ》、俳優座《はいゆうざ》

民芸《みんげい》などの劇団

用語解説

* **新劇《しんげき》**　西欧の近代演劇の影響を受けた新しい演劇。最初は西欧の脚本の翻訳を使った。

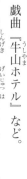

問題演習

1 次の空欄に入る語をあとから選び、記号で答えよ。

大正期以降の詩は、まず白樺派の影響を受けた、人道主義・理想主義的な詩から始まった。この中で[A]（ ウ ）の[B]『（ キ ）』は、[C]（ オ ）の初めての成果という点でも意義深いものである。この[C]（ オ ）は、続く[D]（ エ ）の[E]『（ カ ）』によって完成され、ここに近代詩が確立されることになった。大正末から昭和初めにかけては、[F]（ ア ）などのプロレタリア詩が流行するが、これに対して、詩誌[G]「（ ケ ）」によった西脇順三郎らは、詩の純粋性を守り、芸術性をもっぱら追求することを主張した。しかし、やがてシュールレアリスムなど知的な傾向が強すぎたことに反対して、[H]（ イ ）、中原中也らが、知性と感情との調和を掲げた詩誌[I]「（ コ ）」を舞台として活躍するようになった。そのほか時代が戦争への暗い道を進んでいく中で、詩誌[J]「（ ク ）」によった人々は、理念的な拘束にしばられないで、それぞれが個性的な詩作を行った。

ア 中野重治　イ 立原道造　ウ 高村光太郎
エ 萩原朔太郎　オ 口語自由詩　カ 月に吠える
キ 道程　ク 歴程　ケ 詩と詩論
コ 四季

⇩ p.96～97

2 次の説明文に合う雑誌の名前を答えよ。

A 木下利玄、窪田空穂、釈迢空らが、硬直したアララギ派の歌に飽き足らずに結集した。（日光《にっこう》）

B 北原白秋が、プロレタリア短歌の隆盛に対抗して、浪漫主義的な歌いぶりの復興を図って創刊した。（多磨《たま》）

⇩ p.98

3 次の空欄に入る人名を答えよ。

大正期以降の俳優では、新傾向俳句に対抗して俳壇に復帰した[A]（高浜虚子《たかはまきょし》）の「ホトトギス」が主流であった。この中で、[B]（水原秋桜子《みずはらしゅうおうし》）、山口誓子らは、花鳥諷詠という狭い枠に飽き足らずに、個性の解放を掲げて俳誌「馬酔木」によって、新興俳句の運動を開始した。また、もと[B]（水原秋桜子《みずはらしゅうおうし》）門下の[C]（中村草田男《なかむらくさたお》）、加藤楸邨、石田波郷らは、その真摯《しんし》な歌風から「人間探求派」と呼ばれた。戦後の俳句界では、[D]（桑原武夫《くわばらたけお》）の『第二芸術』によって存在価値を否定されるという試練を経て、より真剣な句作が繰り広げられるようになった。前衛的な句風の金子兜太や、西東三鬼らの活躍が目立つ。

⇩ p.99

4 次の空欄に入る人名をあとから選び、記号で答えよ。

近代の演劇界は、伝統的な歌舞伎と、西欧の近代演劇を取り入れた新劇とに分かれる。歌舞伎では、[A]（ エ ）が、近代的な演劇の要素を取り入れた新歌舞伎を創始し、『桐一葉』などの作品を書いた。新劇では、[B]（ ア ）が文芸協会・芸術座を作り、女優[C]（ オ ）とともに、近代演劇を推進した。また[D]（ イ ）は、自由劇場・築地小劇場を作り、演劇を多方面から近代化した。その後、プロレタリア演劇に対して、[E]（ ウ ）は心理的リアリズムを基調とした活動を展開して、芸術派と呼ばれた。

ア 島村抱月　イ 小山内薫　ウ 岸田国士
エ 坪内逍遙　オ 松井須磨子

⇩ p.100

確認しよう

- ①口語自由詩の大きな成果と言える『道程』の作者は誰か。 答 高村光太郎《たかむらこうたろう》
- ②口語自由詩＝近代詩を完成したのは誰か。 答 萩原朔太郎《はぎわらさくたろう》
- ③プロレタリア詩に対し、主知的な詩をめざして創刊された詩誌は何か。 答 詩と詩論《しとしろん》
- ④堀辰雄が創刊した叙情的な詩風の詩誌は何か。 答 四季《しき》
- ⑤反アララギの歌人が結集した雑誌は何か。 答 日光《にっこう》
- ⑥雑誌「多磨」を創刊したのは誰か。 答 北原白秋《きたはらはくしゅう》
- ⑦大正期俳壇の主流となっていた雑誌は何か。 答 ホトトギス
- ⑧「馬酔木」で新興俳句を始めたのは誰か。 答 水原秋桜子《みずはらしゅうおうし》
- ⑨西欧の演劇の影響を受けた新しい劇は何か。 答 新劇《しんげき》

近現代

【一】二葉亭四迷の作品を次の1〜5の中から一つ選び、その番号を記入せよ。（西南学院大）

1　うたかたの記　2　五重塔　3　平凡
4　当世書生気質　5　滝口入道

答 3 ⇩ p.70

【二】『金色夜叉』について

a　正しい読み方を、カタカナで書きなさい。

b　この作品の作者を、次のア〜エの中から選び、記号で答えなさい。（帝京大）

ア　泉鏡花　イ　尾崎紅葉　ウ　森鷗外　エ　二葉亭四迷

答 読み方＝コンジキヤシャ　作者＝イ ⇩ p.71

【三】幸田露伴の代表作を次の中から一つ選びなさい。（川村学園女子大）

1　吾輩は猫である　2　舞姫　3　金色夜叉
4　五重塔　5　破戒

答 4 ⇩ p.71

【四】樋口一葉の作品でないものはどれか。次から一つ選びなさい。（京都精華大）

A　大つごもり　B　たけくらべ　C　とはずがたり
D　にごりえ　E　十三夜

答 C ⇩ p.71

【五】泉鏡花の作品はどれか、次の中から一つ選び、記号で答えなさい。（東海大）

A　『歌行燈』　B　『彼岸過迄』　C　『経国美談』
D　『田舎教師』　E　『高瀬舟』

答 A ⇩ p.72

【六】文学史上、正宗白鳥と同様の自然主義作家として位置づけられる人物を、次の①〜⑤のうちから一つ選べ。（広島女学院大）

①　樋口一葉　②　森鷗外　③　島崎藤村
④　夏目漱石　⑤　谷崎潤一郎

答 ③ ⇩ p.73

【七】次の①〜⑧の中から、島崎藤村の作品を一つ選びなさい。（大阪国際大）

①　『蟹工船』　②　『破戒』　③　『暗夜行路』
④　『草枕』　⑤　『不如帰』　⑥　『こころ』
⑦　『細雪』　⑧　『羅生門』

答 ② ⇩ p.73

【八】森鷗外について、空欄部a〜dに入る最も適切な語を、それぞれ一つずつ選びなさい。（九州女子大）

鷗外は明治二一年九月ドイツから帰国し、評論誌［a］を創刊し、処女作［b］を発表、つづいて［c］（明治二三年）・［d］（明治二四年）を書き、滞独記念三部作とした。

a〔1〕しがらみ草紙　〔2〕白樺　〔3〕種蒔く人
〔4〕新潮　〔5〕国民之友

b〔1〕春　〔2〕蔵の中　〔3〕舞姫
〔4〕坑夫　〔5〕あらくれ

c〔1〕暗夜行路　〔2〕うたかたの記　〔3〕河童
〔4〕破船　〔5〕明暗

d〔1〕文づかひ　〔2〕道草　〔3〕痴人の愛
〔4〕日輪　〔5〕山椒魚

答 a＝〔1〕　b＝〔3〕　c＝〔2〕　d＝〔1〕 ⇩ p.74〜75

【九】夏目漱石の作品で**ない**ものを次の中から一つ選べ。（追手門学院大）

①　明暗　②　門　③　三四郎　④　舞姫
⑤　こころ　⑥　坊っちゃん

答 ④ ⇩ p.74

【一〇】荷風の書いた作品群を、次の①〜⑤の中から選べ。（跡見学園女子大）

①『あめりか物語』『腕くらべ』『断腸亭日乗』
②『たけくらべ』『にごりえ』『十三夜』
③『若菜集』『破戒』『夜明け前』
④『倫敦塔』『三四郎』『明暗』
⑤『舞姫』『阿部一族』『高瀬舟』　答①　⇨p.75

【一一】谷崎潤一郎と関係の深いものを、次の(A)(B)において、それぞれ1〜4のうちから一つ選び、番号で答えよ。（日本女子体育大）

(A) 1 白樺派　2 耽美派　3 奇蹟派　4 三田派
(B) 1 人道主義　2 写実主義　3 自然主義
4 反自然主義　答(A)＝2　(B)＝4　⇨p.75

【一二】志賀直哉は「白樺派」に属する作家であるが、次のうちから「白樺派」の作家を一人選べ。（明治大）

① 夏目漱石　② 芥川龍之介　③ 有島武郎
④ 谷崎潤一郎　⑤ 川端康成　答③　⇨p.76

【一三】「明星」と最も関係の深い人物は誰か。最も適当なものを、次の㋐〜㋕のうちから一つ選べ。（中部大）

㋐ 与謝野鉄幹　㋑ 正岡子規　㋒ 石川啄木
㋓ 佐佐木信綱　㋔ 前田夕暮　㋕ 斎藤茂吉　答㋐　⇨p.81

【一四】歌集『みだれ髪』の評価として正しいものを二つ選べ。（立正大）

1 万葉調の歌が中心で、客観的な観照態度で引き締まった表現をなしている。
2 旧道徳や社会に対して挑戦的な内容で、なまなましい美の表現をなしている。
3 芸術に生き、美を実感するような趣は、それまでの短歌には見られないものであった。
4 古今集を理想としており、平明であるがその中に深い慈味の表現をなしている。
5 都会的歌風を排し、田園趣味の写生を忠実に守っているところが特色である。　答2・3　⇨p.81

【一五】次のa〜dの中から啄木の作品を一つ選びなさい。（城西大）

a 風立ちぬ　b 旅愁　c 古都　d 悲しき玩具　答d　⇨p.82

【一六】斎藤茂吉と関係のあるものを次の中から二つ選び、番号で答えなさい。（帝塚山学院大）

1 明星派　2 ホトトギス派　3 アララギ派
4『桐の花』　5『みだれ髪』　6『赤光』　答3・6　⇨p.82

【一七】『歌よみに与ふる書』以外の子規の著作の中で、知るところを一つ挙げ、その書名を書きなさい。（愛媛大）
答『獺祭書屋俳話』・『病牀六尺』など　⇨p.83

【一八】高浜虚子と特にかかわりの深い句誌を、次の中から選び、記号で答えなさい。（帝京大）

イ 馬酔木《あしび》　ロ 天狼《てんろう》　ハ ホトトギス　ニ 層雲　答ハ　⇨p.83

解説
近現代　【一】4『当世書生気質』は坪内逍遙、5『滝口入道』は高山樗牛の作。【四】C『とはずがたり』は鎌倉時代の後深草院二条の日記。【一三】雑誌「明星」は鉄幹が創刊。【一八】虚子は子規の後「ホトトギス」を主宰。

【一九】 次の文中の空欄 A ～ F に入れるものとして、最も適当なものを次の中から選べ。（近畿大）

『羅生門』の作者は A で、彼のその他の作品の中に B から取材した C がある。また久米正雄や D 、 E という作品を書いた山本有三らとともに F と呼ばれた。

A 1 国木田独歩 2 芥川龍之介 3 二葉亭四迷 4 樋口一葉

B 1 源氏物語 2 今昔物語集 3 竹取物語 4 平家物語

C 1 浮雲 2 武蔵野 3 十三夜 4 鼻

D 1 夏目漱石 2 菊池寛 3 島崎藤村 4 志賀直哉

E 1 暗夜行路 2 三四郎 3 路傍の石 4 夜明け前

F 1 新思潮派 2 白樺派 3 耽美派 4 写生文派

答 A＝2 B＝2 C＝4 D＝2 E＝3 F＝1 ⇩p.86

【二〇】 プロレタリア文学作品を多く著した作家として適当なものを、次の①～⑨のうちから三つ選びなさい。（神戸女学院大）

① 佐多稲子 ② 宇野千代 ③ 谷崎潤一郎

④ 武者小路実篤 ⑤ 太宰治 ⑥ 小林多喜二

⑦ 葉山嘉樹 ⑧ 佐藤春夫 ⑨ 与謝野晶子

答 ①・⑥・⑦ ⇩p.87

【二一】 以下の作品から、プロレタリア文学を代表するものを一つ選び、記号で答えなさい。（聖心女子大）

ア 真知子 イ 土 ウ 蟹工船 エ 歯車 オ 雪国

答 ウ ⇩p.87

【二二】 川端康成に関係のあるものを次のア～カの中から二つ選び、記号で答えよ。（尚絅大）

ア 風立ちぬ イ 眠れる美女 ウ 斜陽 エ 新感覚派

オ 白樺派 カ 耽美派

答 イ・エ ⇩p.88

【二三】 井伏鱒二の作品を、次の中から二つ選び、番号で答えなさい。（花園大）

①「桜桃」 ②「舞姫」 ③「黒い雨」

④「邪宗門」 ⑤「倫敦塔」 ⑥「夜明け前」

⑦「レイテ戦記」 ⑧「アメリカひじき」

⑨「羊をめぐる冒険」 ⑩「屋根の上のサワン」

答 ③・⑩ ⇩p.88～89

【二四】 堀辰雄の作品を、次の①～⑤の中から選べ。（上武大）

① 草の花 ② 明暗 ③ 風立ちぬ

④ 山の音 ⑤ 舞姫

答 ③ ⇩p.89

【二五】 「日本民俗学」を我が国に根づかせ、『遠野物語』を著した人物を選べ。（北海道医療大）

ア 柳田国男 イ 三島由紀夫 ウ 大江健三郎

エ 坪内逍遙 オ 山崎正和 カ 吉田松陰

答 ア ⇩p.89

【二六】 無頼派と目された日本の作家の姓名を次の中から選べ。（この作家の代表作には、『白痴』『堕落論』などがある。）（亜細亜大）

1 石川淳 2 中原中也 3 谷崎潤一郎

4 坂口安吾 5 梶井基次郎 6 織田作之助

答 4 ⇩p.91

【三七】次の①〜⑤のうちから、太宰治の作品でないものを、一つ選びなさい。（つくば国際大）
①『走れメロス』 ②『富嶽百景』 ③『人間失格』
④『仮面の告白』 ⑤『斜陽』 答④ ⇨p.91

【三八】大岡昇平の作品を、次の①〜⑤のうちから一つ選びなさい。（山陽学園大）
①浮雲 ②明暗 ③友情
④金閣寺 ⑤レイテ戦記 答⑤ ⇨p.70・74・76・92

【三九】三島由紀夫の作品でないものは次のうちどれか。一つ選べ。（京都産業大）
1 仮面の告白 2 潮騒 3 砂の女 4 金閣寺 答3 ⇨p.92

【四〇】安部公房の作品を、選べ。（東京情報大）
①砂の女 ②沈黙 ③恍惚の人
④裸の王様 ⑤潮騒 答① ⇨p.92

【四一】安岡章太郎は昭和二十年代後半に文壇に登場したが、ほぼ同時代に吉行淳之介、遠藤周作、庄野潤三なども作家として活躍をはじめた。この一群の作家たちを何と称しているか、記しなさい。（皇學館大）
答第三の新人 ⇨p.92〜93

【四二】大江健三郎の作品を次から選びなさい。（江戸川大）
A 原爆詩集 B 火垂るの墓 C ヒロシマ・ノート
D 黒い雨 E 麦と兵隊 答C ⇨p.93

【四三】次の文章を読み、問いに答えよ。（名古屋経済大）
明治四十二年に創刊された『スバル』は森鷗外を中心として、耽美主義運動を展開した。同年、そのメンバーの一人の[①]は詩集『邪宗門』を刊行した。[①]の詩風を受け継ぎ、発展させたのは大正三年に刊行された[②]の詩集『道程』である。この詩集では[③]の表現様式が取られていた。また、彼は昭和十三年に、病気で倒れた妻を描いた詩集『[④]』を刊行した。
[③]の表現様式によって、さらに鋭い言語感覚によって独自の境地を切り開いたのが、大正六年の[⑤]の詩集『月に吠える』である。また、[⑤]と共に雑誌『感情』で活躍した石川県金沢市出身の[⑥]は、大正七年に詩集『抒情小曲集』で平易な詩語を用いてナイーブな感情を表現した。

1 ①②⑤⑥に入る人名として、適切なものをそれぞれ選べ。
ア 室生犀星 イ 夏目漱石 ウ 北原白秋
エ 萩原朔太郎 オ 芥川龍之介 カ 高村光太郎

2 ③に入る言葉として、適切なものを選べ。
ア 文語定型 イ 文語自由 ウ 口語定型
エ 口語自由 オ 短歌 カ 俳句

3 ④に入る詩集の題名として、適切なものを選べ。
ア 海潮音 イ 智恵子抄 ウ 春と修羅
エ 測量船 オ 在りし日の歌 カ 若菜集

答 1 ①＝ウ ②＝カ ⑤＝エ ⑥＝ア 2＝エ 3＝イ ⇨p.80・96

【四四】次のうちから宮沢賢治の詩集を選びなさい。（大手前大）
1 春と修羅 2 在りし日の歌
3 聖三稜玻璃 4 邪宗門 答1 ⇨p.97

解説
近現代 【三二】『蟹工船』は小林多喜二によるプロレタリア文学の代表作の一つ。【三六】1石川淳、6織田作之助も無頼派だが、代表作はそれぞれ『普賢』（石川）、『夫婦善哉』（織田）。【三七】④『仮面の告白』は三島由紀夫の著作。

索引

●見出し語（書名・人名）についての詳説ページを太字で示した。
●書名は赤字、雑誌名は「　」で示した。

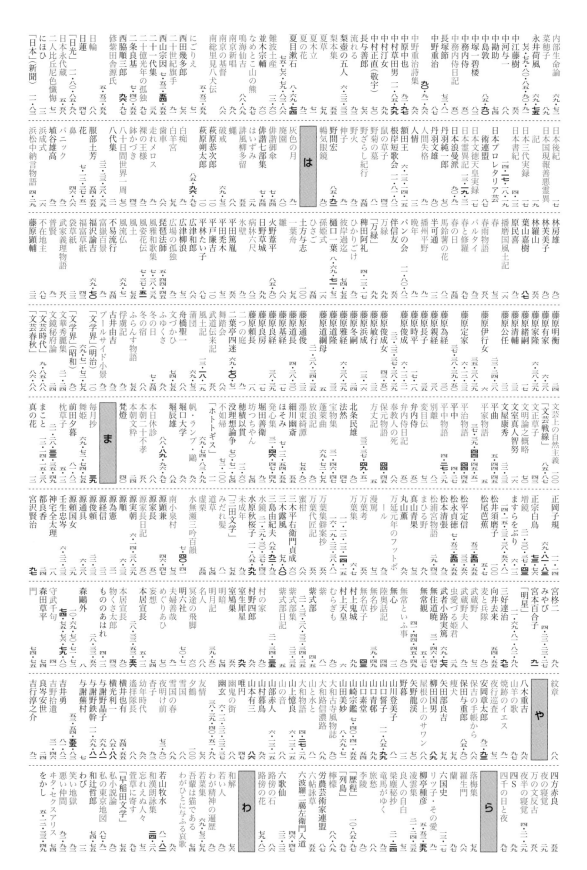

▶写真・資料提供・撮影協力者　（敬称略・五十音順）

朝日新聞社・浅見慈一・芦屋市谷崎潤一郎記念館・明日香保存財団・アフロ・アルピナ・逸翁美術館・岩波書店・宇都宮市教育委員会・大阪府立中之島図書館・奥村彪生・尾山令仁・柿衞文庫・神奈川近代文学館・川端香男里・共同通信社・京都国立博物館・京都文化博物館・宮内庁侍従職・宮内庁書陵部・慶應義塾図書館・興福寺・神戸市立博物館・国立公文書館・国立国会図書館・国立能楽堂・国立歴史民俗博物館・五島美術館・小林守・木挽社・埼玉県立博物館・志賀直吉・ＪＴＢフォト・慈照寺・集英社・小学館・正倉院・市立函館図書館・神宮文庫・新潮社・随心院・鈴木重三・静嘉堂文庫・清浄光寺・世界文化フォト・全生庵・染司よしおか・大通寺・大福光寺・高崎市教育委員会・長母寺・天理大学附属天理図書館・東京国立博物館・東京大学史料編纂所・東京都江戸東京博物館・東京都立中央図書館・唐招提寺・徳川美術館・奈良市教育委員会・奈良市埋蔵文化財調査センター・奈良県・奈良文化財研究所・日本近代文学館・日本古典文学会・能楽資料館・ＰＡＮＡ通信社・林原美術館・東出雲町・東山魁夷・中尾堅一郎・兵衛向陽閣・福岡市博物館・文京区鷗外記念本郷図書館・毎日新聞社・前橋文学館・真下玲子・松山東高等学校・宮沢賢治記念館・武藤治太・聞名寺・八木書店・薬師寺・柳澤迪子・山種美術館・山梨県立文学館・吉越研・輪王寺・冷泉家時雨亭文庫・鹿苑寺・六波羅蜜寺・早稲田大学演劇博物館・早稲田大学図書館

○稲賀敬二(いながけいじ)

昭和３年、鳥取県生まれ。東京大学文学部国文学科卒業(中古文学専攻)。広島大学名誉教授。著書に『源氏物語の研究』『堤中納言物語』『落窪物語』『住吉物語』などがある。

○竹盛天雄(たけもりてんゆう)

昭和３年、広島県生まれ。早稲田大学文学部国文学科卒業(近代文学専攻)。早稲田大学名誉教授。著書に『鷗外その紋様』『介山・直哉・龍之介』『漱石文学の端緒』などがある。

訂正情報配信サイト　35818-02

❶利用については，先生の指示にしたがってください。
❷利用に際しては、一般に、通信料が発生します。

https://dg-w.jp/f/69cf2

読み・解き・覚える
新版　日本文学史必携

1997年１月10日　初版　第１刷発行
2015年１月10日　改訂２版　第１刷発行
2022年１月10日　改訂３版　第１刷発行
2025年１月10日　改訂３版　第２刷発行

監　修　稲賀敬二
　　　　竹盛天雄
発行者　松本洋介
発行所　株式会社　第一学習社

広　島：〒733-8521 広島市西区横川新町７番14号　☎082-234-6800
東　京：〒113-0021 東京都文京区本駒込５丁目16番７号　☎03-5834-2530
大　阪：〒564-0052 吹田市広芝町８番24号　☎06-6380-1391
札　幌：☎011-811-1848　仙　台：☎022-271-5313　新　潟：☎025-290-6077
つくば：☎029-853-1080　横　浜：☎045-953-6191　名古屋：☎052-769-1339
神　戸：☎078-937-0255　広　島：☎082-222-8565　福　岡：☎092-771-1651

書籍コード　35818―02　（落丁・乱丁本はおとりかえします。）

ISBN978-4-8040-3581-9　ホームページ　https://www.daiichi-g.co.jp/

近現代主要作品冒頭文

＊新かなづかいによる。
＊「⇩」は本文で扱っているページを示す。

◆小説神髄《しょうせつしんずい》　一八八五年（明治一八）　坪内逍遙《つぼうちしょうよう》⇩p.70

小説の美術たる由《よし》を明らめまくせば、まず美術の何たるをば知らざる可《べ》からず。さはあれ美術の何たるを明らめまくほりせば、世の謬説《びゅうせつ》を排斥《はいせき》して、美術の本義を定むるをば、まず第一に必要なりとす。

◆浮雲《うきぐも》　一八八七年（明治二〇）　二葉亭四迷《ふたばていしめい》⇩p.70

千早《ちはや》振《ぶ》る神無月《かみなづき》も最早《もはや》跡《あと》二日の余波《なごり》となった廿八日《にじゅうはち》の午後三時頃に、神田見附《かんだみつけ》の内より、塗渡《とわた》る蟻《あり》、散る蜘蛛《くも》の子とうようよぞよぞよ沸出《わきい》でて来るのは、孰《いず》れも頤《おとがい》を気にし給《た》う方々。

◆たけくらべ　一八九五年（明治二八）　樋口一葉《ひぐちいちよう》⇩p.71

廻《まわ》れば大門《おおもん》の見返り柳《やなぎ》いと長けれど、お歯ぐろ溝《どぶ》に灯火《ともしび》うつる三階の騒ぎも手に取る如《ごと》く、明けくれなしの車の行来《ゆきき》にはかり知られぬ全盛をうらないて、大音寺《たいおんじ》前と名は仏《ほとけ》くさけれど、さりとは陽気の町と住みたる人の申《もうし》き、…

◆武蔵野《むさしの》　一八九八年（明治三一）　国木田独歩《くにきだどっぽ》⇩p.72

「武蔵野の俤《おもかげ》は今わずかに入間《いるま》郡に残れり」と、自分は文政年間にできた地図で見た事がある。そしてその地図に入間郡「小《こ》手指原《てさしはら》久米川《くめがわ》は古戦場なり太平記元弘《げんこう》三年五月十一日源平小手指原にて戦ふ事一日か内に三十余度日暮れは平家三里退《しりぞき》て久米川に陣を取る明《あく》れは源氏久米川の陣へ押寄《おしよ》ると載せたるは此辺《このへん》なるべし」と書き込んで

◆鼻《はな》　一九一六年（大正五）　芥川龍之介《あくたがわりゅうのすけ》⇩p.86

禅智内供《ぜんちないぐ》の鼻と言えば、池《いけ》の尾《お》で知らないものはない。長さは五六寸あって上脣《うわくちびる》の上から顋《あご》の下まで下《さが》っている。形は元も先も同じように太い。いわば細長い腸詰めのような物が、ぶらりと顔のまん中からぶら下《さが》っているのである。

◆腕《うで》くらべ　一九一七年（大正六）　永井荷風《ながいかふう》⇩p.75

幕間《まくあい》に散歩する人達で帝国劇場《ていこくげきじょう》の廊下はどこもかしこも押合《おしあ》うような混雑。丁度《ちょうど》表の階段をば下から昇ろうとする一人の芸者、上から降りて来る一人の紳士に危《あやう》くぶつかろうとして顔を見合わせお互《たがい》にびっくりした調子。

◆暗夜行路《あんやこうろ》　一九二一年（大正一〇）　志賀直哉《しがなおや》⇩p.76

私が自分に祖父のある事を知ったのは、私の母が産後の病気で死に、その後二月程経《た》って、不意に祖父が私の前に現《あら》われて来た、その時であった。私の六歳《むっつ》の時であった。

◆頭《あたま》ならびに腹《はら》　一九二四年（大正一三）　横光利一《よこみつりいち》⇩p.88

真昼である。特別急行列車は満員のまま全速力で馳《か》けていた。沿線の小駅は石のように黙殺された。

◆伊豆《いず》の踊子《おどりこ》　一九二六年（大正一五）　川端康成《かわばたやすなり》⇩p.88

道がつづら折りになって、いよいよ天城峠《あまぎとうげ》に近づいたと思う頃、雨脚が杉の密林を白く染めながら、すさまじい速さで麓《ふもと》から私を追って来た。

◆山椒魚《さんしょううお》　一九二九年（昭和四）　井伏鱒二《いぶせますじ》⇩p.88

山椒魚は悲しんだ。

彼は彼の棲家《すみか》である岩屋から外へ出てみようとしたのであるが、頭が出口につかえて外に出ることができなかったのである。

◆蟹工船《かにこうせん》　一九二九年（昭和四）　小林多喜二《こばやしたきじ》⇩p.87

「おい地獄さ行《え》ぐんだで！」

二人はデッキの手すりに寄りかかって、蝸牛《かたつむり》が背のびをした